CB067700

TILLIE COLE

CORAÇÃO SOMBRIO

Série Hades Hangmen

Traduzido por Mariel Westphal

1ª Edição

The GiftBox
EDITORA

2019

Direção Editorial:
Roberta Teixeira
Gerente Editorial:
Anastácia Cabo
Tradução:
Mariel Westphal

Preparação de texto e revisão:
Marta Fagundes
Arte de Capa:
Damonza Book Cover Design
Adaptação da Capa:
Bianca Santana
Diagramação: Carol Dias

Copyright © Tillie Cole, 2014
Copyright © The Gift Box, 2019
Todos os direitos reservados.
Nenhuma parte do conteúdo desse livro poderá ser reproduzida em qualquer meio ou forma – impresso, digital, áudio ou visual – sem a expressa autorização da editora sob penas criminais e ações civis.
Esta é uma obra de ficção. Nomes, personagens, lugares e acontecimentos descritos são produtos da imaginação da autora. Qualquer semelhança com nomes, datas ou acontecimentos reais é mera coincidência.

Este livro segue as regras da Nova Ortografia da Língua Portuguesa.

CIP-BRASIL. CATALOGAÇÃO NA PUBLICAÇÃO
SINDICATO NACIONAL DOS EDITORES DE LIVROS, RJ
Leandra Felix da Cruz - Bibliotecária - CRB-7/6135

C655c
    Cole, Tillie
        Coração sombrio / Tillie Cole ; tradução Mariel Westphal. - 1. ed. - Rio de Janeiro : The Gift Box, 2019.
        359 p.

    Tradução de: Heart recaptured
    ISBN 978-65-5048-023-3

    1. Romance inglês. I. Westphal, Mariel. II. Título.

19-61395
        CDD: 823
        CDU: 82-31(410.1)

Dedicatória
Para as Hades Hangmen Harlots!
*Sem o incrível apoio e a campanha de vocês por mais histórias dos nossos homens
de colete de couro preferidos, Coração Sombrio nunca teria acontecido.
Um brinde aos demais da série Hangmen... Será uma viagem louca!
"Viva livre. Corra livre. Morra livre!"*

TILLIE COLE

NOTA DA AUTORA

Assim como o primeiro livro da série, 'Prelúdio Sombrio', 'Coração Sombrio' foi inspirado nos relatos de ex-membros de diversos grupos de Novos Movimentos Religiosos, Cultos e Seitas, assim como nos líderes que abusaram do poder que tinham sobre os membros, especialmente mulheres.

A protagonista feminina deste livro, 'Delilah', passa por situações inspiradas por sobreviventes de tais grupos. Além disso, o livro é focado no conceito de *lavagem cerebral*, e como a persuasão coercitiva pode impactar na vida das vítimas.

'Coração Sombrio' é uma obra de ficção, e como tal, algumas situações foram ampliadas. Mas neste livro, as doutrinas, práticas, técnicas de punição (algumas vezes levadas ao extremo) e as experiências de 'Delilah', suas irmãs, 'Salome' e 'Magdalene', e a Ordem são inspiradas em uma pesquisa acadêmica sobre Novos Movimentos Religiosos pouco ortodoxos e extremos.

Abraços,
Tillie.

GLOSSÁRIO

(Não segue a ordem alfabética e é necessária a leitura)
Para sermos fiéis ao mundo criado pela autora, achamos melhor manter alguns termos referentes ao Moto Clube no seu idioma original. Recomendamos a leitura do Glossário.

Terminologia A Ordem

A Ordem: *Novo Movimento Religioso Apocalíptico. Suas crenças são baseadas em determinados ensinamentos cristãos, acreditando piamente que o Apocalipse é iminente. Liderada pelo Profeta David (que se autodeclara como um Profeta de Deus e descendente do Rei David), pelos anciões e discípulos. Os membros vivem juntos em uma comuna isolada; baseada em um estilo de vida tradicional e modesto, onde a poligamia e os métodos religiosos não ortodoxos são praticados. A crença é de que o 'mundo de fora' é pecador e mau. Sem contato com os não-membros.*

Comuna: *Propriedade da Ordem e controlada pelo Profeta David. Comunidade segregada. Policiada pelos discípulos e anciões e que estoca armas no caso de um ataque do mundo exterior. Homens e mulheres são mantidos em áreas separadas na comuna. As Amaldiçoadas são mantidas longe de todos os homens (à exceção dos anciões) nos seus próprios quartos privados. Terra protegida por uma cerca em um grande perímetro.*

Nova Sião: *Nova Comuna da Ordem. Criada depois que a antiga comuna foi destruída na batalha contra os Hades Hangmen.*

Anciões: *Formado por quatro homens; Gabriel, Moses, Noah e Jacob. Encarregados do dia a dia da comuna. Segundos no Comando do Profeta David. Responsáveis por educar a respeito das Amaldiçoadas.*

Conselho dos Anciões: *Compreende quatro homens: Irmão Luke, Irmão Isaiah, Irmão Micah, Irmão Judah.*

Guardas Disciplinares: *Membros masculinos da Ordem. Encarregados de proteger a propriedade da comuna e os membros da Ordem. Seguem os comandos dos anciões e do Profeta David.*

A Partilha do Senhor: *Ritual sexual entre homens e mulheres membros da Ordem. Crença de que ajuda o homem a ficar mais perto do Senhor. Executado em cerimônias em massa. Drogas geralmente são usadas para uma experiência transcendental. Mulheres são proibidas de sentir prazer, como punição por carregarem o pecado original de Eva, e devem participar do ato quando solicitado como parte dos seus deveres religiosos.*

As Amaldiçoadas: *Mulheres/Garotas na Ordem que são naturalmente bonitas e que herdaram o pecado em si. Vivem separadas do restante da comuna, por representarem a tentação para os homens. Acredita-se que as Amaldiçoadas farão com que os homens desviem do caminho virtuoso.*

Pecado Original: *Doutrina cristã agostiniana que diz que a humanidade é nascida do pecado e tem um desejo inato de desobedecer a Deus. O Pecado Original é o resultado da desobediência de Adão e Eva perante a Deus, quando eles comeram o fruto proibido no Jardim do Éden. Nas doutrinas da Ordem (criadas pelo Profeta David), Eva é a culpada por tentar Adão com o pecado, por isso as irmãs da Ordem são vistas como sedutoras e tentadoras e devem obedecer aos homens.*

Sheol: *Palavra do Velho Testamento para indicar 'cova' ou 'sepultura' ou então 'Submundo'. Lugar dos mortos.*

Glossolalia: *Discurso incompreensível feito por crentes religiosos durante um momento de êxtase religioso.*

Diáspora: *A fuga de pessoas de suas terras natais.*

Terminologia Hades Hangmen

Hades Hangmen: *um porcento de MC Fora da Lei. Fundado em Austin, Texas, em 1969.*

Hades: *Senhor do Submundo na mitologia grega.*

Sede do Clube: *Primeiro ramo do clube. Local da fundação.*

Um Porcento: *Houve o rumor de que a Associação Americana de Motociclismo (AMA) teria afirmado que noventa e nove por cento dos motociclistas civis eram obedientes às leis. Os que não seguiam às regras da AMA se nomeavam 'um porcento' (um porcento que não seguia as leis). A maioria dos 'um porcento' pertencia a MCs Foras da Lei.*

Cut: *Colete de couro usado pelos motociclistas foras da lei. Decorado com emblemas e outras imagens com as cores do clube.*

Oficialização: *Quando um novo membro é aprovado para se tornar um membro pleno.*

Church: *Reuniões do clube compostas por membros plenos. Lideradas pelo Presidente do clube.*

Old Lady: *Mulher com status de esposa. Protegida pelo seu parceiro. Status considerado sagrado pelos membros do clube.*

Puta do Clube: *Mulher que vai aos clubes para fazer sexo com os membros dos ditos clubes.*

Cadela: *Mulher na cultura motociclista. Termo carinhoso.*

Foi/Indo para o Hades: *Gíria. Refere-se aos que estão morrendo ou mortos.*

Encontrando/Foi/Indo para o Barqueiro: *Gíria. Os que estão morrendo/mortos. Faz referência a Caronte na mitologia grega. Caronte era o barqueiro dos mortos, um daimon (espírito). Segundo a mitologia, ele transportava as almas para Hades. A taxa para cruzar os rios Styx (Estige) e Acheron (Aqueronte) para Hades era uma moeda disposta na boca ou nos olhos do morto no enterro. Aqueles que não pagavam a taxa eram deixados vagando pela margem do rio Styx por cem anos.*

A Estrutura Organizacional do Hades Hangmen

Presidente (Prez): *Líder do clube. Detentor do Martelo, que era o poder sim-bólico e absoluto que representava o Presidente. O Martelo é usado para manter a ordem na Church. A palavra do Presidente é lei no clube. Ele aceita conselhos dos membros sêniores do clube. Ninguém desafia as decisões do Presidente.*

Vice-Presidente (VP): *Segundo no comando. Executa as ordens do Presidente. Comunicador principal com as filiais do clube. Assume todas as responsabilidades e deveres do Presidente quando este não está presente.*

Capitão da Estrada: *Responsável por todos os encargos do clube. Pesquisa, planejamento e organização das corridas e saídas. Oficial de classificação do clube, responde apenas ao Presidente e ao VP.*

Sargento de Armas: *Responsável pela segurança do clube, polícia e mantém a ordem nos eventos do mesmo. Reporta comportamentos indecorosos ao Presidente e ao VP. Responsável por manter a segurança e proteção do clube, dos membros e dos Recrutas.*

Tesoureiro: *Mantém as contas de toda a renda e gastos. Além de registrar todos os emblemas e cores do clube que são feitos e distribuídos.*

Secretário: *Responsável por criar e manter todos os registros do clube. Deve notificar os membros em caso de reuniões emergenciais.*

Recruta: *Membro probatório do MC. Participa das corridas, mas não da Church.*

PRÓLOGO

— Vamos, irmã, precisamos ir *agora*! — Mae incitou conduzindo a Maddie e a mim pela nossa comuna dizimada, enquanto os homens do seu amado iam à frente.

— Não! Falei para você que não irei! — Chorei, ainda com as pernas trôpegas pelo choque de ver os discípulos da Ordem caídos no chão, sem reagir, com as suas vestes cerimoniais e corpos destruídos por balas, seus olhares opacos me dizendo que estavam mortos.

— Lilah, por favor! — Mae implorou e puxou a minha mão. Seus olhos azuis imploravam para que eu a seguisse.

Tentei me mover, mas os gritos frenéticos e amedrontados das mulheres da Ordem enchiam meus ouvidos. Observei-as correndo para todos os lados, sem curso, sem ter os discípulos como guias e protetores. Crianças sozinhas, de todas as idades, gritavam no meio do caos, algumas caídas no chão, chorando pelas mães que haviam sumido no meio do pânico generalizado. Meu povo estava tentando ao máximo fugir daqueles homens perversos vestidos em couro preto, que forçaram sua entrada em nossa comunidade.

Era uma carnificina.

Uma cena vinda diretamente das páginas do livro de Apocalipse.

— Lilah! — Mae gritou novamente, sua mão agora em concha sobre minha bochecha para ganhar a minha atenção. Seu rosto demonstrava preocupação para comigo, mas também determinação, enquanto ela me trazia ao presente.

— Eu... Eu não quero ir... — sussurrei e olhei para Maddie, que parecia anestesiada ao ir atrás de Mae... como um cordeiro indo para o abatedouro.

— Eu sei que você não quer ir, irmã. Mas este lugar não é seguro. Precisamos ir. *Temos* que sair daqui.

— Sair daqui? — gritei, arregalando os olhos e chacoalhei a cabeça. — Não! NÃO! Não posso sair daqui! O mal habita lá fora. Tenho que ficar aqui. Para ser salva, preciso ficar aqui! Você sabe disso. Por favor, não me negue a chance da salvação!

Afastei minha mão sobre a de Mae e comecei a andar para trás.

— Mae! Dá um jeito nas suas garotas, porra, precisamos dar o fora! — o homem com um longo cabelo loiro, que tinha matado Irmão Noah, *meu redentor*, gritou atrás de Mae, com um ar sério e autoritário. Ele continuou me observando, seu olhar azul, intenso. Do minuto em que saí da cela, senti-me observada por ele, que continuava a fazer isso.

O amado de Mae assobiou ao lado dele e, com a mão, indicou para que o seguíssemos, mas o medo tomou conta do meu coração, e o meu instinto me fez fugir.

— Lilah! — O grito de Mae ecoou enquanto eu passava por uma multidão de irmãs aterrorizadas. Eu virava a cabeça de um lado ao outro, procurando um lugar para me esconder, e ao ver um caminho que levava para a floresta, atirei-me naquela direção.

No entanto, antes que eu pudesse dar mais do que apenas alguns passos, um corpo enorme me segurou e me levantou do chão, impedindo a minha fuga.

Gritei desesperada, mas ainda assim o forte aperto de aço ao redor da minha cintura se manteve inflexível. Eu estava aterrorizada, lágrimas escorriam pelo meu rosto enquanto as suas passadas começavam a ganhar velocidade.

— Por favor... Por favor, me solte! — implorei, mas uma boca se aproximou do meu ouvido, interrompendo minhas palavras. Longas mechas de cabelo loiro, que não eram minhas, roçaram na minha bochecha.

— Não. Você vem junto, doçura, então pare de tentar fugir com essa bundinha sexy. Se bem que eu poderia ficar o dia todo olhando para essa visão perfeita e nunca me cansaria. Mas a Mae quer que você vá para o clube, então você vai para a porra do clube.

Minha respiração ficou tensa pela maneira como esse estranho loiro falou comigo. Congelei em seus braços e não me atrevi a mover-me mais, preocupada em ter o mesmo destino fatídico que os irmãos caídos no chão, caso o fizesse. Então, com extremo cuidado ao virar a cabeça, vi quem me segurava nos braços, como se eu não pesasse nada: o homem loiro de antes. Aquele que ficou me observando como se eu fosse algo que ele quisesse devorar.

O mesmo homem que, quando meus olhos encontraram os seus pela primeira vez, fez surgir um ardor no meu peito.

Aproximamo-nos de Mae e Maddie, enquanto uma me olhava com alívio, e a outra, com simpatia. O homem loiro não me soltou, puxando-me ainda mais para perto de si, até que eu estava colada em seu peito; não lutei contra ele enquanto era levada para um enorme veículo junto com minhas irmãs e outros homens que vinham logo atrás, além dele... que mantinha os olhos azuis fixos aos meus.

Um silêncio ensurdecedor reinou, e olhei para a minha casa uma última vez, até que tudo o que eu conhecia foi afastado de mim com o fechar da porta do veículo, deixando tudo na escuridão.

Lutei contra um grito, e senti Mae segurando a minha mão. Isso me deu um pouco de conforto, então, ao invés disso, fechei os olhos e comecei a entoar as minhas orações. Agarrei-me à minha fé com todas as minhas forças. Jurei ao Senhor que não me desvirtuaria do meu caminho e comecei a me balançar, para frente e para trás, de joelhos, enquanto cimentava minha fé no Senhor, sentindo o Espírito Santo me encher de calor.

Um pouco depois, o veículo parou, as portas se abriram e Mae nos levou para uma escada que dava em um pequeno local privativo, apenas para nos deixar sozinhas novamente enquanto ia buscar comida. Eu não seria capaz de comer, o medo apertava meu estômago de tal maneira que quase me fez cair de joelhos no chão. Maddie ficou ao meu lado e observei o estranho quarto, sentindo quando sua mão deslizou contra a minha. O aperto firme mostrando que ela também estava aterrorizada.

— Você acha que estaremos a salvo aqui, Lilah? — Maddie perguntou, sua voz mal passando de um sussurro.

Caminhei até a janela, com Maddie em meu encalço, e observei a esses homens infiéis que tinham assassinado meus irmãos, rindo e bebendo no pátio. Suas vestimentas pretas e seus comportamentos ameaçadores fizeram com que um arrepio percorresse meu corpo.

— Bem, Lilah, você acha? — Maddie perguntou novamente.

Olhando em seu rosto, puxei-a para um abraço e respondi:

— Não, Maddie. Não acredito que estaremos seguras aqui. Na verdade, acho que Mae nos trouxe diretamente para o inferno.

CAPÍTULO UM

KY

Um mês depois...

Reunião da Ku Klux Klan
Austin, Texas
Mas. Que. Porra?
Agachei no chão de terra junto com meus irmãos; Styx à minha esquerda e Viking à direita, observando, com a porra da boca aberta, enquanto um bando de caipiras caminhava com seus robes brancos pela floresta da fazenda de Johnny Landry. Como se fosse algo saído de um filme, tochas acesas eram erguidas no ar ao mesmo tempo em que os idiotas da Klan se moviam em círculos, um por um, entoando "Supremacia Branca" na frente de uma enorme cruz de madeira banhada em querosene – *a porra do perfume da Klan* – bem no centro de uma clareira.

Um cara de robe vermelho deu um passo a frente, levantando a tocha no ar.

— Johnny Landry, o Grande Mestre — Tank sussurrou a alguns metros de distância, apertando os dentes com raiva.

Landry levantou a tocha ainda mais alto e gritou:
— *Por Deus!*
Os outros membros da Klan seguiram seu gesto e gritaram:
— *Por Deus!*

— Pelo país! Pela raça! Pela Klan! Seguidores da cruz de fogo! — Landry entoou e os seguidores fizeram o mesmo.

Baixando as tochas em sincronia, os membros da Klan as jogaram na base da cruz, e em segundos, aquela coisa começou a pegar fogo, e o símbolo que fez esses filhos da puta famosos foi engolfado pelo fogo no centro de uma das colinas das terras de Johnny Landry.

O Grande Mestre finalmente estava livre e aquela porra de reunião era uma espécie de comemoração, mas eles haviam se esquecido de nos convidar!

Os Hangmen se infiltravam às escondidas por trás das árvores ao sul da colina. Precisávamos descobrir se a saída de Landry da prisão culminaria numa retaliação aos Hangmen. Styx matou alguns dos homens deles um tempo atrás quando os malditos mataram Lois e atiraram em Mae, quase a matando também. Styx acabou saindo com uma cicatriz em formato de suástica e precisávamos saber se Landry colocaria o nosso clube como alvo por causa disso.

Os membros da Klan se afastaram das chamas, com os braços abertos, fazendo uma cruz com o corpo. Todos pararam e ficaram observando a cruz incendiada.

— Malditos cuzões — Tank xingou a alguns metros de distância, e ao me virar, vi que seus punhos estavam cerrados enquanto olhava para os seus antigos companheiros de Klan, agora reforçado com novos membros. A expressão de seu rosto mostrava todo o ódio que o estava queimando por dentro.

Bull bateu nas costas de Tank, que respirou longa e profundamente, e todos voltamos a observar aquela cena absurda.

— Caramba! — Vike disse ao meu lado. — Alguém mais está suando igual a um porco? Como esses nazistas cabeças de cone conseguem ficar tão perto daquela cruz sem derreter? — Ele puxou a gola da camiseta, mas então, distraído, olhou para AK e Flame, antes de perguntar: — Algum de vocês têm marshmallows? Com esse calor poderíamos aproveitar e comer. — O ruivo afastou o olhar e sussurrou para si mesmo: — Eu adoro marshmallows...

Flame, que enquanto encarava o exército encapuzado à frente, resfolegava como um Rottweiler raivoso, olhou para Viking e rosnou.

Vike se afastou do irmão psicótico, com as mãos levantadas.

— Porra, cara! Só estou dizendo que poderíamos ao menos fazer algo agradável. Quem é que vai para um acampamento com fogueira sem levar marshmallows?

— Não é a porra de um acampamento com fogueira, idiota! É o caralho da cruz incendiada da Klan! — AK o cortou, calando a boca do infeliz na mesma hora.

Balançando a minha cabeça para o idiota ruivo, vi Styx ficar cada vez mais irritado enquanto olhava na direção dos irmãos e o cutuquei para acalmá-lo.

— Soldados! Estamos aqui esta noite para celebrar nossa nova missão: proteger a nossa raça ou correr o risco de sermos destruídos! — Landry começou a andar, atraindo nossa atenção para ele e para a Klan que o observava, com os capuzes cobrindo os rostos, mas seus pés visivelmente balançando de animação enquanto o ouviam falar.

— Há uma tempestade vindo, uma guerra. Devemos permanecer vigilantes, focados em nossa missão. Estamos construindo um exército, uma força para lutar contra aqueles que querem nos destruir. Não toleraremos mais erros. Os cavaleiros Brancos do Texas se fortalecerão, estarão mais do que preparados!

Tank olhou na direção de Styx, e pude ver a expressão preocupada em seu semblante.

— Um novo inimigo está vindo, então estaremos recrutando. Temos que proteger a nossa raça! Preservar o Orgulho Branco!

— E os nossos antigos inimigos? — um pedaço de merda perguntou do círculo. — Os Hangmen mataram nossos cavaleiros, incluindo meu irmão. Eles precisam pagar com sangue!

Landry se virou e caminhou até o homem.

— O seu irmão era fraco e acabou sendo morto. Ele não foi esperto o suficiente para ganhar aquela batalha. Ele foi testado e falhou. Todos eles eram fracos. Precisamos ser melhores do que isso.

Styx cerrou os olhos.

— O Lenny morreu, caralho! Aqueles Hangmen malditos também merecem morrer! — o merdinha deixou escapar.

Landry voltou para o centro do círculo, ignorando a explosão do homem, e andou ao redor para que todos os membros o vissem.

— Temos uma *nova* missão agora, e para isso, precisamos de novos homens. Bons e fortes. Estamos servindo a um propósito maior, uma nova batalha que está vindo em nossa direção. E tudo será revelado logo mais!

Alguns minutos depois, a Klan se dispersou, deixando apenas a cruz incendiada, e foi celebrar o final da reunião na casa de Landry.

Quando a última pessoa com a vestimenta branca desapareceu, nos levantamos e Styx se virou para o Tank.

— *Você acha que eles vão nos deixar em paz?* — sinalizou e eu reproduzi a pergunta em voz alta. Tank acenou com a cabeça.

— Parece que sim. Quando o Landry dá uma ordem, todos seguem, e quem se opõe, morre. Parece que eles conseguiram algo maior, provavelmente estão se preparando para a guerra racial que eles acham que está rolando, mas que nunca virá.

— *Então isso deixa apenas...* — Styx assinalou, falando mais sobre negócios, mas eu o cortei para acabarmos logo com isso. Havia uma garrafa de uísque esperando por mim com o meu nome nela.

— Os Colombianos vão mandar mais munição na próxima semana. Temos as gangues das ruas de volta à ativa depois da tentativa dos malucos de Jesus tentarem tomar conta. Os outros MCs estão fora do nosso caminho, o Senador Collins está com os federais no pescoço e tirando o nosso da reta, e não temos nenhuma notícia de problemas com os Diablos — eu falei e dei uma piscada para o meu melhor amigo, me curvando em uma mesura.

Styx apertou a mandíbula por eu tê-lo interrompido, mas quando levantei a cabeça, assinalou:

— *Ótimo. Então terminamos.*

Bati as mãos uma na outra, dando meu sorriso premiado.

— Então vamos voltar para o complexo e começar a festa.

Coloquei o braço ao redor dos ombros de Styx, e descemos o morro em direção às nossas motos, apressados em nos afastar daquele pedaço de inferno!

Uma hora depois, estacionávamos no complexo, e o lugar já estava cheio de mulheres. Pulando da minha moto, virei para os meus irmãos.

— Vamos foder geral! Tem muito mais puta de clube hoje à noite do que eu posso aguentar. Só tenho dez dedos e um pau monstruoso, não posso satisfazer a todas!

— Pensei que você ia ao menos tentar! — AK gritou de volta para mim, indo em direção ao clube.

Um coro de risadas ecoou e todos os irmãos entraram para escolher suas putas e tóxicos. Flame foi para o fundo da garagem, com a faca na mão, assumindo o posto de maldito cão de guarda, algo que vinha fazendo há algumas semanas.

Fui até Styx e dei um tapa em suas costas.

— Vai se juntar a nós, irmão?

Ele balançou a cabeça, fazendo com que o cabelo escuro caísse sobre o rosto.

— V-vou sair para uma c-corrida com a M-Mãe.

Soltei um assobio baixinho e brincalhão.

— Porra, homem, não de novo! Fique aqui, beba, aproveite. Você não tem que sair com a sua mulher toda vez que a gente festeja.

Styx olhou para mim.

— E-ela ainda está aprendendo a c-como viver no m-mundo. É d-d--demais...

Styx estava falando sobre como Mae conhecia pouco a respeito da vida fora da comuna. Era uma merda muito louca. Ela ainda estava se adaptando a como as coisas funcionavam aqui do lado de fora, e o Styx a ensinava tudo com calma.

— Tudo bem — suspirei enquanto Styx tirava um cigarro do bolso da calça. De repente, uma questão me veio à cabeça. — Você está se protegendo quando transa com a Mae, não está? As coisas estão uma loucura pra nós ultimamente aqui no clube e não precisamos de mais problemas.

Styx congelou e seus olhos grudaram em mim. Entendi, ninguém falava merda da Mae e ela nunca foi um problema. O maldito era maluco por aquela mulher. Ela era estonteante, com aquele longo cabelo escuro e incríveis olhos cristalinos. Styx era obcecado por ela. Porra, ele vivia e morreria por ela. Nem a pau eu ficaria caidinho assim por uma mulher.

As palavras sábias do meu pai vieram rapidinho em minha mente: *Bocetas são boas para lamber e foder forte, mas nunca para serem adoradas.*

Levantei as mãos e me afastei.

— Ei, só estou checando se teremos pequenos Styxs pisando nos meus pés em algum futuro próximo. Ainda não estou pronto para ser tio, e com a quantidade de sexo que vocês estão fazendo, só quero ter certeza. — Styx encolheu os ombros, me ignorando, e cerrei os olhos, em suspeita. — Você não está usando proteção, não é, seu idiota?

Styx tensionou a mandíbula e disse:

— N-não. E s-se ela e-e-engravidar, ótimo. Quero ter a m-m-minha mulher de todas as maneiras. Q-q-quero que ela t-tenha o meu f-f-filho.

Minha boca se abriu em choque, e então joguei a cabeça para trás, gargalhando.

— Porra, Styx! Engravidando a mulher antes do casamento. Você tomou a princesa de uma maldita seita religiosa extremista, a colocou como *old lady* do presidente, basicamente a transformou na rainha de todas as mulheres sob o nosso teto, e para coroar o bolo, pode acabar engravidando ela antes de colocar um anel no seu dedo.

Styx cerrou os olhos, seu rosto permaneceu estoico, o que apenas serviu para me fazer rir ainda mais.

— Homem, você ganhou o direito de usar o demônio nas suas costas. Você corrompeu completamente a mulher! Se antes ela não iria para o inferno, com certeza agora ela irá!

Styx se inclinou para frente, com o punho fechado, bem quando a porta do bar se abriu. Um segundo depois, Mae apareceu e ele se afastou, me dando um olhar irritado que dizia que eu pagaria pelo meu comentário mais tarde.

— Olá, Ky — Mae me cumprimentou, toda delicada e educada com o seu sotaque estranho, enquanto caminhava até o Styx. Ele se inclinou para segurar sua mão e a puxou para os seus braços, agarrou seu cabelo escuro e grudou a boca na dela, me mostrando o dedo do meio pelas suas costas.

O cara já era louco pela mulher mesmo antes de ela ser sequestrada pelo Rider, mas depois que a tinha recuperado, ele tinha feito dela sua propriedade, lhe deu um colete com o seu nome gravado nas costas, e não a tinha deixado sair do seu campo de visão nem por um segundo. Na verdade, eles ficavam trancados no quarto por tempo demais, e tenho certeza de que ele passava mais tempo transando com ela do que a deixando respirar.

— Bem, agora que você deixou a situação estranha pra caralho, estou vazando — eu disse sarcasticamente, me espremendo para passar entre os dois enquanto Styx gemia e começava a empurrar Mae contra a parede.

Deixando os dois sozinhos, entrei no bar, levantando as mãos no ar enquanto *Zeppelin* tocava a todo volume no sistema de som, e o cheiro de mulher excitada encheu o meu nariz.

— Putas, abaixem as calcinhas e molhem essas bocetas. A porra do seu deus do sexo finalmente chegou!

Mulheres pairaram sobre mim como moscas pairam sobre a merda, rindo e acariciando meu pau enquanto meus irmãos levantavam suas bebidas. Fui direto para o bar, onde o recruta estava me esperando. Antes mesmo de me sentar, um copo com uísque foi colocado na minha mão.

AK e Smiler se sentaram ao meu lado, segurando algumas putas e as colocando nos seus colos. AK observou Viking aproveitando o momento com duas mulheres e riu da sua sorte. Smiler, como sempre, ficou sentado, parecendo como alguém que queria morrer.

Beauty e Tank se aproximaram. A bela e loira *old lady* do irmão era praticamente a mãezona do clube.

— Olá, querido, como você está? — ela perguntou, em seguida me dando um beijo na bochecha.

— Bem, mas ficarei melhor ainda em uma hora quando estiver vendo cinco de você por causa do uísque e estiver deitado de pernas abertas embaixo das gêmeas chupadoras.

Ela balançou a cabeça, desolada, enquanto eu e AK brindávamos com nossos copos.

— Como estão Maddie e Lilah? Elas já desceram? — Beauty perguntou.

Balancei a cabeça e respondi:

— Não, mas bem que eu queria que a loirinha peituda descesse em mim. Estou sonhando em ter aqueles lábios rosados ao redor do meu pau, só pra saber qual é a sensação...

E maldito eu fosse se isso não era verdade. Só o pensamento da loira de joelhos quase me fazia gozar na calça. Só que ela era maluca. Uma doida-varrida religiosa que não iria me chupar tão cedo. Quer dizer, *caramba*, meu pau teria que ser um crucifixo de ouro maciço e abençoado pelo profeta, só para ela chegar perto. Mas ela, com certeza, era o Santo Graal das bocetinhas.

Mordi meu lábio inferior enquanto imaginava o seu rosto lindo pra caralho, e aqueles peitos... Uhmm... Eu quase podia sentir o seu gosto na minha língua.

— Ky! — Beauty reclamou exasperada, fazendo com que eu saísse das minhas fantasias. — Você não pode responder uma maldita pergunta sem toda essa merda de sexo?! Você é nojento!

— Se acalme, mulher! *Não*, elas ainda não desceram do apartamento.

Elas ainda estão escondidas, observando tudo da janela e pensando que somos homens do Diabo esperando para arrastar as suas bundinhas religiosas para o inferno.

— E elas estariam certas. — AK riu.

Beauty suspirou e olhou na direção da porta que levava ao apartamento de Styx.

— Pobrezinhas. Vocês conseguem imaginar o que é ser afastada de tudo o que conhece e ser jogada aqui, dentre todos os lugares? Elas devem estar tão assustadas.

Dei de ombros.

— Mae conseguiu se acostumar e ela estava sozinha. Elas só precisam crescer um pouco.

Beauty entrecerrou os olhos e franziu a boca.

— Mae *escolheu* sair daquela maldita seita. Ela *quis* sair. Aquelas duas garotas foram abusadas a vida toda, mas *nunca* quiseram sair. E então vocês chegaram, atirando para todos os lados, matando o homem que elas acreditavam ser como um deus, as levaram à força, jogaram as pobres em uma van, e você espera que elas se acostumem? — Beauty estava irritada.

— Aquelas duas nunca vão entender a nossa vida. Elas não foram feitas para viver como foras da lei. A pergunta é: o que vai acontecer com as duas, caso elas nos deixem? Para onde irão? O que farão?

Ninguém disse nada depois disso. Se as irmãs fossem embora, Mae ficaria despedaçada, e o Styx não deixaria isso acontecer por nada neste mundo. Por ora, quer elas se mantivessem escondidas ou não, as duas ficariam aqui. Não havia nem o que questionar. E eu não estava reclamando. Se isso significasse continuar vendo a mulher mais gostosa que já vi na vida, tudo bem para mim... e também para o meu pau de vinte e cinco centímetros.

O som de risadas agudas chegou até nós, e quando olhei por trás de Tank e Beauty, vi Tiff e Jules, minhas putas usuais e as famosas gêmeas chupadoras, se aproximando rapidamente. Quando digo que essas duas faziam tudo juntas, quero dizer tudo. Agora, me coloque no meio dessa equação e, bem... isso resulta em ótimos momentos.

— Ky, baby... — Tiff disse com um sorriso.

Beauty suspirou, exasperada, revirou os olhos e bateu no peito de seu homem.

— Essa é a nossa deixa, amor.

Tank despediu-se com um aceno de mão, enquanto AK e Smiler saíram para curtir a festa na área da mesa de bilhar. Levantando as mãos, puxei as duas putas loiras para o meu peito e gemi quando a mão de Jules foi imediatamente para o zíper, roçando minha ereção.

— Que tal um pouco de diversão? Estamos muito excitadas... — Tiff sussurrou no meu ouvido.

Pegando sua mão, a coloquei sobre a de Jules, e sussurrei:

— Será que esses vinte e cinco centímetros falam por si só?

A puta lambeu os lábios vermelhos e começou a me empurrar da bancada do bar em direção ao corredor que levava ao meu quarto. Em dez minutos, eu estava deitado de costas, com as pernas abertas, com Tiff cavalgando meu pau enquanto Jules cavalgava meu rosto.

Caralho, eu amava a minha vida!

CAPÍTULO DOIS

LILAH

— Maddie! Não aguento mais! Essa... essa... *música*! Só pode ser coisa do Diabo. Do *Diabo*! Você já ouviu as letras? Elas são puro pecado, vis, hedonistas! E os meus ouvidos! Eles sangram por causa do volume dessa coisa!

Voltei minha atenção para uma Maddie silenciosa e pensativa, que rodeando as pernas com os braços, enquanto eu andava de um lado ao outro pelo chão de madeira.

— Onde está Mae? Preciso falar com ela sobre isso!

Maddie suspirou, exasperada, e continuou olhando pela única janela do nosso pequeno apartamento – aquele de onde nunca saíamos a não ser para as nossas preces diárias no rio, sempre em companhia de Mae. O apartamento de Styx ficava acima do chamado "clube de motociclistas", no qual estávamos presas, o Hades Hangmen, ou o que quer que isso significasse.

O que eu sabia era que isso era um inferno no qual tínhamos sido forçadas a viver depois de sermos arrancadas do nosso lar e de tudo o que conhecíamos: a comuna. A Ordem. O Profeta do Senhor. Nós pertencíamos aos Escolhidos do Senhor. Era a única maneira de clamar a nossa salvação por sermos fruto do diabo, nascidas para sermos pecadoras sedutoras. Em vez disso, fomos afastadas do nosso povo e jogadas no covil maligno. Não sabíamos o que havia acontecido com nosso povo, depois que esses chamados Hangmen atiraram em nossos irmãos e irmãs. Eles mataram nosso profeta! Tudo isso há apenas algumas semanas.

Eu odeio estar aqui. Odiava tudo sobre o lugar: os atos pecaminosos diários que aconteciam lá embaixo naquele bar, a violência que presenciei, as armas, e, especialmente, os homens. Especialmente... *ele*. Ky. O *prostituto* Hades Hangmen. O homem que sorria para mim sempre que eu estava presente, que lambia os lábios de uma maneira absurdamente indecente.

Ele fazia a minha pele arrepiar. Ky podia ser lindo por fora, com aquele cabelo longo e loiro, os olhos azuis, mas ele tinha uma alma corrompida.

Não posso confiar nele... Não posso confiar em nenhum deles.

— Ela está com Styx. Ela sempre está com o Styx, Lilah — Maddie disse, cansada, afastando meus pensamentos daquele libertino rebelde.

Caminhei em direção à minha cama, sentei-me no colchão e deixei meu corpo tombar para trás, deitando-me sobre o lençol preto de seda.

— Por que ela aceita esta vida? Por que sorri e ri, juntando-se carnalmente ao seu Styx, enquanto tudo o que podemos sentir é puro desespero pela nossa situação? Por que estamos aqui, trancadas nesse quarto, dia após dia? Estamos condenadas ao inferno, Maddie... ao inferno!

Maddie lentamente voltou a atenção para mim, recostando a bochecha contra o joelho. Ela olhou para mim com uma expressão melancólica.

— Porque ela se apaixonou, Lilah. Foi no Styx que ela encontrou a peça que faltava em sua alma. — Maddie suspirou e me deu um sorriso triste, adicionando: — Deveríamos rezar ao Senhor para sermos igualmente abençoadas. Para que encontremos alguém que nos ame completamente e que nos proteja do mal. Desde crianças fomos forçadas a estar com homens que não amávamos. Você não aceitaria a afeição de um homem que tenha escolhido? Um homem que a queira mais do que para apenas uma junção celestial?

Arfei com sua resposta.

— Não, eu não aceitaria! Como encontraremos salvação para o mal que habita este lugar repleto de pecadores?! Você conhece as escrituras, Maddie. Só podemos ser absolvidas de nosso pecado de nascença através dos justos tementes ao profeta e ao Senhor. Somente pelas mãos dos discípulos escolhidos. Não por qualquer homem que acha que tem direito de estar entre nossas pernas! Tenho visto a forma como as mulheres são seduzidas aqui. É nojento.

Os olhos verdes de Maddie pareceram ficar ainda mais tristes e ela suspirou, olhando mais uma vez para o céu escuro do outro lado da janela da nossa "cela". Meu estômago se contorceu e se apertou de medo.

Ela havia perdido sua fé.

Bella estava morta.

Mae encontrava-se levando uma vida de pecado. Eu era a única que ainda seguia o caminho virtuoso; a única que poderia nos manter no caminho correto.

Um barulho alto soou abaixo das escadas. Eu e a Maddie pulamos, nos encolhendo na cama, em pavor. A lâmpada no teto começou a balançar de um lado ao outro. Uma gargalhada estridente ecoou do quarto diretamente sob nós... do "Submundo", como eles chamavam.

Endireitei-me, segurando o lençol com tanta força que temi rasgar o material. Soltei um grito alto e agudo. Semanas e semanas de frustração explodiram no meu peito. Maddie choramingou ao meu lado, encolhendo-se contra a parede.

Chega! Pensei, perdendo meu autocontrole.

Levantei-me, ajeitei meu longo vestido cinza, e peguei minha touca branca. Amarrei o cabelo em um coque, escondendo-o sob o tecido. Respirei fundo e caminhei até a porta com um objetivo.

— Lilah! O que você está fazendo? — Maddie quase gritou, em pânico. Seus olhos verdes estavam arregalados enquanto ela me observava.

— Vou solicitar que estes disparates pecaminosos tenham fim, de uma vez por todas! Estou cansada, Maddie. Não consigo dormir com esse barulho incessante, além de temer descer as escadas sob o risco de ser tocada de maneira imprópria por um desses pecadores. A maneira como eles nos olham é lasciva, como se fôssemos frutas proibidas que querem devorar! Estou exausta... tão cansada, e já não aguento mais. Minha cabeça dói o tempo todo pela falta de sono. Não consigo comer, porque meu estômago está sempre embrulhado pelo medo do que pode acontecer conosco neste lugar. E o meu peito... o meu peito está tão apertado que parece que não consigo respirar. Sinto que vou desmaiar e que estou entrando em colapso. Estou perdida, Maddie. Sinto como se estivesse me despedaçando e ninguém entende ou se importa...

Maddie começou a balançar a cabeça para mim.

— Lilah, por favor. Deixe isso quieto até que Mae volte. Esses homens... eles são perigosos. Você viu o que fizeram ao nosso povo na comuna. Não os incite a serem violentos com você também.

— Tenho que pedir para que parem! Tenho que tentar! Não podemos mais recorrer a Mae. Ela se perdeu do caminho virtuoso, esqueceu-se dos ensinamentos do profeta, por estar envolvida demais com o Styx. Mae não escutará a razão. Só resta a mim. Pedirei a eles por um pouco de paz.

Maddie debruçou-se na cama, e começou a roer nervosamente a unha do polegar. Mais uma vez, ela envolveu seu próprio corpo com os braços. Sempre que eu mencionava nossa fé, ela reagia daquela forma. Eu podia ver em seus olhos a devoção ao nosso profeta diminuindo cada vez mais. A maneira como ela se alegrou quando o Irmão Moses foi morto há algumas semanas, apenas confirmou o quanto ela havia se desviado de nossa bem-aventurada vocação. A Ordem estava simplesmente seguindo a vontade do Senhor quando os anciões tentavam ao máximo nos livrar do mal nas frequentes reuniões de partilha.

Fechando os olhos com força, respirei fundo mais uma vez. Então, rapidamente destranquei as quatro trancas da porta e girei a maçaneta. Depois de contar silenciosamente até três, engoli meu medo e abri a porta, apenas para soltar um grito ensurdecedor enquanto tropeçava, chocada, sentindo minhas costas baterem na parede, deixando-me sem fôlego.

Sentado em uma cadeira no estreito corredor, em frente à porta do nosso apartamento, estava o pecador tatuado, Flame. Eu sabia que ele ficava lá o dia todo, diariamente. Eu o espiava pelo olho mágico da porta. Eu não sabia se ele estava lá fora para garantir que não tentássemos fugir, como se fôssemos prisioneiras neste lugar, ou se estava lá para nos proteger. Era raro vê-lo deixar o seu posto em frente à porta.

Os profundos olhos negros de Flame estavam focados em uma longa lâmina prateada em sua mão... uma lâmina que cortava sua pele já carregada de cicatrizes, na parte inferior do antebraço. Ele estava ofegante, com a língua lambendo os lábios e, por baixo das calças, sua masculinidade estava ereta, forçando o tecido quase a ponto de rasgar.

Incapaz de conter por mais tempo, um gemido assustado escapou da minha boca. Flame desviou a atenção de sua faca, seu olhar conturbado se conectando ao meu. Um rosnado saiu dos seus lábios por ter sido interrompido, e me encolhi de medo.

Quando a faca caiu no chão, Flame se levantou, e cada um de seus músculos esticou-se em tensão. Um rangido no chão de madeira soou atrás de mim enquanto eu tentava praticamente me colar à porta. A atenção dele se voltou para aquela direção.

Lentamente, respirando pelo nariz, os punhos de Flame se fecharam ao lado do corpo, o sangue do braço cortado lentamente se acumulando no chão. Segui o mesmo caminho de seus olhos, que me levou à Maddie, igualmente focada em Flame. Ela estava agora sentada na beirada da cama, com os olhos verdes extasiados. Tão calmo quanto possível, seu olhar desceu para o sangue acumulado, fazendo-a engolir em seco.

Movendo-me o mais lentamente possível, endireitei o corpo. Flame notou o movimento. Sua respiração ficou pesada quando seus olhos selvagens iam entre Maddie e eu.

— Vá lá embaixo, Lilah. Faça o que ia fazer — Maddie disse suavemente. — Você ficará mais calma se conseguirmos dormir um pouco.

— Não a deixarei aqui sozinha com ele. Perdeu o juízo? Ele parece a ponto de matar alguém!

Os ombros de Maddie relaxaram e ela olhou na minha direção.

— Flame não vai me machucar, e *disso* tenho *certeza*. — Seu olhar encontrou o dele e Maddie corou. — Na verdade, Flame é o único homem com quem me sinto segura.

Virei a cabeça para olhar para Flame, tentando enxergar nele a confiança que Maddie tão claramente via. O homem estava todo vestido de preto, calça de couro, camisa preta justa e aquele colete de couro que todos usavam. Ele tinha armas e facas amarradas ao peito e ostentava tatuagens da cabeça aos pés. Ainda usava uma barba, além de ter o cabelo todo despenteado.

Tropecei de cansaço.

— Lilah. *Vá!* Antes que você desmaie de fadiga — Maddie ordenou e se sentou na cama, voltando a olhar pela janela. Flame se recostou na parede e foi deslizando até que estivesse sentado no chão a uma mínima distância da porta. Pegando uma nova faca, e ainda sem afastar o olhar dela, ele voltou a cortar o antebraço.

Um tiro estridente ecoou do andar de baixo, desta vez sacudindo a luminária no corredor. Maddie permaneceu quieta na cama, perdida em seus pensamentos. Flame estava perdido em seu próprio sangue, sobrando apenas eu para contestar o comportamento dos animais no andar de baixo.

Cautelosamente passei por Flame, e desci as escadas que davam para o corredor que levava à sede do clube. A cada passo, o barulho aumentava, e estremeci quando a música pesada sacudiu as paredes de madeira. Nunca senti tanta raiva em toda a minha vida, tanto desespero por uma noite de sono. Parei atrás da porta de metal que delimitava a entrada no covil maligno, reunindo coragem para enfrentar aquela horda de pecadores e infiéis. Minha mão tremia quando segurei na maçaneta da porta. Senti-me titubear por um momento. Se ousasse desafiar um homem na comuna, eu teria sido severamente punida. Acorrentada. Chicoteada. Marcada com a cruz sagrada por um ferro quente... queimada. Mas lá eu conhecia o meu lugar. Eu tinha estrutura e rotina, e as mulheres nunca questionavam os homens. Mas neste clube tudo era livre, todos faziam *o quê* e *quando* quisessem, sem se importar com os sentimentos dos outros que aqui viviam.

Sempre fui a mais obediente das Amaldiçoadas, a que sempre andava na linha, a que não passava dos limites, diferente das pobres Bella e Mae. No entanto, dias infindáveis sendo privada do sono, me alimentando mal e o medo constante do desconhecido acabaram me forçando a agir de maneira atípica. *Tipo assim!*

— *Ky! Afaste as putas chupadoras do seu pau e venha aqui!* — uma voz gritou acima da música e senti meu estômago pesar. Eu tinha certeza de que o que estava a ponto de ver não seria nada agradável. Eu tinha visto algumas coisas da janela do nosso quarto... Coisas que nunca poderia sonhar.

Meu Senhor, dai-me forças para continuar. Dai-me forças para confrontar toda essa impureza.

Escutei o barulho de vidro se quebrando e homens zombando, abri os olhos após a minha oração, girei a maçaneta e passei pela porta.

Uma fumaça espessa nublava o local e o cheiro de suor masculino, álcool e relações sexuais pairavam no ar. Lutei contra a náusea quando, corajosamente, entrei naquela bagunça.

Não demorou muito para que eu congelasse de medo.

Mulheres meio nuas estavam espalhadas pela sala, servindo bebidas alcoólicas nas bocas dos homens, algumas até derramavam bebidas entre os seus seios expostos. Queria que aquilo tivesse sido o pior, mas a visão de mulheres adorando oralmente os homens, montadas em seus colos, tomando-os dentro de si, e se juntando carnalmente com outras mulheres, me deixou extremamente enojada.

Tudo o que eles estavam fazendo ali era errado e pecaminoso.

Tentei localizar Styx e Mae, mas não consegui vê-los através da fumaça espessa que emanava dos cigarros.

Pigarreando, respirei profundamente e pedi:

— Vocês poderiam diminuir o volume, por favor?

Ninguém me ouviu. Nenhuma alma viva olhou em minha direção.

Endireitei os ombros e tentei novamente:

— Por favor! Alguém! Será que poderiam desligar esta música? Estou cansada e desejo dormir.

Risos soaram do outro lado da sala, fazendo minha pele se arrepiar. Por um instante, pensei que riam de mim, mas ninguém olhou na minha direção. Meus pedidos passaram despercebidos.

Eu estava pensando no que fazer em seguida quando senti um agarre e apertão em meu traseiro. Virei-me rapidamente para começar a protestar, quando deparei com uma mulher loira e alta... uma das mulheres de Ky, uma das que ele usava para me provocar enquanto eu o observava da janela do meu quarto.

Afastei-me da mulher, mas ela me seguiu. Vestida com uma roupa de couro, com a saia curta, os seios praticamente expostos através do material preto da camisa, seus olhos verdes estavam vidrados e seus lábios estavam pintados com um vermelho vivo.

— Ah, não faça isso, querida. Aqui não é lugar para ser tímida. Você é tão linda... Posso ver por que o Ky não consegue tirar os olhos de você... Porque ele quer foder você.

O desconforto me deixou muda quando a mulher voltou a se aproximar de mim, seus dedos tentando liberar meu cabelo da touca enquanto seus seios duros pressionavam contra os meus.

Quando a renda da minha touca se soltou, ofeguei e saí daquele estado de estupor, tentando freneticamente voltar a fixá-la no lugar. Virei-me para fugir, mas percebi estar perdida, sem saber voltar pelo caminho de onde vim, por conta da fumaça que obscurecia tudo ao redor. Enquanto eu corria pela multidão de homens e mulheres bêbados, o pânico ameaçou fechar a minha garganta.

Eu nunca deveria ter vindo aqui. É verdadeiramente o covil do pecado.

Homens e mulheres se aproximaram tentando tocar em mim, rindo na minha cara, o que só serviu para aumentar o medo que eu sentia. Enquanto procurava desesperadamente pela saída, tropecei numa grande máquina preta que tocava aquele som que feria meus ouvidos: a fonte da música. Um momento de raiva tomou conta de mim ao observar o ambiente, e então, torcendo o corpo para alcançar por trás do aparelho, pude sentir o cabo. Puxei-o com toda a *força*.

Em um segundo, a música cessou. Suspirei aliviada e não consegui impedir que um pequeno sorriso surgisse em meus lábios...

Então percebi que o clube todo estava em *completo* silêncio.

Sentindo dezenas de olhos queimando minhas costas, virei-me lentamente, com o cabo preto ainda na mão. O ambiente permaneceu estranhamente quieto sem a música alta, e minha respiração fraquejou quando os homens – os Hangmen – começaram a avançar, um por um, através da fumaça. Reconheci os líderes pelos seus coletes de couro.

O primeiro homem que se aproximou tinha o cabelo mais curto e escuro do que os demais e uma expressão inquisitiva. Não assustador, mas intimidador. O segundo homem era grande, com uma longa barba e cabelo ruivos. Ele sorria lascivamente para mim, com os dentes roçando no lábio inferior. O próximo homem era esbelto, menos musculoso, com um longo cabelo castanho e olhos gentis. Um homem careca foi o seguinte, e este segurava o braço de uma loira sorridente. Ela parecia querer se aproximar de mim, mas minha postura rígida deve tê-la dissuadido. Eu já a tinha visto com Mae, da janela do meu apartamento. Ela parecia amável, mas eu não estava aqui para fazer amizades. Na verdade, não pretendia ficar aqui por muito tempo.

Os discípulos viriam nos buscar em breve. Então tudo seria consertado aos olhos do Senhor. Ainda poderíamos ser salvas.

— Sai do meu caminho, caralho! O que está acontecendo? Quem diabos desligou a porra do Zeppelin? — uma arrastada voz masculina gritou do outro lado do bar.

Preparei-me quando as pessoas se separaram e um homem passou por elas... Um homem imponente e familiar, com o longo cabelo loiro na altura dos ombros, alto e musculoso. O lindo rosto ostentava uma barba loira escura e os olhos do tom mais intenso de azul que eu já havia visto.

Era ele: Ky.

CORAÇÃO SOMBRIO

Perdi o fôlego quando meu olhar se fixou a ele. Meu estômago se contraiu e minhas coxas doeram com a mera visão de seu corpo dominante.

Os lábios carnudos estavam franzidos de raiva quando se aproximou, mas quando passou pelos homens, e seus olhos encontraram os meus, sua expressão pareceu se suavizar. Seus lábios se abriram em um ofego silencioso.

Com medo de que as minhas pernas cedessem por conta dos joelhos trêmulos, dei um passo para trás e me inclinei contra a máquina de música que agora estava em silêncio.

Ky veio em minha direção, com a camisa branca apertada sobre o peito musculoso e a calça jeans aberta. Quando se aproximou, passou a mão pelo longo cabelo bagunçado, ainda mastigando lentamente um pequeno e fino palito de madeira preso entre os dentes.

Eu não conseguia falar, não conseguia pensar e muito menos *respirar*. Minha mão livre se apoiou em uma prateleira por trás de meu corpo, em busca de equilíbrio. O cheiro de Ky tomou conta de mim. Meu coração estava batendo freneticamente enquanto meu sangue corria acelerado pelas veias.

As aletas de seu nariz se agitaram quando ele chegou mais perto, e senti o olhar percorrer em deleite meu corpo coberto com modéstia. Ele não parou a três passos de distância, como os irmãos eram obrigados a fazer na comuna. Não manteve um espaço respitável, como um homem deveria fazer com uma mulher em público. Ah, não... ao invés disso, ele aproximou-se até praticamente se elevar acima de mim pressionando o tórax forte contra meus seios. Eu podia sentir a intensidade do seu olhar. Fechei os olhos com medo de enfrentar esse homem diabólico. Eu perdia toda a compostura quando ele estava perto. Ele era grosseiro, extremamente promíscuo e, embora minha mente me alertasse sobre sua natureza sombria e sedutora, meu coração traiu minha virtude e o desejou tê-lo por perto. Seu belo rosto e corpo me tentaram a me aproximar ainda mais. Ele era *meu* próprio fruto proibido, um dos quais eu precisava manter distância.

— Você... — Ky suspirou e senti o cheiro forte de álcool em sua respiração quando os lábios roçaram minha bochecha. Tentei afastar-me de sua boca, mas sua mão me conteve no lugar. — Levante a cabeça, cadela, quero ver esses belos olhos azuis.

Foquei em tentar permanecer calma, mas não consegui evitar entrar em pânico.

De repente, senti uma mão no meu seio e choraminguei. O tremor foi instintivo, e me amaldiçoei por ter vindo até aqui. Eu não estava agindo de maneira correta e agora estava pagando o preço. Deus estava me punindo por andar livremente neste inferno.

— Por favor... me solte — implorei, ainda de olhos fechados.

Ky se aproximou ainda mais, e consegui sentir seus músculos duros pressionando contra meus seios. Tentei controlar meu medo, mas não funcionou. A mão dele passou pelo meu pescoço e pelos laços da minha touca.

— Por que você esconde todo esse cabelo dourado, querida? É lindo pra caralho. *Você* é linda pra caralho — Ky murmurou.

Senti o rosto áspero roçar o meu, enquanto ele afastava a touca. Começou, em seguida, a retirar um a um os grampos que mantinham meu coque preso. No instante em que meu cabelo tocou minhas nádegas, Ky soltou um longo e doloroso gemido.

Lágrimas queimaram meus olhos quando suas mãos se enrolaram nos meus fios agora soltos. Ky se inclinou, inspirando profundamente, à medida que seu quadril roçava minha barriga.

— Porra, mulher. Tenho sonhado em fazer você gozar desde a primeira vez que a vi... Quero você sob mim, sobre mim, apertando o meu pau. Quero foder você, forte, escutar você gritar... chupar você até que não aguente mais...

Soltei uma respiração trêmula, sentindo meu peito doer ante suas palavras grosseiras.

O hálito quente de Ky tocou minha bochecha até que senti algo úmido percorrer meus lábios. Abri os olhos, assustada, quando percebi o que era... a sua língua... a sua língua provando minha pele.

Apoiei as mãos no peito musculoso e, quando estava prestes a afastá-lo de mim, um assobio alto, quase ensurdecedor, cortou o ar.

Ky afastou a língua e descansou a testa contra a minha, suspirando, aparentemente irritado. O som de passos firmes e pesados contra o chão de madeira ecoou, e em questão de segundos, Ky foi afastado de mim. O corpo musculoso foi rudemente pressionado contra a parede ao meu lado.

Meus olhos se arregalaram quando vi Styx segurando-o pela garganta. No entanto, Ky ainda mantinha o olhar fixo em mim. Quando nossos olhos se encontraram, ele gemeu, mordendo o lábio inferior, enquanto a mão em cunha segurava a masculinidade rígida sob a calça. Com um grunhido, Styx afastou a mão em punho e atingiu o rosto de Ky com um soco. Senti meu corpo tremer da cabeça aos pés, e a necessidade de fugir dali se fez mais forte à medida que a violência dominou o ambiente.

Desviei o olhar quando Styx o arrastou até entrarem em uma sala privativa, e notei o resto do clube me observando, até que um homem com cabelo castanho curto os levou para longe.

Lágrimas deslizaram pelo meu rosto.

O que eu estava pensando ao descer aqui? Era como se aquela pessoa não fosse eu. Este lugar estava corrompendo minha alma, forçando-me a comportamentos que não eram do meu feitio. As mulheres não tinham direito de desafiar os homens, mas aqui eu estava agindo de uma maneira descarada e errática.

— Lilah? Você está bem? O que está fazendo aqui sozinha? — Mae apareceu rapidamente na minha linha de visão e colocou os braços sobre meus ombros. Seus olhos azuis repletos de amor e preocupação fraternal.

— Eu... eu... estou tão cansada e confusa, e queria que essa música barulhenta e vulgar cessasse. Preciso tanto dormir. Estou tão cansada, Mae. E então ele... ele... ele me tocou... soltou meu cabelo... colocou a boca na minha pele... — solucei, desconsolada, sentindo o abraço reconfortante dela. — Ele expôs o meu cabelo, irmã. Desgraçou o meu recato perante os olhos de Deus. Eu o tentei a me tocar. Tentei outro, Mae... Ele disse coisas impuras... coisas que queria fazer comigo. Ele está sob o meu feitiço. *Outro*, Mae. O Profeta David avisou que éramos sedutoras traiçoeiras, e nós somos! Ele disse que queria me foder... me provar... — Tremi, enojada com as palavras, incapaz de repetir tudo o que ele havia proferido.

— Shhh... Lilah. Calma. Você não é maligna, como nos fizeram crer a vida inteira. Você não é uma mulher tentadora. Você é linda. E ser linda não é um pecado.

Dei um passo para trás ao escutar suas palavras.

— Não diga blasfêmias, Salome. Você está se esquecendo das escrituras e dizendo inverdades.

O rosto de Mae endureceu. Eu nunca a tinha visto expressar tanta raiva.

— Lilah, pare. Eu não digo inverdades. Eu finalmente abri os olhos. O que nos disseram e fizeram acreditar durante toda a nossa vida, era mentira. — Suas mãos acariciavam meus braços. — Ainda estou aprendendo coisas sobre este mundo. Todo dia é um aprendizado, uma surpresa quando aprendo algo novo. Mas você tem que tentar, Lilah. Você e Maddie precisam tentar.

— Eu desejo não estar nesta vida, Mae. Sou fiel à causa do profeta e nada vai mudar isso. E nós somos tentadoras. Olhe a maneira como Ky acabou de agir para comigo!

— Primeiro, o Profeta David está morto, Lilah! A Ordem já não existe mais. Quanto mais rápido você aceitar isso e tentar seguir com sua vida, melhor será para todos! Segundo, Styx está falando com Ky neste momento. Ele será punido por humilhar você, por tocá-la contra a sua vontade. Ele está embriagado e agiu de maneira incorreta. Acredite em mim, no pouco tempo em que estou aqui, sei que esse não é seu comportamento usual.

Mae pigarreou e continuou, com cautela, enquanto olhava para mim:

— Do momento em que ele a viu, sentiu-se subjugado. Fui testemunha disso quando você saiu daquela cela da comuna. E não é porque você é um demônio disfarçado sob a pele de mulher ou uma bruxa diabólica que o seduziu, como Irmão Noah fez com que você acreditasse, fez com que nós acreditássemos. É porque você é loira, curvilínea e linda, exatamente o tipo de mulher que o atrai. Ky não acha vergonhoso chegar em uma mulher e lhe propor esse tipo de coisa. Este clube é bem parecido com a comuna da qual viemos...

— Como? — perguntei de repente, temendo perder minha virtude.

Mae suspirou ante minha preocupação.

— Eles têm suas próprias regras e crenças que os separam do resto do mundo. Ky é o segundo no comando, e com isso vem certos privilégios.

— Como o Irmão Gabriel era para o Profeta David?

Mae assentiu.

— Sim. E por causa disso, ele também tem um grande poder entre os Hangmen. Ele também é muito bonito, caso você não tenha notado... — Mae estudou o meu rosto e logo abaixei a cabeça, tentando esconder o rubor. Era óbvio para qualquer um com olhos que eu *tinha* notado aquele fato. Quando saí daquela cela esquecida por Deus, ele foi a primeira coisa que vi. Ele era tão... formidável. — Então, Ky não tem problemas em conseguir mulheres dispostas a se unirem a ele.

Balancei a cabeça para afastar aqueles pensamentos promíscuos e encontrei seu olhar. Pensei no Senhor e foquei novamente em minha fé, no que eu fora ensinada sobre suas palavras.

— Isso é errado — falei e Mae encolheu os ombros. — Comportar-se de tal maneira é errado e pecaminoso, e eu não sou uma dessas mulheres perdidas, Mae. Não entrarei nesse jogo e não serei tratada como um cachorro! Apenas os irmãos e os discípulos têm o direito de se juntar a mim, na Partilha do Senhor. Essa é a única maneira de me livrar do mal que habita o meu corpo... minha alma. Esse Ky, esse *pecador*, não tem esse direito. Ele não é um homem de Deus! Como poderei ser salva se um dos discípulos de Satanás me tocar? Tudo o que quero é ser salva... Ter a redenção perante os olhos do Senhor...

Lágrimas caíram pelo meu rosto e solucei com minhas palavras. De repente, senti-me tonta, fraca demais pela falta de comida. Os lindos olhos azuis de Mae se suavizaram e ela me segurou pelos braços, dando um beijo carinhoso na minha cabeça.

— Shh... eu sei — Mae sussurrou. — É por isso que Styx o afastou. Ky será duramente repreendido, eu prometo.

Afastando-me dos braços dela, olhei para a porta que levava a uma das saídas, sabendo o que eu tinha que fazer.

— Eu tenho... Eu preciso rezar. Limpar-me dos pecados, da luxúria, do vício e das impurezas — anunciei.

Mae se aproximou e gentilmente segurou meu braço. Afastei-me do seu agarre, encolhendo ao seu toque, liberando-me de sua mão.

— Não, Mae! Eu preciso pagar pelos meus pecados. Vou até o rio para rezar! Sinto-me suja... eu *estou* suja... Este lugar... Como você pode viver assim? — Observei seus olhos brilharem enquanto a confrontava. — Também preciso rezar pela sua alma, irmã. Devo rezar para que você volte a encontrar o caminho do Senhor.

Tropecei na direção da porta sem olhar para trás e saí para o ar fresco da noite. Não queria ver a expressão magoada no rosto de Mae. Eu a amava, e queria que ela também se livrasse do mal. Nós éramos as Amaldiçoadas, estávamos destinadas ao inferno, a menos que fôssemos salvas. Eu ainda tinha fé que nosso povo e nosso profeta retornariam, assim como Jesus. Estava nas escrituras, e eu podia recitar de cor cada palavra.

Corri pelo gramado verde ao lado do complexo até o pequeno rio e caí de joelhos, minha mão tocando meu peito ofegante. Sentindo algo no meu bolso, olhei para baixo e vi as tiras da minha touca. Fechei os olhos aliviada; Mae deve tê-la colocado ali para mim.

Olhando para a água escura e agitada, concentrei-me em acalmar meu coração acelerado. O rio corria depressa, e eu tinha que limpar o toque imundo daquele *homem*. O toque condenado de suas mãos e língua... Limpar todos os seus pecados.

Pegando a touca, segurei-a em minhas mãos, prendi o cabelo em um coque apertado e amarrei o material branco de volta no lugar. Assim que o manto recobriu minha cabeça, senti uma calma imediata. Novamente eu estava digna e modesta. Fechando os olhos, inclinei a cabeça para o céu, encontrei aquele fluxo de paz dentro da minha alma e entreguei meu coração ao Senhor.

Jesus, por favor, salve-me deste lugar maldito e sombrio. Leve-me para seus braços amorosos e salve-me do mal que vive dentro de mim. Salve todas as Amaldiçoadas, aquelas de nós que foram geradas pelo próprio Diabo...

CAPÍTULO TRÊS

KY

— Me solta, Styx! Porra!

Arrastando-me pelo meu cabelo comprido, Styx me jogou para dentro do escritório e me deu um soco na boca de novo, dessa vez abrindo um corte na porra do meu lábio.

Caindo sobre a mesa, minha mão bateu na superfície de madeira e me endireitei, me virando e apontando o dedo para ele. Senti o sangue escorrer do meu lábio, pelo queixo e barba. Styx postou-se à minha frente de braços cruzados, os músculos esticados sob a camisa. O maldito era maior que eu em peso, mas não em altura. Poderíamos lutar de igual para igual, mas eu não queria brigar com meu melhor amigo. Eu estava tão bêbado que nem a pau sairia ganhando dessa.

— É só isso, cuzão. Isso é o máximo que você vai conseguir. Me bata de novo e veja o que acontece — falei arrastado, limpando o sangue do meu rosto com a parte de trás da mão.

O lábio de Styx se curvou em um sorriso arrogante e ele bufou, soltando uma risada incrédula. Deu um passo à frente e me preparei para mais um soco. Em vez disso, ele pegou uma cadeira de madeira e, rosnando, a lançou através da sala. Ignorei sua atitude e fechei os olhos, tentando fazer o mundo parar de girar. Desistindo de encontrar algum equilíbrio, dei um passo para trás e me sentei na beirada da mesa.

Ao ouvir as pesadas botas de Styx soarem no chão de madeira, vindo na minha direção, lentamente abri os olhos e os cerrei enquanto a luz fluorescente da luminária do teto fazia minha dor de cabeça piorar ainda mais. Ele parou a poucos centímetros de mim, cara a cara, nossos pés se encostando. Pude ver que estava tentando dizer alguma coisa, mas quando Styx ficava agitado assim, sua gagueira roubava sua voz, daí seu apelido: o Hangmen Mudo. O maldito só conseguia falar comigo, e agora também com Mae, sua *old lady*, mas neste exato momento, o homem não conseguia verbalizar nada. Isso só me fez sentir culpado pra caralho.

Respirando lenta e profundamente, e fazendo o meu melhor para não vomitar no chão, levantei a mão em rendição.

— Se acalme, caralho. Foque na sua fala. Eu entendo, ferrei com tudo e você está puto comigo... *de novo*. Mas neste momento estou vendo dois de você, então me dá um tempo!

Styx franziu os lábios, esfregou a testa e começou a caminhar pela sala, tossindo e esfregando a garganta. Eu sabia que ele estava se preparando para conversar, então me levantei e me joguei em uma cadeira, piscando os olhos para focar a minha visão.

Não. Essa porra não estava funcionando!

Eu tinha a sensação de que isso não terminaria tão rápido assim.

Fechando os olhos, forcei minha mente a lembrar da melhor foda que já tive, mas não conseguia tirar o gosto daquela loirinha da cabeça. Eu queria que aquela cadela puritana montasse o meu pau como se estivesse em uma corrida de cavalo. Porra, ela era gostosa, aqueles olhos azuis, aquele cabelo loiro que ia até a bunda e aqueles peitos cheios que senti pressionados contra o meu... Peitos duros e naturalmente empinados, que eu queria decorar com a minha porra e estocar meu pau entre deles até perder minha mente obcecada por sexo. *Porra!* Até pensar nisso estava me deixando tão duro quanto uma viga de aço de vinte e cinco centímetros.

— K-K... *Ky!!!*

Respirando fundo, abri os olhos para encontrar Styx à frente, olhando para mim como se quisesse cortar a minha garganta. Quando ele passou as mãos pelo cabelo escuro, percebi que eu estava esfregando meu pau duro na calça jeans enquanto pensava na loirinha.

Merda, eu estava muito bêbado.

Styx se virou e se encostou à parede.

— Styx, eu... — falei levantando as mãos.

— E-e-eu f-falei para v-você ficar l-longe d-dela. É a p-porra de uma o-ordem do seu p-prez! — Styx me interrompeu, gaguejando bastante ao dizer cada palavra.

— Eu sei! O que posso dizer? Enchi a cara de uísque e de repente a encontrei no bar, olhando para mim com aqueles enormes olhos e lábios feitos para o boquete que não consigo tirar da cabeça... Porra, Styx, ela é a minha mulher perfeita! Não consegui me segurar. Mas que merda! Aqueles peitos! Aquela bunda... Estou viciado naquela bocetinha!

— *Viciado naquela bocetinha!* — Styx rugiu. — V-você só sa-sabe pensar c-c-com o p-pau! — Ele apertou a ponte do nariz, abaixando a mão somente quando me olhou e disse, depois de inspirar profundamente: — M-Maddie e Li-Lilah nunca saem daquele apartamento. M-Mae e-e-está ficando louca por c-causa disso. Fl-Flame está a-ainda mais p-p-psicótico do que o n-n-normal e n-nunca s-sai de perto da p-porta delas. A última c-coisa que e-e-eu preciso é v-você c-causando mais p-problemas.

Assenti com a cabeça e me inclinei para frente. Styx deu um soco na parede.

— E-e-eu não che-cheguei até a-aqui para p-p-perder a M-Mae. E-e-eu já a p-perdi uma vez, n-n-não v-vou d-deixar isso a-acontecer de n-novo. Precisamos q-que aquelas m-m-mulheres lá em c-cima f-f-fiquem calmas, p-parem de s-surtar c-com a própria s-sombra e se a-acostumem com e-es-sa vida l-longe daqueles m-malucos religiosos!

Sentindo-me culpado pelo sofrimento do meu irmão com o pensamento de perder sua *old lady*, abri a boca para falar no mesmo instante em que a porta se abriu e Mae entrou decidida no escritório.

Falando no diabo...

Styx se afastou da parede assim que ela entrou, mas Mae levantou a mão para ele, furiosa em seus jeans preto, regata dos Hangmen e o colete de couro escrito "Propriedade do Styx". Ela veio em minha direção e, inferno, estava com os olhos cheios de lágrimas. Ótimo. Nada pior do que uma mulher chorando e querendo a minha cabeça em uma bandeja de prata. Parando a alguns centímetros da minha cadeira, ela colocou as mãos no quadril e explodiu:

— Como você se atreve a tratar a minha irmã daquela maneira?! — rosnou e vi Styx gemer exasperado atrás dela, com as mãos cobrindo o rosto. — Ela fica naquele quarto o tempo inteiro, todos os dias, há semanas, e não importa o que eu diga sobre o mundo fora da Ordem, tanto ela quanto Maddie não colocam um pé para fora da porta a não ser para rezar, acreditando que o mal existe e que está à espreita para possuí-las. Lilah não acredita em nada do que digo a ela, nunca abrindo mão de sua fé, e a Maddie, *Senhor*, a Maddie mal fala, mantendo-se apenas sentada e olhando pela janela sempre que está acordada. Ela se fechou completamente, enquanto Lilah está lentamente se despedaçando! Minha irmã está desmoronando a cada dia em que se vê afastada da comuna! — Mae se virou para encarar Styx. — E você precisa falar com Flame de novo. Ele ainda está do lado de fora do apartamento, se automutilando, quando não está na estrada às suas ordens. Lilah está aterrorizada por saber que ele está lá, gemendo e ferindo a si mesmo. Só mais uma coisa que está atrasando o progresso delas em toda essa bagunça.

Observei Styx levantar as mãos.

— Aquele f-f-filho da mãe n-n-não vai fazer n-n-nada que eu disser.

Ele m-me disse que e-está protegendo e-elas e-enquanto c-corta sua p-pele, v-vai s-s-saber de quem. Mas n-não é r-ruim que e-e-ele esteja d-de guarda na p-p-porta. N-ninguém s-se atreve a m-m-mexer com F-Flame.

Mae suspirou e se virou novamente para mim, só que dessa vez as lágrimas escorriam pelo seu rosto.

Ah, merda.

— Por favor, deixe-a em paz, Ky. Eu sei que você acha que gosta dela. Lilah é incrivelmente linda, de tirar o fôlego... mas ela está muito machucada, e quero que ela melhore. Quero que fique aqui comigo. Você não tem ideia de como fomos tratadas durante toda a nossa vida, porque ela é desse jeito. Homens sádicos frequentemente nos tomavam contra a nossa vontade, nos forçavam a fazer coisas inimagináveis em nome do Senhor, e só tínhamos uma à outra para buscar apoio. Minha irmã acreditava que aqueles homens agiam daquela maneira para que fôssemos salvas, por sermos objetos de tentação. Ela ainda crê nesta inverdade, e pensa que se retornar para a comuna, alcançará a salvação. Fomos condicionadas a aceitar e almejar isto. Eu perdi minha fé, mas em contrapartida, a de Lilah parece ter se renovado.

Mae olhou para Styx, e o irmão estava de pé, respirando com dificuldade. Eu sabia que ele odiava escutar sobre o que aqueles filhos da puta tinham feito à sua mulher, com os estupros constantes por toda a sua vida. Os malditos agora estavam mortos, claro, mas os fantasmas do passado ainda estavam presentes todos os dias.

Mae se virou para mim.

— Ky, desde que os Hangmen mataram o Profeta David e acabaram com a comuna, Lilah acredita que está sendo punida, que está no inferno por ter abandonado terras sagradas, nosso protegido Jardim do Éden. Ela até mesmo acredita que eu, sua irmã, estou pecando por me juntar ao Styx, um descrente. Ela acredita que estou aceitando, de boa-vontade, o lado do Diabo.

O prez lentamente se postou atrás de Mae e a tomou em seus braços, puxando-a contra seu corpo, beijando seu pescoço, e sussurrando algo que não consegui entender. Relaxando naquele abraço, vi quando os nódulos dos dedos dela ficaram brancos com o aperto que dava em Styx. Mesmo baixinho, pude ouvir o que ela lhe dizia:

— Você é a minha luz, meu amor. Você é a minha escolha.

Styx fechou os olhos e respirou profundamente. Mae voltou a se virar na minha direção.

— Ky, Lilah acredita a ferro e fogo nas escrituras da nossa fé, acredita de forma literal em tudo o que o Profeta David escreveu. Fomos ensinadas desde o berço de nosso nascimento que nós, Maddie, Lilah e eu, fomos criadas da semente de Satanás. Belas ao ponto de tentar todos os homens, para encomendar-lhes as almas para o Diabo. Lilah sempre encarou isso com certo extremismo. Ela levou um vida diferente antes de ser enviada para a comuna. Maddie, minha irmã Bella e eu já nascemos ostentando o título de Amaldiçoadas. Ela continuou:

— Lilah nunca falou sobre isso, mas sempre achamos que ela teve uma família além de nós. No entanto, creio que eles a abandonaram no instante em que tomaram ciência de que havia sido nomeada pelo profeta como uma Amaldiçoada. Eu entendo isso agora. No momento, Lilah fará de tudo para ser aceita novamente na nossa fé... para que sua alma seja salva aos olhos do Senhor. Ela acredita que tenta os homens por ser um fruto maligno. — Mae respirou profundamente antes de continuar: — Ky, ao comportar-se daquela forma no bar, ela apenas confirmou sua crença de que nasceu para tentar e seduzir os homens, mesmo que não seja sua intenção. Em sua mente, ela acredita que é o espírito maligno que habita em seu corpo que faz com que você a ache atraente. Lilah acredita que nunca será capaz de ser amada verdadeiramente por um homem até que se livre desta maldição e de sua natureza pecaminosa.

Outra lágrima escorreu pelo rosto delicado de Mae.

— Não tenho ideia de como fazer tanto ela, quanto Maddie, desejarem essa vida. Fazê-las perceber que não existe mais a comuna ou a Ordem. Sinto-me incapaz de ajudá-la... de *ajudá-las*. O que lhes acontecerá se não adaptarem-se? — Seus enormes olhos azuis focaram em mim enquanto Styx secava sua bochecha com o dedo, assumindo uma postura protetora. — Preciso de sua ajuda, Ky, e não que você torne isso ainda mais difícil. Se elas me deixarem, eu não sei... não sei...

Styx tomou sua mulher em seus braços, chorando copiosamente. Ele me olhou, com o maxilar cerrado.

Ótimo. Agora ele queria me matar de novo.

Passei as mãos pelo rosto e me levantei; Mae levantou a cabeça, surpresa.

— Vou me manter longe dela. Eu prometo — jurei.

Mae assentiu, embora o seu rosto continuasse sem expressão.

— Obrigada.

Mas o prez ainda me encarava... e eu conhecia aquele olhar. Ele estava planejando algo. Já estava quase saindo do escritório quando Styx pigarreou, ostentando em sua fisionomia o infame olhar de "não aceito merda". As mãos dele se ergueram por trás das costas de Mae, ainda aconchegada a ele em um abraço apertado, e sinalizaram:

— *Vá procurar Lilah. Ela deve estar no rio ou no apartamento. Esses são os únicos lugares para onde ela vai. Diga que você sente muito pelas suas ações de hoje à noite. Okay?*

Assenti com a cabeça, concordando em silêncio ao invés de em voz alta. Era óbvio que ele não queria que sua mulher ouvisse "nossa conversa". Ele levantou um dedo e me fez parar novamente, e vi um pequeno sorriso surgir em seus lábios.

— *Estou colocando você no comando dos cuidados dela e não vou dizer a Mae. Vamos chamar isso de sua... punição por ser um fodido cuzão.*

Revirei os olhos com a tentativa de piada, mas eu sabia que meu irmão não estava para brincadeira.

— *Fique de olho nela, proteja-a, e pelo amor de Deus, faça com que ela se acostume a essa vida de algum jeito. Não vou perder a Mae, e a menos que essas mulheres finalmente se conformem, não sei o que ela vai fazer. Nós sabemos que a vida no clube é completamente diferente da que elas conhecem. A forma como levamos as coisas aqui é o oposto ao valores cristãos que aprenderam, mas vamos encontrar uma maneira de fazer dar certo.*

Styx suspirou e encostou a bochecha na cabeça da Mae, sem nunca afastar o olhar.

— *Você vai fazer com que a loira entre nos trilhos, Ky. Mas não vai se atrever a tocá-la. Viciado naquela bocetinha ou não, saiba que a dela está fora dos limites. Essa é uma ordem do seu prez. Mas você é o meu melhor amigo, meu irmão, meu VP, e eu realmente preciso da porra da sua ajuda agora. Isto está fora do meu alcance.*

Fechando os olhos, inclinei a cabeça para trás. Essa era a última coisa que eu precisava. A Ku Klux Klan ainda era um problema em potencial. Sabe-se lá o que mais estava por vir, já que sempre aparecia um novo inimigo batendo na nossa porta. Aquele filho da puta do Rider ainda estava lá fora, escondido em algum lugar. Minha esperança era que ele estivesse apodrecendo em um buraco qualquer, mas vai saber se o babaca voltaria a aparecer. O cara era obcecado pela Mae, e poderia tentar levá-la de novo.

Filho da puta. Eu teria que dar uma de babá.

Assim que abri os olhos, vi a expressão desesperada no rosto de Styx, e meu coração apertou. Meu irmão teve uma vida difícil. Mudo para todos a não ser para seu pai e eu, filho do maior e mais durão filho da puta que já andou na Terra, aos vinte e cinco anos herdou o martelo do maior e mais implacável MC fora da lei dos Estados Unidos. No entanto, tudo isso mudou para ele no instante em que sua mulher apareceu ensanguentada atrás daquela lixeira; os belos olhos azuis transformaram a vida de Styx. Eu nunca o tinha visto tão feliz, e agora ele estava falando sobre filhos? *Merda.* Meu irmão merecia uma pausa, merecia sua cadela ao seu lado. Ela era uma boa *old lady*, moldada pela vida para aceitar como vivemos e submissa o bastante para nunca questionar seu homem.

Eu teria que ficar de babá de uma maluca religiosa, que eu não poderia tocar, e o tempo todo, com o pior caso de bolas azuis. *Perfeito*. Talvez existisse um maldito Deus afinal, que devia estar rindo pra caralho pelo fato de um dos homens do capeta estar ardendo em chamas para provar o gosto de um dos cordeirinhos de seu rebanho.

— *Você sabe que vou ajudar, irmão* — foi tudo o que sinalizei, e vi o alívio tomar conta de seu rosto.

Enquanto caminhava até a porta, olhei de relance e os vi aos beijos. Pois é, não seria divertido ter que ficar cuidando de um carola gostosa e pudica, mas era isso o que se fazia pelos seus irmãos, e mesmo que não fossem de sangue, não havia um laço maior entre nós dois. Os Hangmen eram uma família e tomávamos conta uns dos outros.

Quando cheguei no bar, o recruta olhou na minha direção.

— Café — pedi. — A maior caneca que tiver — acrescentei.

O recruta franziu o cenho, mas foi buscar a minha cafeína sem questionar. O resto dos irmãos me deram um olhar estranho, sem dúvida pensando que Styx tinha acabado comigo e que eu estava puto. Eles não estavam muito enganados.

— Ky, baby, você vem? — uma voz cantarolou do corredor.

Cerrando os dentes, me virei para encontrar Jules peladinha, com a sua boceta depilada me provocando, apertando os peitos enquanto dois braços enlaçavam seu quadril por trás, os dedos brincando com o seu clitóris. Aqueles dedos experientes pertenciam a Tiff. Meu pau estava duro como uma pedra... *dolorosamente* duro.

— Tenho trabalho para fazer — falei rapidamente. — Vocês terão que lamber o clitóris uma da outra hoje à noite.

— Ah, nós sempre fazemos isso, baby. Só é mais divertido com você assistindo e fodendo nossas bundas e tudo o mais — Tiff disse enquanto retirava os dedos e chupava o suco de Jules, que imediatamente se virou e plantou a boca sobre a dela e gemeu, empurrando-a para o meu quarto.

Virando minha cadeira de volta para o bar, vi o recruta parado, de boca aberta com a cena, e lentamente servindo meu café. Pigarreei e levantei uma sobrancelha. O garoto corou e foi limpar a bancada.

Enquanto eu levava o líquido fumegante até a boca, ele perguntou cautelosamente:

— Sem ofensas, Ky, mas que merda de trabalho é esse que você tem que fazer que o impede de fodê-las?

Virando o café de uma vez, bati a caneca na bancada, frustrado, observando enquanto ela se espatifava, e esmurrei a madeira duas vezes.

— Aparentemente, tenho que me aproximar de Deus e de uma boceta virginal de primeira classe. Amém e aleluia da porra para essa merda!

CAPÍTULO QUATRO

KY

    Saindo no ar quente noturno, tirei um cigarro do bolso e o coloquei na boca. Passei por Viking, que estava recebendo um boquete de uma puta de clube ao lado da garagem, ignorando a visão horrorosa de sua bunda branca. Acendi o cigarro, dando uma longa tragada.

    Peguei um caminho de terra por trás das árvores do complexo, seguindo o som do rio. A loirinha não estava no apartamento de Styx, que ficava no piso acima do clube, e de acordo com ele, provavelmente ela estaria à beira do riacho que cortava o bosque. E por mais que eu estivesse puto, aqui estava eu, dando uma de escoteiro e caminhando pela floresta.

    Só mesmo pelo Styx...

    Não demorou muito para eu ouvir a água corrente, e olhar ao redor em busca da minha evangelista gostosinha. Tropeçando ao longo da beira do rio, chutei algumas pedras na água, até escutar um som estranho semelhante a um choro sentido. Recuando para debaixo da copa das árvores, peguei minha 9mm do cós da calça e avancei em direção ao ruído. Quanto mais eu me aproximava, mais alto o gemido agudo ficava. Destravando minha arma, deixei o esconderijo e congelei no lugar, de imediato, ao perceber que eu estava apontando a pistola para... *Lilah?*

    Mas. Que. Porra?!

    Abaixando a arma, logo a coloquei por trás do meu jeans, e olhei para a loira gemendo uma merda maluca e sem sentido, no chão, em uma lamúria tão alta e aguda que chegava a doer os ouvidos. Com um movimento brusco da cabeça, de repente ela começou a gritar, chorar e jogar os braços para o ar, balançando o corpo para frente e para trás, murmurando palavras que eu não conseguia entender. Soava como um monte de consoantes misturadas.

Completamente sem sentido.

Nunca tinha visto nada parecido com aquilo em toda a minha vida.

Fiquei ali parado como um idiota, o coração batendo acelerado, observando Lilah pirar ao lado do rio.

Puta merda, ela finalmente tinha enlouquecido. *Eu* tinha feito ela enlouquecer.

Styx ia acabar com a minha raça.

Caminhando para trás, voltei a me esconder nas sombras das árvores. Podem me chamar de louco, mas eu queria estar bem longe dessa merda de possessão vudu. Sentei no chão, recostei as costas contra o tronco da árvore, afastei as folhagens à minha frente e a observei.

Os gemidos torturados duraram uma eternidade. Em um determinado momento, seus gestos se tornaram tão inquietos e perturbadores que quase corri até ela, convencido de que a mulher estava no meio de uma maldita convulsão.

Mas o lamento de Lilah foi gradualmente diminuindo, suas mãos abaixaram, e percebi que *eu* tinha voltado a respirar. Nem havia me dado conta de que estava segurando o fôlego. Respirando profundamente, os olhos de Lilah se abriram, vermelhos e inchados de tanto choro e das lágrimas derramadas enquanto esperneava e gritava.

Eu tinha certeza de que meu rosto mostrava claramente o meu estado de espírito: confuso. Observei enquanto ela se recompunha, certo de que Viking tinha colocado alguma coisa na minha bebida de novo sem eu saber; pensei que tinha virado um hippie em pleno Woodstock, mas cheguei à conclusão de que estava bem lúcido depois de observar por quase uma vida enquanto Lilah rolava na grama como uma louca varrida.

Como é que uma cadela *tão* gostosa pode ser psicótica pra caralho?

Levantei a cabeça para o céu e passei as mãos pelo rosto, exasperado, e decidi fazer logo o que me foi ordenado. No entanto, quando tentei ficar de pé, tropecei na terra seca e acabei me sentando outra vez, pois naquele momento, Lilah soltava o longo cabelo loiro, libertando-o daquela coisa branca horrorosa. Logo depois, ela começou a deslizar o zíper por trás das costas, para baixo.

Imediatamente meu pau foi inundado por um repentino fluxo sanguíneo e gemi, com os dentes entrecerrados, ao ver aquele maldito tecido cinza cair no chão, deixando a loirinha vestida com uma camisola que ia até os joelhos e era praticamente transparente... porra, totalmente transparente.

Seus dedos pentearam seu cabelo, e eu soltei um gemido quando ela se virou e pude ver seu mamilo avermelhado através daquela camisola. Lilah de repente se virou, olhando para as árvores.

    Parei e prendi a respiração, rezando para tudo o que era poderoso para que ela não me visse... para que não parasse o show de *striptease*. Quero dizer, porra! Tiff, Jules e putas não se comparavam à cadela.

    Observei enquanto seus brilhantes olhos azuis relaxavam assim que deu um passo em direção ao rio. Ela caminhou lentamente pelo riacho até a água atingir a sua cintura, estendeu as mãos, as palmas deslizando pela superfície da água, inclinou a cabeça para trás e sorriu. Eu respirei fundo. Nunca vi nada parecido com *aquele sorriso* em toda a minha vida. Ela era tão linda, parecendo uma sereia naquele rio. Ela poderia pensar que foi criada pelo capeta, mas era perfeita. Eu tinha certeza de que, se existisse um Diabo, ele não tinha nada a ver com o que eu estava vendo. Aquilo era uma maravilha, uma maldita bênção.

    Jogando para trás o longo cabelo loiro, vi quando ela submergiu lentamente na água. Quando não a vi subir à superfície, eu me levantei. Eu podia ver as inconfundíveis bolhas de ar flutuando, mas pouco tempo depois, nada. A água ficou completamente imóvel. Saí de trás das árvores e corri para a beira do rio, procurando nas profundezas escuras... Nada.

    Porra! Ela estava tentando se matar?

    Sem pensar muito, tirei meu *cut*, jogando-o no chão, e corri para a água, indo para o último lugar em que a tinha visto.

    — Lilah! Lilah! — gritei, agora completamente ensopado. Nadei pela água, mas não conseguia vê-la, senti-la, nada. — Mulher, onde você está, porra?!

    Ao ver outra bolha de ar subir à superfície a alguns metros de distância, mergulhei naquela direção. Abri os olhos embaixo d'água, mas não consegui ver nada. Quando estava prestes a subir para respirar, meus dedos tocaram algo macio... Parecia um pedaço fino de tecido. Nadando para frente, encontrei o corpo quente da loirinha e, segurando-a em meus braços, nos levei para a superfície. Assim que emergimos, respirei ofegante, tossindo para limpar a garganta. No momento em que estava tirando a água dos meus olhos, o grito desesperado de Lilah cortou o ar. Sua mão bateu no meu rosto, e as unhas afiadas rasgaram a pele.

    — Porra, cadela! — xinguei e a joguei de volta na água gelada.

    Lilah balbuciou e tentou se levantar, passando por mim para sair do rio. Levantei a mão até a minha bochecha, passei os dedos pela pele arranhada... Sangue. Aquela cadela tinha me tirado sangue.

    Virando a cabeça, eu a vi tentando chegar até a margem do rio.

    — Você me tirou sangue, sua cadela psicótica! — gritei e estremeci mais uma vez quando a dor de cabeça ressoou como um trovão pelo meu crânio. Eu podia sentir a maldita ressaca vindo a todo vapor.

    Lilah arfou com as minhas duras palavras e correu até a pilha de roupas. Assim que comecei a sair do rio, ouvi seu choramingo e foquei minha atenção nela. A loirinha estava tremendo e falando sozinha, murmurando algo baixinho. Eu não conseguia ouvir o que era, mas toda aquela merda louca estava voltando à vida.

Saí do rio e me aproximei, escutando um pouco do que ela estava dizendo. *Por favor, Senhor, dai-me forças para aguentar o sofrimento. Ajude-me a aceitar minha punição com dignidade...*

Estendi a mão para afastá-la do transe louco, e me surpreendi quando ela gritou e cobriu seu rosto com o braço para se proteger. Aquilo fez com que eu congelasse no lugar e desse um passo para trás.

— Lilah! Pelo amor de Deus, não vou machucar você!

Os enormes olhos azuis de Lilah apareceram quando ela abaixou o braço alguns centímetros. Alguns fios do seu cabelo estavam grudados ao belo rosto enquanto ela piscava.

— Lilah, eu...

— Você... você não está aqui para me punir pela minha rejeição aos seus avanços? — ela perguntou com a voz trêmula de medo.

— De que merda você está falando? — Franzi o cenho.

Abaixando completamente o braço, ela me observou com uma expressão confusa e disse:

— Na... sala de bebidas, você queria que eu me juntasse a você e eu o afastei... Você... você lambeu a minha pele e disse coisas explícitas no meu ouvido... — Ela olhou para mim, querendo que eu entendesse.

— Você é gostosa. Eu estava bêbado pra caralho. E meti os pés pelas mãos. Soou como uma boa sugestão no momento, mas agora, doçura, não tenho nem ideia do que você está falando.

Ela se virou completamente para mim, aparentando mais ousadia, e explicou:

— Você está aqui para me punir porque lhe recusei sexo. Isso o envergonhou como homem por conta de minha resposta negativa, por não ter me juntado a você com o meu corpo. — Ela ficou parada, fechou os olhos e se inclinou para frente, apoiando as mãos em uma das pedras que estava à beira do rio. Empinando a bunda no ar, disse: — Por favor, você se importaria em não me causar dor?

— Eu... — Estava pronto para explicar que não bateria nela, mas quando foquei meu olhar, vi o que estava diante dos meus olhos... Lilah, completamente molhada... em uma camisola transparente. E eu conseguia ver tudo... e eu... eu...

De repente, ela abriu as pernas e a boceta nua entrou no meu campo de visão. Não consegui disfarçar o gemido, sentindo meu pau endurecer na mesma hora.

Porra. Eu estava ferrado. Eu tinha me afogado e este era o meu inferno.

Lilah inclinou a cabeça para me olhar por trás e abriu os olhos lindos. Mordi meu lábio inferior para manter a boca fechada. Tive que usar toda a minha força de vontade para não pular em cima dela, jogá-la de costas e chupar um daqueles mamilos avermelhados através do material praticamente inexistente. Sua barriga era reta e tonificada, as pernas longas e... e a sua bocetinha, *Jesus Cristo*, era perfeita! Puta merda, eu podia ver tudo aquilo através da camisola grudada à pele. Em detalhes explícitos sua boceta rosada e depilada, no ápice de suas coxas, estava diante de meus olhos.

Juro que estava a ponto de gozar na calça. Como a porra de um adolescente que tinha acabado de encontrar a sua primeira revista Playboy.

Saí do meu transe quando a ouvi choramingar. Os lábios cheios tremeram e os olhos se encheram de lágrimas no instante em que tropeçou ao tentar pegar o vestido jogado no chão para fugir.

— Lilah! Se acalme! — falei assim que consegui articular palavras outra vez.

Virando-se à medida que vestia sua roupa, levantou a mão, quase acertando meu peito.

— Não... por favor. Sou eu quem está envergonhada. Sou uma vergonha, uma mulher pecadora. Não quis senduzi-lo. Por favor, não me tome... por favor...

Ela estava pirando, então parei e me virei para o outro lado. E inferno, estava aí algo que foi difícil fazer. Eu poderia ficar olhando para aquela mulher o dia todo.

Mas uma mulher chorona e enchendo o saco? Não, eu não conseguia lidar com mais um segundo dessa merda.

— Pronto, me virei, sem tentação. Me avise quando estiver vestida e então nós dois iremos conversar. — Franzi o cenho alguns minutos depois, ao não conseguir ouvir mais nenhum ruído. — Lilah? — chamei de novo. Ainda assim, nenhum som.

Com cuidado, olhei para trás, afastando meu cabelo comprido do rosto, e vi apenas um pedaço do horrível vestido cinza desaparecendo na floresta.

— Cadela maluca do caralho! — gritei, vestindo meu *cut* por cima da camiseta molhada. Disparei atrás dela, não demorando muito em alcançá-la. A cadela podia ser ágil e rápida, mas não tanto quanto eu.

Ela gritou assim que olhou por cima do ombro e meu viu perseguindo seus passos.

— Lilah! — gritei, mas sem conseguir que ela parasse. Era como se estivéssemos em um maldito filme de terror.

Acabei sem escolha a não ser derrubá-la no chão. Se ela voltasse ao clube gritando e chorando, dizendo a Mae que se ofereceu para mim e que eu a tinha visto nua, Styx ia, com certeza, me matar ou, na melhor das hipóteses, usaria sua lâmina alemã para me deixar com umas cicatrizes novas. E essa merda não ia acontecer. Eu era bonito demais para ostentar cicatrizes feias e avermelhadas.

Lilah pegou o caminho de terra que subia a colina até a sede do clube, mas estendi os braços e enlacei sua cintura, jogando-a no chão; girei o corpo a tempo de eu receber o impacto da queda.

— NÃO! — Lilah chorou de novo e lutou para se libertar, enfiando os cotovelos nas minhas costas. Segurei-a com força, tentando ao máximo não prestar atenção ao fato de que seu seio direito estava praticamente encaixado na minha mão.

Aproveitando que ela estava meio inclinada para o lado, girei e rolei nossos corpos, segurando seus pulsos acima da cabeça enquanto eu montava sua cintura, meu peito quase tocando o dela.

— Mulher, pare! — ordenei ao sentir o corpo tenso se contorcer abaixo do meu. Os fios do meu cabelo tocavam seu rosto úmido e aterrorizado. Os movimentos de suas pernas cessaram, e seu peito subia e descia rapidamente, sem fôlego. Ela olhava para todos os lados, procurando uma alternativa para fugir. O rosto sendo tomado pelo tom avermelhado por conta do esforço.

Eventualmente seus grandes olhos azuis encontraram os meus. E foi minha vez de quase não conseguir respirar. Inspirando profundamente, tentei clarear a mente dominada pela visão de seu corpo e perguntei:

— Já terminou?

Os lábios de Lilah se apertaram e ela balançou a cabeça lentamente.

Meus olhos a varreram de cima a baixo, vendo o corpo coberto pelo vestido cinza e o cabelo agora desgrenhado por baixo da touca antes branca. Meu olhar passou por seus seios, pescoço elegante, as bochechas coradas, e me esforcei para focar em seus olhos tomados por lágrimas.

— Por favor... não me machuque... — sussurrou.

Uma dor ecoou pelo meu peito quando ouvi sua voz falhar, mas constatar que ela sentia medo de mim apenas fez com que a minha irritação crescesse.

— Por que você fugiu?

— Por favor... — Uma expressão de pânico tomou conta do seu rosto.

— Responda a porra da minha pergunta. Por que você fugiu?

A ponta de sua língua rosa apareceu, umedecendo o lábio inferior.

Senti a lambida ressoar até o meu pau. Essa cadela estava me matando. Com a respiração trêmula, ela conseguiu responder:

— Eu estou com medo... Estou com tanto medo, de tudo... do seu mundo... de você... Não quero ser tomada contra a minha vontade... Tenho tanto medo...

Fechei os olhos ao ouvir suas palavras, sentindo uma dor profunda no meu peito. Simpatia? Respirei fundo e olhei para ela novamente. Os tímidos olhos azuis estavam fixos aos meus, mas desceram rapidamente até meus lábios, voltando a subir. Ela corou ainda mais enquanto suas coxas se apertavam e suas pernas se contorciam sob mim.

E então eu senti. Como uma corrente elétrica zumbindo através do meu corpo, meu pau a queria... e muito.

Antes que eu percebesse, meus dedos começaram a acariciar a pele úmida e macia de seus pulsos e me embebedei na visão de tê-la deitada sob meu corpo. A loirinha... aquela maldita loirinha que eu precisava endireitar e fazer aceitar esta vida a pedido do Styx... Eu estava começando a achar que era uma tarefa impossível. A mulher estava quase tão ferrada da cabeça quanto Flame.

Como infernos eu conseguiria me conectar a esse nível de loucura?

Lilah ergueu a cabeça e olhou para cima, focando em nossas mãos e na carícia dos meus dedos. Aproveitei a oportunidade para me inclinar e colocar meus lábios em sua orelha.

Caralho, ela cheirava bem, um aroma doce de baunilha que emanava da pele molhada. Isso me fez querer lambê-la, envolver minhas mãos em seu longo cabelo loiro e beijar aqueles lábios carnudos.

O suspiro profundo indicou que ela havia notado onde minha boca estava. Pude sentir seu coração batendo acelerado contra o meu peito.

— Ky... — Cerrei os dentes ao ouvir a voz sussurrante. Inferno, ela era malditamente tentadora. Nunca estive tão excitado em toda a minha vida.

É, eu estava no inferno.

— Eu não vou machucar você, okay? Não tem punição pelo que aconteceu no bar. Você disse não e pronto. Não precisa empinar a bunda para mim — respondi com uma voz rouca e pigarreei rapidamente. — Ninguém vai estuprar você, então tire isso da porra da sua cabeça surtada.

Escutei a sua respiração no meu ouvido.

— Eu... eu não entendo... o que é... estupro?

— O que é estupro? — perguntei, agora confuso pra caralho. — É quando alguém se força em você, mesmo você tendo dito não. Quando você não tem escolha. Quando você não quer foder, mas forçam você a fazer isso mesmo assim. Porra, mulher, você deveria saber o significado dessa palavra.

— Isso nunca foi feito a mim... — disse ela com os olhos arregalados.

— Sim, naquela seita, era isso o que acontecia.

— Não. Não era... *estupro*. Eram os anciões fazendo o que lhes fora ordenados pelo profeta e por Deus.

Fechei os olhos e balancei a cabeça. A cadela tinha sido estuprada por anos, mas não fazia ideia disso.

— Um dia, Lilah, você vai entender o que estou falando e perceber o quão ferrada e absurda essa desculpa soa.

Ela não disse nada em resposta.

Afastei um pouco meu corpo para que meu rosto pairasse logo acima do dela. A pele de Lilah era dourada e macia, o nariz pequeno e fofo; aqueles lábios... sim, eles também eram inacreditáveis. Caramba, era como se ela tivesse sido desenhada apenas para mim. Nunca vi uma cadela tão perfeita em toda a minha vida, nunca pensei que essa mulher existisse até Lilah sair daquela cela escura algumas semanas atrás, apenas para começar a torturar a mim e ao meu pau extremamente ativo.

— Então eu não estou com problemas?

— Aqui nos Hangmen, quando uma mulher diz não, significa não. Entendeu?

As sobrancelhas douradas franziram, assim como os lábios rosados, em uma expressão confusa. Lilah balançou a cabeça, demonstrando não ter entendido.

Suspirei com o quão difícil essa merda de babá estava rapidamente se tornando. Endireitei-me, liberando suas mãos, mas continuei montado sobre ela. Eu precisava que ela me ouvisse com atenção.

— É por isso que você precisa de mim, doçura. Você não tem a mínima ideia de como viver aqui fora. Não faz ideia do que é normal ou não, longe daquela seita de lavagem cerebral onde viveu toda a sua maldita vida, acreditando que era demoníaca por ser a mulher mais gostosa que já andou sobre a Terra.

Lilah arfou ante minhas palavras, e isso fez com que eu sorrisse. Seu rosto estava todo contorcido em raiva, mas mesmo assim, não havia sequer um traço de feiura.

Caramba.

— O que... O que é lavagem cerebral? — ela perguntou timidamente.

Não consegui evitar que um sorriso tomasse conta dos meus lábios.

Inclinando para frente até que os nossos narizes estivessem se encostando, ela congelou e eu ri.

— Vamos deixar essa conversa para mais tarde. Vamos dar passinhos de tartaruga, doçura... passos de tartaruga.

Ela abriu a boca para falar novamente, então coloquei um dedo sobre seus lábios para fechá-los.

— Quieta. Você vai escutar, e então vai obedecer, e não quero nenhuma resposta bíblica ou qualquer merda do tipo, okay? Quanto mais rápido você agir como uma cadela normal, mais rápido poderei voltar a beber e foder as minhas putas — como não houve resposta, continuei: — Vou deixar tudo claro: você está presa com a gente, com os Hangmen. Aqui não tem lugar para essa merda de *"sou uma carola feliz e quero casar com Jesus"*...

Ela tentou falar novamente, mas um olhar firme e um balançar de cabeça foi tudo o que precisou para que se calasse. Lilah era complacente, naturalmente submissa, isso eu tinha que admitir.

— A sua comuna não existe mais, virou pó. Você entende isso, doçura? Não sobrou mais ninguém. As mulheres que foram poupadas, desapareceram com as crianças sem deixar pistas, a terra foi abandonada. Voltamos lá e checamos tudo. Todos os homens foram mortos: os guardas, os anciões... aquele louco e falso profeta que vocês tanto gostavam de adorar. Aquele filho da puta levou uma bala entre os olhos, o cérebro virou comida de vermes no solo sagrado da comuna.

Lilah chorou como se estivesse com dor, e observei enquanto as lágrimas enchiam seu olhar distante. Balancei a cabeça com nojo. Eu não entendia por que ela estava tão chateada por perder aquele maldito pedófilo.

Styx me contou sobre algumas das merdas que aconteciam na Ordem. Mae tinha compartilhado com ele enquanto estavam na cama, e o meu irmão quase perdeu a cabeça ao saber o nível de abuso que sua mulher sofreu durante toda a vida. Porra, até mesmo eu, um motociclista fora da lei sem moral alguma, fiquei chocado pelo nível de sadismo.

Profeta *'gosto de crianças'* David fazia Charles Manson parecer a porra da fada do dente.

Malditos malucos religiosos. Melhor estar do lado do Hades, do lado do pecado. Ao menos então você sabe para onde irá quando chegar a hora de encontrar com o barqueiro. Não precisa viver obcecado em ser algo que não é. E a melhor parte disso? Você pode se divertir pra caralho fazendo todos os tipos de coisas erradas, mas que parecem tão certas!

— Então, é isso o que vai acontecer: eu e você... humm... vamos passar um monte de tempo juntos. E já aviso logo que não adianta lutar contra isso. Agora você está no meu território e vai fazer o que eu disser, okay?

Lilah acenou com a cabeça rapidamente, e pude detectar o medo intenso em seus olhos e em sua respiração frenética.

— Ótimo. Então antes de tudo: nada mais de tentar se matar. Eu não gosto de nadar, é trabalhoso demais. E nem gosto de ficar molhado, isso acaba com o meu cabelo — sorri, dei uma piscadinha e adicionei: — Mas ficarei mais do que feliz em deixar você molhada de outras maneiras, doçura.

Lilah balançou a cabeça de um lado ao outro, com uma expressão determinada no rosto.

— O que foi agora? — perguntei exasperado.

— Eu... Eu não estava tentando tirar a minha própria vida. Nunca faria isso. O Profeta David era muito firme sobre destruir a maior criação do Senhor: nós mesmos. É um caminho direto para o inferno. Desejo estar nos braços do Senhor em Sião, quando Ele assim desejar, e não antes da hora.

Revirei os olhos ao escutar o nome daquele verme nojento sair dos seus lábios, mas a sua resposta me deixou confuso pra cacete.

— Então que merda você estava fazendo no rio? Você ficou debaixo d'água por muito tempo depois de ter tido uma maldita convulsão no gramado. Você estava chorando e gritando como se estivesse louca, e ainda espera que eu acredite que não estava tentando se matar?

— Uma convulsão? O que é uma convulsão? Eu não entendo as suas palavras. Você é tão confuso! Por que continuo a falhar em entender as palavras que saem da sua boca?

Dei uma risada e afastei o meu cabelo com os dedos.

— Eu, confuso? Doçura, você pode muito bem ser uma alienígena vinda direto de Marte, pela maneira como age.

— M-Marte? O que é Marte? O que é um alienígena? Eu não entendo! — ela choramingou.

Inclinei a cabeça para trás e gemi, então voltei a fixar meu olhar no dela.

— Uma convulsão é quando você fica rolando pra lá e pra cá, incapaz de controlar o seu corpo. Sabe, quando a sua cabeça está ferrada e a sua boca espuma.

O rosto de Lilah estava completamente em branco. E isso me deu a certeza de que eu realmente não tinha vocação para ser médico... e muito menos professor. Parecia que não conseguia explicar nada direito para essa mulher.

— Não estou doente da cabeça, não fico rolando de um lado ao outro sem conseguir controlar meu corpo, e também não espumo pela boca. Eu estava falando com Deus.

Fiquei completamente imóvel quando meu cérebro processou suas palavras, e não consegui evitar uma risada.

— Bem, falar umas merdas malucas como as que você estava falando com Deus não vai convencer ninguém de que você não é *Uma Estranha no Ninho*[1]. Vi você rolando na terra, gritando coisas sem sentido. Meus olhos sabem muito bem o que viram. As palavras que você estava gritando nem mesmo soavam reais.

Lilah cerrou os olhos azuis.

— Eu estava falando em línguas: Glossolalia. Aquelas palavras são uma linguagem pessoal e sagrada entre mim e o Senhor, uma linguagem única que você não entenderia. Eu estava cheia do Espírito Santo, com o mais puro amor de Deus. Transcendi para um lugar onde entreguei meu espírito a Jesus. O que você viu era o gesto da minha adoração, da minha conexão com o nosso Criador.

---

[1] Aqui o personagem faz referência ao filme.

Fiquei olhando para ela, piscando confuso... Cheia do Espírito Santo? Mas. Que Porra...

— Eu estava no rio para limpar os meus pecados — seus olhos se conectaram aos meus —, para me purificar de sua sedução ofensiva e indesejada, uma sedução que era a praga da imoralidade no meu corpo. Eu precisava submergir em águas limpas, como quando Jesus foi batizado por João Batista.

Ela fechou os olhos e uma estranha expressão de placidez tomou conta do seu rosto.

— *Assim que Jesus foi batizado, saiu da água. Naquele momento os céus se abriram, e ele viu o Espírito de Deus descendo como pomba e pousando sobre ele. Então uma voz dos céus disse: "Este é o meu Filho amado, em quem muito me agrado".*

Sim, eu ainda estava de boca aberta...

Lilah suspirou exasperada, perdendo a calma que ostentava um segundo atrás.

— *Mateus 3:16-17.* É a escritura, Ky. Você pode rejeitar a palavra escrita do nosso Senhor e salvador, mas eu não. Fui chamada por um poder supremo para me purificar de meus pecados esta noite, para vir até o rio e restaurar meu espírito.

Dei de ombros e respondi:

— Entendi, mulher. Você estava falando com Deus e se livrando da praga da... — Olhei para Lilah de novo e inclinei a cabeça. — Como é que você chamou?

— A praga da sua sedução imoral — ela respondeu solenemente.

Soltei um assobio baixo e balancei a cabeça com um sorriso no rosto.

— Sim, dessa merda assustadora, doçura.

— Você está me admoestando? — disse ela, franzindo o cenho.

Levantei e olhei para Lilah, que estava tirando as folhas secas daquele vestido horroroso e disse:

— Considerando que não sei o que significa *admoestar*[2], tenho certeza que nunca saberemos disso, não é mesmo, doçura? Quer dizer, estou surpreso por um grande pecador filho da puta como eu ter sobrevivido tanto tempo sem que Deus tenha jogado um raio na minha cabeça!

— Posso pedir para que você pare de me chamar de... doçura? *Meu nome é Lilah* — ela cortou enquanto se levantava do chão e ficava de pé na minha frente.

Chocado com a sua coragem, dei um passo para frente, meu corpo quase tocando o dela. O rosto de Lilah imediatamente perdeu qualquer rastro da expressão rancorosa e ela ficou totalmente imóvel. Quando estávamos frente a frente, ela abaixou a cabeça em submissão, e eu me senti um

---

2   Censurar, repreender, advertir, aconselhar.

idiota. A cadela estava completamente ferrada e assustada demais. Inferno, ela até estava tremendo.

Estendendo a mão, segurei a sua. Ao ouvi-la ofegar, a puxei para frente. Eu queria voltar para o meu quarto para que Tiff e Jules pudessem dar um jeito no meu pau. Estar por perto dessa loira me dava um tesão dos infernos.

— Vamos lá. Vamos para casa antes que o Styx e a Mae queiram o meu couro. Já me basta a bateria martelando na minha cabeça, graças ao uísque. Adicionar a voz chorosa de Mae só vai piorar!

Caminhamos pela floresta densa em um ritmo acelerado, e ignorei os gemidos e as constantes tentativas dela em soltar a pequena mão do meu agarre. Eu não a soltaria, não daria a ela a chance de fugir de mim outra vez. Eu só queria que ela ficasse trancada acima da garagem para que eu pudesse ter um tempo de toda essa conversa de Deus.

Isso me dava coceira.

Quando saímos das sombras das árvores e fomos em direção ao complexo, um monte de caras estava do lado de fora verificando a Chopper recém-construída de Cowboy, um Hangmen nômade. Ele não havia ido embora depois da invasão à comuna algumas semanas atrás. Hush, seu melhor amigo, irmão, também nômade e a porra de sua sombra, também ficou por aqui. Cowboy era descontraído pra caramba, sempre contando piadas. Hush era totalmente o oposto, seus olhos estavam sempre avaliando as pessoas e sempre prontos para lutar.

Aquela dupla faria qualquer coisa por Styx. Ele deixou os dois se tornarem nômades depois que Cowboy passou por poucas e boas na filial à qual pertencia. Eles apareciam para nos ver sempre que possível. Na verdade, eu estava achando que não demoraria muito até que ambos se juntassem à sede do clube aqui em Austin. Esses caipiras da Louisiana pareciam ter encontrado seu lugar entre nós, os pecadores originais, aqui no estado da Estrela Solitária. E eles se encaixam bem ao lado de Viking e Flame. Cowboy, com cabelo loiro, roupas de couro, tatuagens coloridas pelo corpo, botas de cowboy pretas com bico de aço e o chapéu Stetson que parecia grudado na sua cabeça, e Hush, nosso irmão mestiço, com olhos azuis reluzentes, uma atitude de que pouco se importava e uma mira perfeita pra caralho. Os irmãos eram materiais Hangmen de primeira, e seria bom tê-los à nossa mesa. Com mais inimigos à nossa porta do que armas, precisaríamos de todos os irmãos confiáveis que pudéssemos recrutar.

Quando Viking nos viu atravessando o gramado, ele assobiou para chamar minha atenção. Levantei a mão, acenando de volta.

— Porra, agora não, Vike. Tenho que cuidar de umas coisas para o Styx, e não quero ouvir as suas merdas — falei rápido.

Vike bateu no ombro de AK e então sorriu para mim.

— O que é que você tem que fazer? Ou com *quem* você tem que fazer? Está indo botar pra quebrar com a loirinha Amish?

Lilah respirou fundo ao meu lado, e vi o choque em seu olhar, que se encheu de lágrimas de mágoa e perplexidade. Eu respirei fundo... Eu ia matar aquele cuzão ruivo.

Soltando a mão delicada, me virei para investir contra Viking, quando ela, de repente, agarrou meu braço, me segurando.

— Por favor, não me deixe. Eu tenho medo de ficar aqui fora... com eles. Eu não os conheço... eu...

Respirando profundamente e procurando me acalmar, balancei a cabeça e voltei a segurar a mão dela. Ouvi o suspiro silencioso, como se estivesse aliviada. Meu estômago se apertou e algo estranho pareceu queimar no meu peito. Gostei de saber que ela parecia se sentir segura comigo.

Inferno. Eu gostei muito.

Mas quando passamos por Vike, o ouvi murmurar para AK, Cowboy e Hush:

— Porra, ela é gostosa. O que eu não daria para foder essa boquinha.

E foi aí que perdi as estribeiras.

Afastando a minha mão da de Lilah, e ignorando seu grito aterrorizado, me lancei na direção do irmão, jogando-o no asfalto e mandando dois socos naquela boca idiota e sem filtro.

Viking cuspiu sangue no meu rosto e balançou as pernas, me jogando para o lado. Antes que o imbecil pudesse revidar, dei um chute nas suas bolas, apreciando os gemidos e a visão de seu rosto agora azulado ao se contorcer de dor quando caiu no chão.

— Agora cante agudo, otário — falei e me levantei, procurando-a imediatamente.

Ela estava entre Cowboy, Hush e AK, que segurava seu braço. Fui em direção aos meus irmãos, não deixando de ver o sorriso enorme que AK deu para ela, além do inclinar de chapéu de Cowboy, em um cumprimento. Hush meio que grunhiu, e Lilah engoliu em seco. Ela parecia apavorada, com os olhos fixos no chão.

AK percebeu minha aproximação e viu que meu olhar semicerrado estava concentrado em sua mão que ainda se mantinha no braço dela. Soltando-a na mesma hora, Lilah ergueu o rosto, aliviada, ao me ver.

— Acabou de matar o cara? — AK perguntou, indicando Vike com a cabeça.

Limpando a mão ensanguentada na minha calça jeans molhada, olhei para o ruivo, ainda curvado em posição fetal no chão, segurando as bolas.

— Não, não sou tão sortudo. O filho da mãe pode sobreviver ao holo-causto nuclear, ele e as malditas baratas... E provavelmente tentaria fodê-las também. Idiota.

Escutando Lilah fungar, e vendo-a com os braços ao redor de si mesma, inclinei a cabeça em sua direção, antes de dizer:

— Vamos, doçura.

— Você foi dar uma nadada à meia-noite, irmão? — Cowboy perguntou enquanto nos afastávamos, cuspindo o tabaco que estava mascando no chão ao lado de sua moto.

A boca de Hush se contorceu em uma expressão divertida, seus braços cobertos por couro, cruzados sobre o peito.

— Nem pergunte — respondi em um grunhido.

Os três olharam para a cadela encharcada, com o longo cabelo loiro pingando debaixo da touca branca horrenda que ela nunca tirava, e depois me encararam. Cowboy ergueu uma sobrancelha em uma pergunta silenciosa, mas com o maxilar cerrado, apenas balancei a cabeça, vendo-os rir.

Malditos intrometidos do caralho!

Estendendo a mão, agarrei o braço de Lilah e a puxei para a frente, seguindo em direção à porta dos fundos do apartamento sobre a garagem. Quando entramos no corredor, vi Flame sentado no topo da escada. Os loucos olhos negros me perfuraram com a intensidade do olhar.

Segurando o ombro de Lilah, a virei e apontei para as escadas que levavam ao seu quarto.

— Suba e tranque a porta.

Ela assentiu silenciosamente com a cabeça e subiu as escadas, parando apenas quando chamei o seu nome.

— Lilah, estarei aqui pela manhã. Esteja pronta.

Agarrando o corrimão, perguntou nervosa:

— Se tenho permissão para solicitar um favor, eu gostaria de ser deixada em paz. Não sairei mais do quarto, ou voltarei a causar problemas.

Balançando a cabeça, respondi:

— Nós já falamos sobre isso, doçura. Vou te ensinar como se portar neste mundo. — Apontei para o meu peito com o dedo. — Eu sou o Ky, lembra? A porra do seu professor particular.

— Eu... — Ela ficou de boca aberta.

— Você não tem escolha, tem que fazer isso. Agora suba e vá dormir.

Lilah inclinou a cabeça à minha ordem, o que só serviu para me irritar ainda mais. Ela passou por Flame deixando um grande espaço entre eles e correu para dentro do apartamento, batendo a porta.

Passei as mãos pelo rosto, recostei-me à parede e gemi. Isso ia ser uma merda. Eu podia sentir isso nos meus ossos. O pior era que eu nem poderia tocá-la, caso contrário, Styx serviria a minha cabeça em uma bandeja de prata e depois a deixaria exposta no clube.

Afastando-me da parede, ouvi Flame afiando as facas na tira de couro amarrada em sua cintura. Sorri para ele, praticamente acampado do lado de fora da porta das cadelas carolas como um obediente cão de guarda. Flame me pegou rindo e seus olhos loucos se fixaram nos meus; com os dentes expostos, eu tinha certeza de que ouvi um rosnado baixo.

Sua fixação pela irmã mais nova da Mae era um tanto divertida. Sorri ainda mais e falei:

— Divirta-se, Cujo[3]. Voltarei mais tarde para levar você para passear e dar uma mijadinha! — Fui para a porta, ainda rindo, quando uma longa lâmina passou por mim e cravou na parede ao lado da minha cabeça. — Mas que porra! — Virei de frente para Flame.

O filho da puta ainda estava olhando para mim, afiando suas lâminas, e no seu olhar não havia nenhuma outra emoção além do habitual ódio psicótico. Abrindo a porta, mostrei o dedo do meio para ele por cima do ombro, e alguns minutos depois, entrei no meu quarto.

As gêmeas estavam dormindo espalhadas pelos lençóis; a cabeça de uma repousava sobre os peitos falsos da outra. Em segundos, eu estava nu e subi na cama, segurando o braço de Tiff, que se endireitou de imediato, esfregando os olhos sonolentos. Jules se espreguiçou ao lado, e quando engatinhei na cama, vi os olhos de Tiff se acendendo com excitação quando viu meu pau ereto.

— Porra, baby, nunca vi você tão grande e duro. Isso é tudo para mim? — Jules se inclinou para frente e caiu de boca, circulando a cabeça do meu pau com a língua. Inclinei a cabeça para trás e tentei aproveitar a cadela me chupando, mas não conseguia parar de pensar em Lilah, toda aquela pele molhada e nua sob a camisola transparente, sua bocetinha depilada e aqueles peitos empinados... me provocando.

Afastando Jules do meu pau, segurei Tiff e a virei de bruços, levantando sua bunda no ar. Peguei uma camisinha da gaveta do meu criado-mudo e a vesti em tempo recorde. Com um único movimento, investi meu pau para dentro da boceta encharcada da cadela. A cada estocada do meu quadril contra sua bunda, tudo o que eu podia fazer era imaginar o corpo de Lilah abaixo do meu. Esse pensamento me fez inchar ainda mais, arrancando um grito de prazer de Tiff.

Sentindo a cama afundar, olhei para o lado e vi Jules deitada de costas, ajustando a cabeça entre as minhas pernas, onde ela começou a lamber e a chupar as minhas bolas.

Eu adorava isso. Inclinando meu peito para baixo, agarrei o cabelo loiro de Tiff e estoquei forte nela. A puta gritou e senti sua boceta se con-

---

3 Cujo é o nome do cão do romance homônimo de Stephen King.

trair, com a força de seu orgasmo. Jules, ao escutar a outra cadela gritar de prazer, colocou as minhas bolas na boca, brincando com a língua na minha pele enquanto esfregava o clitóris freneticamente.

Os gemidos e grunhidos estavam altos, a cabeceira da cama batia contra a parede, marcando a tinta, até que Tiff inclinou a cabeça para trás e gritou enquanto gozava. Explodi em sua boceta naquele momento, soltando o peso do meu corpo sobre as costas molhadas de suor, enquanto Jules gemia entre as minhas pernas, se masturbando e voltando do seu próprio orgasmo.

Tiff virou a cabeça e seus lábios vermelhos se abriram em um sorriso.

— Porra, baby. O que quer que tenha deixado você duro e louco, mantenha assim! Não vou conseguir andar por dias... não que eu esteja reclamando. Você sabe que não me canso da boceta dela e do seu pau.

Enquanto saía de dentro dela, fechei os olhos e praticamente pude sentir Lilah se contorcendo sob mim, suada do orgasmo e aproveitando o calor da sua boceta contra a minha coxa, enquanto recuperava o fôlego.

— Oh, Ky... isso foi... — uma voz feminina suspirou.

Abri os olhos, arranquei a camisinha e peguei uma nova, dessa vez levantei Jules no ar e a joguei de costas na cama.

— Abra a porra das pernas, cadela.

Jules arregalou os olhos ao mesmo tempo que eu cobria meu pau já duro como uma rocha.

— De novo? — ela perguntou, sem fôlego e em choque.

— De novo. AGORA! — rosnei e seus olhos se arregalaram ainda mais com a minha ordem. — Você tem algum problema com isso? Se sim, saia daqui e pegarei outra puta no bar.

— Não... nenhum problema, baby — ela respondeu rapidamente, seus olhos brilhando. Minha agressividade a deixando mais excitada.

— Então abra as pernas e não ouse abrir a boca novamente — ordenei, investi para dentro dela e gemi.

Quando Tiff de repente montou o rosto de Jules e se inclinou para segurar meus dedos, levando-os para a sua bunda, fechei os olhos e novamente imaginei Lilah sob meu corpo, gemendo e agarrando meus braços, aquela bunda e boceta raspadinha balançando no ar. Cerrei os dentes e aumentei a velocidade das investidas.

Eu estava completamente arriado por aquela loirinha maluca...
Puta merda!

CAPÍTULO CINCO

PROFETA CAIN

Nova Sião, Texas
Pressionando minha mão na bochecha macia de Mae, sussurrei:
— Eu teria dado o mundo pra você...
Sua mão seguiu o exemplo da minha e ela se aproximou:
— Corra, Cain. Por favor... Corra...
Eu conseguia ouvir os tiros à distância, mas minhas pernas não se moviam. Eu não poderia deixá-la. Eu a amava.
— Corra, por favor... Se salve... Por mim, se você me ama, corra... por mim... — Mae implorou.
Os tiros se aproximavam cada vez mais, e abaixando minha mão, corri para a floresta, deixando para trás meu coração e a chance de salvação do meu povo...

— Como você está se sentindo, irmão?

Pulei quando uma voz atrás de mim perguntou. Afastando a lembrança dolorosa de Mae da cabeça, me levantei ao terminar minhas preces.

Judah, meu irmão gêmeo, se aproximou com um sorriso no rosto. Ele estava vestido com a sua tradicional túnica e calças brancas, assim como eu. Seu cabelo era exatamente do mesmo tamanho e cor que o meu, e os olhos do mesmo tom castanho, além do corpo alto e musculoso, idêntico.

Afastando o cabelo dos meus olhos com os dedos, abracei meu gêmeo, procurando conforto em seus braços, e suspirei.

— Estou bem.

Judah se afastou e passou o braço em volta do meu ombro, me guiando pela calçada decorativa no jardim de oração pessoal nos fundos do meu novo lar. Embora chamar de "lar" não parecesse exatamente apropriado.

Minha nova morada era uma grande casa branca com colunas, muito bem decorada e enorme de tamanho. Tinha muitos quartos, salas de visitas, locais de descanso e uma grande cozinha, todos os ambientes repletos de móveis caros. Os jardins atrás da casa pareciam intermináveis e, com certeza, demasiados, mas esse pequeno jardim de oração era o que me atraía, cheio de fontes e vegetação. Era um lugar no qual eu podia escapar de toda a loucura que me rodeava nos últimos tempos.

Eu não tinha certeza de que poderia fazer isso.

Não tinha certeza de que poderia fazer tudo o que esperavam de mim.

Inferno, eu não tinha certeza se eu *queria* fazer isso.

Não me sentia como um profeta. Estava mais para um homem que tinha acabado de ter o coração arrancado do peito, sendo servido com o próprio em uma bandeja. E agora eu tinha um bando de pessoas para liderar. Eu tinha vinte e quatro anos, e tinha que liderar uma comuna inteira.

Eu estava tão fora de lugar.

Judah apertou meus ombros, obviamente vendo a minha expressão preocupada.

— Este é o momento mais glorioso de todos, Cain. Não temas. Este é o ano em que você ascende ao seu lugar de direito entre o nosso povo. O ano em que será apresentado aos Escolhidos como o nosso profeta, o servo do nosso Senhor na Terra... nosso redentor e salvador. Este é o momento pelo qual nos preparamos durante toda a nossa vida. Era para você *estar* aqui.

Judah parou e fez com que eu ficasse de frente a ele quando tudo o que eu queria era que se calasse. Ele acreditava completamente em nossa missão, mas eu não conseguia me animar. Ele deveria ser o líder, não eu.

— Eu sou o seu braço direito, estarei contigo em cada passo do caminho, tanto guiando quanto apoiando. Você é meu gêmeo, nossos laços são mais do que apenas fraternais ou sanguíneos. Éramos um no útero de nossa mãe, divididos em dois pela profecia do Senhor para o nosso futuro glorioso como seus mensageiros. Governaremos e triunfaremos juntos. Farei o que comandar, viverei para satisfazê-lo, para ajudar a dividir o peso de suas tarefas como os doze discípulos de Jesus Cristo.

Judah era como um bálsamo para mim. Sempre presente para me acalmar e me lembrar de o porquê estarmos aqui. Mas ter passado anos com os Hangmen, além de ter amado Mae com todas as minhas forças, me fazia sentir com frequência que seus esforços eram uma causa perdida.

Assenti e segurei seu rosto entre minhas mãos, tentando assegurá-lo de que eu estava bem, mesmo que não sentisse nada nem remotamente parecido.

— Você está certo, Judah. Este é o nosso destino. Não vou decepcionar você ou o nosso povo. Estou pronto para o chamado do Senhor, e sei que estarás ao meu lado nos bons e maus momentos.

Batendo as mãos juntas, seu sorriso ficou ainda maior enquanto eu suspirava lentamente.

— Bendito seja, Cain. Bendito seja.

Com um tapinha carinhoso às minhas costas, voltamos a caminhar calmamente, virando à esquerda para seguir o caminho de pedras que continuava pelos acres de terra verdejante.

Judah gesticulou para a comuna.

— Então, o que você acha da Nova Sião? — A fisionomia dele aparentava todo o seu nervosismo, à espera da minha resposta. Ele precisava desesperadamente da minha aprovação, acreditando, por completo, que eu era o seu profeta.

Nas duas semanas seguintes ao ataque mortal dos Hangmen na antiga comuna da Ordem – enquanto estive fugindo para o meu antigo lar em Utah –, Judah trabalhou sem cessar com um recém-formado conselho de anciões, a fim de encontrar novas terras para nós. Uma nova terra para abrigar nosso povo, para unir nossos seguidores, e para proteger os escolhidos por Deus, do mal que assolava o mundo do lado de fora de nossos portões... dos homens maus que assassinaram o profeta sagrado e massacraram bravos e santos homens que lutaram contra eles na invasão – os Hangmen, o clube de motociclistas onde me infiltrei e tive que conviver, a pedido do Profeta David. Judah e o conselho constantemente me lembravam o quão pagãos e pecadores eles eram, e queriam meu juramento de que os destruiria pela dor e devastação que haviam causado ao meu povo.

Eu havia concordado, embora não tivesse ideia de como fazer isso. Estava cansado da violência e sendo consumido ante a ideia de ser tudo aquilo que meu povo queria que eu fosse.

Mas o pior de tudo, os Hangmen tinham em seu poder as *mulheres Amaldiçoadas de Eva*. Eles a tinham... Salome, a mulher revelada pelo Senhor ao Profeta David para nos salvar, garantindo nosso lugar no paraíso pela união do casamento. *A mulher que deve ser minha esposa.* A mulher que atormentava meus sonhos todas as noites, mas que naquele tempo todo se deitava com *ele*, Styx. O homem que eu mais odiava. Ela era minha. Mae deveria estar *comigo*, ao *meu* lado.

Afastando minha mente de tais pensamentos, encontrei o olhar de Judah e sorri.

— Irmão, é perfeito. É verdadeiramente perfeito o que vocês conseguiram fazer, como um santuário tanto para o nosso povo quanto para a causa do Senhor.

A expressão de Judah refletiu seu alívio e lágrimas de alegria encheram seus olhos.

— Fico contente que tenha gostado.

— Judah, não há necessidade de cerimônia entre nós dois. Eu sou o seu gêmeo. Você é a única pessoa que não precisa procurar pela minha aprovação. Eu preciso de você... Você é tudo o que eu tenho.

Judah suspirou e perguntou:

— E os seus aposentos?

— São mais do que eu poderia sonhar.

— Fico contente, irmão.

Nas últimas duas semanas, fui mantido longe de todos, exceto de Judah e do conselho de anciões, para garantir minha segurança enquanto a nova comuna estava sob proteção. A Nova Sião era uma ex-base militar vendida para nós por um Escolhido que viveu disfarçado dentro do cenário político. A base era perfeita para o novo lar da Ordem: era seguro, já tinha uma grande quantidade de casas, áreas comuns, e poderíamos ser autossuficientes se utilizássemos todos os acres de terra para cultivo... Mas o melhor de tudo era que não estava muito longe da antiga comuna, de todos os nossos contatos, no entanto, era longe o bastante para não ser detectado.

— Todos já estão se mudando para cá, das comunas estrangeiras? — perguntei, repentinamente nervoso com o pensamento.

— Os anciões estão organizando isso enquanto conversamos. Todos eles estão ansiosos para conhecer você, para se reunir e escutar as palavras do Senhor saírem de sua boca.

Cerrei os olhos para que o meu gêmeo não vislumbrasse meu medo.

— Tenho certeza que sim. Têm sido tempos muito difíceis para todos, e eles precisam de um guia e líder forte, de um novo objetivo e uma nova esperança... Eles precisam da segurança de que os nossos mortos serão vingados. Precisamos finalmente nos unir, sem medo do mundo exterior.

— E você será o soldado dessa nova esperança para eles — Judah afirmou com convicção.

Eu podia ver sua animação pela nossa vingança queimando em seus olhos castanhos. Ele estava determinado a levar a ira de Deus sobre aqueles que nos fizeram mal... e eu estava ao seu lado.

— Profeta Cain? Irmão Judah? Estamos prontos. O povo começou a sua jornada vindo de longe e estão ansiosos para a futura ascensão. É um momento monumental para todos nós! A diáspora terminou, chegou o momento de nos unificarmos!

Virando, sorri para o meu conselho de anciões quando se aproximaram. Eles foram escolhidos a dedo por Judah. Além da idade e lealdade, eles tinham o que havia de melhor: fé absoluta na nossa causa. E eu não conseguia me relacionar com a maioria deles.

— Irmão Luke, Isaiah — cumprimentei o mais velho primeiro, em respeito. Então me virei para o discípulo com quem eu mais tinha conversado e abri os braços. — Irmão Micah! — O irmão me abraçou e então se afastou.

Micah era filho do Irmão Luke. Eles supervisionaram algumas das comunas internacionais do Profeta David a maior parte de suas vidas, mas quando Judah fez o chamado para que as comunas se unissem, ambos foram os primeiros a responder, viajando imediatamente para a nova base. Eles foram peças importantes em reunir todo o povo.

A comuna foi dividida em quatro locais, sendo Nova Sião a maior.

Todas as outras ficavam nas proximidades, portanto, se alguém sofresse alguma invasão, nossa seita permaneceria intacta e nossos soldados sagrados estariam prontamente disponíveis para lutar e defender sua fé.

— Você está pronto, senhor? — Micah perguntou e colocou a mão no ombro de Judah. Nós três tínhamos mais ou menos a mesma idade, e se mostrara alguém em quem eu podia confiar.

— Estou pronto para o que o futuro trará — respondi, mas não conseguia evitar a sensação de sufocamento por conta da pressão sobre mim. Micah me olhou de maneira estranha e fiquei com medo de que ele pudesse ver refletido no meu rosto a luta que eu estava travando internamente, a dúvida intensa a respeito da minha habilidade em me encaixar neste papel.

— Por favor, me deem um momento para orar. Tenho muito para me preparar — disse e vi o alívio correndo pelo seu rosto.

Os anciões respeitaram meu pedido e se afastaram, assim como Judah.

Observando o pôr do sol, afastei meu nervosismo e tentei me assegurar de que estava exatamente onde deveria estar. Esse sempre foi o meu destino; sempre tinha sido o caminho da minha vida.

Mas os olhos azuis claros de Mae apareceram em minha mente e abaixei a cabeça, sentindo pavor se infiltrar em meus ossos. Não tive escolha a não ser fazer isso. Eu queria provar que era digno do Senhor, queria ser um bom líder.

Eu *não tinha* outra escolha.

Respirando fundo, ajoelhei-me para orar, pedindo ao Senhor que me guiasse e me preenchesse com a inabalável paixão que testemunhei diariamente em Judah e nos anciões.

Nos próximos meses, nosso povo se uniria e eu me transformaria em um canal de comunicação vivo do Senhor...

Então o verdadeiro teste da minha fé realmente começaria.

CAPÍTULO SEIS

LILAH

Eu estava sentada nesta cama por quatro horas. O sono não tinha chegado. Revirei no colchão, incapaz de encontrar conforto neste quarto sufocante e nos lençóis macios demais.

Na comuna, só recebíamos as mais simples comodidades. Nossas camas eram colchões no chão e os lençóis eram ásperos contra nossa pele. Como povo do Senhor, devemos viver como Jesus e renunciar a todos os luxos.

Este apartamento do Styx, embora não tivesse muitos objetos de decoração, era um luxo além de qualquer coisa com a qual eu estava acostumada, mais do que *qualquer* uma das Amaldiçoadas estava acostumada. Estava sendo difícil me acostumar.

No entanto, confessei a mim mesma que os belos lençóis e a cama acolchoada não eram a razão da minha falta de sono. Ah, não, essa honra era dada àquele que tinha brilhantes olhos azuis, dono de um belo e longo cabelo loiro e de um corpo feito para o pecado que assolava todos os meus pensamentos.

Estarei aqui pela manhã. Esteja pronta!

Ele estaria aqui esta manhã, e eu tinha que estar pronta.

Pronta para o quê? Eu não sabia. Ele disse que me ensinaria a respeito do mundo exterior, mas eu não queria ser ensinada, não queria sair desse quarto... especialmente com ele! Eu seria resgatada pelo meu povo, e tinha certeza disso. E confraternizar com um pecador não era o que eu queria fazer enquanto esperava pelo meu resgate. No entanto, aqui estava eu, de banho tomado e vestida com meu longo vestido cinza, touca branca, sandálias, com a atenção redobrada à chegada de Ky. O nervosismo tomou conta do meu corpo enquanto eu me sentava em um decoro obediente na beirada da cama. Ky, o homem que me ensinaria sobre o mundo, que sempre me encarava com os olhos enevoados enquanto lambia os lábios com a língua, enquanto os dentes mordiscavam o pequeno e fino palito que ele costumava levar na boca.

 Ao observá-lo pela janela do meu quarto, percebi que ele parecia usar apenas camisas pretas ou brancas, calças jeans pretas ou azuis, botas pretas com bico de metal e aquele colete de couro ostentando que os homens aqui andavam com o Hades, o Diabo.

 Eu nunca tinha visto homens se vestirem de maneira tão casual e estranha, e o pior era a maneira como ele lidava com as mulheres, especificamente com duas... Duas garotas loiras que ele apalpava publicamente, sem ousar mencionar os outros atos. Mas pior ainda era ver que elas aceitavam abertamente seus avanços, bem como entre si. Eu nunca tinha visto duas mulheres sendo tão... *livres* uma com a outra, *carnalmente* falando. Mas Ky parecia gostar do que elas faziam com ele. Na verdade, muitas das mulheres que apareciam ali à noite, *especialmente* aos sábados, agiam da mesma maneira.

 O ensino principal do Profeta David passou pela minha cabeça enquanto eu observava os atos pecaminosos que aconteciam diante dos meus olhos. *O mal está espreitando. O mal vai pegar você. O mal destruirá a sua alma.*

 Senhor, como as coisas chegaram a esse ponto? Irmão Noah me dizia que eu estava tão perto de ser salva. Que pelas suas mãos, minha alma estava sendo purificada. Eu não seria mais uma Amaldiçoada. Mas aqui, neste lugar, não tinha chance de conseguir o que queria, a única coisa que eu queria: não ser cobiçada por causa do rosto criado pelo Diabo.

 — Irmã?

 A voz sonolenta de Maddie me tirou dos pensamentos desesperados que rondavam minha mente, e olhei para sua cama, vendo os olhos verdes cansados e rodedos por olheiras. Maddie sempre foi um mistério, nunca revelando o que se passava em seu coração. Nas últimas semanas, éramos as únicas ocupantes destes aposentos. A maioria dos dias passávamos em silêncio, nós duas perdidas em pensamentos e nenhuma de nós compartilhando nossos medos mais profundos.

 — Por que você está vestida tão cedo? Nem bem começou a amanhecer ainda... — ela perguntou.

 Suspirando nervosamente, respondi:

— Vou receber aulas hoje. Um homem do clube foi encarregado de me ensinar sobre esse mundo aqui de fora.

A reação de minha irmã foi instantânea. Maddie começou a tremer e seus olhos se arregalaram de forma quase desumana.

— A... — Ela engoliu em seco. — Alguém também virá por mim?

— Acredito que não — falei calmamente enquanto Maddie se mexia nervosa. Percebi que estava contendo o fôlego, à espera da minha resposta.

Com a mão no peito, ela se sentou, recostando-se na cabeceira da cama e perguntou:

— Então por que *você* terá aulas?

Olhando para uma marca na madeira de uma tábua solta do chão, respondi:

— Por causa de minhas ações na noite passada.

— Eu disse para não ir lá, Lilah!

— Eu sei — sussurrei envergonhada. — E agora estou sendo punida.

Levantando o lençol até o pescoço, Maddie perguntou:

— E o que esses homens consideram como punição? — Seus olhos começaram a brilhar e ela acrescentou: — Eles... eles vão nos tomar, nos castigar como os anciões faziam?

— Não sei — respondi com o coração batendo descontrolado no peito.

— Não — Maddie disse de repente, balançando a cabeça. — Mae não permitiria isso. O Styx dela... ele não deixaria que nos tratassem dessa maneira.

Minha boca ficou boquiaberta pela confiança cega.

— Maddie, eles são pecadores. Eles adoram Satanás publicamente. São capazes de *qualquer coisa*.

— Não acho que eles adorem Satanás, Lilah. Não vi nenhuma cerimônia ou algo do tipo enquanto observava pela janela. Eles simplesmente se rebelam como o Diabo fez quando o Senhor ordenou que os anjos se curvassem à sua grandeza.

Meus olhos se estreitaram.

— Eles estão dispostos a usar o rosto do Diabo nas costas! Este é um pecado mortal, certamente não é o modo como vivemos nossa vida. Não confio neles, e tenho certeza de que Mae perdeu seus sentidos e a sua moral.

Os olhos de Maddie percorreram meu corpo e então ela disse:

— Se você não confia nesses homens, por que está vestida tão cedo?

Meu estômago revirou, mas respondi secamente:

— Porque farei o que for preciso para sobreviver. Farei o que for ordenada até que o Senhor envie seus discípulos para nos salvar.

Depois disso, Maddie ficou em silêncio, com o olhar fixo nas mãos, brincando com a bainha do lençol. Eu sabia que ela não queria ser resgatada. Ela preferia viver isolada neste quarto. Mas os pensamentos de ser libertada disso tudo ocupavam minha mente a cada segundo, todos os dias.

Passos soaram nas escadas e cada parte de mim congelou. *Ele* estava vindo. *Respire. Respire. Você pode ser forte. Você pode estar perto dele*, disse a mim mesma.

A maçaneta da porta girou. Prendi a respiração em antecipação...

— Irmãs?

Suspirando aliviada, senti meu corpo voltar ao normal. Mae entrou cuidadosamente no quarto, vestindo aquelas roupas indecentes e com o rosto maquiado. Ela estava segurando uma bandeja cheia de comida, e atrás dela estavam suas novas amigas: a mulher loira e uma mulher grande, negra e tatuada. Senti medo, pois na comuna só havia pessoas da minha cor e raça. Eu nunca tinha encontrado alguém como a Letti.

As três entraram e fecharam a porta.

— Eu pensei que poderíamos tomar o café juntas esta manhã — disse Mae com um sorriso gentil.

Eu amava a minha irmã; aquele sorriso adorável me salvou de alguns momentos muito sombrios na vida. Mas agora me sentia desconectada com ela. Mae estava aceitando uma vida que eu não conseguia entender, amava um homem que, com um olhar, parecia ser capaz de fulminar uma pessoa. Ele era um anjo caído, sombrio, grande, silencioso e pensativo.

Styx. O nome dele já dizia tudo.

Mas Mae *estava* feliz. Eu não conseguia me lembrar de uma época em que eu estivesse verdadeiramente feliz.

Colocando a bandeja na mesa que havia no quarto, Mae me deu um sorriso encorajador. Assenti com a cabeça, agradecendo, apesar de ter certeza de que não seria capaz de comer. Sentia meu estômago apertado só de pensar em passar um tempo sozinha com Ky.

A mulher loira deu um passo à frente e disse:

— Você se lembra de mim, querida? Beauty? — Ela apontou para si.

Assenti e lhe dei um tímido sorriso.

— Por... por que o seu nome é... Beauty[4]? — Maddie perguntou em uma voz baixa, chocando a todas pelo fato de ter falado com alguém que não conhecia. Ela imediatamente baixou os olhos. Mae foi até a nossa irmã mais nova, se sentou ao lado dela na cama e a abraçou.

Embora Maddie tivesse vinte e um anos, ela era tão tímida quanto

---

[4] "Beauty" em inglês significa "beleza", daí o trocadilho com a palavra e o apelido da personagem.

uma criança pequena. Irmão Moses foi um disciplinador severo. Ele cumpriu seu papel de ancião abençoado do Profeta David com o máximo de autoridade. Maddie sempre recebera as mais severas lições. Isso a deixou submissa e fragilizada. Quando Bella morreu e Mae nos deixou sozinhas na comuna, ela entrou em colapso, mal falando ou comendo, existindo apenas como uma alma à deriva no purgatório.

Beauty deu um sorriso enorme para Maddie e riu.

— Bem, *agora* o meu nome é Beauty, querida. Nasci como Susan-Lee, mas quem diabos iria querer esse nome?

— Então você se deu o nome Beauty? Eu não sabia disso — Mae perguntou, com uma expressão divertida no rosto. — Suponho que eu ainda tenha muita coisa para aprender.

A loira encolheu os ombros.

— Durante toda a minha vida, fui rainha de concursos, toda aquela merda de Pequenas Misses[5] que a minha mãe me obrigou a participar. Vocês estão olhando para uma ex-Miss Júnior Texas. Beauty foi o nome que o Tank me deu quando o conheci e nunca mais fui Susan-Lee. Eu tinha acabado de sair de um concurso de beleza nacional, ainda usava minha coroa e faixa, quando ele quase me atropelou com a sua Harley, em uma corrida depois de um comício da Klan. Subi na garupa da moto e nunca mais olhei para trás.

Olhamos para ela com expressões vazias. Eu não tinha ideia do que ela acabara de dizer. Beauty olhou para Letti, confusa com a falta de reações. Letti não disse nada, apenas deu de ombros.

Puxando uma cadeira, ela explicou:

— Aqui fora, e especialmente no Texas, temos concursos que julgam as mulheres pelas suas belezas, portes, talentos e todas essas coisas legais. A garota mais bonita vence.

O choque tomou conta de mim e vi a mesma reação refletida nos rostos horrorizados de minhas irmãs.

— Vocês têm concursos para julgar a beleza das mulheres? — perguntei espantada. — Mas está errado! A beleza excessiva pode corromper a visão das pessoas. Beleza em excesso é uma *maldição*, não uma bênção.

Beauty apontou para mim e disse:

— Você está pregando aos convertidos, loirinha. Esses concursos são campos de tortura cobertos com glitter e spray de cabelo!

De repente, uma batida forte soou na porta e meu olhar foi naquela direção.

---

5 'Pequenas Misses' é um programa de televisão exibido pelo canal TLC no Brasil que acompanha crianças em concursos de beleza.

— *Estou fazendo isso, não é?* — uma voz profunda e masculina disse do outro lado da porta, e reconheci no mesmo segundo de quem era. — *Eu estava no meu vigésimo sono depois de uma longa noite de farra quando você me arrastou até aqui por essa merda, então me dê um tempo, cacete!*

Mae franziu o cenho e Letti abriu a porta, revelando Ky e Styx do outro lado. Styx mantinha as mãos nas costas de Ky, empurrando-o para frente. Ambos congelaram e olharam em nossa direção e nós, na deles.

O loiro deu de ombros para o homem de Mae, que continuou empurrando-o para frente.

— O que está acontecendo? — Mae perguntou, com a preocupação refletida no rosto enquanto o encarava. Os olhos de Ky encontraram os meus, mas seu rosto demonstrava tudo, menos felicidade.

Dei de ombros mentalmente. *Pelo menos nós dois sentimos o mesmo.*

Styx focou em Mae e com as mãos começou a sinalizar algo. Baixei a cabeça, afastando meu olhar do de Ky, até que minha irmã se levantou de repente e sinalizou algo em resposta.

A mandíbula de Styx tensionou, e Mae veio em minha direção.

— Lilah? — ela me chamou, e eu cuidadosamente levantei a cabeça. — Você quer ir com o Ky?

— Farei o que me for ordenado — respondi olhando em seus olhos.

Com um suspiro, ela se agachou à minha frente e colocou a mão no meu ombro. Uma tossida alta soou do outro lado do quarto, e quando Mae se virou para olhar, Styx sinalizou algo novamente.

Abaixando a cabeça, ela se levantou devagar.

— Lilah. Vá com ele, pois garanto que não a machucará. Assenti e me levantei. Ky se virou, murmurando algo para si mesmo que não consegui entender, e passou por Styx, praticamente correndo pelas escadas. Segui atrás dele até estarmos do lado de fora, e imediatamente a brisa da manhã acariciou a minha pele.

Ele ficou de costas para mim, que permaneci em silêncio.

— Pelo amor de Deus! — murmurou para si mesmo e depois se virou para mim. — O que você quer fazer?

— Não sei — respondi com os olhos arregalados.

— Perfeito! — exclamou rapidamente e passou as mãos pelo cabelo desgrenhado. Então, tirando uma tira fina de couro do bolso da calça, começou a enrolá-la no cabelo, prendendo em um rabo de cavalo baixo.

Por mais que eu tentasse, não conseguia desviar o olhar dele. Com aquele longo cabelo loiro, ele corria o risco de parecer feminino, mas não era o que acontecia. Ele exalava extrema masculinidade como um escudo, mas tinha o rosto gentil o bastante para que você não deixasse de se sentir atraída pela sua beleza.

Soltando um longo suspiro, parecendo pálido e cansado, ele abriu a boca e fechou os olhos.

Olhando em volta do vasto pátio, agora deserto, perguntei:

— Você está bem, Ky? Parece estar com algum problema de saúde.

Os olhos azuis se abriram e encontraram os meus no mesmo instante. Por um tempo, ele apenas me encarou. Então rugas surgiram nos cantos dos olhos e a sombra de um sorriso apareceu em sua boca.

— Apenas uma ressaca do caralho, doçura. Normalmente não saio da cama antes do meio-dia.

— Meio-dia? — falei em choque. — Então você perde a melhor parte do dia. O nascer do sol é a criação mais perfeita do Senhor, é minha hora favorita. Todos deveriam acordar pela manhã e ouvir os pássaros.

Uma pequena risada escapou pelos lábios sedutores quando ele disse:

— É mesmo?

— Sim — respondi com seriedade.

— Entendi. Fazer um esforço para assistir ao nascer do sol e ouvir os malditos pássaros. — Pegou um cigarro do bolso e o acendeu com um pequeno mecanismo que soltava fogo. Ky deu uma tragada e vi fumaça sair pelo seu nariz. Inclinando a cabeça, disse: — Vamos.

— Para onde? — perguntei ao me levantar para segui-lo.

— Vou ensinar umas merdas pra você — falou por cima do ombro, e acabamos na frente do pátio, diante de uma longa fila de motocicletas nas quais todos os homens andavam. Mae explicou o que elas eram uma vez enquanto eu olhava pela janela do quarto. Para mim, elas pareciam perigosas.

Ele parou ao lado de uma motocicleta enorme, toda preta e prateada. Pegou um capacete e o colocou nas minhas mãos. Fiquei olhando para aquele objeto.

— Pegue e o coloque. Vamos sair para um passeio — insistiu.

— Passeio? — sondei, sentindo o medo correr pelo meu corpo.

— Sim, passeio — respondeu. Comecei a balançar a cabeça quando percebi que ele queria que eu andasse naquela moto. Não. Era perigoso. Como eu poderia me sentar naquilo e ainda manter minha modéstia? Eu teria que tocá-lo?

— Lilah...

— Posso pedir para que não usemos esta máquina, Ky? — perguntei, interrompendo-o.

Uma expressão chocada, mas ainda assim divertida, tomou conta de seu rosto, que ergueu uma sobrancelha loira.

— Você pode *pedir*?

Assenti apreensivamente, tentando ver se isso poderia irritá-lo. No entanto, depois de me lançar mais um olhar, ele, de repente, começou a rir alto e colocou o capacete na parte de trás da moto. Ele olhou para mim outra vez, e isso pareceu fazer com que ele risse ainda mais.

— *Ela quer pedir...* — ele murmurou, balançando a cabeça.

— Por que está rindo de mim? — questionei, consternada.

Dando a volta na moto, para ficar à minha frente, ele disse:

— Primeira maldita lição, doçura. Aqui no 'mundo maligno' — ele zombou —, quando não queremos fazer algo, nós apenas falamos isso.

— Foi o que eu disse — respondi, franzindo o cenho.

— Não, cadela, você abriu esses lábios carnudos e falou comigo como a rainha da Inglaterra. A partir de agora, você vai apenas dizer: *'Eu não vou fazer isso, Ky'*. Ou *'eu não quero fazer isso, Ky'*. — Ele sacudiu o queixo e deu outra tragada no cigarro. — Entendeu?

Assentindo, levantei as mãos e passei os dedos pelos meus lábios. Os olhos dele se estreitaram enquanto me observava.

— Lábios carnudos? — perguntei confusa. — Eu tenho lábios gordos?

Cegando-me com um deslumbrante sorriso, Ky lambeu os lábios e se aproximou, perto demais para o meu gosto. A proximidade de seu corpo grande e musculoso era irritante, e seu hálito esquentava minhas bochechas.

Tomando meu queixo em suas mãos, seu polegar puxou meu lábio inferior e ele se inclinou para dizer:

— Lábios carnudos e rosados. Os lábios mais perfeitos que já vi. — Sua voz estava rouca e mais baixa do que o normal. — Sim, Li, você tem verdadeiros lábios carnudos, feitos para chupar um pau.

Meu coração disparou e, de repente, sentindo-me enjoada, exalei um suspiro trêmulo. Suas palavras eram grosseiras, mas percebi que era apenas o jeito dele.

O tempo pareceu parar enquanto ficávamos ali, imóveis, respirando profundamente. O ar parecia estalar ao nosso redor, e senti uma pressão no meu peito. De repente, Ky deu um passo atrás e pigarreou, tragou mais uma vez o cigarro e o deixou cair no chão, ainda aceso.

A pressão no meu peito diminuiu imediatamente quando ele se afastou.

— Você vai me fazer pegar a caminhonete, não é? Vai me manter enjaulado?

Ky não me deu tempo para responder, mas pegou as chaves do bolso e caminhou em direção a uma grande máquina preta com enormes barras prateadas na frente e rodas duplas na traseira.

Um clique sonoro ecoou, e logo depois, ele abriu a porta.

— Entre — ordenou, mas não saí do lugar. — Lilah, entre na porra da caminhonete — disse outra vez.

Hesitante, dei um passo à frente, espiando pela porta aberta. O Profeta David e os anciões possuíam um automóvel, que era usado ocasionalmente, mas nenhum dos demais membros da Ordem jamais esteve em um, especialmente nós, as *Amaldiçoadas*. Fomos segregadas, não tendo tais oportunidades.

De repente, mãos agarraram minha cintura e, com um grito de surpresa, fui erguida até o banco. Quando me virei para encará-lo, a porta se fechou com força, e o vi dar a volta na frente da máquina para se sentar ao meu lado.

Ky colocou as chaves em uma abertura e disse:
— Cinto de segurança.

Fiquei em silêncio, sem entender suas palavras e não querendo irritá-lo. Olhando para mim, ele repetiu:
— Cinto de segurança.
— O que é um cinto de segurança? — perguntei calmamente.

Segurando o volante à sua frente, Ky soltou um suspiro e inclinou a cabeça.
— Vai ser um dia longo pra caralho, hein, cadela?!
— Eu... — comecei a responder, mas ele inclinou o corpo sobre mim, seu peito quase tocando o meu. Ele levantou a mão para segurar algo acima da minha cabeça. Meus pulmões pareciam ter parado de funcionar, e quase não consegui respirar.

Quando o peito forte se esfregou ao meu, meus seios ficaram incrivelmente pesados e senti-me afogueada e agitada. Ky também não parecia estar se movendo, sua respiração soava ofegante. Aquela pressão sufocante de antes estava de volta.

De repente, o grande espaço do veículo pareceu uma minúscula caixa. Tudo parecia pequeno demais, menos o homem sentado ao meu lado, o homem que segurava uma faixa preta acima da minha cabeça... o homem cujos olhos encontraram os meus e quase me incendiaram.

Em um movimento súbito, ele agitou o quadril, e senti uma dureza pressionando contra minha coxa, a *sua* dureza. Aquilo me fez estremecer de nervosismo. Ky então começou a se mexer devagar, passando o cinto lentamente pelo meu peito e descendo até o meu quadril; suas mãos roçando meus mamilos sensíveis. Ofeguei ao sentir um formigamento entre as minhas coxas e comecei a entrar em pânico.

O rosto dele surgiu à minha frente, em um movimento tão fluido quanto o sol pairando no céu. Seu nariz roçou na ponta do meu e ele inalou meu hálito quente. Ele estava tão perto que pude sentir o cheiro de seu cigarro, mas também um viciante cheiro de frescor, o que me lembrou das águas correntes do rio purificador. Um pequeno gemido escapou da minha boca no momento em que um clique alto soou no ar, me libertando da atração magnética que pulsava entre nós.

— Cinto de segurança — murmurou, seu olhar enevoado caindo nos meus lábios.

Lábios carnudos e rosados. Os lábios mais perfeitos que já vi.

— Porra, mulher — Ky gemeu e depois se afastou, me deixando presa contra o banco, com minhas mãos rígidas paradas ao lado do meu corpo. — Sim, será um dia longo pra caralho.

Fechando os olhos, tentei recuperar meu autocontrole, primeiro relaxando os músculos tensos. Ouvi um grunhido ao meu lado e desviei a atenção para a esquerda, só para ver Ky ajustando a virilha da calça com uma expressão de dor no rosto.

Com as mãos no volante, ele balançou a cabeça e disse:

— Vamos tomar café da manhã. Preciso de comida para me livrar do gremlin na minha cabeça e de um balde de café para me acordar.

Gremlin? Café? Eu não tinha ideia do que ele estava falando, mas uma coisa que disse me deixou com medo.

— Nós vamos sair do complexo? — perguntei, minha voz traidora externando a apreensão que eu sentia.

Ky girou a chave do veículo e a máquina rugiu embaixo de nós. Soltei um grito de surpresa e tentei encontrar algo para me segurar.

— O que está acontecendo? — Estremeci, segurando a maçaneta da porta.

O rosto dele voltou a exibir uma expressão divertida quando disse:

— *Primeiro*, se acalme. A caminhonete acabou de ser ligada. E *segundo*, sim, vamos sair do complexo. Não vou cozinhar nem a pau e não acho que você vai querer que uma das minhas putas faça isso.

— Não quero deixar a segurança dessas paredes — respondi, tentando ao máximo acalmar meu coração frenético e ignorar o comentário sobre suas "putas".

Ignorando-me, Ky puxou uma alavanca ao lado do volante, fazendo o veículo se mover assim que os portões se abriram.

Estendendo a mão, ele deu um tapinha no meu joelho e disse:

— Que merda, hein, doçura? Lição dois, há mais na vida do que ficar presa em uma bolha protetora. Você teve isso com essa seita e agora está fazendo o mesmo aqui. Você tem que tomar as rédeas da sua vida em algum momento.

Meu joelho formigou no exato local onde sua mão tocou minha pele. Não acostumada a essas reações, orei: *Senhor, dai-me forças para fazer isso hoje.*

Dai-me forças para resistir a este homem pecador.

— Então, você vai calar a boca e tomar as rédeas? — Ky perguntou, seus olhos brilhando travessos.

Assenti e tentei parecer relaxada. Eu não podia dizer a ele que meu povo voltaria para buscar Maddie, Mae e a mim. Fiquei em silêncio, pronta para observar o que estava para ser revelado quando os pesados portões de aço se abriram, expondo o mundo exterior maligno.

Ao percorrermos a estrada, admirei as grandes árvores que cercavam a pequena pista sinuosa. *Pareço estar voando*, pensei, o veículo ganhando velocidade rapidamente. As árvores se tornaram apenas lampejos marrons e esverdeados diante de minha visão desfocada.

O mundo começou a passar tão rápido que meus olhos não conseguiram entender o que viam. Enquanto absorvia a criação divina de Deus, por um momento, esqueci que Ky estava naquela máquina comigo, que eu estava longe do meu povo. Por pouco tempo, eu esqueci... de tudo.

Sentada àquele banco, mantive meus olhos grudados do lado de fora, antecipando o que poderia ver quando saíssemos da área rural.

— Então... — Ky falou, e inclinei a cabeça para encará-lo. Ele mudou de posição sem jeito, como se estivesse desconfortável com a minha presença. — O que você está achando da vida do lado de fora da comuna?

Meu estômago apertou com a pergunta, e debati internamente se deveria ou não ser sincera. Decidindo não mentir, admiti:

— Não gosto nem um pouco.

As sobrancelhas douradas se arquearam e ele perguntou:

— Por quê?

— Não é o mundo que conheço. Tudo o que me foi ensinado como errado, vocês, Hangmen, parecem aproveitar e apreciar — admiti, contorcendo as mãos.

— É por isso que você pensa que somos todos maus? Porque gostamos de beber, matar e foder?

— Sim — respondi honestamente, estremecendo com o fato de ele ser tão descarado sobre seu estilo de vida. Ele falou de uma forma tão casual sobre matar pessoas, como se aquilo fosse uma ocorrência diária.

— Isso é tudo relativo, doçura. Eu também acho que você veio de um grupo maluco e bem doentio — ele disse depois de um sufocante minuto de silêncio.

— Como assim? — perguntei indignada.

— Porque mesmo para um pecador como eu, pensar que um homem poderia fazer uma lavagem cerebral em centenas de pessoas, fazendo-os acreditar que ele era um mensageiro de Deus e foder com crianças pequenas ao mesmo tempo, parece errado pra caralho para mim. Inferno, vou deixar claro pra você, Li. Aquele *profeta* e aquela sua seita estavam apenas usando Deus para encobrir uma rede de pedofilia. — Sua voz ficando mais tensa a cada palavra.

— O que é pedofilia?

O olhar chocado encontrou o meu, e logo depois voltou a se concentrar na estrada.

— Homens adultos que gostam de foder criancinhas.

Perdi o fôlego, chocada com as suas acusações.

— Não... — sussurrei, com o coração acelerado. — Era dever dos anciões juntarem-se a nós para nos livrar do nosso pecado original.

Os olhos de Ky escureceram.

— Certo. Como eu disse, porra de lavagem cerebral.

— Você não entenderia. Você não tem fé, vive de forma imoral — respondi, sentindo náuseas com essa conversa.

— Você sabe de uma coisa? Você acha que nós, os Hangmen, estamos errados em viver fora da lei e contra o que a sociedade dita, meio que me deixa puto. Merecemos aqueles bourbons e bocetas depois de um dia difícil dando nosso suor no asfalto para este clube, e matamos apenas para proteger o que é nosso, assim como os malditos anciões que mataram sua irmã, Bella, levaram Mae para forçá-la a casar com um cadáver ambulante e atiraram nos meus homens quando fomos recuperá-la — acrescentou e depois olhou para mim. — E, cadela, você não é uma maldita cristã?

— Sim — respondi na hora. — Sou devota ao nosso Senhor e Salvador Jesus Cristo... *e* ao meu profeta.

— Então que porra aconteceu com 'não julgar uns aos outros', 'amar ao próximo' e 'amar e perdoar a porra dos pecadores'? Porque tudo o que estou ouvindo saindo da sua boca agora é só besteira hipócrita e pregação preconceituosa.

Endireitei minha postura e abri a boca, mas ele me cortou:

— É isso aí, sem palavras, Li? Porque você está ouvindo agora o quão errados e falhos você e sua maldita fé nos parecem.

— Minha fé não é falha! — defendi, mas não pude deixar de pensar que alguns dos comentários de Ky pudessem ter fundamento. Suspirei, me mexi no banco e disse: — Mas...

— Mas...? — incentivou com um sorriso ameaçando aparecer em seus lábios.

— Mas você está correto. Eu não deveria julgar os outros com tanta veemência. Nunca pensei que via o clube dessa maneira errada — admiti. Dessa vez, fui premiada com um sorriso completo, lindo e devastador, na expressão da palavra.

Aquela sensação de formigamento entre as minhas pernas voltou e rezei para que passasse antes que Ky percebesse que algo estava errado comigo... porque havia algo de muito errado... eu estava sendo *corrompida*... por ele. As sensações que me fazia sentir eram quase demais para suportar.

Quando me acalmei, refleti sobre suas palavras e disse:

— Perdão e julgamento à parte, você deveria realmente se esforçar para não pecar, Ky. Pelo bem de sua salvação.

— Salvação? Você acha que posso ser salvo, doçura? Você se importa mesmo com isso? — Ele parecia confuso.

— Eu acredito que todos podem ser salvos. — Eu podia senti-lo me observando. — Por exemplo, aquelas mulheres com quem você compartilha relações... — Parei, e o ouvi tossir para abafar uma risada. — Você não deve ser tão livre para se envolver com elas. Contenha-se ou se guarde para uma mulher com quem deseja se casar sob a lei de Deus. Isso é amor puro, Ky. As escrituras dizem que um amor desse tipo é como nenhum outro. Essa mulher ajudará a salvá-lo ou, pelo menos, lhe dará um lugar seguro para voltar para casa.

A expressão dele era ilegível quando olhou para mim. A esperança floresceu por ele ter ouvido o que eu havia dito. Que ele pudesse mudar seus atos pecaminosos.

— Bem, Jesus fodeu uma prostituta, não? E essa merda parecia funcionar para ele, não é? Quero dizer, cadela, tenho o cabelo comprido, barba e mulheres adoram o chão por onde piso. Talvez eu seja a porra da reencarnação dele?

E com isso, me arrependi de tudo o que tinha acabado de dizer.

Sentindo-me derrotada, me encolhi e sussurrei:

— *Aquele que não ama não conhece a Deus, porque Deus é amor.*

— Ah, ótimo, mais merda da Bíblia. Exatamente o que a porra da minha ressaca precisa!

Irritada e boquiaberta por ele desconsiderar a palavra escrita do Senhor, murmurei:

— João 4:8. É digno do seu respeito.

— Entendi — disse Ky, divertido. — Vou anotar essa merda, enquadrar e pendurar na minha parede.

Afastando-me do seu sorriso provocante, olhei pela janela, subitamente percebendo que outros veículos estavam na estrada e que tínhamos deixado a pista isolada que levava ao complexo. Ocasionalmente uma casa aparecia entre os campos verdejantes e, depois de mais alguns minutos, pessoas começaram a aparecer andando por ali... O mundo exterior ganhando vida.

Fiquei fascinada por tudo: as cores, a vasta quantidade de pessoas diferentes assim como as suas roupas, os diferentes tipos de veículos na estrada. Em um primeiro momento isso me deixou nervosa, mas me senti segura dentro da caminhonete e, para meu *desgosto*, me senti *segura* ao lado de Ky. Eu sabia que ele era meu protetor. Testemunhei na noite em que invadiu a comuna e exigiu a Styx que Maddie e eu fôssemos levadas com a Mae. E mesmo neste mundo desconhecido, e com o pouco tempo que passei com ele, eu sabia instintivamente que ele me protegeria do perigo.

O veículo virou à direita e entramos em uma pequena área com alguns outros veículos estacionados. Paramos do lado de fora de uma pequena casa de madeira com as palavras *'Choupana da Maude – Café da Manhã'* no topo.

Algumas pessoas que passavam olhavam para o carro, as cabeças inclinadas, sussurrando entre si.

Virei-me para Ky e admiti:

— Tenho medo de ir até lá. Essas pessoas são tão diferentes de mim. — Passei as mãos pela frente do vestido cinza e por cima da touca branca, sentindo-me enjoada. — Eu não me pareço com eles. Todo mundo vai me encarar, e detesto ficar à vista. Não posso suportar.

Aproximando-se do meu banco, ele disse:

— Li, ninguém vai se atrever a dizer nada. Você está comigo. Por essas bandas, nenhum filho da puta nos diz algo que não deva, a não ser que queira sentir muita dor.

Lendo sua expressão, não vi nada além de sinceridade. Ainda assim, relutei em me mover dali.

— Posso pedir que voltemos ao complexo? Não me sinto confortável em estar aqui fora.

Ky balançou a cabeça e apertou minha mão na dele, me fazendo ofegar.

— Nada mais de pedidos. Hora de tomar as rédeas. — Estendeu o braço sobre mim e abriu a porta. — Vamos.

Soltando minha mão, ele me levou para fora da caminhonete e saiu logo em seguida, se arrastando pelo comprido banco, certificando-se de que eu tinha feito o que ele disse.

Uma vez fora do veículo, sons estranhos me fizeram pular, e me vi recuando até bater em algo duro. Virando, percebi que havia me recostado contra ele. Seu rosto estava novamente com uma expressão divertida, mas sem dizer uma palavra, segurou a minha mão e começou a caminhar para a Choupana da Maude.

Mantendo-me dois passos para trás, como era necessário ao andar com um homem, mantive os olhos no chão e tentei bloquear os barulhos estranhos que assaltavam meus ouvidos.

Uma campainha tocou quando Ky abriu a porta e o barulho das pessoas conversando subitamente parou. Eu podia sentir os olhares sobre nós dois. Ele pareceu não se afetar com isso. Na verdade, isso parecia algo normal para ele.

Ele era lindo... Talvez sua beleza tenha deixado as pessoas tão hipnotizadas?

Passos soaram no chão de madeira, e uma mulher disse:

— Bom dia, Kyler, a mesa de sempre?

— Bom dia, querida, e sim, a de sempre — ele respondeu.

Ergui a cabeça apenas o suficiente para ver uma velha senhora de cabelos grisalhos, vestida em uma estranha roupa rosa, sorrindo abertamente para ele.

— Não me disse que vocês estariam fazendo negócios hoje. Vou ter que ajeitar um lugar pra que vocês tenham privacidade — sussurrou a mulher quando passamos por entre mesas cheias de pessoas que nos observavam, e chegamos a um local onde uma divisória nos isolava do restante.

— Hoje não estou a negócios, Maude. Estou aqui pela comida e mais nada — respondeu Ky.

— Ah, tudo bem. Me dê um minuto para preparar tudo para vocês.

Houve um longo silêncio e arrisquei levantar meu olhar. A mulher estava olhando para mim e balançou a cabeça, depois encarou Ky.

— Sabe, em todos os anos que o conheço, e isso é praticamente toda a sua vida, nunca te vi aqui com uma garota.

Ele deu de ombros e corou um pouco, o que me fez sorrir. Ky me flagrou olhando para ele e estreitou os olhos, fazendo com que eu afastasse o olhar.

A senhora a quem Ky chamou de Maude se aproximou, e o cheiro do perfume forte quase me sufocou.

— Ela não é vítima de tráfico sexual, é? Por que ela está vestida desse jeito estranho? Parece que ela veio do século dezoito!

— Coisas do clube, querida. Você sabe como é — ele disse, com a mandíbula cerrada e o rosto inexpressivo.

— Não tenho problemas com você lidando com os negócios do clube aqui, e também não tive quando eram seu pai e o de Styx. Vocês sempre cuidam de mim, mas há algumas coisas que não fico feliz em ver. — Ela fez uma pausa e acrescentou: — A garota parece ter acabado de ser arrancada de Utah e daquela seita poligâmica estranha. No entanto, ela tem um lindo rosto. *Bela.*

Notei que as palavras ditas por Maude fizeram com que Ky ficasse imóvel como uma estátua, mas elas não eram compreensíveis para mim. A palavra "seita" eu entendi, e isso me preocupou.

— Não tem nenhum tráfico sexual. Os Hangmen nunca foram e nunca serão desse tipo. Prefiro matar aqueles malditos filhos da puta do que me juntar a eles. E de onde essa cadela veio não é da sua conta. Ela está comigo, e isso é tudo o que interessa.

— Tudo bem, tudo bem — Maude respondeu exasperada e acariciou o braço dele. — Vou deixar vocês em paz e pegar alguns menus.

— Não precisa. Pode trazer o meu pedido de sempre para nós dois.

— Entendi!

Os estranhos sapatos de salto alto de Maude ecoaram no chão enquanto ela se afastava.

Ky soltou a minha mão e eu levantei a cabeça.

— Sente-se, doçura — Ky ordenou, e assim o fiz.

Quando examinei os arredores, notei que estávamos sentados em uma pequena mesa redonda, com uma cadeira de cada lado. Ky se sentou à minha frente e lançou um olhar avaliador ao redor da sala. As pessoas mais próximas da nossa mesa imediatamente baixaram os olhos e se viraram.

Na verdade, elas pareceriam estar *aterrorizadas*. Uma garotinha em uma das mesas, no entanto, não conseguiu desviar o olhar do meu. Ela aparentava ter uns seis anos, toda inocente e pura. Meu estômago revirou quando me dei conta de que era como eu devia parecer quando criança quando fui mandada embora e considerada uma Amaldiçoada.

Duas mulheres jovens na mesa de trás estavam olhando para Ky, e vendo onde estava o foco do meu olhar, ele se virou e lhes endereçou um belo sorriso. As mulheres riram e coraram. Ele me encarou de novo e suas sobrancelhas dançaram.

— Elas estavam olhando para você por um longo tempo — eu disse.

— Sim. — Ky deu de ombros. — As cadelas ficam molhadinhas por causa deste rosto e corpo. É porque eu sou gostoso, doçura. Acontece o tempo todo.

Fiquei boquiaberta com a sinceridade dele. Eu não tinha certeza do significado de algumas de suas palavras, mas entendi seu tom.

— Você é muito vaidoso.

— Não, eu sou honesto. Eu sou gostoso pra caralho e sei disso. Por que mentir?

— Você valoriza demais a beleza — retruquei, cerrando os olhos.

— Diz a mais bela de todas — Ky zombou apontando para o meu rosto.

— A beleza não significa nada para mim... Pode acreditar nisso — argumentei ofendida.

Ky encolheu os ombros novamente.

— Porque você é bonita. Nós dois somos. Pessoas bonitas sempre dizem essa merda por não achar importante. Mas, Lilah, nós dois somos estonteantes pra caralho, e não há como mudar isso. — Ele se inclinou para frente e levantou uma sobrancelha. — Então aceite esse fato. Eu faço isso... frequentemente.

Balancei a cabeça, sem ter o que dizer, e vi o sorriso triunfante.

Ky esticou os braços acima da cabeça. Chamando minha atenção, ele estalou o pescoço de um lado para o outro, deu outro sorriso e perguntou:

— Você gosta de panquecas?

— Panquecas? — perguntei intrigada.

— Você nunca comeu panquecas e bacon?

Neguei com a cabeça.

— Droga — ele suspirou.

Pela sua reação, supus que panquecas e bacon deveriam ser realmente muito especiais.

Naquele momento, Maude voltou com duas canecas e uma jarra de algo preto na mão; cheirava maravilhosamente bem. Quando colocou as canecas à nossa frente, pude sentir o olhar intenso de Ky sobre mim.

A mulher derramou o líquido escuro em uma caneca para Ky e depois se virou para mim.

— Café, querida?

— Ahn... — Olhei para ele, em busca de instrução.

As sobrancelhas de Maude se ergueram e notei o olhar desconfiado que endereçou a Ky.

— Ela aceita — ele respondeu.

Meus ombros relaxaram, sentindo alívio quando Maude rapidamente encheu minha caneca e se afastou.

— Obrigada. Eu não sabia o que fazer. Nunca tive que responder por mim mesma antes.

Colocando os cotovelos na mesa, Ky balançou a cabeça externando decepção e perguntou:

— Você também nunca tomou café?

— Não. O que é? — Olhei para o líquido quente e aromático com mais do que uma curiosidade passageira. O cheiro era bom demais, chegava até a ser intoxicante.

— É uma bebida.

Incapaz de me conter, uma gargalhada escapou dos meus lábios.

— Eu sei disso, Ky. Talvez não saiba muito deste mundo, mas reconheço uma bebida quente.

A expressão dele mudou de indiferente, entediada até, para outra coisa... algo parecido com diversão. Era sutil, mas estava lá. Seus olhos suavizaram e, depois de um momento, ele sorriu de volta para mim, colocando a mão sobre a minha. Minha risada diminuiu quando o calor de sua pele chegou aos meus ossos. Quando encarei os olhos azuis, percebi que também estavam focados em nossas mãos unidas.

Eu deveria ter afastado minha mão.. Era o certo a se fazer, e errado não fazê-lo. No entanto, eu não queria, e pela primeira vez na vida, não tinha ninguém para me dizer o contrário. Eu estava sob o comando de Ky neste dia e deveria fazer o que ele desejasse.

Era visível que ele estava tenso. Percebi que estava chocado por eu permitir esse toque proibido. Meu coração batia tão rápido quanto as asas de um beija-flor, e um arrepio de excitação percorreu minha coluna.

Os olhos azuis encontraram os meus, o resquício de um sorriso ainda pairava no meu rosto. Ele estendeu a mão livre lentamente para tocar gentilmente meus lábios, e disse:

— Você fica ótima assim, doçura.

— O... O que foi? — perguntei quando ele afastou a mão do meu rosto.— Esse sorriso deslumbrante. Durante todo o tempo em que esteve no complexo, nunca te vi sorrir.

— Porque não tenho motivos para sorrir com muita frequência — respondi já séria.

Os dedos de Ky começaram a traçar as costas da minha mão.

— Então faça você uma razão, Li. Não dê desculpas para viver uma merda de vida. Não é muito difícil. Não gosta de algo? Encontre algo que a faça feliz. Não gosta de estar perto de alguém? Então fique longe. Quer mudar a sua vida? Então levante essa bundinha e faça acontecer.

Ky deu um aperto longo na minha mão e disse:

— Eu sei que não está na *vibe* da vida no clube, mas você também não deu uma chance a ninguém. Você fica presa naquele quarto, afundando em tristeza por algo que se foi e que nunca mais voltará. Está se sentindo miserável, mas nem ao menos tenta melhorar as coisas. Nenhum dos irmãos vai machucá-la, e se você seguir certas regras, nem mesmo os visitantes ou nômades serão um problema. Você encrenca com a Mae pela coragem que ela teve de deixar algo fodido para trás, e você a está fazendo sofrer por recusar ou mesmo reconhecer a ajuda dela.

Como não respondi, ele continuou:

— Entendo que você pense que somos todos pecadores, mas somos pecadores que protegerão vocês. Você é irmã da Mae, ela é a *old lady* do Styx, e isso significa que também está sob a proteção no clube. E não somos tão ruins assim com as pessoas que aceitamos, Li. Então, apenas tente fazer com que essa situação em que está agora seja *melhor*. Quero dizer, caralho, eu nunca me desaponto, amo a porra da minha vida, mas olhar para você através dessa janela todas as noites, tão triste e nos encarando como se fôssemos demônios, até me faz querer cortar os pulsos. E vou lhe dizer uma coisa: sou bonito demais para morrer!

Uma dor intensa pulsou no meu estômago, como se eu tivesse recebido um chute. Baixei a cabeça, embora não pudesse deixar de sorrir com relutância pela piada que ele tinha acabado de fazer.

Ele estava certo. Ele *era* bonito demais para morrer.

Ky puxou minha mão e me forçou a olhar para ele.

— Eu não sei ao certo o que esses merdas fizeram contigo, mas sei o bastante para entender que você não confiará nas pessoas, que foi programada para temer alguém que o Profeta Pedófilo disse para que evitasse, mas você tem que tentar, Li. Só precisa tentar.

Lágrimas brotaram nos meus olhos enquanto eu considerava suas palavras. Eu não tinha uma resposta e não acho que era o que ele queria. Ele fez tudo parecer tão fácil...

— Agora — disse Ky, soltando minha mão —, prove o maldito café.

Limpando rapidamente minhas bochechas, soltei uma risada aliviada e coloquei a mão levemente trêmula na alça da caneca.

— O que tem nisso?

— Cafeína — informou, encolhendo os ombros.

Imediatamente soltei a caneca sobre a mesa.

— O que foi agora? — Ky perguntou, franzindo a testa.

— Eu não devo beber cafeína. É proibido. A cafeína altera a mente e nos afasta do Senhor. As Amaldiçoadas já são impuras, portanto, devemos comer coisas leves, consumir apenas produtos naturais.

Ky suspirou e coçou a testa.

— Bem, aqui não é proibido. Não há profeta com o qual se preocupar. Não haverá nenhum apocalipse se você tomar um gole dessa bebida. — A mão dele empurrou a caneca na minha direção. — Apenas tente, Li. Apenas tente.

Olhei para o objeto ofensivo. Fiquei surpresa com o torvelinho de emoções que eu sentia por dentro. Nunca havia me desviado das palavras ou mandamentos do Profeta David. Eu era uma crente fiel à causa. Mas, ao mesmo tempo, as palavras de Ky causaram estragos em minha mente. Eu queria agradá-lo. Queria tentar viver aqui fora... pelo menos até voltar à Ordem.

Algo dentro de mim queria confiar nele, queria agradá-lo.

Apertando as mãos, tremi enquanto segurava a alça da caneca e a levava aos lábios. Quanto mais perto, mais forte o aroma se tornava. Fechei os olhos, convencendo-me a tentar, quando uma pequena quantidade de líquido inundou minha boca.

Era quente, amargo, forte... e eu adorei!

Abaixando a caneca, Ky inclinou a cabeça para o lado e disse:

— E aí?

— É bom. É muito bom! — respondi, contendo uma risada.

Ele deu um grande sorriso.

— Estou orgulhoso de você, Li. Você tomou as rédeas da sua vida.

Maude apareceu naquele momento e colocou os pratos cheios de uma comida que nunca tinha visto antes. Ky pegou o garfo e apontou para um grande item redondo no meu prato.

— Panqueca.

Entrei em pânico sem saber qual era a regra de etiqueta adequada. Eu não tinha permissão para comer com homens na comuna, era proibido, então esperei por mais instruções.

Ky olhou para mim e suspirou, estendeu a mão e me entregou a faca e o garfo.

— *Experimente*.

Assenti em submissão quando ele derramou um molho marrom pegajoso sobre a comida.

Fiz uma careta e ele disse:

— Experimente, Li. Coma. Você vai adorar. Não há regras para seguir comigo.

Decidi tentar dar uma pequena mordida para não o irritar, mas meu estômago parecia estar torcido em um nó.

Eu experimentei.

E adorei.

Eu realmente adorei.

CAPÍTULO SETE

LILAH

— É... inacreditável — sussurrei com o rosto quase pressionado contra o vidro enquanto observava tudo. Edifícios enormes, um do lado do outro, alguns construídos em formatos estranhos, outros tão altos que eu mal conseguia enxergar o topo.

O dia acabou sendo claro e ensolarado, permitindo que eu visse tudo com perfeita clareza.

— Esse é o centro de Austin, doçura. Sua mente vai explodir com tudo isso. Boa música, boas vibrações...

— Eu... eu não sabia que um lugar assim poderia existir. Ouvimos histórias, é claro, mas a minha imaginação nunca poderia ter sonhado com tal espetáculo.

Pessoas de todas as raças, formas e tamanhos apinhavam as ruas movimentadas. Alguns estavam vestidos de forma escandalosa, outros com roupas que eu não conseguia entender. Muitos seguravam máquinas que Mae havia chamado de "telefones celulares".

— E então, o que você acha? — Ky perguntou. — Você conseguiria se ver morando aqui?

Balançando a cabeça, respondi:

— Não. Definitivamente não. É muito cheio. Eu teria medo de tudo, de me comportar de forma errada, das pessoas desconhecidas... — Respirando fundo e exausta pela superestimulação, eu disse: — Se eu morasse fora da comuna...

— E isso é algo que vai ter que acontecer — Ky me interrompeu.

— Sim, tudo bem — respondi. — Prefiro morar em algum lugar tranquilo, longe das pessoas que me encaram e que agem de forma obscena. Eu gostaria de viver sem o medo do pecado, sem muito barulho, sem muito conflito. — Ao olhar pela janela, acrescentei: — Gostaria de viver sem sofrimento.

Ky não disse nada em resposta, mas os nós dos seus dedos traíram sua emoção quando ficaram brancos com a intensidade de seu aperto no volante.

Quanto mais dirigíamos pela cidade, mais cansada eu ficava. Ele me mostrava as coisas e explicava o que eram, lugares chamados museus que expunham artefatos antigos do mundo todo, cinemas onde as pessoas se encontravam e assistiam "filmes". É claro que nunca assisti a um filme, e foi preciso que ele me explicasse o que era uma televisão.

Descobri que não podia me conectar com nada aqui.

Tudo parecia tão... tão... *grandioso* para mim. Demasiado.

Depois de horas de experiências que mudaram a minha vida, virei-me para ele.

— Posso pedir que voltemos ao complexo agora? Estou cansada e sinto que tive mais do que posso suportar em um único dia.

Ky assentiu, claramente notando meu desespero, enquanto eu voltava a afundar no banco da caminhonete. Ele apertou um botão no volante e de repente uma música soou através do veículo. Todo o espaço da cabine parecia ter ganhado vida com batidas rápidas e pesadas. Inclinei a cabeça contra a porta enquanto o barulho alto permeava o ar que eu respirava.

Luzes fortes faziam a cidade brilhar como um vagalume, e o céu escuro e sem estrelas sinalizava a chegada de muitos personagens desagradáveis às ruas. Decidi que este lugar certamente não era para mim.

Eu preferia a rua tranquila e o céu iluminado pela lua do complexo, onde as estrelas eram visíveis a noite toda e não eram afetadas pelas luzes artificiais que essa cidade ostentava. Eu preferia calmaria à agitação, verde ao concreto e silêncio ao barulho.

Suspirei estressada quando paramos em um sinal vermelho, que significava que o veículo devia parar, quando de repente um grande edifício branco apareceu. Bastou um olhar para ele e perdi o fôlego.

Era uma estrutura de pedra branca imaculada, um edifício imponente no topo de uma escadaria, mostrando sua beleza aos moradores da cidade. Janelas coloridas em arco brilhavam no escuro, lançando um arco-íris sobre a pedra branca. Luzes no telhado alto e azulejado iluminavam obras de arte perfeitamente esculpidas. Um conjunto de amplas portas de madeira adornava o centro da construção. Mas o mais bonito de tudo aquilo era uma estátua de mármore branco de Jesus Cristo que se destacava à frente de um imenso Crucifixo, uma imagem serenamente poética em sua arte.

— Por favor, você pode parar o veículo? — pedi, colocando as mãos contra o vidro da janela.

— O quê? — Ky pareceu surpreso quando me virei e o observei franzindo a testa.

— Por favor! — repeti. — Pare por um momento.

Fazendo o que pedi, ele parou ao lado da estrada. Então tudo que pude fazer foi olhar.

— Que lugar é esse? — perguntei com admiração.

Inclinando-se para frente, seu braço roçou o meu, e respondeu:

— Uma igreja.

— Uma igreja?

— Sim, você sabe, onde pessoas como você vão rezar e cantar e todas essas coisas chatas.

Senti o choque tomar conta de mim.

— Pessoas de Deus? — perguntei, vendo uma mulher com um bebê no colo entrar pelas portas de madeira.

— Sim, adoradores de Jesus, loucos por Bíblia, pessoas como você — ele respondeu, claramente frustrado.

Olhando para o belo rosto masculino, eu disse:

— Eu não entendo. Esta é uma igreja para Cristo? As pessoas vêm aqui para adorar?

Ky balançou a cabeça lentamente, como se eu estivesse louca.

— Sim, o que você não está entendendo, doçura? Igreja. Deus. Isso não é nada divertido.

— Não é que eu não esteja entendendo a questão da adoração, Ky. É o fato de que essa igreja existe fora da grande cerca... fora da Ordem. É isso que você está me dizendo?

— Bem, agora sou eu quem não está entendendo — ele disse, olhando para mim, depois para a igreja, e de volta para mim.

Lutando contra o pânico, eu disse:

— O Profeta David nos disse que éramos as últimas pessoas na Terra que eram fiéis a Deus, que todos do lado de fora eram pecadores, maus e que rejeitavam o Senhor e sua palavra. Esta foi a razão pela qual fomos separados do exterior, para proteger nossas crenças daqueles que vivem para nos destruir.

O rosto dele se contorceu de raiva.

— Lilah, há um milhão de igrejas por todo o país. Pessoas religiosas, de todos os tipos de crenças, estão por toda parte. O Profeta David estava mentindo pra vocês.

— Mas como... eu... — gaguejei, sem saber como defender as escrituras do meu antigo profeta quando, neste momento, estava vendo com meus próprios olhos a prova de sua mentira.

Ky afastou uma mecha de cabelo que tinha se soltado da touca, e a colocou atrás da minha orelha. Virei o rosto em sua mão, sem perceber que as lágrimas deslizavam pelas minhas bochechas. Seu gesto e toque gentil me surpreenderam.

— Lilah, eu sei que você não quer acreditar, mas praticamente *nada* do que aquele merda de profeta disse *era verdade* — atestou enquanto enxugava minhas lágrimas com os dedos.

— Não... — tentei argumentar, mas os simpáticos olhos azuis me fizeram parar. De repente, uma dor absurda pareceu aquecer e apunhalar meu peito. Levei a mão até o local, esfregando a pele sobre meu coração, mas não encontrei alívio.

— Lilah? — perguntou preocupado, e eu me mexi, desconfortável, no assento, sentindo a ansiedade tomar conta de mim.

— Não consigo respirar — eu disse apavorada. — Sinto que não consigo respirar!

— Porra — Ky rosnou e apertou um botão na lateral da porta. A janela ao meu lado começou a descer rapidamente e uma lufada de ar frio da noite imediatamente me acalmou.

Minha cabeça afundou no batente da porta e fechei os olhos... e foi então que ouvi os sons bem-aventurados da música do Senhor vindo da igreja. De repente, a sensação de desespero deu lugar à apreciação dos hinos melódicos.

— Que lindo — sussurrei.

— Gospel — Ky disse em resposta. — Música gospel, coral. É muito popular por aqui.

— Adorando a Cristo através da música — eu disse e sorri. Era uma música serena, o primeiro momento de paz que tive desde que fui arrancada da proteção da comuna. Mae, Bella, Maddie e eu sempre ouvimos os outros seguidores cantando para o profeta durante os cultos. Nós quatro cantávamos na privacidade de nossos quartos, desejando estar do lado de fora com o resto de nosso povo.

Eu não tinha certeza de quanto tempo ficamos na caminhonete, mas ouvi todas as palavras de todas as músicas entoadas até que tudo ficou em silêncio e um grupo de pessoas começou a deixar a igreja, e uma última pessoa sair, para em seguida trancar as portas.

Estava observando um homem ir embora cantarolando alegremente quando Ky pigarreou.

— Você está pronta para ir? Passamos o dia todo fora.

Assenti em silêncio, e Ky levou a caminhonete para a estrada, agora tranquila. A viagem de volta ao complexo pareceu de alguma forma mais longa. As luzes da cidade diminuíram gradualmente, dando lugar ao brilho da natureza. Nós não conversamos mais sobre nada, e ele também não ligou a sua música. Fiquei agradecida, pois teria maculado as gloriosas palavras líricas de louvor que ainda ecoavam em minha mente.

Eu estava confusa, tentando entender por que o Profeta David havia pregado uma mensagem cheia de inverdades. Questionei se ele não tinha conhecimento dessas crenças além da grande cerca ou, pior ainda, se essa igreja era um ardil e uma maneira de atrair almas perdidas através de suas portas, apenas para que aqueles com más intenções pudessem prejudicar um inocente.

Nenhuma dessas explicações caiu bem para mim. E aquelas músicas que tanto apreciei haviam tornado o momento mais puro e inspirador que já testemunhei em vida.

Antes que eu percebesse, fomos rodeados pela escuridão da estrada rural e, em trinta minutos, o complexo dos Hangmen apareceu à nossa frente.

Ky pegou do bolso um pequeno aparato preto e, clicando em um botão, os portões começaram a se abrir. Entramos pelo pátio calmo e silencioso.

Ele desligou o motor e saiu da caminhonete. A porta ao meu lado se abriu de repente, quando estava prestes a puxar a maçaneta, e encarei a mão estendida em minha direção. Ele me observava com cautela, quase com preocupação. Aceitando a mão oferecida, desci da caminhonete, sentindo o cansaço em cada centímetro do meu corpo.

Ky me acompanhou à parte dos fundos do prédio, até a porta que levava ao meu quarto. Quando paramos, olhei em seus profundos olhos.

— Você está bem, doçura? Você viu muita coisa nova hoje... — perguntou, encarando-me com atenção.

Respirei fundo, ainda focada em seu olhar.

— Obrigada — respondi calmamente, para sua surpresa. — Obrigada por me mostrar essas maravilhas que vimos hoje. Sei que não era o que você queria fazer com o seu tempo, mas significou muito para mim. A igreja era... — Não consegui encontrar palavras para fazer jus àquela experiência. Aquilo havia mexido profundamente comigo, despertando algo antes adormecido em minha alma.

Ky mexeu-se, inquieto, e abaixou a mão. Abrindo a porta, ele esperou que eu entrasse, sem dizer uma palavra sequer, mas me virei e perguntei:

— Vamos fazer isso de novo amanhã?

Eu podia sentir o calor do meu rubor queimando meu rosto, envergonhada por estar pedindo a este homem por mais. Mas hoje foi a primeira vez que senti... a primeira vez que *senti... alguma coisa* depois de tanto tempo.

Um sorriso incrivelmente bonito iluminou seu rosto e meus joelhos amoleceram. Ky inclinou a cabeça e perguntou:

— Isso é um *pedido*? Ou é porque sou tão gostoso que você mal pode esperar para ter mais de mim?

Sua piscadinha deixou claro que era uma provocação, então sorri de volta, lutando contra uma risadinha, vendo-o ficar nervoso, de repente.

— Sim, acredito que sim.

Ky cerrou os olhos, como se estivesse procurando algo em meu olhar. Então passou as mãos pelo cabelo e disse:

— Voltarei para buscar você de manhã.

Uma sensação de animação tomou conta de mim e abaixei a cabeça em agradecimento.

— Estarei pronta.

E com isso, subi as escadas. Quando passei na frente de um aparentemente adormecido Flame, seus olhos se abriram e seu corpo ficou rígido. Vendo que era eu, ele relaxou e entrei rapidamente no meu quarto. Nunca temi tanto um homem como fazia com Flame. Se eu fosse Maddie, seria incapaz de dormir com tamanha preocupação por ser o centro do seu estranho carinho.

— Lilah! — uma voz chamou do sofá, e Mae se levantou. Maddie veio logo atrás.

— Você voltou — ela disse com óbvio alívio.

— Sim. Voltei, irmãs.

Mae olhou para mim e, hesitante, perguntou:

— Você está bem? Vocês ficaram fora por muito tempo.

Indo para a cama, me sentei na beirada e comecei a tirar a touca, agora que estava apenas na presença de mulheres. Liberando meu cabelo comprido dos grampos que mantinham os fios loiros presos, esfreguei o couro cabeludo e respondi um simples:

— Sim.

Ela franziu a testa e se ajoelhou à minha frente, estudando meu rosto.

— Você tem certeza? Ky não tentou nada... desagradável?

— Não. Ele se comportou bem — respondi baixando os olhos e balançando a cabeça.

— Onde... onde vocês foram? — Maddie perguntou, seus enormes olhos verdes demonstravam nervosismo e interesse.

Por algum motivo, me vi querendo guardar os detalhes para mim. E foi nesse momento que percebi o que hoje realmente havia significado.

— Vimos a cidade. Nos alimentamos. Foi um dia bastante estranho, mas bom, eu acho.

— Um bom dia? — Mae perguntou surpresa. — Você teve um bom dia com o *Ky*?

Dando um sorriso tranquilizador para Mae, assenti.

— Sim, irmã. Ele foi paciente e me deu informações, embora às vezes tenha sido um pouco grosseiro.

— E agora, o quê? — ela perguntou com espanto, enquanto Maddie também ouvia atentamente, de boca aberta.

— Sairemos novamente amanhã e ele me mostrará mais do mundo exterior.

Mae caiu de bunda no chão e, incrédula, perguntou:

— E você está realmente bem com isso? Você *realmente* deseja passar mais tempo na companhia dele?

— Sim — respondi, e ao ver a felicidade tomar conta do rosto de minha irmã, algo que Ky disse passou pela minha mente.

Você encrenca com a Mae pela coragem que ela teve de deixar algo fodido para trás, e você a está fazendo sofrer por recusar ou mesmo reconhecer a ajuda dela.

Inclinando-me para frente, segurei a mãe dela entre as minhas, e notei seu cenho franzido, em confusão, ante minha demonstração de afeto.

— Eu sei que não disse isso a você, irmã, mas quero que saiba que a amo. — Olhei para Maddie também. — E a você também, Maddie. — Mais uma vez voltei minha atenção para Mae. — Muito. Sei que não facilitei essa transição. E entendo que você só queria me salvar... *nos* salvar de uma vida que acreditava estar errada.

Os incríveis olhos azuis de Mae se encheram de lágrimas quando acrescentei:

— Quero que saiba que aprecio tudo o que tentou fazer por mim.

As lágrimas escorreram profusamente pelo rosto belo. De repente, ela me puxou contra o seu peito.

— Obrigada — sussurrou no meu ouvido. — Isso é muito especial para mim.

Um minuto depois, ela me soltou e perguntou novamente:

— Agora, você tem certeza em querer sair amanhã... de novo... com o *Ky*?— Sim, tenho certeza — eu disse, rindo da maneira como ela tinha falado o nome dele.

Eu tinha certeza absoluta de que queria sair amanhã com o *Ky*.

CAPÍTULO OITO

KY

O sol estava brilhando através da janela quando abri um olho e estremeci. Porra, a minha cabeça estava me matando... de novo.

Que merda aconteceu a noite passada?

Fechando os olhos novamente, tentei clarear a mente daquele nevoeiro caótico induzido pelo uísque...

Entrando no bar, meu pau doía a ponto de eu achar que iria desmaiar. A causa de tudo isso? Uma loirinha que com apenas um sorriso assassino — um sorriso verdadeiro —, tinha me deixado completamente sem ar.

A cadela tinha me matado ontem. Seu rosto, o jeito que ela olhava para mim sob aqueles longos cílios, toda inocente e com enormes olhos azuis.

A expressão do seu rosto quando viu o centro de Austin pela primeira vez, o nariz torcido quando discutiu sobre experimentar o café. E o olhar de pura felicidade quando viu aquela igreja, com lágrimas nos olhos ao ouvir o coral gospel cantar.

Porra, eu a queria. Mais do que já quis uma cadela em toda a minha vida. Ela não percebeu o que estava fazendo comigo o dia inteiro, mas, minuto após minuto, ela estava, cada vez mais, tomando conta dos meus pensamentos, fazendo meu peito doer por causa da necessidade louca de protegê-la. Merda, ela nem tinha percebido que tinha sido abusada a vida toda. E então, quando estávamos na entrada do apartamento de Styx, e ela me pediu para levá-la para sair novamente no dia seguinte... não pude evitar.

Concordei. O idiota aqui tinha concordado. E fui proibido de tocá-la, mas como uma mariposa que é atraída para a luz, não consegui me afastar. Usei toda a minha força de vontade para não agarrar o seu rosto e beijá-la na boca só para eu saber como era o seu gosto.

Enquanto eu caminhava até o bar, Styx, Tank, Cowboy e Hush estavam sentados a uma mesa. O prez me viu chegando e se levantou.

— *Você ficou fora o dia todo* — ele sinalizou.

— Sim — respondi.

— *Onde você estava?* — Styx franziu o cenho.

— Com a Lilah.

— *Esse tempo todo?* — sinalizou com um ar de suspeita no rosto.

— Sim, esse tempo todo. Levei ela para tomar café da manhã, depois para ver a cidade e a trouxe de volta — expliquei, vendo uma expressão de surpresa no rosto do meu irmão.

— *E ela estava bem? Não deixou você assustado?* — perguntou inclinando a cabeça e dei de ombros.

— Não gostei muito no começo, mas depois superei e lidei com isso. Realmente me surpreendeu pra caralho.

Styx soltou um longo suspiro, depois fechou os olhos.

— *Obrigado, irmão* — ele sinalizou e depois abriu os olhos.

— Sem problema. Vamos fazer isso de novo amanhã.

A expressão calma logo se endureceu.

— *Por quê?*

— Porque ela pediu — respondi cerrando a mandíbula.

Styx me olhou, furioso, e sinalizou:

— *Não estrague tudo com ela, irmão. Ela não é uma das suas putas.*

Aproximando-me do meu melhor amigo, eu disse:

— Prez, foi você quem me meteu nessa merda, só estou cumprindo ordens. Ela queria que eu a levasse novamente e disse que sim por sua causa, para que você não perca a Mae. Porra, pode confiar que eu cuido disso.

— *E essa é a única razão de você estar com ela? Porque eu sei que você tem uma queda pela cadela.*

Apenas arqueei uma sobrancelha, não querendo mentir para a única

CORAÇÃO SOMBRIO

pessoa em quem eu podia confiar, e Styx balançou a cabeça exasperado. Finalmente dando um sorriso, ele colocou o braço em volta do meu ombro. Fomos até o bar, ficamos bêbados e depois a horda de putas chegou. A música tocou mais alto, mais irmãos chegaram, e então a festa de verdade começou.

Entrei tropeçando no meu quarto, bêbado pra cacete, e nem tinha notado Tiff e Jules me esperando na cama... só vi que elas não se pareciam muito com as gêmeas. Suas saias curtas e tops transparentes tinham desaparecido. As duas estavam usando vestidos curtos, de um cinza estranhamente familiar, as longas pernas bronzeadas à mostra, mas ambas usavam toucas, do mesmo tipo que a Lilah sempre usava. Os cabelos loiros presos em um coque... assim como os de Lilah.

Porra, uma olhada para essas coisas horríveis e meu pau ficou tão duro como uma pedra. Eu estava excitado com a pior invenção de moda da face da Terra.

Tiff sorriu abertamente quando entrei no quarto, brincando com a tira longa da touca, enrolando-a no dedo.

— Ky, baby — ela murmurou. — Estávamos esperando por você.

— Estavam? — perguntei, trancando a porta e tirando meu *cut* e as botas.

Jules pulou da cama, ficou na minha frente, e abaixando a cabeça, disse:

— Sim, baby, fomos à igreja, mas fomos expulsas por sermos meninas más.

Eu não queria ficar excitado por elas estarem agindo dessa forma, mas estava frustrado demais por ter estado perto de Lilah o dia todo, seus lábios carnudos e olhos azuis me deixando sem fôlego a cada momento...

Jules estendeu a mão e, segurando a bainha da minha camisa, puxou-a sobre a minha cabeça. Se eu apertasse meus olhos, a cadela quase poderia se passar pela loirinha carola, enganando minha mente e acreditando que ela estava aqui, comigo, molhada pra caralho e querendo o meu pau.

— Onde vocês conseguiram essas roupas? — falei arrastado, puxando as tiras da touca.

Tiff se juntou à outra para tirar minha calça jeans e disse:

— Em uma *sex shop*. É incrível a quantidade de homens que adoram o visual Amish, ansiosos por uma boceta virgem, que sabem que nunca vão tocar.

Não fiquei surpreso que isso fosse popular. Eu mesmo estava de quatro por uma boceta virgem. Eu era um daqueles doentes que viviam excitados por aquelas roupas horríveis. Eu me masturbava todas as noites com a imagem de Lilah gritando meu nome, seu vestido solto e enrolado na cintura e aquela boceta raspada na minha cara, sendo comida pela minha boca.

Segurando as tiras da touca de Tiff, puxei-a para frente e colei meus lábios aos dela, quase machucando-a com a minha força, apenas para empurrá-la para trás, colocar a mão na sua cabeça e deixá-la de joelhos.

— Chupe o meu pau, Lilah — pedi, gemendo quando sua boca quente me chupou, a cabeça do meu pênis batendo no fundo de sua garganta.

Gozei mais rápido do que nunca, jorrando como uma fonte do caralho quando imaginei a loirinha lá embaixo, *pedindo* para engolir meu gozo...

Os detalhes depois disso não eram muito claros, mas eu sabia que tinha fodido aquelas aspirantes a Lilah em todos os buracos até que não consegui mais ficar duro.

Posso ter fodido Tiff e Jules, mas na minha cabeça tinha sido Lilah. Sempre ela. E aquelas cadelas manipuladoras também sabiam disso.

Descendo a mão pelo meu abdômen, segurei meu pau duro e comecei a acariciá-lo subindo e descendo meu punho, ignorando as duas putas adormecidas ao meu lado. Nunca antes uma cadela me deixou assim. Nunca imaginei aquelas vadias como qualquer outra pessoa.

Sentindo mãos leves cobrindo as minhas, vi os olhos cansados e vermelhos de Jules olharem para mim, aquela maldita touca ainda na sua cabeça. Sua mão tirou a minha para fora do caminho, sua boca descendo para se banquetear com minhas bolas.

Lilah... Lilah... Pensei vendo aquela touca subir e descer.

Cedendo à minha fantasia doentia, fechei os olhos enquanto Jules fazia o boquete espetacular, e com um rugido alto, gozei por toda a minha barriga com tanta força que quase desmaiei.

Merda, pensei enquanto recuperava o fôlego.

A cadela tinha me dado um fetiche fodido por roupas Amish.

Quatro semanas depois...

— Temos corridas amanhã. Ky, você lidera o acordo com os chechenos em Houston. Tank, Bull, Smiler, AK. Flame, você pode ficar aqui e cuidar do complexo. Hush e Cowboy, vou mandar vocês para San Antonio. Sandman, o prez de San Antonio, está fazendo um acordo em paralelo com os italianos, um esquema de lavagem. Sendo nômades, vocês dois já lidaram com o Marcello. Preciso de vocês lá para mostrarem apoio aos nossos irmãos texanos.

Traduzi tudo o que Styx estava sinalizando e os irmãos assentiram.

Styx tossiu e observei suas mãos.

— Ficarei fora por três dias. Tenho coisas pessoais a fazer. Qualquer problema, Ky estará no meu lugar como prez.

Assim que traduzi, encontrei os olhos de meu melhor amigo, que, apesar de me olhar, não ofereceu nenhuma explicação sobre para onde diabos iria.

— *Terminamos?* — sinalizou.

Os irmãos assentiram, e nosso prez bateu o martelo. Todo mundo se dispersou, mas fiquei para trás.

Ele já esperava por isso. Meu melhor amigo ficou sentado, esperando eu falar:

— Aonde você vai e por que não me falou nada?

— P-por aí — ele gaguejou, encolhendo os ombros.

— A Mae também vai? — perguntei, erguendo uma sobrancelha.

Ele assentiu.

— Mais alguém?

Ele negou com a cabeça e eu sorri.

— Vá. Leve a sua cadela. Vou cuidar das coisas.

— P-pronto — ele disse e se levantou. — V-v-vamos s-sair hoje à n-noite. V-v-voltaremos em alguns d-dias.

Styx saiu e eu segui pelo corredor, subindo as escadas dos fundos do apartamento dele até bater à porta de Lilah.

Para os Hangmen, as últimas quatro semanas se passaram sem qualquer tipo de problemas. Os acordos foram fechados, as finanças do clube estavam boas. A garagem e nossos outros negócios legais estavam dando lucro.

Mas a minha vida? *Uma tormenta sem fim.*

Ensinar sobre a vida à Lilah era fácil, mas o problema era passar o tempo todo querendo a sua boceta.

Depois eu me embebedava de noite, por ter passado o dia querendo comê-la. Aí, eu fodia as bundas de Tiff e Jules todas as noites, fingindo que eram Lilah, porque eu tinha passado todo o maldito dia querendo a boceta dela! Depois, tinha que ouvir as putas gêmeas reclamando outra vez, porque eu fingia que era Lilah a quem eu estava fodendo!

Eu estava prestes a me livrar daquelas putas. De qualquer maneira, elas não chegavam nem aos pés da loirinha.

O lado positivo? Definitivamente Lilah estava melhorando em se adaptar à vida no clube, em lidar com a vida longe daqueles malditos e sádicos pedófilos loucos por Jesus.

Mostrei a ela todas as partes de Austin em que consegui pensar. Mas ela nunca saía da caminhonete. Recusou-se a andar na minha moto. Negou qualquer mudança em seu guarda-roupa e não tirou aquela maldita touca... A mesma porra de touca com a qual comecei a sonhar.

Um doente do caralho, é isso o que sou.

Mas ela *estava* progredindo. Ela não estava mais se contorcendo como uma psicótica em um canto qualquer e nem citando as escrituras vinte e quatro horas por dia, sete dias por semana. Ela não se trancava mais no quarto, ou gritava se alguém batesse à sua porta.

Gradualmente ela estava tentando coisas novas comigo... mas *apenas* comigo.

Apenas comigo. Eu estava viciado pra caralho naquela cadela.

Um segundo depois, Lilah abriu a porta, toda sorridente. E sim, como sempre, perdi o meu maldito fôlego.

— Olá, Ky — ela me cumprimentou, deixando o quarto para me seguir escada abaixo.

— Doçura — respondi quando finalmente encontrei a minha voz.

— O que vamos fazer hoje?

Parei e me virei para ela tão rápido que ela se chocou direto no meu peito. Enquanto eu a segurava pelos braços, sua respiração ficou arfante. Os olhos azuis encontraram os meus, e juro que a porra do mundo parou.

Sua língua apareceu timidamente e ela lambeu os lábios, seu olhar focando na minha boca, fazendo com que eu ficasse imediatamente duro. Eu sabia que era hora de acabar essa merda novamente.

— Amanhã vou para uma corrida. Então vamos ficar por aqui.

— Por quanto tempo você vai ficar fora? — Lilah perguntou, e quis sorrir quando percebi a decepção em sua voz.

— Alguns dias, talvez mais. Depende de como as coisas forem. — Seria fácil, apenas uma corrida simples para pagar os federais e pegar dinheiro do pessoal das ruas que distribuíam as nossas armas.

— Tudo bem — disse ela calmamente, e desta vez nada estava me impedindo de sorrir.

Segurando a mão dela, a puxei escada abaixo e em direção à sede do clube.

— Vamos. Eu preciso de comida. E é um bom momento para mostrar a cozinha pra você.

Lilah me seguiu, obediente, mantendo a cabeça baixa, caso passássemos por algum irmão. Não encontramos nenhum deles no caminho, mas xinguei quando Tiff e Jules apareceram rindo em um corredor, ostentando peitos, pernas e bronzeados.

Seus olhos imediatamente se voltaram para nós dois, e suas fisionomias endureceram na mesma hora. Vagabundas invejosas. Jules se aproximou, com o seu apertado vestido vermelho e passou a unha pelo meu peito. A mão de Lilah apertou a minha, para depois tentar se soltar.

Isso não ia acontecer.

— Ky, baby. Você quer vir com a gente? — O dedo da puta continuou descendo até que sua mão segurou meu pau coberto pela calça jeans.

Batendo em sua mão, esbravejei:

— Vaza, Jules. Vá chupar Vike se você estiver desesperada por um pau.

Ela cerrou os olhos para mim e se afastou.

— Ahh... muito ocupado com seu bichinho de estimação, Ky? Nos deixando de lado por uma bocetinha virgem... *de novo?*

Lilah inspirou fundo e dei um passo para frente, indo na direção da vagabunda. Vendo a minha expressão furiosa, Tiff puxou Jules de volta.

— Vamos, Jules, vamos embora — disse a vadia, afastando-se com a outra. A mão de Lilah começou a relaxar na minha.

Putas idiotas. Cadelas, nada além de malditos problemas. Decidi então mandá-las embora antes de sair para esta próxima corrida. De qualquer maneira, elas já estavam com o prazo de validade expirando.

Escancarei as portas da cozinha e vi Hush e Cowboy sentados à mesa. Eles ergueram as garrafas de cerveja em cumprimento quando viram Lilah.

— Lilah — Cowboy disse com um sorriso enquanto tocava a ponta de seu Stetson. — É muito bom ver você, querida.

Ela inclinou a cabeça e corou. Provavelmente ela não falaria agora por conta da presença deles, além do fato de termos nos deparado com as putas gêmeas chupadoras. Mas eu tinha trabalhado na garagem o dia todo e estava pronto para comer um boi inteiro, então ela precisava superar essa merda.

Voltando-me para ela, eu disse:

— Okay, doçura, isso é uma cozinha. — Olhei em volta, com as mãos no quadril, e comecei a apontar para as merdas que estavam ali. — Mesa. Cadeiras. Facas. Pratos. Pia... uhm... — Seus olhos estavam seguindo todos os meus movimentos. Agachei, abri uma gaveta e puxei uma coisa plana e redonda com uma alça. Levantei o objeto no ar e olhei para aquela maldita coisa. — E isto você usa para bater em alguém que não preparou seu bife rápido o suficiente.

Largando em cima da mesa o que quer que aquela coisa de ferro fosse, virei para ver Hush e Cowboy me encarando como se eu fosse um idiota, então vi a expressão da loirinha, os lábios trêmulos, e antes que eu percebesse, ela começou a rir.

— Porra, Ky! Você já cozinhou alguma vez na sua vida? — Cowboy perguntou.

— Nunca precisei, então cale a boca! — Peguei de novo a coisa preta e pesada. — E que porra é *essa*?

Uma pequena mão envolveu a minha na alça do objeto, e olhei para baixo para vê-la sorrindo para mim.

— É uma frigideira de ferro.

— Você conhece todas essas merdas? Cozinhar e tal?

— Eu sou uma cozinheira muito boa. — Ela assentiu com entusiasmo.

— É sério?

Ela riu de novo.

— Sim. É o dever de uma mulher preparar a comida. Fui treinada desde criança para atender a todas as necessidades de um homem.

— Caramba. Uma perfeita cadela, bem aqui na nossa frente — ouvi Hush sussurrar. Ele se recostou na cadeira, observando-a, esperando para ver o que ela faria a seguir. Lilah ouviu o comentário de Hush e, percebendo que era o centro de sua atenção, abaixou a cabeça.

Hush levantou a mão quando ele me pegou olhando.

— Não estou dando em cima, estou apenas dizendo que ela é uma boa cadela, então não me olhe assim, irmão.

Assustado com um toque no meu braço, olhei para baixo e a vi com a frigideira contra o peito.

— Você tem ingredientes frescos?

— Ahn... — Virei para Hush e Cowboy, e este apontou para a geladeira.

O olhar dela vacilou, e soube que estava nervosa. Segurei seu queixo entre o dedo e o polegar, forçando-a a olhar para mim.

Respirando fundo, ela perguntou:

— Posso cozinhar para você?

— Você quer cozinhar para mim? — perguntei chocado e ela assentiu.

— Sim, quero. Eu gosto muito de cozinhar, é a minha melhor habilidade.

Ela estava com o rosto avermelhado, e eu não tinha ideia do porquê.

— Então cozinhe, doçura — eu disse, adorando ver aquela expressão no seu lindo rosto.

Ela olhou nervosamente para os dois irmãos, que nos observavam como se fôssemos a porra de um reality show.

— Vocês gostariam de comer também? Eu... estou acostumada a cozinhar para muitas pessoas. Não conheço receitas de pouca quantidade.

Hush e Cowboy olharam para mim e assenti, mostrando que eles poderiam ficar. Esta foi a primeira vez que ela realmente falou com alguém além de mim. Seria bom para ela se acostumar com meus irmãos.

— Claro, querida. Eu poderia comer alguma coisa. — Cowboy deu um sorriso agradecido.

Hush levantou a garrafa de cerveja em agradecimento.

Lilah colocou a frigideira na bancada e começou a trabalhar com uma porra de eficiência. Hush me jogou uma cerveja e então me juntei aos irmãos na mesa. Eles tentaram conversar comigo, mas eu não os ouvia, apenas observando o rosto da loirinha. Ela amava essa merda. Era a primeira vez que não contorcia as mãos, apertando a touca ou passando a língua pelos lábios.

Uma hora depois, tínhamos pratos com bifes, batatas, molho, mas ela se sentou ao meu lado, de mãos vazias.

— Onde está sua comida? — perguntei.

Ela levantou a cabeça.

— Não posso comer com vocês.

Hush e Cowboy pararam de comer e a encararam. Os olhos dela estavam abatidos novamente.

— Por que não pode comer, querida? Não faz sentido sendo que você passou todo esse tempo preparando a comida — Cowboy perguntou.

— As mulheres não comem na companhia dos homens. Devo comer mais tarde, sozinha. Mae prepara a comida para Maddie e para mim. Enquanto isso, me assegurarei que vocês tenham tudo o que precisam.

— Você comeu na lanchonete comigo todos aqueles dias — eu disse confuso.

— Não, eu dei uma mordida. Eu tinha medo de ser punida se não o fizesse. Não é apropriado eu me juntar a você.

O bater dos meus talheres ecoou pela cozinha enorme, e a vi enrijecer e fechar os olhos, murmurando uma oração silenciosa.

— Lilah? — a chamei com firmeza, minha voz afiada como uma lâmina.

Ela se encolheu, e quase perdi a porra da minha cabeça. Eu odiava quando ela fazia isso.

— Lilah!

Ela virou a cabeça lentamente para encontrar meu olhar.

— Vá fazer um prato.

— Mas...

— Lilah! Vá fazer um prato, porra!

Ela imediatamente se levantou da cadeira e pegou um pouco de comida. Uma quantia ridiculamente pequena, mas pelo menos já era alguma coisa. Quando se sentou, seus olhos ficaram focados no prato. Mãos unidas e cabeça abaixada, ela murmurou uma oração e rapidamente começou a comer.

Eu me senti um merda ao vê-la tão pequenina, mas toda vez que pensava que estava conseguindo lidar com o fato sobre o lugar de onde ela veio, Lilah fazia outra coisa que me deixava puto, aí eu ficava irritado e a assustava novamente.

Era como se nunca avançássemos. Essa seita, aquela lavagem cerebral sempre fazia com que ela retrocedesse.

O silêncio ao redor da mesa foi ensurdecedor. Cowboy pigarreou e disse:

— Lilah, isso está incrível pra caralho. Espero que você cozinhe novamente.

Ela ergueu o olhar, como se estivesse em choque.

— Sim, mulher, esse é o melhor bife que já comi — acrescentou Hush.

Lágrimas encheram seus olhos e seu lábio inferior começou a tremer.

— Doçura? — Quando ela finalmente olhou para mim, levantei meu garfo cheio. — Você quer cozinhar de novo para Hush e Cowboy?

— Sim — ela sussurrou.

— Ótimo. Mas você também vai comer a gente — falei e vi uma lágrima finalmente escorrer pelo seu rosto.

— Obrigada — murmurou tão baixinho que quase não a escutei. Meu peito ficou apertado e tudo o que eu queria era pegar sua bela bundinha e levá-la para a minha cama.

E não para transar, por mais *chocante* que pareça. Eu só queria que ela se sentisse digna. Quero dizer, porra, ela era mais do que digna, ela era deslumbrante, um amor, e sabia cozinhar como Paula Deen[6].

Hush se levantou da cadeira e foi até a geladeira, pegando uma cerveja. Abriu a garrafa e a colocou na frente de Lilah, que olhou para a garrafa, obviamente confusa.

— Cerveja — informou. — Cai bem pra caralho com o bife.

Ela olhou para mim e eu disse:

— As rédeas, Li. Tome as rédeas da sua vida.

Dando um sorriso tímido, ela levou a garrafa aos lábios, experimentou a cerveja, cuspiu, riu e quase partiu meu sombrio coração.

---

6 Paula Deen é uma apresentadora de programa de culinária e proprietária de diversos restaurantes nos Estados Unidos. Uma equivalente à Ana Maria Braga;

Ela tentou.
E detestou.
Mas porra, ela estava tomando o controle da sua vida.

Lilah limpou a última bancada com um produto de limpeza e depois se virou para mim. Ela ficou muito quieta a noite toda, mas respondeu para o Hush e para o Cowboy quando conversaram com ela, ouviu e riu das coisas que disseram. Foi a coisa mais normal que fizemos desde que comecei a lhe mostrar sobre a vida aqui fora.

— Você está pronta para dormir? — perguntei, vendo o quão tarde já era.

— Posso ir ao rio rezar antes? — perguntou, esperançosa, e eu assenti. Caminhei para a saída com ela em meu encalço.

Ir para o maldito rio para rezar. Toda noite era a mesma coisa. Ela ia lá, se jogava na porra do chão, falando naquela língua estranha e, todas as noites, eu a observava enquanto ela entrava naquela água – completamente vestida –, e quando saía, estava sempre mais calma, mais feliz... *limpa*, como ela diria. A fé daquela cadela era tudo para ela. Nada iria mudar isso.

Caminhamos até o rio em silêncio. Sentei e recostei-me em uma pedra, pegando um cigarro. Apontei para a área da grama onde ela sempre rezava.

— Pode ir, doçura. Vou esperar aqui.

Normalmente, Lilah iria direto para lá, mas hoje à noite ela ficou ali parada. Acendi meu cigarro e a encarei, erguendo uma sobrancelha.

— Posso me sentar? — ela perguntou e apontou para o meu lado.

Assenti. Segurando a parte de trás do vestido, ela se sentou, e seu cheiro de baunilha sobrepujou o da fumaça, enchendo meu nariz.

Por que diabos ela sempre cheira a baunilha?

— Você está bem, Li? — perguntei quando não fez nada além de observar a correnteza do rio, levantando a cabeça apenas para observar as estrelas.

— Você me deixou comer com vocês — ela disse baixinho.

Tragando com força o meu cigarro para impedir que um nó se instalasse na garganta, soprei lentamente, tentando não perder o controle.

— Você cozinha, senta e come com a gente. Simples.

— Mas você me deixou comer com *vocês* — ela enfatizou, e vi mais lágrimas deslizarem pelas bochechas. Ela estava olhando para mim como se nunca tivesse me visto antes. Como se eu fosse algo especial e não uma merda de homem que foi forçado a cuidar dela. — Ky... — ela continuou: — Nenhum *homem* jamais me deixou fazer isso antes.

Apertando o cigarro com toda a minha força, bati para me livrar das cinzas e joguei a porra da bituca no chão.

— Li, você não está mais naquele lugar agora. Você faz a merda que quiser.

Seu olhar desceu para os seus pés.

— Você elogiou a minha comida. Você... você me agradeceu por preparar a sua refeição.

— Cristo, Lilah...

Sua mão cobriu a minha na grama, e quando nossos olhares se encontraram, senti a porra da eletricidade que sempre zumbia entre nós.

— Você me fez sentir como uma igual hoje à noite, Ky. Como se eu fosse uma mulher de valor.

— Lilah... — eu disse, exasperado. — O que esses filhos da puta fizeram com você? Como diabos fizeram de você uma *Amaldiçoada*? Porque toda essa merda autodepreciativa é difícil de entender.

— Eu tive uma família uma vez... anos atrás... — Lilah disse olhando para a grama.

— Você teve? — Minha sobrancelha se levantou.

Ela assentiu, mas não falou mais nada.

— Então me conte — pedi e o olhar preocupado de Lilah encontrou o meu.

Encolhendo os ombros e com a voz quase inaudível, ela disse:

— Tudo aconteceu quando eu tinha seis anos...

CAPÍTULO NOVE

LILAH

Dezoito anos atrás
Comuna da Ordem
Localização não revelada

— Criança. Vá brincar com Micah na outra sala. Tenho que conversar sobre negócios com o Irmão Luke.

Assenti obedientemente ao meu pai, e fui pulando pelo corredor, brincando com minha longa saia azul. Estava quente lá fora, mas, por ser criança, eu tinha que usar o comprido vestido azul das mulheres puras e modestas. Eu amava meu vestido e me sentia bonita nele.

Cantarolando uma melodia para mim mesma, me distraí. Quando estava prestes a passar pelo banheiro à esquerda, a porta se abriu. Parei imediatamente de cantarolar e de brincar com a saia e abaixei a cabeça em obediência.

Ouvi passos familiares ecoando lentamente no chão de madeira e, mantendo os olhos baixos, vi botas pretas arranhadas pararem na minha frente. Uma pequena exclamação de pânico fugiu pelos meus lábios e minhas mãos começaram a tremer. Eu podia sentir meu coração batendo violentamente na garganta, e mordi a língua. O Profeta David tinha pregado que as meninas não deveriam agir com alegria, que elas tinham que se mostrar contidas ao comportamento pecaminoso e serem disciplinadas para evitar todos os prazeres da vida, em todos os momentos. Soube imediatamente que havia falhado com o profeta ao dançar e cantar com alegria naquele dia. Mas o pior era que eu tinha sido pega.

Pelo canto do olho, percebi uma mão levantada e me preparei para o inevitável golpe, que acontecia com frequência. Mas ele não veio. Em vez disso, a mão gentilmente tocou a minha touca branca, libertou minhas madeixas loiras e passou os dedos pelos longos fios, acariciando. Então um polegar áspero tocou meus lábios.

— Rapunzel, Rapunzel, Rapunzel — a voz profunda retumbou em uma melodia cantada enquanto a mão passeava pelo meu cabelo e meu rosto. — Tanta beleza em alguém tão jovem. — A voz profunda era tensa e soava quase... dolorosa?

É claro que reconheci imediatamente a voz do Irmão Luke. Ele era um dos anciões da Ordem. Um dos discípulos mais fiéis do Profeta David, e liderava a comuna em que morávamos.

Ultimamente, meu pai tinha começado a trabalhar com ele, o que me pareceu algo grandioso. Meu pai era um escritor, um artista, o contador de histórias mais incrível de todos, e agora estava ajudando o Profeta David a escrever suas revelações vindas diretamente do Senhor, para que nosso povo pudesse ler e seguir. Juntos, meu pai e o profeta estavam criando um livro dedicado à santa causa da Ordem, nossa própria Bíblia, que continha a palavra final, não distorcida e verdadeira de Deus.

Era uma verdadeira honra registrar as palavras reveladas e santificadas do Senhor. Meu pai insistiu que, por esta grande honra ter sido concedida a ele, todos os seus filhos e filhas deveriam ser um exemplo vivo para as outras famílias da comuna. Deveríamos ser os seguidores perfeitos do Profeta David. Portanto, nunca deveríamos nos submeter a atos impuros ou pecaminosos.

Eu me esforçava todos os dias para ser a filha da qual meu pai podia se orgulhar.

Os dedos do Irmão Luke deixaram meu cabelo e, de repente, ele se agachou diante de mim. Esses mesmos dedos deslizaram lentamente pela minha bochecha e pararam debaixo do meu queixo. Meus olhos, por um momento, encararam os dele, que ardiam com algo que não conseguia decifrar, e imediatamente olhei para baixo. Irmão Luke me observou enquanto meu irmão, Peter, procurava por um chocolate.

— Levante seus lindos olhos azuis, minha pequena Rapunzel.

Era assim que ele sempre me chamava: "pequena Rapunzel". Eu não fazia ideia de quem ou o que era uma Rapunzel, mas toda vez que ele dizia isso, parecia ficar excitado. Sua voz ficava mais baixa e sua respiração sempre se tornava ofegante. O Irmão Luke me fazia sentir muito, muito desconfortável. Meu estômago sempre apertava quando ele estava por perto, mas eu achava que era por ele ser um homem muito especial. Foi o Senhor que o identificou para mim como seu apóstolo.

— Faça o que digo, minha pequena Rapunzel. Levante a cabeça para que eu possa olhar seu lindo rosto e esses olhos reluzentes.

Eu não tinha certeza se isso era um teste, então mantive a cabeça baixa, demonstrando minha humildade como menina em relação a este ancião da Ordem.

Inclinando-se para a frente, pude sentir seu hálito quente soprar no meu cabelo. Prendendo a respiração, levantei a cabeça lentamente. A longa barba fez cócegas na minha bochecha quando ele sorriu. E foi um sorriso tão amplo, que pude ver todos os seus dentes. E então ele suspirou.

— Ah, aí está. A bela jovem de longos cabelos dourados — ele falou inclinando a cabeça para o lado. — Diga-me, criança, quantos anos você tem?

— S-seis, senhor. Eu tenho seis anos.

Seus olhos castanhos brilharam, a língua apareceu e lambeu os lábios.

— Você está quase na idade mágica, minha criança. A idade mágica em que todos podemos compartilhar da sua beleza. O dia em que o Senhor a chamará para o seu abraço, o caloroso abraço do amor eterno. O dia mais glorioso de todos.

— Dia mágico, senhor? Eu não entendi — sussurrei franzindo o cenho.

Ele sorriu para mim e segurou a parte de cima dos meus braços. Senti os polegares subindo e descendo no meu peito. Não gostei da sensação e estremeci a cada toque, fechando os olhos em resposta.

O irmão Luke colocou os lábios no meu ouvido.

— Sim, criança. O dia em que você se entregará totalmente ao Senhor. Em breve o Profeta David nos dirá o dia exato, através da revelação do Senhor, mas não demorará muito agora... e espero ser eu, a apresentá-la ao amor celestial de Deus. É algo sobre o qual penso frequentemente... Você é tão bonita.

— Irmão Luke!

Abrindo os olhos, virei a cabeça para olhar por cima do meu ombro. Meu pai estava no final do corredor, com um olhar zangado.

— Irmão Isaiah — o Irmão respondeu bruscamente e se levantou. Mais uma vez, ele se elevou sobre mim e continuou me olhando, quase como se estivesse saindo de um transe. Um rubor vermelho se espalhou por suas bochechas até que inclinou a cabeça para o céu.

Seus lábios começaram a se movimentar, em uma oração ao Senhor. Eu peguei o final de sua oração e prendi a respiração quando ouvi meu nome.

— *Estou agradecido por ter sido afastado da atração desta criança. Fiquei tentado por seu adorável rosto. Pela sedução que brilha em seus grandes olhos azuis...*

O Irmão Luke finalmente inclinou a cabeça e esfregou os olhos. Com um suspiro profundo, olhou brevemente para o meu pai e então se voltou para mim.

— Sua beleza é excepcional, criança. Isso me deixa desconfiado. Você é tentadora, minha pequena Rapunzel... quase tentadora demais.

— Irmão Luke, deixe minha filha em paz. — A voz do meu pai era dura, inflexível. Era a sua voz zangada, a que ele usava com os meus irmãos e irmãs... até mesmo com as minhas várias mães, de vez em quando. Senti um medo intenso pelo meu pai estar falando dessa maneira com um dos nossos líderes.

— Fique tranquilo, Irmão Isaiah. Rapunzel e eu estávamos simplesmente nos apresentando. Venha, vamos sair e conversar sobre negócios. O Profeta David tem mais sugestões para o nosso livro e também para a literatura das nossas crianças. Hoje ele recebeu uma nova revelação, que aproximará nosso povo do santo amor do Senhor.

Minha atenção oscilava entre meu pai e o Irmão Luke, que se entreolhavam em silêncio. Ainda sem dizer nada, finalmente o ancião se afastou, passando por onde meu pai estava.

Nervoso, ele veio até mim e se abaixou. Colocou as mãos quentes nas minhas bochechas e seus olhos pareceram suavizar com tristeza.

— Filha — ele sussurrou. — Você deve ir para a sala dos fundos com o jovem Micah. Não saia de lá até que eu diga, entendeu?

— Entendi, pai — respondi, ainda sentindo a sensação de medo no estômago.

Meu pai suspirou.

— Você é *linda demais*, filha. Meu coração arde de preocupação com o pensamento de que o Diabo esteja dentro de você. Que você seja uma Amal... *Argh!* Não consigo nem dizer essa palavra. Não quero *admitir* que você possa ser uma delas.

Arfei chocada.

Uma o quê?

De repente, meu pai se levantou.

— Seu julgamento permanecerá puro. Estou rezando para que Deus não a abandone. Vamos todos orar para que você não se torne uma *irmã caída*.

Engoli em seco. Uma *caída*. Eu conhecia essa palavra: *uma mulher que lidava com o Diabo*.

— Vá ficar com o Micah. Agora.

Abaixando a cabeça em obediência, corri pelo corredor de madeira, cada passo sincronizado com uma batida do meu coração. Entrei na sala e vi Micah, meu amigo, sentado, pintando um dos seus livros de colorir.

Ele virou a cabeça em minha direção e sorriu.

— Olá, irmã.

Fui até ele e me sentei ao seu lado, olhando o que ele estava colorindo.

Ofeguei chocada.

Micah olhou para mim e franziu a testa.

— O que você está colorindo, Micah? — perguntei, verificando se a porta da sala estava fechada. As imagens eram pecaminosas, proibidas.

Ele colocou a mão no meu ombro.

— Fique calma, irmã. Estou frequentando a Escola Celestial agora. Os discípulos do profeta têm me ensinado sobre as novas escrituras da Ordem. Sobre os nossos novos deveres como povo escolhido do Senhor. De como aceitar o amor de Deus.

Inclinando-me, estudei o contorno em preto e branco da cena no livro. Era um garoto tocando uma garota... em seu lugar proibido. Os dois estavam sorrindo. A boca da garota estava aberta e seus olhos estavam fechados.

Pulei quando senti a mão de Micah levantar lentamente a saia do meu vestido e afastei sua mão.

— O que você está fazendo? — questionei, com medo, afastando o olhar do livro.

Ele franziu os lábios.

— Fomos ensinados na escola como devemos começar a tocar os outros... de como devemos começar a tocar as garotas. O Senhor quer que nos aproximemos d'Ele através do nosso amor compartilhado... através do nosso corpo. Tocando nos lugares proibidos um do outro. Dizem que é algo muito bom. O Profeta David ordenou que fizéssemos isso.

De repente, ele pulou em cima de mim e me segurou no chão pelos braços, montando na minha cintura, o ar frio nas minhas pernas indicando que o vestido havia subido até as coxas, expondo minhas partes. Micah tinha nove anos e era muito mais forte do que eu. Tentei lutar contra ele, mas falhei. De repente, seus lábios caíram contra os meus, e sua língua invadiu minha boca. Era molhado e nojento, e eu odiei. Rapidamente virei a cabeça e lágrimas se formaram nos meus olhos.

— Micah, por favor! — sussurrei. — O que você está fazendo? Você está me assustando.

— Relaxe, irmã, vejo meu pai fazendo isso com muitas mulheres e, desde a nova revelação do profeta, com meninas. Elas parecem gostar disso, algumas não são muito mais velhas que você. Isso nos aproxima do Senhor. Você viu as fotos no meu livro de colorir. O Profeta David *quer* que estejamos mais próximos uns dos outros, pois isso nos une ao Senhor. E você é *tão bonita... tão tentadora*. Quero tocar em você como o garoto do livro toca naquela garota. Minha barriga e as minhas partes mais baixas ficam estranhas quando vejo você. Não consigo parar de observá-la. Penso em você o tempo todo, mesmo nos meus sonhos. Todos os meninos da escola falam de você.

— *Micah!*

Uma voz alta e zangada soou da porta. No mesmo instante, Micah e eu congelamos. Passos pesados soaram pela sala, e de pé, acima de nós, estavam meu pai e o Irmão Luke.

O ancião agarrou Micah pela gola da túnica, e este começou a gritar.

O Irmão deu um tapa em seu rosto, e em seguida ele se acalmou, chorando baixinho.

— Sua criança insolente! Ela ainda não foi aprovada pelo Profeta para a Partilha do Senhor! Você sabe o que isso significa? Você será punido!

Devo denunciá-lo ao profeta. É a vontade de Deus! Seu garoto estúpido, idiota! Você deve praticar o autocontrole!

Arrumando a saia do meu vestido e ignorando a repreensão do Irmão Luke em Micah, me levantei sentindo as pernas trêmulas. Corri para meu pai em busca de conforto, mas quando me aproximei, ele estendeu o braço com uma expressão assustadoramente fria no rosto.

Eu parei na hora.

— P-pai? — sussurrei.

Ele apenas olhou para mim. E olhou. E olhou. O medo tomou conta de mim. Foi horror que vi em seu olhar, ou... *nojo?*

— Eu disse que senti Satanás vivendo dentro dela, Isaiah. Ela é uma sedutora para todos nós. Seus olhares são... *pecaminosos.* Esses olhos azuis, esse longo cabelo loiro. Diga-me, ela *tentou você?* — A voz do ancião era baixa... não, *acusadora.*

Meu pai abaixou a cabeça e uma lágrima escorreu pela sua bochecha.

— Sim. Ela me tentou. Eu... pequei com ela, Irmão Luke... Eu fiz coisas... em momentos de fraqueza. Eu... — Meu pai começou a chorar.

Minha testa franziu. *Que coisas?* Meu pai sempre foi mais gentil comigo do que com os meus irmãos. Eu era a favorita dele. Muitas vezes ele entrava no meu quarto e dormia ao meu lado, sempre me abraçava e me mostrava seu amor. Mas por que isso era *errado?*

— O Profeta David tem regras estritas para mulheres como ela, Isaiah. O conselho deve ser procurado. Em uma hora, sozinha, ela tentou a mim e ao meu filho a seguir o caminho do mal, para tomá-la calmamente sem o profeta declarar que era a hora correta. Certamente todos nós deveríamos ter sido punidos por causa *dela...* se o senso comum não tivesse interferido. Ela *é* obra do Diabo. Eu posso *senti-lo* vivendo em sua carne. Você sabe que tenho uma grande capacidade de detectar quando e onde o mal se esconde.

Os ombros do meu pai enrijeceram.

— Mas...

O Irmão olhou para o meu pai, interrompendo-o, enquanto ele recitava as palavras arrepiantes:

— *Quando alguém for tentado, jamais deverá dizer: "Estou sendo tentado por*

Deus". Pois Deus não pode ser tentado pelo mal, e a ninguém tenta. Cada um, porém, é tentado pela própria cobiça, sendo por esta arrastado e seduzido. Então a cobiça, tendo concebido, dá à luz o pecado; e o pecado, após ter-se consumado, gera a morte.

A cabeça do meu pai caiu lentamente e ele suspirou.

— Tiago 1:13-15.

Dando um passo à frente, puxei a bainha da longa túnica branca de meu pai.

— Pai, o que fiz de errado? Por que você está recitando essas escrituras?

Não houve abraço dele e nem simpatia, apenas um olhar glacial quando afastou minha mão com um tapa. Doeu e imediatamente a levei ao meu peito.

Curvando-se, ele me olhou nos olhos e desenhou o sinal da cruz na minha testa, o rosto vermelho quando gritou:

— *Eu expulso você, Satanás!* Sua tentação não florescerá aqui no Éden da Terra do Senhor. Já pequei o suficiente por sua causa! Eu a renuncio como minha filha. Você não é da minha carne, nem do meu sangue. Nascida do Belzebu, és a personificação viva do pecado!

Meus olhos se arregalaram, minha respiração falhou e comecei a tremer incontrolavelmente ao ouvir suas duras palavras.

Eu... eu nasci de *Satanás*?

Senhor... por favor... por favor... me ajude!

— Entre aí e não ouse sair!

Assenti obediente, afastei-me do Irmão Luke e, tremendo, caminhei até a pequena cama no meu quarto.

Meu pai e o ancião me arrastaram para casa sem dizer uma palavra e me trouxeram para este quarto. Eu estava apavorada. Eles estavam me tratando como se eu tivesse cometido um pecado, mas não entendi o que havia feito.

Deitada na cama, puxei a saia longa sobre os meus joelhos dobrados e solucei.

Não sei quanto tempo fiquei no meu quarto, olhando para o teto. Eu podia ouvir as portas se abrindo e fechando, o som abafado de vozes masculinas conversando na sala, gritos femininos vindos dos outros cômodos. Através das grossas paredes, não conseguia ouvir claramente o que estava sendo dito.

Mais tempo se passou, as vozes desapareceram e a casa ficou em silêncio. A noite chegou, assim como a escuridão. Somente a lua iluminava o ambiente, através da única janela do quarto.

Deitada na cama, exausta e confusa, já estava quase adormecendo quando a maçaneta do meu quarto começou a girar. Prendendo a respiração, imaginando quem entraria, soltei um suspiro de alívio quando Phebe, minha irmã, entrou.

— Irmã? — sussurrou e andou silenciosamente na ponta dos pés até a minha cama. Sentei-me rapidamente e sorri. Eu a amava, ela era minha melhor amiga e era alguns anos mais velha do que eu. Tínhamos mães diferentes – meu pai tinha muitas esposas –, mas compartilhávamos a mesma personalidade devota.

Quando os olhos de Phebe encontraram os meus, ela congelou. Um olhar ansioso tomou conta de seu belo rosto no instante em que colocou o cabelo ruivo atrás da orelha. Ela estava vestida com uma longa camisola branca e seu cabelo estava solto. O único momento em que os nossos cabelos podiam ficar fora de nossas toucas, era à noite.

— Phebe? O que está acontecendo? — perguntei, sentindo meu estômago pesar com o medo.

Ela olhou para a porta antes de se aproximar.

— O pai... — pausou e respirou fundo. — O pai disse que você não é mais minha irmã.

Sentindo como se uma faca tivesse sido cravada no meu coração, me deixei cair de volta na cama em choque.

Phebe observou minha reação e lágrimas encheram seus olhos.

— Irmã... — disse ela, com um suspiro de dor.

— P-por quê? O-o que eu fiz? — perguntei, com as lágrimas escorrendo pelo meu rosto.

Sentando-se com cautela aos pés da minha cama, notei que ela observava meu rosto. Eu podia ver seus olhos azuis curiosos procurando por algo e um súbito olhar de alívio suavizou seu cenho franzido.

— Eu não estou vendo.

— Vendo... vendo o quê? — Franzi o rosto.

— O Diabo em você.

Cobri a boca com a mão para silenciar um soluço e balancei a cabeça. Tocando meu ombro, ergui os olhos para vê-la me encarando com tristeza.

— Eu não sou o Diabo, Phebe. Você tem que acreditar em mim!

Segurando a minha mão, ela envolveu meu corpo em seus braços, embalando-me para frente e para trás.

— É sua beleza, irmã. Você é muito tentadora, assim como Eva foi para Adão. Assim como a primeira mulher, você enfeitiça os homens para fazerem os seus desejos, eles não conseguem se afastar de sua atração. Os anciões... e o pai — enrijeci ao ouvir essas palavras — acreditam que, como Eva, você é influenciada por Satanás, ou até mesmo... — Phebe parou de falar.

Olhei para seu rosto triste e engoli em seco.

— Até mesmo o quê? — perguntei nervosamente.

Phebe me abraçou mais forte.

— Que o Diabo está dentro de você. Que ele a controla... que você é o seu peão, tentando os homens a cometer o pecado da carne contra o Senhor.

Minha cabeça balançava de um lado para o outro.

— Não, não, não... Phebe!

As mãos dela agarraram minhas bochechas úmidas.

— Você deve ser forte e obediente, irmã. Qualquer tentativa ou teste que colocarem no seu caminho, você deve enfrentar. Deve se esforçar para ser boa. Se o mal está você, então o combata. Se os homens caírem aos seus pés, não sucumba aos encantos deles. — As mãos dela se apertaram ao redor do meu rosto, seus olhos se fixaram nos meus. — Eles vão levá-la embora. Ouvi o pai conversando com o Irmão Luke algumas horas atrás. Um homem muito importante está vindo buscá-la logo de manhã. Ele levará você de nós para testar sua fé. Ele é um dos fiéis mais próximos do Profeta David.

— Não! — Chorei e segurei os pulsos de minha irmã.

Phebe deu um beijo na minha cabeça.

— Não entre em pânico. Esta é uma provação do Senhor. Não importa quanto tempo leve, ou o que façam, você deve triunfar. O Senhor derrotará o Diabo em seu interior, se você provar sua devoção. Você será salva. O Senhor salvará sua alma.

— Eu não quero ir. Não quero deixar vocês... estou com muito medo — sussurrei. O medo me paralisou e senti que não conseguia respirar.

— Você conseguirá passar por isso. A sua fé no Senhor pode vencer o mal.

— Vou sentir sua falta, Phebe.

Ela começou a chorar.

— Vamos nos encontrar novamente, irmã. Seja forte e, se você se afastar do caminho correto, pense em mim e encontrará o caminho de volta para casa. — Phebe se afastou um pouco, com o rosto sério. — Prometa-me. Não importa o que aconteça, você encontrará o caminho de volta à Ordem, ao nosso profeta, à sua casa.

— Eu prometo — jurei com uma voz trêmula.

Phebe e eu nos deitamos e adormecemos.

Quando amanheceu, um homem barbudo, vestido de preto, entrou no meu quarto e me arrancou de seus braços fraternais sem dizer uma palavra. Não lutei e nem protestei.

Nenhum membro da minha família estava lá para se despedir.

E naquele momento entendi... eu estava sendo deserdada.

O homem assustador agarrou meus braços, colocou um pedaço de tecido sobre os meus olhos, vendando-me para o mundo e, depois de uma picada aguda no meu braço, tudo girou e a escuridão tomou conta de mim.

— *Acorde!*

Abri os olhos devagar, acordada por alguém me cutucando. Minha visão enevoada clareou lentamente. Uma mão agarrou meu braço e me puxou para cima e a náusea revirou meu estômago enquanto eu lutava para clarear minha cabeça.

— Venha. Vou levá-la para os seus novos aposentos. — Erguendo o olhar, vi o homem barbudo vestido todo de preto. Observando melhor, percebi que ele não era tão velho assim, mas seus olhos escuros eram duros. E olhava para mim como se eu fosse o mal encarnado.

Ele tinha me levado para algum lugar... Dei uma olhada ao redor do ambiente e meu coração começou a bater furiosamente quando não vi nada que me fosse familiar. O quarto era todo branco e o ar parecia quente e pesado. Sentia como se não conseguisse respirar. E o calor, Senhor, o calor era sufocante e o meu vestido longo era quente demais para eu suportar.

— O-onde estou, senhor? Onde está a minha família? — perguntei nervosamente, tentando me acalmar.

O homem deslizou um dedo pela minha bochecha e sorriu.

— Você está na comuna do profeta. Agora está sob a inspeção rigorosa do mensageiro do Senhor, prostituta do Diabo. Satanás não triunfará em você. Vou me certificar disso.

Tudo o que eu podia fazer era engolir em seco.

— Venha.

Ele me puxou rudemente da pequena cama e me arrastou pelo quarto, e saímos para uma imensa área repleta de casas, um grande vilarejo cercado por muitas árvores grossas e acres de pasto verde. As pessoas andavam por ali, concentradas em suas tarefas, mas todas pararam para me encarar quando passei. As mulheres estavam vestidas modestamente como eu e os homens usavam suas familiares túnicas brancas.

Ao passar, algumas pessoas recitavam as escrituras, pedindo ao Senhor para salvar minha alma. Outros cuspiam no chão, aos meus pés descalços, desejando que eu queimasse no inferno.

— *Pecadora! Vagabunda! Tentadora!* — muitos gritaram.

Abaixei a cabeça e senti as lágrimas quentes queimarem meus olhos.

O homem que eu estava seguindo ignorou todos eles, continuando a me conduzir através de um vasto gramado na direção de um pequeno aglomerado de casas. Puxando-me com mais força, tropecei em uma pedra, choramingando quando meu pé palpitou de dor. Não houve qualquer piedade.

— Eu disse venha! — o homem urgiu e eu chorei, deixando as lágrimas caírem pelo meu pai, minhas mães, minhas irmãs, minha Phebe e... *pela minha alma maligna.*

Porém confesso que não me senti mal. Não senti o Diabo vivendo dentro de mim. Mas ele tinha que estar ali, pela maneira como eu estava sendo tratada por todos.

O Senhor... O Senhor me deserdou. Abandonou-me como sua filha.

Entrando por um corredor estreito, o homem acenou para outros três que estavam sentados ao redor de uma mesa. Eles também estavam vestidos de preto e calçados com grandes botas pesadas. Eram todos maiores e mais assustadores do que os que vi do lado de fora, parecendo diferentes de alguma forma. Quando me viram, seus olhos brilharam com interesse, o que me deixou imediatamente assustada, então mantive a cabeça baixa, mostrando minha obediência.

Eu precisava provar a eles que tudo tinha sido um engano. Que eu era uma boa garota e que aceitava o amor de Deus. Eu não era filha do Diabo, e tinha que passar nos testes deles como Phebe havia dito...

Como Jesus no deserto.

Quando chegamos a uma grande porta de madeira, o homem a abriu e me arrastou para dentro. Três meninas de cabelos escuros se levantaram imediatamente de pequenas camas e caíram no chão, com as mãos estendidas na frente delas e com as testas na pedra fria.

— Saudações, Irmão Noah — disseram em uníssono.

Então este era o nome daquele homem.

— Fiquem de pé! Imediatamente! — ele disse alto, fazendo com que eu recuasse e me encolhesse.

As três meninas se levantaram e fiquei instantaneamente surpresa com a beleza delas. Todas tinham longos cabelos escuros, olhos enormes e lábios rosados. Uma parecia mais velha do que eu, uma devia ter a minha idade, e a outra era muito jovem. A mais nova tinha os maiores olhos verdes que eu já tinha visto.

— Jezabel, Salome, Magdalene, esta é Delilah — anunciou o irmão Noah.

Eu olhei para trás.

Quem era Delilah?

As três morenas fizeram uma reverência e me cumprimentaram ao mesmo tempo.

— Bem-vinda, irmã Delilah.

Todas olhavam para mim.

— Com licença, Irmão Noah, você está enganado. Meu nome é...

Fui interrompida quando recebi um forte empurrão para frente, tropeçando para dentro do quarto, onde a garota mais velha me pegou antes que eu caísse. Sua mão rapidamente envolveu a minha. Olhei para as nossas mãos entrelaçadas e no mesmo instante me senti confortada pela sua presença, o primeiro momento de segurança que senti em dias.

Irmão Noah se virou para sair pela porta, deixando-me sozinha com as meninas de cabelos escuros, mas antes, ele olhou na minha direção e disse:

— Aí é que você se engana. Você não é mais digna de usar o seu nome de batismo, pois sua homônima era uma mulher pura, uma merecida esposa de Isaque, uma mulher fiel ao Senhor.

Engoli em seco, e a garota ao meu lado apertou minha mão com mais força.

Enquanto eu o olhava, um sorriso frio e brilho cruel em seus olhos dominaram suas feições quando disse:

— Deste dia em diante, você será chamada de *Delilah*. Você é satânica, nascida do mal e uma irmã caída... Você, *Delilah*, é uma *Amaldiçoada*.

KY

— E foi assim que me tornei irmã da Mae e da Maddie. Foi nesse dia que comecei meus ensinamentos sob a tutela celestial do Irmão Noah. Foi o dia em que aprendi a ser obediente e... a aceitar que eu era inferior aos outros.

Sentindo uma dor horrível no meu peito, como se uma cobra estivesse sufocando a porra do meu coração e meus pulmões, virei a palma de minha mão e segurei a de Lilah. Segurando a pequena mão, não pude deixar de puxá-la para perto de mim. Ignorando o rosto chocado quando se chocou contra o meu peito, envolvi sua nuca com meus dedos. Nossos rostos quase se tocavam. Enquanto eu acariciava a sua bochecha com o dedo, os olhos azuis se fecharam com o toque e sua respiração começou a acelerar.

— Escute aqui, mulher, e escute bem. Você não é inferior a mim ou a qualquer outro filho da puta só porque um pedófilo de merda queria manter você presa naquela seita. Só porque o seu pai e o amigo dele tocaram em você, e então um pirralho filho da puta teve a sua primeira ereção e perdeu a cabeça. Você vale muito, Li, mais do que qualquer irmão ou das putas daqui. Você come comigo, anda comigo, e não a dois passos atrás, e nunca se deixe fazer o contrário. Você não é uma Amaldiçoada neste clube. Você entende isso, doçura?

Os olhos azuis estavam enormes enquanto eu falava.

— Sim — ela respondeu.

Eu deveria ter me afastado, mas não consegui. Em vez disso, me inclinei, com os lábios para frente, ouvindo sua respiração arfante, vendo seus olhos fechados com força. Ela não estava pronta. Ela era tão frágil... Tão frágil que tudo o que eu queria era protegê-la e nunca perdê-la de vista.

Porra, ela tinha me encantado. Eu estava comendo, dormindo e respirando por essa cadela linda, porém traumatizada.

Aproximando-me da sua boca, passei meus lábios sobre a sua bochecha, meu lábio inferior acariciando a pele macia, quente ao meu toque. Lilah perdeu completamente o controle de sua respiração. Quando um gemido escapou de sua boca, pressionei uma trilha de beijos em seu queixo, meus lábios passando pelos dela.

— Porra, Lilah — murmurei, ofegante, e todo o meu controle se foi.

Os olhos dela se abriram e ela congelou. Lambeu os lábios, e eu me inclinei para prová-los, mas ela se afastou. Soltei sua nuca no mesmo instante.

— Eu devo... eu devo orar. — Lilah ficou de pé, foi para o gramado e caiu de joelhos, estendendo os braços e, cinco minutos depois, com a cabeça jogada para trás, estava murmurando aquela merda de "linguagem com Deus".

Acendendo outro cigarro, recostei-me novamente contra a pedra e observei, ainda sentindo o gosto de baunilha de sua pele nos meus lábios.

CAPÍTULO DEZ

PROFETA CAIN

Nova Sião, Texas

Meu povo estava aqui aos milhares enquanto eu caminhava pelo corredor até o altar cerimonial. Homens, mulheres e crianças se curvaram no chão quando passei, abençoando meu nome e entoando enquanto o Espírito Santo os enchia com seu amor. Prendi a respiração, tentando desesperadamente não mostrar meu nervosismo.

Judah seguia logo atrás de mim, elogiando a devoção do povo com um toque de sua mão em suas cabeças. Os anciões fizeram o mesmo.

Aproximei-me do palco onde três jovens atraentes aguardavam. Elas abaixaram os rostos quando parei diante delas. Colocando a mão no topo de suas cabeças, abençoei cada uma.

— Levantem-se — instruí. Elas imediatamente fizeram o que ordenei. Uma mulher ruiva deu um passo à frente e apontou para o púlpito e o microfone.

Vi Judah assentir com a cabeça em aprovação e tive que sorrir. Judah me disse que estava interessado em uma mulher, logo presumi que fosse ela.

— Seu nome, irmã? — perguntei, e seus olhos se arregalaram de surpresa. Eu ainda não tinha me acostumado a como o meu povo se portava ao meu redor. Eles me elogiavam, me adoravam e eu me sentia completamente indigno de tudo aquilo. Um impostor.

— Phebe, senhor — respondeu com a voz levemente trêmula.

— Obrigado, irmã Phebe — agradeci, sorrindo.

Enquanto um rubor tomava conta de suas bochechas, ela secretamente lançou um olhar para Judah. Ele indicou com um aceno de cabeça que ela tinha se saído bem e seu rosto irradiou alegria.

Virando devagar, encarei a congregação e quase perdi o equilíbrio. O mar de olhos me encarando era espantoso; filas e mais filas de seguidores pareciam se estender por quilômetros. A gravidade e a enorme importância do meu chamado para com essas pessoas, de repente, me atingiram e, respirando fundo, caminhei até o microfone para fazer o que havia sido treinado para fazer. A cada passo, minhas pernas tremiam, minha respiração ficava ofegante e uma inquietação percorria o meu corpo.

Pensando no discurso que meu conselho me ajudou a elaborar, fiz de tudo para deixar o nervosismo de lado e abracei o meu destino, encenando o papel que eu deveria cumprir.

— Meu povo, meu coração está cheio da maior alegria ao olhar para vocês esta noite. Estamos aqui reunidos para marcar um novo começo, nossa criação, aqui neste novo lar... nesta terra prometida... na nossa Nova Sião!

As pessoas começaram a assentir e sorrir. Condicionados a ficarem quietos até que o profeta pedisse que se manifestassem, eles obedientemente permaneceram calmos e esperaram que eu falasse.

— Os últimos meses na Ordem foram muito difíceis. Nossa fé foi testada e levada à beira da sanidade coletiva. Muitas vidas foram perdidas. Nosso primeiro profeta sagrado foi morto enquanto praticava seu dever de nos trazer as novas revelações de Deus. — Os homens e as mulheres chora-vam e fungavam abertamente ao ouvirem minhas palavras. Estranhamente, essas ações trouxeram uma sensação de poder, e senti uma aceitação que nunca havia sentido antes tomar conta de mim. Essas pessoas estavam perdidas, e precisavam da minha ajuda. Alimentado pela adrenalina, continuei:

— Mas não chorem. Não lamentem pelo nosso líder perdido. Ele foi o primeiro mensageiro enviado a nós pelo Senhor, para nos ensinar o caminho da justiça. Ele está nos braços do pai agora, contente no paraíso, e esse é realmente um lugar abençoado para se estar. Um lugar onde todos nós estaremos um dia.

Os choros cessaram e olhei para Judah e os anciões. Suas expressões me garantiram que eu estava fazendo tudo corretamente. Muitos pensamentos passaram pela minha mente enquanto minhas mãos tremiam de emoção. Talvez aqui fosse onde eu devesse estar? Bem aqui, neste altar, vestido com roupas cerimoniais e pregando as palavras do Senhor.

Uma mulher logo à frente chamou minha atenção. Ela estava olhando para mim como se eu fosse a resposta às suas preces. Isso fez com que eu me sentisse forte... diferente. Fez com que eu me sentisse vivo.

— Fomos invadidos e atacados pelo maligno, pelos agentes de Satanás na Terra. Mas, como todos os profetas de Deus – Moisés, Noé e Abraão –, essas provações e tribulações asseguraram ao Senhor a nossa inabalável devoção. Esses desafios na Terra serão recompensados no futuro.

Meu povo ficou nervoso, alguns inclinando a cabeça para trás em oração e outros levantando as mãos no ar conforme eu seguia com o sermão.

Senti-me chocado quando percebi que eu era a causa do arrebatamento deles.

Eu estava fazendo isso com eles.

Minhas palavras... elas eram poderosas... dignas...

Sorri, e de repente me senti cheio de uma força poderosa, que parecia eliminar qualquer traço do nervosismo que eu estava sentindo. Fiquei cheio da convicção pela nossa causa, com o coração acelerado enquanto me sentia renascer.

Eu estava fazendo isso com eles... Eu! Eles estavam se curvando para mim!

Um sopro da brisa que acariciou a minha pele, pareceu me limpar como um rio. Como se eu estivesse sendo batizado.

Renascido.

Eu estava renascendo e meu povo estava testemunhando esse momento. Este momento designado por Deus.

Rider, o homem que estava perdido, ferido e desprezado pela mulher que amava, queimado pelos irmãos que amava, foi embora com a brisa, e Cain, o homem que eu tinha sido preparado para ser desde que nasci, assumiu o controle.

Piscando e me sentindo rejuvenescido, preguei:

— Esta noite ascendo como seu profeta, como canal de Deus para seus seguidores devotos. E Ele falou comigo, me guiou e revelou a ação que devemos tomar.

Um silêncio mortal caiu sobre a comuna, e esperei o momento perfeito para continuar. O vento soprava suavemente, balançando as árvores, e eu sorri. De alguma forma isso parecia... certo. Destinado. Profetizado.

— Nosso Senhor pediu que nos uníssemos contra o mal, contra aqueles que tentaram destruir a nossa fé, contra aqueles que distorcem a palavra infalível e perfeita de nosso Criador.

As pessoas se inclinaram para frente, apoiando-se nas minhas palavras. Quando olhei à minha direita, Judah e os anciões estavam fazendo o mesmo. Eu os tinha na palma da minha mão.

— O Diabo caminha entre nós, e eu sei que isso é verdade. Vivi com seus seguidores, andei ao lado deles e testemunhei seus atos pecaminosos. Isso não pode ser tolerado e deve acabar. Nós, o povo escolhido da Nova Sião, recebemos a missão de nos vingar daqueles que nos prejudicaram, daqueles que assassinaram nossos santos irmãos. Marquem esta noite como história entre o nosso povo. Eu a chamarei de *Bellum Sanctum*... uma Guerra Santa contra o Hades e todos aqueles que o defendem, todos aqueles que espalham sua imoralidade e maldade como uma praga.

Desta vez, meu povo não pôde se conter e se levantou, louvando ao Senhor, concordando com as minhas palavras.

Observei a cena à minha frente enquanto um calor corria pelas minhas veias. Uma corrente de adrenalina atravessou o meu corpo, e senti minha alma se fundir com o divino. Cada célula do meu corpo vibrava com puro poder, minha mente se expandiu com um novo conhecimento entregue espiritualmente pelo próprio Todo Poderoso. Senti-me onipotente e onisciente, um verdadeiro deus entre os homens.

Eu tinha... *o Senhor!* Eu me tornei o Messias!

Quando olhei para o meu povo, meus olhos brilharam de emoção. Eles me louvaram, gritando entusiasmados em sua devoção. Meu povo estava unido. Nós não poderíamos ser impedidos. Meu povo foi alimentado pela vingança colérica do Senhor, um exército de soldados de almas puras, sedentos por minha ordem.

Erguendo as mãos, gesticulei para a congregação se acalmar. A multidão ficou em silêncio enquanto meu coração trovejava no peito.

— Vamos dedicar todo o nosso tempo a esta nova cruzada. Os homens se tornarão soldados habilidosos, guerreiros ferozes contra o pecado. As mulheres cumprirão seus deveres como irmãs, como filhas celestiais, e compartilharão do amor de Deus da melhor maneira possível. Elas aliviarão o fardo que os homens enfrentarão, cuidarão deles, atenderão aos seus desejos. Devemos prevalecer como um povo unido. Seremos furtivos na nossa abordagem; atacaremos sem aviso prévio quando o Senhor revelar que está na hora. Nós nos tornaremos uma praga para o mal, uma praga de pura luz, que destruirá as trevas do pecado e do mal de toda a preciosa humanidade de Deus. Assim como o Senhor castigou os egípcios, libertando o seu povo, também sairemos vitoriosos nessa luta! — Levantei minha voz, a congregação se agitou e as pessoas foram ao chão em louvor.

Abrindo meus braços, berrei:

— *EU* sou o Profeta Cain! *EU* sou o caminho. *EU* sou a luz. *EU* sou seu novo pastor. Meus irmãos e minhas irmãs, se juntem a mim na busca de Deus para finalmente libertar este mundo dos seus demônios, do plano de Hades de mergulhar este mundo em um inferno vivo. *Levantem* comigo.

Lutem comigo. Pois *EU* sou a porta do Céu... *EU* sou a chave da nossa salvação!

O povo perdeu o controle, dominado pela emoção. O Espírito Santo tomou conta dos seus corações e os elevou ao plano celestial. Observei e me alegrei por eles acreditarem em cada palavra que eu tinha dito.

Tudo o que pude fazer foi encarar a multidão extasiada.

O Senhor tinha falado através de mim? Eu era o seu mediador? Eu era a palavra... *Eu era realmente um profeta de Deus?*

Poderia isso ser verdade?

Uma mão tocou o meu ombro e o apertou. Virei para encontrar Judah ao meu lado. Ele abriu a boca, lágrimas escorrendo pelo seu rosto. Ele então balançou a cabeça enquanto lutava com as palavras, emocionado demais para falar. Encostei minha testa à dele e segurei seu rosto entre as minhas mãos. Meu irmão gêmeo acreditava claramente que eu era o novo Profeta e saboreamos esse momento. Eu sabia que este dia mudaria tudo. Nós dois esperamos por isto nossas vidas inteiras, mas a realidade de estar aqui era quase demais para aguentar.

— Irmão... — Judah arfou e me abraçou com força. — Você vai salvar todos nós. — Seus olhos encontraram os meus e ele beijou minha bochecha. — *Você vai salvar todos nós...*

Abraçando meu irmão, olhei para o céu, fechei os olhos e orei.

Senhor, por favor, dai-me forças para conseguir passar por isso. Farei o que me for ordenado. Eu me submeto a ti...

CAPÍTULO ONZE

LILAH

Cowboy e Hush chegaram com suas motos, as luzes de suas máquinas lançando um brilho sobre o pátio. Depois de estacionar perto da garagem, eles desmontaram e se juntaram a todos no churrasco. Ambos sorriram enquanto se dirigiam para onde estavam os outros, abraçando as mulheres e apertando as mãos dos homens. Eles também estavam em uma "corrida", fazendo negócios para o clube no mundo exterior. Uma corrida diferente da de Ky, mas de acordo com ele, eram "negócios de clubes", portanto, eu nunca saberia o que haviam feito.

Uma parte de mim não queria saber. Eu começara a confiar nesses dois homens, e, é claro, em Ky. Esse era o meu milagre, e eu não ligava para a realidade do trabalho deles para estragar isso.

O som de uma risada estridente ecoou pela noite, e minha atenção foi diretamente para as duas loiras com pouca roupa: Tiff e Jules. Enquanto elas deixavam o pátio indo em direção ao bar, a última olhou para mim novamente e acenou zombeteiramente.

— Por que ela está fazendo isso com você? — Maddie perguntou, de repente aparecendo ao meu lado na janela.

— Eu não sei. Eu nem a conheço — respondi confusa, balançando a cabeça.

— Ela costumava andar com o Ky, não é? — Maddie disse e meu estômago revirou ao pensar em como ele costumava tocar as duas mulheres, principalmente em lugares inapropriados. Um enjoo me fez sentir doente, e percebi que não podia suportar o pensamento de Ky com mais ninguém.

Tentando afastar a náusea, vi quando Cowboy passou um braço em volta dos ombros de Hush e o levou até um banco isolado, onde os dois se sentaram, abrindo as garrafas de cerveja.

— O que você acha que eles fizeram na 'corrida'? Algo ruim? — Maddie perguntou e apontou para os dois amigos..

— Eu não faço ideia — respondi. — Mas Hush e Cowboy são homens bons. Eles são sempre tão legais comigo...

— Eles são legais com você porque a querem carnalmente? Você os tenta? — Maddie perguntou.

Meu estômago pesou com tal pensamento.

Observei-os sentados naquele banco, agora falando baixinho, e disse:

— Espero desesperadamente que não. Eles parecem sinceros. Me devastaria descobrir que eu os atraí. — Eu não sabia o que era, mas sinceramente, não achava que eles me viam dessa maneira. Eu preferia acreditar que gostavam de conversar comigo, por mim, e não pela minha aparência.

— É...? — Maddie abaixou a cabeça e olhou tristemente para a porta do nosso quarto. — É possível que um homem goste ou... nos queira e que isso não se deva à nossa beleza?

Pensando na pergunta tão atípica vindo de Maddie, respondi:

— Eu não sei, irmã. Mae parece pensar assim. — Observei seus olhos verdes suavizarem de alívio... animação, talvez? E acrescentei: — Existe um motivo para sua pergunta?

Maddie suspirou e esfregou nossos pulsos tatuados. As tatuagens que nos foram impostas quando crianças: Apocalipse 21:8, a marca do nosso povo.

— Não. Eu só... É só que um dia... Bem, seria adorável pensar que um certo... homem, um homem forte e protetor em quem confio, possa me ajudar a descobrir o que é amar. O que é se sentir segura... com ele, por causa dele e talvez... talvez...

— O quê, irmã? — perguntei, me aproximando para segurar sua mão.

— Talvez eu pudesse fazê-lo se sentir seguro também — ela sussurrou enquanto seus grandes olhos redondos piscavam rapidamente, tentando afastar as lágrimas.

Fiquei sem palavras. Em vez de responder, apertei sua mão em apoio.

Eu desejava fortemente por esse futuro para a minha Maddie... e o homem que a fazia ansiar por essas coisas.

— Lilah?

— Sim?

— O Ky faz você se sentir assim? A maneira como vocês se olham... É... é... — Ela sorriu. — Lindo.

— Lindo? — repeti as palavras ficando sem fôlego.

— Ele mudou desde que começou a ensinar você. Observo de perto as pessoas, irmã, do meu lugar na janela. Sei que sou como uma sombra, nunca faço muita coisa a não ser olhar para o mundo lá fora, enquanto me escondo aqui como uma criança assustada. Mas ainda não estou pronta para me aventurar. E até esse dia, observarei e aprenderei a me comportar para sobreviver fora das regras estritas da Ordem. E irmã, observei Ky muito atentamente.

Engoli em seco, esperando por mais informações. Meu coração batia forte, com uma ansiosa antecipação.

— Quando chegamos aqui, ele era feliz, parecia gostar de mulheres e da sua vida, mas seu sorriso não alcançava os olhos.

— Continue — pedi, me inclinando para mais perto.

Maddie passou as mãos pelas pontas do seu longo cabelo preto e continuou:

— Mas agora, quando ele sorri para você, seus olhos também sorriem.

— É verdade?

Os lábios dela se curvaram de felicidade.

— Ele não olha mais para outras mulheres, embora elas o olhem com luxúria. Ele observa apenas você. Vê apenas você. Sorri apenas para você... Eu acho que, para ele, você é a estrela mais brilhante no céu, ofuscando aquelas que vieram antes.

Meu coração queria explodir com a alegria que aquelas palavras faziam surgir dentro de mim. A mão macia de Maddie tocou na minha e o simples gesto de conforto da minha irmã quase me fez chorar.

— É lindo — ela falou com sinceridade.

— Mas Maddie, ele não professa nossa fé... Não seria errado... ter sentimentos por ele também? — perguntei, sentindo meu coração pular uma batida.

Ela segurou a minha mão e me puxou para frente, apenas para me abraçar com seus finos braços. O abraço da minha irmã, geralmente distante, fez meu coração inchar e, pela primeira vez, me permiti desfrutar de meus verdadeiros sentimentos, e sabia naquele momento, que Ky também era a estrela mais brilhante do meu céu.

— Eu acho que amor é amor, não importam as falhas ou a fé da pessoa a quem você escolhe dar o seu coração. Somos todos caídos de alguma maneira, Lilah, nenhum de nós é perfeito, mas sentir o amor incondicional de alguém, certamente é o que importa no final — ela disse enquanto acariciava meu cabelo.

Fechei os olhos, me sentindo tão cheia de esperança que parecia irradiar dos meus poros. Beijei o topo da cabeça de Maddie e abri a boca para falar quando, de repente, luzes apareceram distante na estrada, iluminando o quarto, interrompendo minha frase, e o barulho familiar dos motores encheu o ar da noite. Meu coração disparou e a emoção percorreu meu corpo.

Ele estava de volta.

Observei pela janela com muita atenção enquanto as motos se aproximavam e os portões começavam a abrir. Uma a uma, as máquinas rugiram e ficaram mais nítidas, e reconheci Ky na frente, o longo cabelo loiro amarrado para trás com uma tira de couro e seu corpo musculoso ondulando sob a camisa branca suja pela estrada. Homens entraram atrás dele, Viking, AK, Smiler, Tank e Bull.

Ky tirou o capacete, ajeitando o cabelo bagunçado e as pessoas se aglomeraram ao redor dele, dando boas-vindas. Afastando-me da janela, corri para o banheiro e peguei minha touca. Amarrando-a no lugar, endireitei o vestido e fui para a porta.

— Onde você está indo? — Maddie perguntou, saindo da cama e parando à minha frente.

— Devo cumprimentar Ky pela volta de sua jornada. — Segurei a maçaneta da porta, mas ela tocou minha mão.

— Lilah, você sabe que devemos ficar longe do andar de baixo quando houver pessoas aqui. As regras são que você esteja com um irmão para a sua proteção e não se expor ao perigo. Nós duas vimos o que acontece com as mulheres desacompanhadas de um Hangmen. Elas são tratadas como lixo. — Sua voz tremia, demonstrando seu medo por mim.

Aproximando-me dela e colocando a mão em seu ombro, eu disse:

— Ficarei com Ky rapidamente. Ele vai me proteger. Eu confio nele.

Maddie me deu um sorriso aliviado e tímido e então voltou para a cama, retomando seu lugar de costume junto à janela, observando o mundo exterior, aprendendo a sobreviver.

Ao sair do quarto, senti uma onda de alívio por Flame ter deixado seu posto e tranquei a porta, garantindo a segurança de Maddie. Com o coração acelerado, desci correndo as escadas e fui para o quarto de Ky. Eu nunca nem me aventurava no quintal, por ainda me sentir muito intimidada, então pensei em esperar por ele em seus aposentos pessoais, do lado de fora.

Abri a porta que levava ao corredor, permitindo que meus pés seguissem na direção de seu quarto. Então ouvi a porta do corredor bater atrás de mim.

Um assobio alto e ameaçador ecoou pelo corredor vazio. Congelando no lugar, senti calafrios percorrerem minha coluna.

Alguém estava aqui.

— Bem, olá, linda — disse uma voz feminina e reconheci na mesma hora.

Incapaz de encontrar forças, não consegui girar o corpo, correr ou fazer qualquer coisa, a não ser ficar parada no lugar.

O som de dois pares de passos pontuado por saltos altos se aproximava e, a cada passo, minha boca ficava mais seca. O cheiro de perfume forte misturado com bebida chegou até mim e um dedo deslizou pela minha nuca.

Fechando os olhos com força, tentei afastar o pânico, mas não tive sucesso. Lábios úmidos e macios tocaram a minha orelha, enquanto outros começaram a acariciar o meu pescoço.

— Por que ele a quer tanto? O que você tem de tão especial? — uma voz feminina diferente perguntou e quase vomitei de medo.

De repente, dedos apertaram o meu pescoço e gritei quando unhas afiadas apunhalaram a minha pele.

— Por favor! Não me machuque...

— Por que ele quer você mais do que nós? Você é virgem, nós fazemos o que ele quiser. O que é que o atrai tanto?

— Ele não é... Ele não me quer... — sussurrei quase inaudível.

A mão soltou meu pescoço por um momento, depois voltou a apertar mais forte do que antes.

— Talvez tenhamos que descobrir por nós mesmas — disse a voz.

Uma mão puxou meu ombro, quase o deslocando. Tiff e Jules estavam na minha frente, com rostos lívidos e os olhos desfocados e vidrados. Elas estavam intoxicadas, fora de si. Isso apenas aumentou ainda mais o meu medo.

Jules apertou meu rosto com força, e me forçou a voltar para o quarto de Ky. Tiff abriu a porta e a fechou quando entramos.

Consegui me afastar do aperto firme de Jules e ir em direção à porta, mas Tiff estendeu a mão e acertou um tapa em minha boca, fazendo-me cair na cama. As duas mulheres, então, se aproximaram de mim.

Luzes dançavam nos meus olhos e tentei me concentrar.

— Vamos provar você, Lilah. Vamos mostrar como se divertir. Queremos mostrar para o Ky que ele pode ter todas nós.

— Vamos te mostrar por que ele costumava nos procurar. Antes de você aparecer e estragar tudo. Você vai se divertir, querida. E vai gozar muito.

— Não! — Chorei, meu corpo tomado pelo medo enquanto Tiff se ajoelhava na cama perto da minha cabeça e Jules aos meus pés. Os olhos embaçados desta última se estreitaram e, lentamente, ela me olhou de cima a baixo.

— Estou cansada de ver essas roupas horríveis. — Ela se abaixou e começou a puxar o meu vestido comprido enquanto a outra loira agarrava minhas mãos e segurava meus pulsos acima da minha cabeça. Gritei, sentindo o gosto de sangue na boca pelo golpe recebido quando o ar frio tocou minhas pernas expostas. As duas apenas riram, parecendo gostar do meu sofrimento.

— Eu imploro, por favor. Não façam isso! — sussurrei, mas a mão de Jules continuou a levantar o meu vestido até que a saia estivesse toda ao redor da minha cintura. Dedos puxaram minhas roupas íntimas e, em segundos, foram jogadas no chão.

— Uhmm, Tiff, olha só essa linda bocetinha — Jules falou com uma voz arrastada, tocou o meu joelho com o dedo e lentamente começou subir. Esperneei tentando afastá-la, mas a outra apertou meu pulso e as minhas bochechas com tanta força que beirava à dor.

Choraminguei e chorei, mas elas não se importaram. E então o dedo de Jules alcançou o ápice das minhas coxas e chorei em pânico quando a ponta de seus dedos percorreu a abertura das minhas partes íntimas.

Enrijeci as pernas enquanto lágrimas desciam pelo meu rosto. O dedo se tornou implacável, enquanto circulava e me acariciava, subindo em mim para pressionar os lábios contra minha bochecha.

— Você está tão molhada, querida — ela murmurou em meu ouvido, seu dedo aumentando a velocidade. — Você está molhada por minha causa, baby? Você gosta das minhas carícias na sua linda boceta? — Olhei para o teto, sentindo minha mente ficando entorpecida. — Você é tão bonita. Tão linda, baby... — Eu odiava a sensação de tê-la me tocando, esfregando o botão no topo da minha abertura.

De repente, o rosto de Tiff apareceu acima do meu. Ela levantou a mão e arrancou a touca da minha cabeça fazendo meu cabelo loiro se esparramar pelo lençol. Então, ela se abaixou e desabotoou a frente do meu vestido, abrindo-o, expondo meus seios.

Seus olhos brilhavam enquanto ela inspecionava meu corpo, arrastando um dedo pela minha bochecha e descendo pelo meu pescoço.

— Não! — gritei, mas meu choro foi ignorado. Ela se inclinou, pressionando seu próprio corpo contra o meu; a mão segurava meu seio, enquanto os dedos apertavam meu mamilo. Gritei ao sentir a fisgada de dor intensa.

— Olhe para você, baby. Você é linda. Esse corpo... porra! Não é de se admirar que o Ky não consiga manter o pau longe de você.

— Por favor — sussurrei, meus olhos ardendo com as lágrimas. — Por favor, me solte.

A mão de Tiff parou sobre o meu peito. Quando ela se afastou, me permiti respirar aliviada. No entanto, assim que relaxei, ela ergueu a mão e esbofeteou meu rosto com tanta força que senti os ouvidos zumbirem. Minha boca se encheu com o gosto acobreado de sangue e tudo pareceu escurecer.

Tentando fazer a minha visão focar, virei a cabeça para olhá-la. Tiff viu o meu olhar instável e se inclinou para frente até ficarmos com os narizes colados.

— Nós vamos te foder, baby. Vamos ver por que o Ky nos largou por você.

Uma dor tomou conta da parte de baixo do meu corpo quando a mão de Jules se tornou mais impiedosa. Fiquei tensa com a profanação do meu corpo e gritei de medo.

Isso estava acontecendo de novo! Assim como o Profeta David havia dito. Eu tentara *novamente*. As duas mulheres estavam loucas pelo desejo diabólico de me possuir... De me ensinar uma lição por ser dona deste *corpo amaldiçoado* e por roubar delas o homem que queriam.

Eu estava sendo punida. Estava sempre sendo punida!

Senhor! Eu tinha baixado a guarda com o retorno de Ky. Deixei meu desejo pecaminoso de vê-lo superar a minha noção.

O Diabo devia estar celebrando.

A mão de Tiff se moveu no meu peito e sua palma continuou a agarrar meus seios enquanto eu olhava fixamente para o teto. Eu precisava abafar a influência do Diabo. Eu tinha que fazer isso.

Lembrando da comuna e das minhas muitas horas de ensinamento pelas mãos do Irmão Noah, voltei ao meu antigo mecanismo de defesa e me desliguei completamente, me afastando mentalmente deste lugar horrível, até...

— MAS. QUE. PORRA?!

Ouvindo um rugido ensurdecedor vindo da porta, vi um homem entrar no quarto... e meu coração disparou com esperança.

Ky. Choraminguei em gratidão e alívio.

Seu rosto duro e bronzeado estava repleto de horror quando seus olhos azuis viram a cena. E então, sua expressão se transformou em pura raiva assassina.

Atrás de mim, Tiff ficou completamente imóvel sobre minha pele nua e machucada, depois se afastou, deixando meu corpo exposto. Os dedos de Jules saíram de entre as minhas pernas e ela correu por cima do colchão para se juntar à outra. Tentei me mover, mas estava congelada no lugar. Cada centímetro meu gritava de dor e medo, me deixando sem ação. Quando Ky olhou para mim, vi o mesmo medo refletido em seus olhos. Não era medo por si mesmo, e sim, por mim.

Atrás de Ky, a porta se abriu novamente. Hush e Cowboy entraram.

— Merda! — Cowboy falou quando me viu na cama com lágrimas escorrendo pelo rosto. — Merda! Lilah!

De repente, Ky deu um soco na parede e esse foi o único aviso enviado antes de avançar como um animal furioso. Ele pegou uma faca longa e fina de seu colete, e Tiff e Jules começaram a gritar e se abraçar, apavoradas. Chocada com essa ação repentina, consegui rastejar na cama, encolhendo-me de medo contra a cabeceira da cama.

— Porra! — Hush xingou e correu na direção de Ky, passando os braços em volta da sua cintura, segurando-o. Ele lutou contra o agarre, tentando se soltar para avançar sobre as duas mulheres.

— Cowboy, tire elas daqui, porra. Mantenha-as no bar! — Hush ordenou.

Cowboy passou correndo pelos dois, agarrou as garotas histéricas pelos braços e as arrastou para fora do quarto.

— Ky, se acalme! — Hush disse tentando acalmá-lo. Quando viu-se livre, empurrou o irmão contra a parede.

— Elas a atacaram! — berrou, os punhos segurando firmemente a camisa de Hush. — Essas putas atacaram a minha cadela!

Isso era demais. Eu estava dolorida, machucada e, mais do que isso, aterrorizada com a raiva que vibrava através dele.

Segurando a cabeça entre as mãos, gritei. Gritei até sentir a garganta arranhar. Gritei até não conseguir mais. Virei a cabeça para a parede, cobrindo meus ouvidos com as mãos e choramingando. Cada parte de mim doía, minha mente repassando a imagem de Tiff e Jules me segurando.

Senhor! Por favor, me salve! Por favor, deixe-me esquecer o que acabei de passar, orei.

— Porra, Ky! — eu ouvi o irmão dizer. — Ela está pirando. A sua cadela está perdendo a cabeça! Faça alguma coisa!

Alguns segundos depois, uma mão tocou meu ombro. Dei um pulo, abrindo os olhos com medo. Ky estava ajoelhado ao meu lado, com o rosto contorcido.

— Eu preciso te limpar, Li.

Ao ver a raiva ainda evidente no belo rosto bonito, mais lágrimas inundaram meus olhos. Quem era esse Ky? Este Ky me assustava. Tiff e Jules me atacaram... me tocaram... se forçaram sobre mim...

Ele abaixou a cabeça perto das minhas pernas nuas e suspirou.

— Eu não vou te machucar, Li. Sou eu, Ky. Você pode confiar em mim. Por favor...

Não acreditei nele. Ele tinha avançado contra as duas mulheres. Ele ia machucá-las por mim. Minha cabeça tremia quando ele se aproximou e me encolhi contra a parede.

— Li! Sou eu, porra, Ky! Volte para mim. — Sua voz soou rouca. Quando olhei em seus olhos, vi apenas desolação. — Eu preciso te abraçar, Li. Preciso ver se você está bem com as minhas próprias mãos, com os meus malditos olhos.

Quando seus braços se estenderam para a frente, eu instintivamente me encolhi. A expressão no rosto dele pareceu ficar ainda mais triste.

— Li, por favor. Eu não vou continuar pedindo. E não vou machucar você. — Ele olhou de soslaio para Hush, que saía silenciosamente do quarto. — Senti sua falta pra caralho, Li. *Eu* senti sua falta. *Eu, Ky!* Voltei e encontrei aquelas putas... Eu tenho que tocar você, Li. Não vou pedir de novo.

Baixando a cabeça, tentei relaxar. Então ele engatinhou na cama, passando seus fortes braços sob as minhas pernas e costas. Cuidadosamente, Ky me encostou em seu peito.

Ele me balançou de um lado para o outro e disse:

— Sinto muito, Li. Eu... não percebi que elas fariam algo assim. Eu sabia que estavam chateadas, mas ir atrás de você... Elas são vagabundas invejosas. Estão putas porque as mandei embora algumas noites atrás. Elas não aceitaram isso muito bem.

Meu lábio inferior tremeu. O choque pelo que aconteceu finalmente estava tomando conta de mim e percebi que ele murmurava algo baixinho. Ky me cobriu com meu vestido rasgado e ensanguentado.

— Porra, Li — ele disse com uma voz rouca enquanto afagava o meu cabelo.

Eu não conseguia falar. Parecia que tinha uma pedra no meu estômago e o tremor incessante do meu corpo era insuportável.

Ky respirou fundo e perguntou:

— Elas tocaram em você, Li? Eu cheguei tarde demais?

Consegui apenas acenar com a cabeça para indicar que sim; a raiva dele era palpável. Levantando-se, de repente, ele entrou no banheiro. Alguns segundos depois, voltou com um pano branco molhado. Sentado na beirada da cama, começou a limpar meus ferimentos de uma maneira extremamente delicada.

O gosto do sangue agora parecia normal na minha boca.

A expressão dele era estoica. A cada novo ferimento que encontrava, eu podia senti-lo ficar mais tenso. Quando pressionou o pano contra minha bochecha machucada, me encolhi.

— Lilah, por que diabos você estava aqui esta noite? Eu falei sobre as regras. Disse para nunca descer sem que eu estivesse junto. Que era perigoso.

Com um olhar, Ky me urgiu a responder. Usando minhas mãos para me ajeitar na cama, respirei fundo, me sentindo um pouco tola e disse:

— Eu... Eu estava procurando você.

O rosto dele pareceu relaxar, e de repente, sua expressão suavizou. Seus dedos tocaram a minha testa enquanto ele afastava uma mecha de cabelo.

— Você estava *me* procurando?

— Sim — sussurrei, meu olhar agora focado na roupa de cama. — Vi você voltar para casa e queria muito cumprimentá-lo. Eu o vi entrar no pátio e senti... senti uma necessidade de vê-lo outra vez.

— Você sentiu? — Ky murmurou, e meu olhar focou no dele. — Li... — Eu o observei engolir em seco, até que ele ergueu minha mão e beijou a palma.

Minha respiração ficou trêmula e meu coração acelerou.

— Mesmo assim, doçura, você não deveria estar aqui sozinha. Não é seguro uma cadela ficar desprotegida.

— Me desculpe — eu disse e comecei a chorar. — Tiff e Jules me seguiram até o seu quarto e me atacaram. Elas disseram que queriam descobrir por que você gostava de mim, por que as deixou por minha causa... e então elas me tocaram, arrancaram as minhas roupas e continuaram me dizendo que eu era bonita enquanto me tocaram contra a minha vontade...

A temperatura do quarto caiu vertiginosamente e o rosto dele se tornou frio.

— Aquelas putas do caralho fizeram o quê?! — exclamou entredentes.

— Ky. — Preocupei-me quando vi aquele brilho de raiva voltar a arder em seus olhos.

No entanto, ele não podia ser acalmado ou domado.

— Eu vou matá-las, porra! — Pulando da cama, ele caminhou na direção da porta e saiu para o corredor.

Segurando o lençol nas mãos, eu me arrastei para fora da cama, lutando para respirar por conta da dor em meu rosto. Enrolei o lençol ao meu redor, cobrindo minha nudez, e rapidamente fui atrás dele no bar.

Ao vê-lo atravessar o corredor e abrir a porta, aumentei a velocidade de meus passos chegando bem a tempo de vê-lo afastando homens e virando mesas enquanto passava. Segui o caminho da destruição. Seus alvos eram Tiff e Jules, que estavam sendo vigiadas atentamente por Cowboy e Hush.

— Suas putas malditas! — ele soltou um grito assustador, atraindo a atenção de todos no bar. Aterrorizadas, elas viram um Ky furioso indo em sua direção e tentaram recuar.

— Eu vou matar vocês, porra! — ameaçou. De repente, AK o agarrou por trás, tentando contê-lo, mas não antes de sua mão quase acertar os rostos delas.

— Me larga, cara! — ele rugiu para AK quando Smiler juntou-se ao lado para mantê-lo sob controle.

— Acalme-se, irmão. O que diabos as gêmeas chupadoras fizeram com você? Morderam o seu pau ou alguma merda do tipo? — Viking perguntou, olhando de um lado para o outro.

Ky parou e depois explodiu:

— O que elas fizeram?! Elas acabaram de atacar a Lilah! A prenderam na cama e colocaram as mãos nos seus peitos e boceta enquanto ela gritava!

Desta vez o bar inteiro ficou paralisado e nenhum Hangmen se moveu, percebendo a seriedade da situação.

Ele tentou se libertar mais uma vez do agarre de AK e Smiler, gritando:

— Eu vou matar vocês duas, suas putas desgraçadas! *EU VOU MATAR VOCÊS!*

Tiff ficou lívida com a raiva dele, seu lábio inferior tremendo, mas o rosto de Jules se contorceu em uma expressão de amargura. Ela levantou o queixo desafiando-o.

— Ela mereceu! — gritou, com uma voz dura. Minha respiração falhou com aquelas palavras. — Cuidamos do seu pau há anos e nem uma única vez você falou sobre tomar uma ou nós duas como suas *old ladies*. Nem uma única vez, mesmo que você tenha usado nossos corpos a qualquer hora e em qualquer lugar! Mas então *ela* apareceu, porra, essas três malucas religiosas apareceram, e todos os seus irmãos ficam de boca aberta toda vez que elas passam, como se vocês estivessem sob um feitiço. E *você*... — Ela levantou a cabeça altiva na direção dele. — Você fala o nome dessa cadela loira enquanto está enterrado na *minha* bunda, desejando que eu fosse ela, todas as vezes! Ela é como uma bruxa ou alguma merda assim, que deixou vocês todos cegos e como seus malditos fantoches!

De repente, me senti mal com as palavras dela. *Ela é como uma bruxa ou alguma merda assim... seus malditos fantoches!* Eu não queria imaginá-lo com aquelas duas mulheres, tomando-as de maneira tão pecaminosa. Na verdade, se eu fosse completamente sincera, eu não queria pensar nele com outra mulher além de mim, *ponto-final*. Mas eu sabia que nenhum homem poderia amar verdadeiramente uma Mulher Amaldiçoada de Eva. E nenhuma mulher de Eva jamais poderia ter o amor de uma alma pura. O Profeta David fez questão de que eu entendesse essa verdade ainda quando criança.

Fez-me memorizar as escrituras, caso eu esquecesse meu papel nesta vida.

Ky deu um sorriso irônico e sem humor. Jules o observou com olhos cautelosos, enquanto ele rosnava:

— Porque vocês são putas sujas e velhas! Lilah é pura e não fode com um homem só para dizer que trepou com um Hangmen, ganhando dinheiro para coca, *ice* e tudo o mais que puder cheirar ou esfregar na gengiva! Não, vadia. Eu nunca faria uma vagabunda como você como minha *old lady*. Você é boa para uma trepada, porque não tem limites, mas você não é boa para mais nada, sua puta idiota.

A mulher empalideceu e Tiff, que agora estava chorando, puxou-a de volta contra seu peito. Mas Ky não conseguia parar. Ele estava transtornado.

— Vocês eram trepadas baratas, nada mais que isso. Eu tolerava vocês por causa das suas bocetas, mas vocês tocarem Lilah, foi o fim. Eu quero machucar vocês, quero que sintam a dor que a Li sentiu quando a prenderam na cama, quando bateram no seu rosto perfeito e arrancaram suas roupas, QUANDO COLOCARAM OS SEUS DEDOS SUJOS NA PORRA DA BOCETA DELA!

— Irmão, se acalme — disse AK, lutando para segurá-lo, meus ouvidos ainda ressoando o tom de desprezo de Ky. — E porra, fale com a gente. Que merda aconteceu?

No entanto, ele não ouviu a ninguém. A situação estava fora de controle e eu não queria mais violência. Não queria que mais violência acontecesse por mim.

Essa era a minha maldição. Deixar os homens loucos de luxúria; Satanás estava brincando com seus peões, na sua perversão doentia. E Ky estava se tornando outra vítima, sacrificando tudo o que conhecia e as pessoas ao seu redor para me defender.

Então, tentando ser corajosa, decidi entrar no bar para interromper aquela loucura, meu pé tocando o chão de madeira. Ao ouvir o som da tábua rangendo sob meus pés, um mar de olhos se virou na minha direção. Todos os irmãos ficaram tensos quando me viram.

Eu ainda não tinha visto meu rosto machucado, mas podia adivinhar a expressão angustiada; podia *sentir* o seu estado. Os irmãos também nunca tinham me visto sem a touca, com meu cabelo loiro exposto, minha sedutora aparência com efeito total. E eu estava coberta apenas com o lençol.

Cada centímetro do meu corpo era pura tentação.

AK sacudiu Ky, murmurando algo em seu ouvido. Em seguida, ele desviou a atenção das duas mulheres trêmulas, quase coladas na parede, e focou em mim.

— Lilah! Que porra, querida — ele disse exasperado, afastando os braços de AK e Smiler. Eles não tiveram escolha a não ser soltá-lo. Vindo correndo em minha direção, me segurou em seus braços, sem dar tempo para eu protestar.

Seus lábios tocaram a minha testa e os braços fortes fizeram com que eu me sentisse segura.

O aperto dele foi quase doloroso quando agarrou minhas pernas e me levantou no colo. Atrás de nós, alguém tossiu e, quando olhei para o lado, Letti estava andando com Bull, Tank e Beauty não muito atrás. Eles deviam estar no fundo do bar.

— Deixe-me cuidar delas, VP — Letti disse com seu sotaque estranho. O rosto tatuado de Bull brilhava orgulhoso enquanto ele ficava atrás de sua esposa, os braços enormes cruzados na frente do peito. — Você nunca precisará vê-las novamente. Elas não ousarão voltar. E agradeço por isso, porque eu estava ficando enjoada de ver as bocetas rançosas dessas putas sempre pra fora para os homens. Eu não me divirto há bastante tempo, então brincar com os rostos delas vai fazer o meu maldito dia. Elas ferraram com tudo tocando Lilah, agora nunca mais vão se aproximar dela.

Ky parou por um momento, mas acabou cedendo.

— Faça tudo bem devagar, Letti. Faça essas putas sofrerem. — Virando-se, ele se afastou dali comigo em seus braços, e de volta para seu quarto.

Sentado na beirada da cama, me manteve aconchegada contra ele e disse:

— Vamos limpar você, e então vou te tirar daqui.

— Para onde vamos? — sussurrei em choque, ainda me recuperando de toda a violência. Tinha acontecido tanta coisa que eu mal conseguia processar. Eu queria fugir deste lugar. Tudo que conseguia ver era Tiff e Jules me segurando.

Tentando... sempre tentando as pessoas...

— Vamos ficar fora por alguns dias. Não temos negócios do clube até a próxima semana. AK, Tank e Bull podem cuidar de tudo até voltarmos. Não posso ter você aqui quando estou me sentindo assim instável. Vou matar alguém se eu continuar. E não quero que me olhe como se eu fosse machucá-la novamente.

— Chega de violência — implorei. — Se eu posso pedir isso para você.

Ky suspirou exasperado.

— Li, é a vida em que estou e o homem que sou. Mas sim, se sairmos daqui, não vou mais derramar sangue... esta noite. Mas é assim que é nesta vida, querida. Você precisa entender essa merda.

Tudo o que senti foi alívio. E, naquele momento, eu também não queria estar aqui neste complexo. Era tudo demais. Minha maldição não estava diminuindo, e sim ganhando força.

— Okay — concordei.

Ky se levantou e gentilmente me colocou de pé.

— Eu preciso arrumar algumas coisas. Tome um banho. Vou pegar suas roupas. Nós partiremos em trinta minutos.

— Tudo bem — eu disse, mas quando ele se virou, falei: — Ky? — Ele parou e olhou para mim. — Posso... posso pedir que você poupe Tiff e Jules? Não acho certo que elas sejam punidas. Deixe que o Senhor as julgue por seus pecados.

Ele colocou a mão na maçaneta da porta e, sem olhar para trás, disse:

— Sem chance. Aquelas vagabundas abusaram de você porque são putas invejosas. As duas podem apodrecer no inferno no que me diz respeito. Agora sou seu juiz, júri e carrasco. Elas mexeram com o irmão errado. Elas vão morrer e vão morrer bem devagar.

Balancei a cabeça em protesto, sentindo o estômago se revirar de medo.

— Não, por favor. Não quero sangue nas suas mãos por minha causa!

Ky permaneceu imóvel.

— Eu já tenho muito sangue nas minhas mãos, doçura. Elas morrerão. Fim. Ninguém entra no Hades e faz essas merdas com a minha mulher!

Com isso, ele fechou a porta, trancando-a quando saiu.

Tomei um banho, tentando bloquear tudo.

E trinta minutos depois, estávamos na caminhonete dele e na estrada, eu só não sabia para onde.

CAPÍTULO DOZE

KY

    Beauty concordou em ficar com Maddie. Depois que Flame ouviu o que tinha acontecido com a Li, e por que eu a estava levando embora, soube que o irmão não iria dormir enquanto protegia a cadela mais nova. Neste momento, Maddie era a mulher mais segura do mundo.
    Estávamos a caminho do interior, para a minha fazenda. Eu nunca tinha levado ninguém lá antes. Ninguém sabia que eu a tinha, além de Styx, é claro. Havia uma boa razão. Um motivo pelo qual Lilah descobriria em quarenta minutos.
    Ela permaneceu em silêncio a maior parte da viagem, a cabeça encostada na janela da porta do passageiro. Eu não conseguia tirar os olhos dela, o rosto todo machucado e vestida com outro vestido longo e cinza. Sua toucar cobria firmemente o cabelo, e eu não podia fazer nada para melhorar as coisas.
    Ela tinha sido atacada por minha causa, e eu não tinha certeza de que poderia me redimir ante seus olhos. Eu não sabia o que ela estava pensando e isso me deixava louco.
    Passando de uma estação de rock para outra, sintonizei o rádio em Judas Priest e perguntei:
    — Você está bem, Li?
    — Sim, obrigada — respondeu sem virar a cabeça.
    Apertando as mãos no volante, cerrei os dentes, pisando forte no ace-

lerador e nos levando à fazenda o mais rápido possível.

Quase cinquenta quilômetros depois, vi a placa para High Ranch e entrei na estrada de terra. Lilah olhou para frente e se inclinou no banco, observando o celeiro de madeira, o campo e os estábulos à esquerda da casa.

Eu amava este lugar.

As luzes estavam acesas na cabana e parei a caminhonete ao lado de um velho Chevy.

— Esta casa é sua? — ela se virou para mim e perguntou.

Abri a boca para responder, quando a porta da frente se abriu e Elysia saiu na varanda, com o cabelo loiro encaracolado descendo pelas costas em uma trança. Ela estava vestida como sempre: calça jeans e camisa xadrez. Saí da caminhonete e corri até ela, observando o rosto se iluminar quando me viu.

Balançando um braço em volta do ombro, puxei-a para o meu peito e beijei sua cabeça.

— Como você está, Sia?

Apertando os braços em volta da minha cintura, ela respondeu:

— Estou bem. Bonnie deu à luz a um potro ontem à noite, então dormi pouco. — Afastando-se, ela ia continuar falando, mas parou e franziu a testa para algo que viu por cima do meu ombro. — Ahn... Ky? — Apontou para trás de mim e levantou uma sobrancelha.

Virando, vi Lilah iluminada na luz de dentro da caminhonete, o rosto inexpressivo, mas os olhos arregalados enquanto me observava com Sia. Ela provavelmente estava aterrorizada por eu tê-la levado até outra mulher estranha.

Acenei com a mão, sinalizando para que se aproximasse, mas ela abaixou a cabeça e não se moveu. Eu podia ver o medo estampado em seu rosto. Suspirando, me virei para Sia, que me observava atentamente, e fui até Lilah, me encostando na porta da caminhonete.

— Lilah, querida, saia. Tem alguém que quero que você conheça.

— Ela é sua esposa? — ela me perguntou nervosamente. — Ou outra de suas mulheres?

Quase hesitei com as palavras, mas, em vez disso, comecei a rir.

— Não, doçura, ela não é minha esposa. Agora vamos lá. — Dei uma piscadela para ela. — Hora de descer da caminhonete.

Segurando minha mão, desceu hesitante e tive que arrastá-la até Sia, cujo olhar estava grudado em nossos dedos entrelaçados.

Quando subimos na varanda, coloquei as mãos sobre os ombros de Lilah, sentindo-a ficar tensa. Inclinando-me para colocar a boca em seu ouvido, eu disse:

— Lilah, conheça minha irmãzinha, Elysia.

Ela respirou fundo e disse:

— Irmã? — Olhou para mim, confusa. — Você nunca mencionou que tinha uma irmã.

— Poucas pessoas sabem disso. E agora você sabe — respondi.

Dando um passo à frente, Elysia estendeu a mão.

— Prazer em conhecê-la, Lilah.

Ela encarou a mão estendida e timidamente levantou a sua, segurando a de minha irmã, obviamente sem saber o que fazer.

Sia sorriu e a sacudiu levemente, dando um olhar confuso para mim. Balancei a cabeça, dizendo a ela para não insistir no momento.

— Prazer em conhecê-la também — Lilah disse calmamente, afastando a mão e encarando a palma como se o toque da outra mulher a tivesse queimado.

— Vamos entrar — Sia disse e se dirigiu para a porta.

— Vá com ela. Preciso pegar as malas — instruí, e vi que ela se juntou à minha irmã, ainda nervosa.

Eu não tinha contado para a Sia sobre a Lilah, e de qualquer maneira, não fazia ideia do que dizer.

Peguei as malas e entrei pela porta, vendo-a sentada perto da lareira, contorcendo as mãos. O sorriso aliviado em seu rosto ferido me fez suspirar. Os hematomas estavam realmente começando a aparecer.

Colocando as malas no chão, fui até ela e me agachei para inspecionar cada centímetro de seu rosto, deslizando o dedo pela bochecha suave.

— Como você está?

— Cansada, mas estou bem — respondeu, aninhando o rosto contra a palma da minha mão. Aquilo me tirou o fôlego.

Levantando a outra mão, deslizei o polegar pela sua bochecha, seus grandes olhos azuis fixos aos meus; seus lábios se separando um pouco com o meu toque.

Uma tosse soou ao meu lado, e Lilah deu um pulo para trás, quebrando o contato. Sia estava nos observando com uma expressão incerta.

— Você gostaria de um chocolate quente? — minha irmã perguntou a ela.

Lilah franziu a testa e olhou para mim.

— Eu não sei o que é. Ky, devo tentar?

— Que tal você ficar aqui perto da lareira e o meu irmão pode me ajudar a arrumar as bebidas? — Sia sugeriu entusiasmada.

Assentindo, ela se recostou ao sofá, encarando o fogo fixamente.

Sia agarrou meu braço e me puxou para a cozinha, se virando para me encarar.

— O que diabos está acontecendo? — sussurrou com raiva. — Porque, de repente, soube que você viria pra cá por alguns dias e então me aparece com uma garota que parece pertencer a uma comunidade Amish, e que pede permissão para beber, sem saber o que é uma merda de chocolate quente?!

Seus olhos castanhos se arregalaram e sua mão foi para a boca, seu rosto ficando branco.

— Ah, não, ela não está sendo traficada ou algo desse tipo, está? É por isso que ela está aqui?

— Por que diabos todo mundo fica me perguntando isso?! — gemi.

Envolvendo meus dedos em torno do pulso delicado, afastei a mão dela da boca e disse:

— São negócios do clube, Sia. Você sabe como é. Mas ela não é uma cadela traficada. — Eu cheguei atrás de mim para ter certeza de que Lilah não estava por perto e me inclinei para dizer: — Nós a resgatamos de uma seita religiosa e sexual há dois meses e ela não está conseguindo se adaptar muito bem à vida aqui fora.

— Merda! E os machucados no rosto dela? — Sia perguntou com os olhos arregalados.

Lutando contra uma onda de raiva contra as duas vagabundas, relatei:

— Ela foi atacada no clube. Duas putas com quem eu estava fodendo ficaram com ciúmes e a agrediram. Trataram ela como uma vagabunda de merda.

— E ela não é? — perguntou, me observando atentamente.

— Não, ela não é — eu disse, minha voz soando mortal até para mim. — Você a viu, ela é linda, perfeita, ela não é como aquelas putas. Ninguém chega aos pés dela.

— Então, as consequências dos seus dias de mulherengo finalmente bateram à sua porta? E aquela pobre cadela teve que pagar por isso? — A raiva a fez ficar vermelha.

— Não me lembre disso, Sia. Tive que usar toda a minha força de vontade para não arrancar a cabeça daquelas putas. Elas a seguraram na cama, tocaram e bateram nela. Nunca bati em uma mulher na porra da minha vida, mas quase mudei isso esta noite. Não suporto que ela tenha sido atacada por minha causa.

— E as vagabundas?

— Já devem estar mortas a essa hora. Elas mexeram com a cadela errada.

Sia assentiu devagar, conhecendo as regras da vida no clube.

— Não consigo... eu não consigo acreditar — murmurou, recostada na bancada de madeira da cozinha.

Juntando-me a ela, eu disse:

— Sim, eu sei. Bem fodido, não é? Quero dizer, a porra de um culto! Minha cadela sendo atacada pelas putas invejosas do clube!

Ela deu uma risada em resposta.

— Bem, sim, é realmente bem louco, mas não é isso que é inacreditável, meu irmão.

— O quê? — perguntei franzindo o cenho.

Ela me deu um cutucão com o cotovelo.

— Não acredito que o todo poderoso Kyler Willis, aos 27 anos, se apaixonou!

Cada parte minha congelou e abri a boca, em choque.

— Vá se foder, Sia — consegui falar. Mas meu coração batia forte no peito e minhas mãos suavam.

Porra, eu estava com febre ou algo do tipo?

Minha irmã começou a rir. Toquei a testa com a mão e Sia puxou meu braço, revirando os olhos.

— Ky — ela disse —, você não está doente.

— Não? Então, por que sinto que estou prestes a cair morto?

Ela riu de novo, e isso estava começando a me irritar.

— Porque você nunca quis uma *old lady*. Nosso pai não era exatamente gentil com a mamãe. Você viu essa merda e jurou nunca ter uma mulher... E então viu o que aconteceu comigo... — A voz dela ficou trêmula.

Uma dor atravessou meu coração com o que minha irmãzinha havia passado.

— Sia...

Ela levantou a mão, não querendo que eu falasse sobre o passado e acrescentou:

— Mas o destino obviamente discordou de você. — Sia veio até a minha frente e colocou a mão em meu rosto barbado. — Você passou anos fodendo tudo o que se mexe, mas nunca o vi se importar com uma mulher. Nunca te vi olhar para uma mulher como você olha para ela. E não posso culpar você; aquela garota é linda, Ky, tipo, linda pra caramba.

— Eu sei. Ela é incrível — eu disse, meus olhos encarando a parede como se eu pudesse ver minha cadela através dela, enrolada no sofá ao lado da lareira. — Mas, Sia, é complicado. O passado dela, não tenho ideia de como afastá-la disso. Ela é praticamente casada com Jesus e não vai querer um pecador como eu.

— Ela veio aqui com você, não veio?

— Sim, mas o que isso tem a ver?

Ela inclinou a cabeça na direção da porta e segui seu olhar.

— Aquela garota sentada ali, em um vestido Amish, machucada por ter sido atacada, que nem sabia o que era um aperto de mão, veio com você para um rancho no interior, deixou você abraçá-la e está sentada naquela sala, esperando-o voltar com uma bebida que ela sequer sabia da existência, mas que irá experimentar porque você disse a ela que deveria.

— O que quer dizer?

Sia foi até a geladeira, pegou uma caixa de leite, despejou em uma panela e deixou ferver.

— Estou dizendo que, embora não a conheça, sou uma mulher. A última vez que confiei assim em um homem, eu estava loucamente apaixonada por ele.

— Sim, boneca, e veja como isso acabou — eu disse, odiando qualquer lembrança daquele sádico filho da puta.

— Mas você não é esse tipo de cara. Você não vai machucá-la.

Abri a boca para discutir, mas Sia estava certa. Lilah era a única cadela, além de minha irmã, com a qual eu me importava.

E isso significava muito.

Sia sorriu com a minha falta de resposta e começou a arrumar as bebidas. Entregando duas canecas para mim, disse:

— E você a trouxe aqui para me conhecer. É assim que sei que você a ama e confia nela. Ninguém sabe sobre mim por causa dos homens que ainda me querem morta. Mas ela estava machucada e você não hesitou em trazê-la aqui. Isso me diz tudo sobre como você se sente por ela, mesmo que nunca o confesse.

Sia foi para a sala de estar e me deixou para trás. Observei enquanto ela se sentava ao lado de Lilah e começava a conversar, sorrindo. O rosto da loirinha ficou corado, de nervoso, mas ainda assim com um pequeno sorriso de agradecimento nos lábios.

Sentindo como se tivesse levado um soco no estômago, perdi o fôlego.

Droga, Sia... mas que droga...

— Você está pronta para ir dormir? — perguntei ao vê-la bocejar pela quarta vez nos últimos cinco minutos. Sia estava falando pelos cotovelos a noite toda. Lilah não disse muito em resposta, mas eu sabia que estava se sentindo confortável com minha irmã depois das primeiras horas. Elas não eram muito diferentes, jovens e com um passado horrível.

As duas eram loiras, bonitas e tiveram suas vidas ferradas por homens.

Lilah piscou e acenou com a cabeça. Virando-se para minha irmã, disse:

— Obrigada pela hospitalidade, Elysia. Foi um prazer conhecê-la.

Sia se levantou e passou os braços em volta dos ombros delicados. Notei de imediato sua rigidez, enquanto os olhos azuis em pânico procuraram os meus, mas depois de um segundo, ela relaxou e, sem jeito, retribuiu o abraço de minha irmã.

— Prazer em conhecê-la também, garota. Conversaremos mais amanhã.

Observei-a se afastar e inclinei para beijar a bochecha de Sia.

— Obrigado — sussurrei em seu ouvido, ganhando um olhar significativo em troca.

Segurando a mão de Lilah, a conduzi pelas escadas e entrei no segundo quarto. Fechei a porta e a vi observar ao redor; paredes e piso de madeira, uma enorme claraboia no teto e um banheiro grande logo ao lado. No meio, uma cama king size, coberta pela colcha de xadrez vermelho, a favorita de Sia.

— É lindo — disse Lilah e se virou para mim, sorrindo. — Onde você vai ficar?

Entrei no quarto, tirando meu cut e o jogando na poltrona vermelha no canto.

— Aqui.

— O quê? — Lilah perguntou com uma voz abafada.

— Esta casa tem apenas um outro quarto, doçura — informei.

— É imoral.

— Bem, eu não vou dormir no chão de madeira nem a pau.

A boca apetitosa se abriu e fechou, e eu tirei a camisa pela cabeça, jogando-a na poltrona. Os olhos dela focaram no meu peito quando entrei no banheiro para tomar uma ducha.

Quando saí, ela estava sentada na beirada da cama, mordendo o lábio.

Fiquei de joelhos à sua frente, e seus olhos se arregalaram quando peguei sua mão.

— Lilah, eu vou ficar de um lado da cama. Você fica do outro. Não vou tocar em você, se não quiser. Okay?

Ela parou por um momento e depois, relutantemente, assentiu com a cabeça.

Coloquei a mão na sua bochecha e disse:

— Não consigo tirar da cabeça o que aquelas putas fizeram. A imagem de você naquela cama, o dedo delas na sua boceta. Estou num estado possessivo pra caralho, e para ser sincero, não sei como lidar com isso.

— Ky... — sussurrou meu nome, acariciando meu cabelo. — Você me salvou de novo. Você parece estar sempre me salvando. — Ela respirou fundo e disse: — Se precisamos dividir uma cama, é o que faremos.

Não pude evitar que um sorriso se espalhasse no meu rosto.

— Você está empolgada com o pensamento de dormir ao meu lado, doçura? A maioria das cadelas estaria pulando com a chance de conseguir um pedaço deste corpo maravilhoso!

Um sorriso tímido surgiu em seus lábios e ela confessou:

— Imagino que não seja a coisa mais terrível do mundo... se você mantiver distância. Isso fará com que eu me sinta segura; saber que está por perto.

— Vá se arrumar para dormir, Lilah — eu disse rindo ao me levantar.

Enquanto ela estava no banheiro, pensei em tirar a calça de couro. No entanto, achei melhor não, ao me imaginar ostentando uma ereção mais dura que granito. Ela já estava nervosa por dormir ao meu lado, e a porra do meu pau de vinte e cinco centímetros não iria melhorar a situação.

Deitado na cama, com as mãos atrás da cabeça e olhando para o teto, ouvi a porta do banheiro abrir. Olhei para Lilah, que estava parada na porta.

Puta.

Merda.

Seu cabelo estava solto, descendo até a bunda. E ela havia tirado o maldito e horrível vestido cinza, usando agora uma camisola branca à moda antiga, com mangas. Só que ela também poderia estar usando uma calcinha de couro, sapatos de salto agulha e adesivos nos mamilos, que ainda assim pareceria tão gostosa quanto.

E isso não estava me ajudando em nada a disfarçar minha ereção.

Colocando o cabelo atrás da orelha, ela voltou para dentro do banheiro, depois saiu segurando uma pequena bacia nas mãos. Ela começou a andar para o meu lado da cama. Eu não conseguia respirar, surpreso com o quão deslumbrante ela estava.

Colocando a bacia no chão, ela se ajoelhou. Arrastei as pernas para fora do colchão, sem entender o que diabos estava fazendo.

— Lilah?

Ela ergueu a cabeça e perguntou:

— Posso lavar seus pés?

— Você quer lavar meus pés? — Fiz uma careta.

Seus olhos azuis se arregalaram quando assentiu.

— Sim.

Não entendendo o porquê, mas vendo que ela realmente queria, eu disse:

— Okay, doçura.

Lilah inclinou a cabeça como se eu tivesse acabado de dar o mundo a ela, e levantei o pé esquerdo, colocando-o na água morna. O longo cabelo loiro platinado dela tocou o chão; longo, grosso, e eu estava morrendo de vontade de envolver minhas mãos nele.

Mergulhando as mãos na bacia, Lilah começou a despejar a água sobre meus pés, massageando a pele, o que era incrível. Um som baixo saiu de sua boca enquanto ela fazia isso, e eu não conseguia desviar o olhar. Percebi depois de alguns minutos que ela estava cantarolando a melodia de uma música.

Ela estava *feliz*.

Aquela dor familiar de antes envolveu meu peito e me lembrei das palavras de Sia. *Não acredito que o todo poderoso Kyler Willis, aos 27 anos, se apaixonou.*

Lilah colocou meu outro pé na bacia, e começou a fazer o mesmo processo. Calafrios percorreram meu corpo. Eu adorava sexo, amava bocetas. Adorava lamber, estocar, foder com dedos até que meu braço estivesse encharcado com a excitação delas, mas vê-la cantarolando no chão, coberta da cabeça aos pés e lavando meus pés, com certeza foi o momento mais excitante da minha vida.

Foder era fácil. Era essa intimidade entre duas pessoas que destruía o seu coração até que você não pudesse olhar para mais nada além da cadela a sua frente, dando algo que você nunca soube que precisava.

Tirando meus pés da bacia, Lilah os colocou na toalha que trouxe do banheiro, depois fez algo que realmente não entendi.

Pegando as pontas do cabelo, ela começou a secar meus pés. Observei com atenção, extasiado e confuso enquanto ela secava a água da minha pele. Então fiquei mais confuso ainda quando, agora com os pés secos, senti os lábios suaves depositando beijos ali. Com a cabeça inclinada, como se estivesse rezando, ela parecia estar em outro lugar.

Não conseguia me mexer. Não conseguia respirar.

O que infernos estava acontecendo comigo?

Passando as mãos pelo cabelo de Lilah, gemi. Era tão suave como sempre imaginei que seria.

Lilah levantou a cabeça e vi seu rosto machucado. Porra, essa cadela poderia estar machucada, raspar a cabeça, e ainda seria a mulher mais linda em quem já pus os olhos. Ela emanava bondade.

Recusando-me a tirar as mãos de seu cabelo, perguntei:

— Li, por que você está lavando os meus pés?

Corando, ela pegou atrás si um pote com um pouco de óleo. Abriu a tampa, e fui atingido pelo seu perfume de baunilha. Era o que ela sempre devia colocar na pele. Mergulhando os dedos no óleo, ela começou a esfregar nos meus pés.

— Uma vez Jesus foi à casa de um fariseu para uma refeição — explicou calmamente quando voltei a passar os dedos pelos fios de seu cabelo. — Quando uma mulher que levava uma vida pecaminosa na vila ouviu que Ele estaria lá, apareceu na casa dele com um pote de perfume. Quando viu Jesus, ficou tão emocionada que começou a chorar. Suas lágrimas caíram sobre os pés dele e ela as enxugou com seu longo cabelo. A mulher pecadora, então, beijou seus pés e ungiu sua pele com perfume.

Ela continuou:

— O fariseu criticou Jesus e disse que se ele fosse realmente um profeta, saberia que a mulher era pecadora e, portanto, nunca deixaria que ela o tocasse com suas mãos impuras. Jesus relatou ao fariseu a parábola de um homem que emprestou dinheiro para outros dois; para um, muito, e para o outro, pouco. Os dois não puderam devolver o dinheiro. O homem então, perdoou os dois e livrou-os de suas dívidas para com ele.

Lilah parou de esfregar o óleo de baunilha nos meus pés e olhou para mim.

— Quem amará mais o homem que emprestou dinheiro?

Dando de ombros, respondi:

— Aquele com a maior dívida.

Lilah deu um sorriso lindo pra caralho para mim.

— Você está certo. Jesus, portanto, disse que a mulher pecadora tinha muitos pecados contra ela, mas, perdoando-os, ela o amaria mais. — Lilah sorriu e disse: — Eu amo essa parte das escrituras.

— Sim? Por quê? — perguntei, minhas mãos ainda em seu cabelo.

Lilah fechou os olhos e respirou fundo, apenas para abri-los novamente e dizer:

— Porque sou uma Amaldiçoada. Sou uma mulher pecadora, uma mulher extremamente pecadora, mas um dia meus pecados serão perdoados.

Interrompi as carícias nos fios loiros, e tive que me controlar para não pirar.

— Então por que lavar os meus pés, doçura?

Lilah se levantou e, vendo um pente na mesa ao lado da cama, perguntou:

— Posso pentear o seu cabelo?

Porra. Essa cadela ia me matar. Aquelas eram as preliminares mais lentas e dolorosas da minha vida.

— Sim, faça o que você quiser comigo, Li.

Ela pegou o pente e com as mãos trêmulas começou a passar pelos meus fios. Instintivamente, coloquei as mãos na cintura fina, e Lilah cambaleou em choque. Nossos olhos se encontraram, mas eu não iria soltá-la. Ela pareceu sentir isso e continuou penteando meu cabelo; suas mãos pareciam o toque de um anjo na porra da minha cabeça.

O pente parou de repente e ela disse:

— Lavei seus pés para ganhar seu perdão.

Levantando a mão, segurei a dela, interrompendo o movimento da escova, e a encarei.

— Por que diabos você precisa ser perdoada?

— Porque a minha maldição como sedutora atraiu essas mulheres para mim hoje à noite e você teve que matá-las. Você tem sangue em suas mãos. Eu imploro pelo seu perdão.

Tomando a escova de suas mãos, joguei o objeto do outro lado do quarto, e a levantei do chão, trazendo-a para a cama, onde me joguei em cima dela.

— Ky! — guinchou em pânico, e minhas mãos seguraram seu rosto.

— Entenda uma coisa, Li. Não sou digno de perdoar você. Eu sou um pecador, e amo isso. Essa é a minha vida. A morte é parte da nossa vida como Hangmen. Aquelas putas de merda mereciam morrer por tocar em você. Nem sequer pensei nas consequências disso desde então. É isso o que significa para mim a morte dessas desgraçadas doentes e invejosas.

Lilah engoliu em seco e, chegando mais perto, eu disse:

— Mas você... Por você, eu mataria todos os filhos da puta do mundo se eles fossem uma ameaça. Essas cadelas morreram porque a tocaram, Li. Eu tenho que proteger você. Tenho que mantê-la segura.

— Eu me sinto segura *com você* — ela disse com a mão trêmula tocando o meu rosto.

Olhei para aquela mulher, vendo seu cabelo espalhado no travesseiro, como uma maldita auréola.

— Li — murmurei —, você está parecendo a porra de um anjo. Não estou vendo evidência nenhuma de uma mulher má e pecadora.

Ela afastou a mão do meu rosto.

— Esse é o disfarce. O Diabo é lindo, afinal.

— Então eu quero o Diabo, Li... Eu quero você.

O silêncio se estendeu entre nós, e vi quando baixou o olhar. Quando ergueu a cabeça outra vez, pude ver a sua fome. De repente, um dedo correu pelo meu peito e um gemido escapou dos meus lábios.

Porra!

Lilah olhou para mim por um longo momento antes de molhar os lábios com a língua, baixando o olhar para os meus lábios. Meu pau endureceu e seus olhos focaram nos meus, suas bochechas corando fortemente.

Ela se mexeu nos meus braços e se inclinou, estendendo a mão para segurar minha nuca.

— Eu desejo... beijar você agora.

Minha sobrancelha arqueou, em surpresa, e Lilah aumentou seu aperto.

— Eu... Eu nunca fui beijada, não desde que era criança e isso foi forçado a mim. E na minha casa... quando fui levada para a Partilha do Senhor pelo Irmão Noah, nossas bocas nunca se tocavam. Ele temia que eu roubasse sua alma porque a minha era escura e impura.

Minhas mãos se fecharam e lutei com todas as forças para não perder a cabeça com aquelas palavras. Minha cadela tinha vinte e quatro anos e nunca tinha sido beijada por causa de alguma desculpa ridícula inventada na qual ela acreditava. Se eu pudesse desenterrar aquele filho da puta barbudo e matá-lo novamente, eu faria... repetidamente.

— Observei Styx e Mae fazendo isso com frequência. — Seus cílios tremeram quando ela olhou novamente para mim. — Parece... bom... íntimo.

Tirando uma mecha de cabelo de seu rosto, deixei minha mão no lado da sua cabeça e a puxei para perto, sua respiração se tornando ofegante.

— Ky... — ela disse, em pânico.

— Não fale, querida — sussurrei quando meus lábios tocaram os dela. — Eu vou beijar você agora e vou mostrar o tanto que isso é bom pra caralho. Okay?

Senti a respiração trêmula quando meus lábios roçaram os dela. Os lábios carnudos estavam tensos e imóveis no começo, mas quando passei a ponta da língua por eles, um gemido escapou de sua garganta e sua mão segurou meu cabelo. Quando instintivamente abriu a boca, meu beijo se tornou mais intenso, e minha língua tocou a sua, transformando nossa necessidade em algo frenético. Ela tinha um sabor tão doce quanto o mel e baunilha juntos.

Porra, seu cheiro e gosto estavam me deixando louco.

Parei o beijo com um suspiro quando meu pau palpitou e os olhos dela se arregalaram. Fiquei congelado no lugar, esperando pelo que estava prestes a dizer. E então sua língua umedeceu o lábio inferior enquanto ela olhava para a minha boca.

— Eu não sabia... que era... — sussurrou.

Sorri quando ela não conseguiu encontrar as palavras corretas, e a expressão do seu rosto, de repente, ficou nervosa.

— O quê, doçura?

— Você... Você gostou? Fiz tudo correto?

Inclinando-me para a frente, encostei minha testa à dela.

— Com essa boca perfeita, você não poderia fazer errado nem mesmo se tentasse.

Meus lábios seguiram pela bochecha dela e Lilah colocou as mãos no meu cabelo, me puxando de volta para outro beijo. Desta vez, ela estava mais segura de si mesma, seus lábios pressionando os meus, seus seios roçando no meu peito.

Mas no momento em que sua língua voltou a entrar na minha boca e tocar a minha, eu me afastei.

— Lilah — murmurei entredentes —, se não vamos foder, preciso que você pare, doçura.

Ela afastou as mãos do meu cabelo como se pegassem fogo e deixei a cabeça cair no seu peito, tentando me controlar. Seu cheiro de baunilha não estava me ajudando em nada.

— Sinto muito, Ky. Eu...

Deitando-me ao lado dela, eu disse:

— Não ouse fazer isso, mulher. Não peça desculpas. Isso foi incrível.

Inclinando-me sobre o corpo tenso de Lilah, apaguei a luz da luminária ao lado da cama e voltei para meu lugar. Passei a mão em volta da cintura fina e a puxei para o meu peito.

— Ky! O que...

— Você pode não querer foder comigo ainda, doçura, mas me deixou tocar em você, beijar a sua boca, e agora nunca mais vou parar de tocar e beijar você. Okay?

— Okay — ela disse, dando um suspiro, como se estivesse fazendo um enorme sacrifício. Sorri contra seu longo cabelo, meu nariz acariciando os fios sedosos, e mantive a mão em volta de seu corpo, segurando-a firmemente enquanto beijava seu pescoço exposto.

A mão dela estava em cima da minha, e senti o corpo suave relaxar.

Fechei os olhos, me sentindo o mais confortável que já estive na minha vida, quando outra onda de baunilha encheu os meus sentidos.

— Você sempre cheira a baunilha.

— Você gosta? — perguntou nervosamente.

— Amo pra caralho. — O dedo dela começou a traçar padrões nas costas da minha mão. — Por que você sempre cheira a baunilha?

Ela interrompeu a carícia e eu sabia que tinha feito a pergunta errada.

— Nós devíamos estar... sempre livres de pelos e banhadas em óleo de baunilha. As Amaldiçoadas tinham que ser puras. Tínhamos que estar o mais limpas possível para sermos tomadas pelos anciões. É uma rotina, um hábito que não posso quebrar. Estou sempre me esforçando para ser o mais pura possível.

É, eu gostaria de nunca ter perguntado.

Puxando-a para mais perto do meu peito, dei outro beijo em sua cabeça e disse:

— Durma, Li.

O silêncio encheu o quarto até que ela o quebrou dizendo:

— Obrigada, Ky... por tudo...

Porra.

LILAH

O sol nascente atravessou a escuridão do quarto e tive que piscar várias vezes para me focar. Paredes de madeira, lençol xadrez... um braço forte em volta da minha cintura.

O rancho do Ky.

Sentindo meu coração inchar por ele ter me segurado em seus braços durante toda a noite, me virei com muito cuidado e observei o rosto adormecido.

Ele era tão bonito.

As coisas mudaram drasticamente para mim em relação a este homem. Meus sentimentos eram tão fortes que quase não conseguia aguentar. Ele estava se tornando o centro do meu mundo.

Estava mudando completamente a minha vida.

Pela primeira vez na vida, quando estava com Ky, não me sentia como Delilah, uma irmã Amaldiçoada de Eva. Com ele, eu era simplesmente Lilah... uma garota comum que finalmente foi beijada por um garoto.

Vendo o quarto mudar do azul escuro da noite para o brilho alaranjado do amanhecer, deslizei por baixo do braço forte, dei um beijo suave nos lábios ligeiramente entreabertos, sentindo meu estômago dar uma cambalhota, me levantei e fui para a porta, descendo as escadas para sair para a varanda que circulava a casa. Sentei-me em uma cadeira de balanço de madeira e suspirei com o ambiente pacífico.

O ar da manhã era fresco, os pássaros cantavam nas árvores e o sol estava nascendo ao leste. Era lindo aqui fora. Eu poderia ficar sentada por horas apenas observando a criação do Senhor ser exibida na sua melhor forma.

— Bom dia, Lilah! — A voz de Elysia veio do outro lado do campo, e a vi caminhando na minha direção vindo do estábulo, vestida com calça jeans e uma camisa xadrez. Levantei da cadeira de balanço, envergonhada por não ter me vestido. Eu não esperava que alguém já estivesse acordado e fiquei com vergonha por parecer tão desleixada.

Ela subiu na varanda e deixou cair no chão um monte de cordas que estava segurando.

— Inferno, garota, sente-se. — Gesticulou, e fazendo o que ela disse, voltei a me sentar na cadeira de balanço. — Não esperava ver vocês até mais tarde — disse ao se acomodar ao meu lado.

— Sempre levanto ao amanhecer. Fiz isso a vida inteira e é um hábito que ainda tenho que quebrar. Além disso, adoro observar o nascer do sol e ouvir os pássaros. Sempre me faz sentir melhor.

— Também sou assim. Mas tenho um potro que nasceu uns dias atrás, então acordo o tempo todo à noite — ela disse sorrindo.

Observei-a e me perguntei o porquê de Ky não ter mencionado antes que tinha uma irmã. Ela aparentava ter mais ou menos a minha idade, vinte e quatro anos, possivelmente até mais nova, e morava aqui sozinha? Elysia me pegou olhando para ela, e abaixei a cabeça, envergonhada.

— Você está se perguntando por que ele me mantém em segredo — afirmou.

Balançando a cabeça, eu disse:

— Eu... eu...

— Está tudo bem, Lilah. Eu me perguntei o mesmo sobre você — admitiu, balançando a mão.

Ela deu um suspiro longo, e se concentrou no nascer do sol, assim como eu.

— Algo aconteceu comigo um tempo atrás, quando eu tinha dezessete anos, e que me colocou em perigo. Desde então moro aqui.

— Sinto muito sobre isso — falei com sinceridade. Pude perceber pela expressão em seu lindo rosto que o que quer que fosse, ainda estava presente em seus pensamentos.

— Obrigada — respondeu calmamente.

— Por que você não vai ao complexo? — perguntei.

Elysia olhou para mim e disse:

— Ky e eu fomos criados de formas diferentes. Eu meio que não faço parte dessa vida. Inferno, ninguém sabe sobre mim, a não ser o Styx.

— Conte-me. Por favor... — pedi, desesperada em saber mais sobre o passado de Ky. O olhar dela se fixou no horizonte.

— Nossa mãe tinha acabado de terminar com o nosso pai quando descobriu que estava grávida de mim. Nenhum dos outros irmãos sabia. Ela estava cansada de ser traída, da infidelidade de nosso pai com uma quantidade absurda de putas de clubes, então um dia pegou suas coisas e foi embora. Só que meu pai descobriu que ela estava indo embora e não a deixou levar o filho. Ele disse que Ky precisava ser educado no clube. Disse que ele precisava comer, dormir e respirar como um Hangmen.

Elysia continuou:

— Minha mãe saiu da cidade, não muito longe daqui, e nove meses depois, ela me teve. Meu pai concordou em deixá-la ficar comigo, mas longe do clube. Os Hangmen estavam sempre em guerra com alguém, e ele queria nos manter seguras. Isso significava não contar a ninguém sobre a nossa existência. Ky sabia, é claro, e aparecia quando nosso pai ia para alguma corrida, mas com o passar do tempo, vi cada vez menos o meu irmão mais velho. Ele estava se aprofundando cada vez mais no clube. O mesmo de sempre.

Ela abaixou a cabeça e prendi a respiração, sabendo que o que diria a seguir seria difícil de ouvir.

CORAÇÃO SOMBRIO

— De qualquer forma, minha mãe ficou cansada de não ver o filho e um dia, quando eu ainda era criança, me deixou com um amigo para que ela pudesse confrontar meu pai. Mas um velho inimigo da prisão e rival de gangue do meu pai estava esperando do lado de fora e, quando ela chegou ao portão, ele atirou. Atingiu minha mãe, que morreu na hora.

Com a voz trêmula, prosseguiu:

— Aquele homem era um Diablo, um inimigo do clube, e parece que, anos mais tarde, os dois clubes entraram em guerra. Fui criada fora do clube com uma tia, do outro lado da cidade, e Ky voltou me visitar, tornando-se o irmão com quem sempre sonhei.

Elysia se inclinou para frente e pressionou os dedos nas têmporas.

— Algo ruim aconteceu comigo um tempo atrás. Eu estava em um relacionamento com um cara e... me desculpe, mas não consigo falar sobre isso.

— Por favor, não se desculpe — respondi. — Eu sei como é isso.

Ela deu um sorriso agradecido e disse:

— De qualquer forma, Ky e Styx me ajudaram sem que fosse preciso envolver nenhum dos Hangmen. Mas eu estava mal e algumas pessoas perigosas ainda estavam me procurando... ainda *estão* me procurando.

Meus olhos se arregalaram e respirei fundo. Elysia notou e gesticulou para o rancho.

— Ky comprou este rancho para mim, onde ninguém me encontraria, e moro aqui desde então.

— E seu pai? — perguntei.

Ela encolheu os ombros.

— Ele e o velho *prez*, o pai do Styx, foram mortos no ano passado em mais uma guerra com os Diablo. De certa forma, suas mortes, assim como as do *prez* e do VP do clube rival, renderam uma trégua entre os novos cabeças dos clubes. — Recostando-se à cadeira, ela começou a se balançar. — Agora somos só eu e o Ky. Ele tem o clube, e eu tenho este lugar, criando cavalos e administrando o meu rancho.

Balancei-me na cadeira, me recuperando do que ela havia dito. Pobres Ky e Elysia, tantas perdas...

— Meu pai, o pai de Ky, não era um homem bom, Lilah — disse de repente, lançando um olhar para dentro da casa, talvez para se certificar de que o irmão não estava por perto. Feliz por tudo ainda estar em silêncio, ela acrescentou: — Ele criou o Ky em uma vida fora da lei e encheu a cabeça dele com 'ideais' idiotas. O maior deles é que as mulheres não são nada mais do que buracos para serem fodidos.

Ofeguei com as palavras grosseiras e ela se encolheu concordando.

— Horrível, não é? Mas isso era Papai Willis. *Bocetas são boas para lamber e foder forte, mas nunca para serem adoradas*, e tenho medo de dizer isso, mas essa foi a vida que meu irmão sempre viveu. Pensei que ele ainda estava vivendo assim... — Elysia se inclinou e tocou a minha mão, nossos olhos se encontrando. — Até que ele a trouxe aqui ontem, e vi como está fascinado por você.

Meu estômago revirou com o que Elysia estava dizendo.

— Você é diferente para ele, e eu estou muito feliz com isso.

— Você está?

— Sim, querida, estou. Ky tem essa atitude de 'viver a vida ao máximo', mas eu sabia que ele não seria assim para sempre. Na vida fora da lei, sem uma boa mulher ao seu lado, você acaba se tornando amargurado, cansado e, no fim, miserável ou morto. Nunca quis isso para o meu irmão, mas estava preocupada que talvez ele nunca se acalmasse. — Soltando minha mão, ela começou a balançar-se mais uma vez. — Esta manhã foi a primeira vez que acordei e não senti aquela sensação inicial de pavor, imaginando se ele estava bem. — Ela me deu um sorriso. — Isso é porque eu sei que agora ele tem você.

O calor se espalhou pelo meu corpo e pude sentir meu rosto corar.

— E quem você tem? — perguntei timidamente.

Seu sorriso esmoreceu.

— Ninguém ainda, e talvez ninguém por um tempo, mas um dia, espero ter um homem que me ame, que me proteja. Com quem eu me sinta segura. — Enquanto dizia cada uma dessas palavras, *amor*, *proteção* e *segurança*, Ky imediatamente veio à minha mente.

Eu encontrara tudo isso com ele. Eu havia experimentado o que Elysia considerava ideal.

— Até então, tenho o meu rancho, um bom vibrador e muitas pilhas — ela brincou. Eu sorri, mas não fazia ideia do que ela estava falando. No entanto, vi o desejo de um amor para chamar de seu nos suaves olhos castanhos.

De repente, passos pesados soaram pelo chão da casa e, em segundos, Ky passou pela porta, sem camisa, ainda vestido com sua calça de couro.

Seu rosto estava tenso enquanto me procurava na varanda, e só relaxou quando meu viu.

— Doçura, aí está você. — Ele deu um suspiro de alívio. Só de ouvir aquele termo carinhoso sair de sua boca me fez sentir tão viva que o meu coração começou a acelerar.

— Eu vim assistir o nascer do sol e ouvir os pássaros cantarem — respondi e ele balançou a cabeça, sorrindo, caminhando direto para mim; pegando-me em seus braços, beijou meus lábios antes de me colocar sentada em seu colo. Fiquei tensa, em choque, com o gesto ousado, mas Ky não notou ou simplesmente ignorou.

Suas mãos imediatamente se entrelaçaram no meu cabelo e ele pressionou os lábios na lateral do meu pescoço. Eu tive que pressionar as pernas juntas com as sensações explícitas que seu toque despertou na junção das minhas coxas. Ky deve ter percebido minha reação, pois quando nossos olhares se encontraram, suas pupilas estavam dilatadas de desejo, a mesma atração magnética era evidente entre nós.

Uma tosse soou, e demos de cara com Elysia.

— É bom ver essa cena, meu irmão, mas se lembre de que sou sua irmã e que algumas coisas são *demais*!

Ele a cumprimentou de uma forma brincalhona e encostei a cabeça em seu peito. Não pude deixar de lembrar de como Ky tinha vivido, perdendo a mãe, sendo criado para acreditar que amar uma mulher era errado. Privado da sua infância, sua vida foi cheia de violência e guerra. Percebi que, nesses aspectos, não éramos tão diferentes, afinal. Senti-me ainda mais próxima dele nesta manhã, ao descobrir certos aspectos da sua vida, me segurando em seus braços como se nunca fosse me soltar.

Sem pensar muito, me abaixei e peguei sua mão. Pude sentir seu choque com o meu gesto, mas ele simplesmente entrelaçou os dedos aos meus.

Eu poderia me acostumar com isso, pensei. Eu poderia me acostumar muito bem com isso.

Uma sensação de que tínhamos um tempo limitado me deixou inquieta, e os ensinamentos do Profeta David tentaram vir à tona. Mas neste dia, recusei a me submeter à parte de mim que se mantinha firmemente fiel à minha fé.

Eu simplesmente queria ser abraçada e amada pela primeira vez na vida.

— Então, o que vocês querem fazer nos próximos dias? — Elysia perguntou.

Ele deu de ombros e olhou para mim.

— Vamos aproveitar — declarei. — Apenas aproveitar.

Ky sorriu para mim, piscando, e não pude deixar de lhe sorrir de volta. Eu não conseguia acreditar no que estava sentindo por ele. Calor. Era uma intensa sensação de calor por todo o meu corpo.

Sia deu um longo suspiro ao nosso lado e se levantou da cadeira.

— Não dormi um segundo ontem à noite naquele celeiro, então vou dar uma conversada com a minha cama por algumas horas. — Estava se encaminhando para entrar na casa, mas antes colocou a mão no ombro do irmão. — Leve Lilah ao celeiro para ver o potro. Ele é muito fofo.

Ele deu um tapinha na mão da irmã, que desapareceu no interior da cabana logo após fechar a porta.

— Ela gosta de você — Ky disse, me abraçando ainda mais.

— Eu gosto dela — repliquei e me levantei. Virando-me para aquele homem descamisado, abaixei a cabeça para esconder o rubor por causa do seu tentador peitoral musculoso, e estendi a mão. — Você vai me mostrar o cavalo?

Levantando-se, ele segurou minhas mãos e me guiou pela varanda. Assim que dei o último passo, Ky girou e me beijou.

Gemi contra sua boca quando fui pega de surpresa, e ofeguei quando ele se afastou, rápido demais. Inclinando-se para o lado, os olhos azuis se focaram em meus lábios enquanto ele arrastava o polegar sobre minha boca.

— Lábios perfeitos pra caralho.

Puxando-me pelo caminho, fomos para um grande celeiro vermelho e, no interior, fui levada até uma baia. Ao chegarmos à porta, cobri a boca com a mão observando um potrinho perto da sua mãe. Meus olhos imediatamente se encheram de lágrimas.

— Ele é tão lindo — sussurrei, estendendo a mão e passando os dedos sobre seu macio pelo marrom e branco.

Ky não disse nada, apenas passou os braços ao redor da minha cintura, me abraçando por trás, o queixo apoiado em meu ombro. Estar aqui, neste rancho, neste estábulo, quase fez com que o ataque de ontem parecesse apenas um pesadelo.

— Você está bem, Li? —perguntou, sua respiração quente acariciando meu rosto.

— Sim — respondi e sorri quando o potro começou a se alimentar de sua mãe. A ação me fez pensar na conversa que tinha acabado de ter com Sia, e coloquei as mãos em cima das de Ky. — Sia me contou sobre seus pais esta manhã — sussurrei, sentindo-o ficar tenso atrás de mim.

— Contou? — murmurou, e detectei o sofrimento em sua voz.

— Lamento que tenha perdido os dois de maneira tão violenta. Por você e Sia terem sido forçados a se separar... — eu disse sinceramente.

— Li... — sussurrou, sua testa apoiando-se em meu ombro. Envolvi os braços ao meu redor com força, e eu realmente queria dizer algo.

Virei-me para encará-lo, e recostei-me à porteira da baia, deparando com os olhos tristes.

— Você é um homem bom, Ky. Um homem muito bom. Sua mãe ficaria orgulhosa de você, de como cuidou de sua irmã.

Desviando o olhar, ele deu uma risada sem humor algum.

— Sou exatamente como o meu pai, Li. Minha mãe estaria se revirando no túmulo se pudesse ver o quanto sou parecido com ele.

— Não... — tentei protestar, com a mão em seu rosto, mas fui interrompida.

— Sou um mulherengo, Li. Fodo tudo quanto é buraco. Tive tantas putas que não reconheceria seus rostos se elas aparecessem na minha frente. Sou o vice-presidente de um MC fora da lei e sou um filho da puta cruel, assim como o meu pai. E nunca fui bom com ninguém. Porra! Eu *sou* o meu pai!

Meu coração se partiu quando essas palavras deixaram seus lábios. Era a primeira vez que via esse homem forte e galanteador parecer vulnerável. De repente, Ky Willis se tornou um pouco mais transparente em suas ações. E finalmente pude entender por que ele se comportava daquela maneira... Ele estava simplesmente perdido. Outra criança machucada como consequência das circunstâncias.

— Mas você não é assim comigo — eu o tranquilizei e Ky parou, as sobrancelhas arqueadas.

— O quê?

Respirando fundo, repeti:

— Você não é assim comigo. Você é cuidadoso. É gentil. Tem sido meu professor, meu protetor. Você me mantém segura. Ky, você é meu porto seguro.

Sua boca se abriu, mas rapidamente voltou a fechar. Seus olhos concentraram-se aos meus, e pude ver uma tempestade de emoções passando pelas íris claras. E então Ky pressionou seu peito contra o meu, suas mãos segurando as laterais do meu pescoço.

Ele observou meu rosto à procura de alguma coisa, mas eu não sabia o quê. Seus olhos se fecharam e sua testa tocou a minha.

— Porra, Li... Não com você... — foi tudo o que disse antes de colar a boca à minha, seu terno beijo me dizendo mais do que qualquer palavra poderia dizer... Ele me adorava.

E eu o adorava também.

Os dois dias seguintes foram os mais felizes da minha vida.

— *Foi um prazer conhecer você* — eu disse para Sia quando ela me abraçou em despedida. Fiquei triste por deixar minha nova amiga.

— *Você vai me ver em breve, Lilah* — ela disse com um sorriso. — *Pode ter certeza disso.*

Quando ela se virou para o irmão, ele a ergueu do chão, abraçando-a com força. Encostando a boca ao ouvido de Ky, a ouvi dizer:

— *Você a encontrou, Ky. Encontrou o que procurava. Proteja-a e não estrague tudo. Lembre-se, você não é nosso pai.*

Ele beijou sua bochecha e entramos na caminhonete, saindo para a estrada de terra e deixando para trás a paz do rancho.

Não demorou muito para chegarmos ao complexo, ao local onde Tiff e Jules haviam me atacado, ao local onde o meu quarto parecia uma prisão e um lugar cheio de pecadores, que me lembrava todos os dias da mulher Amaldiçoada que eu era.

CAPÍTULO TREZE

KY

— Como está a sua mulher, cara?

Hush e Cowboy se sentaram ao meu lado no banco e entreguei uma cerveja do meu engradado a cada um.

Dei de ombros e olhei para o resto dos irmãos bebendo e se divertindo com as putas de clube. Eu costumava ser assim. Mas minha mente e meu pau pareciam ter tempo apenas para uma cadela hoje em dia.

— Ela está machucada, assustada pra caralho. Não vai sair do quarto dela novamente... Estamos de volta à estaca zero. Sim, ela está aterrorizada.

Hush suspirou e Cowboy me deu um tapa nas costas.

— Ela é uma boa cadela. Eu tenho muito tempo para essa mulher.

Foquei minha atenção nele e rosnei, meu lábio superior se curvando enquanto o ciúme quase me fez perder o controle. Cowboy sorriu e tirou a mão das minhas costas.

— Não se preocupe, irmão. Não serei uma ameaça para sua garota.

Eu fiz uma careta para o infeliz, fazendo com que ele se contorcesse.

— Ky? — Hush disse, mas levantei a mão dispensando suas palavras. Eu não queria ouvir nada em defesa do amigo dele.

— Calma, Hush, não vou machucar o seu namorado — zombei, tomando outro gole de cerveja.

Hush acertou o punho com força em meu braço. Eu sorri, e ele balançou a cabeça.

— Vá se foder, idiota — ele retrucou. — Só pensei que você gostaria de saber que sua cadela acabou de passar pela porta dos fundos como se ela tivesse acabado de entrar pelas portas do inferno.

Girei a cabeça rapidamente naquela direção, e meu coração explodiu no peito quando a vi parada, nervosa, na porta dos fundos. O longo cabelo loiro estava solto, escondendo a bochecha machucada e o lábio rachado enquanto ela mexia os pés.

Inferno. Ela estava sem a touca em público. Aquilo significava algo grande? Era algum tipo de avanço? Eu não sabia.

Saltando do banco, empurrei os irmãos para chegar até minha garota, jogando no chão qualquer pessoa que entrasse na minha frente. Ouvindo a comoção atrás de si, Viking se virou e bati contra o seu peito. Cerrando os dentes por causa da barricada humana, desviei para a direita, depois para a esquerda, e o tempo todo ele imitava os meus movimentos.

— Estamos dançando? — ele perguntou, franzindo a testa.

— Sai da frente! — gritei, esticando a cabeça por cima do ombro para olhar para a minha cadela.

O peito musculoso de Vike bateu contra o meu, me forçando a olhar para o seu rosto feio e sorridente. Ele deu um selinho nos meus lábios, se afastou e disse:

— Dane-se, bonitão. Você me trouxe aqui para o baile, eu até comprei um vestido com babados, e quero pelo menos dançar antes de comer o seu rabo apertado na traseira da sua caminhonete!

O ruivo passou os braços enormes ao meu redor, me levantou do chão e me girou. Risos e zombarias irromperam à nossa volta, mas eu não estava com paciência para isso. Com um único objetivo em mente, inclinei a cabeça para trás e acertei seu nariz, sentindo-me bem quando ouvi o som de um osso quebrando.

— Ky, mas que porra?! — Viking gritou quando me jogou no chão. Ignorei o xingamento enquanto ele tocava o nariz, e me aproximei de Lilah, ouvindo-o gritar: — Você não vai foder a minha boceta virgem agora!

Respire. Um, dois, três, quatro...

Os olhos dela observavam tudo, e vi o momento exato em que sua mão tocou a maçaneta da porta. Ela ia fugir de novo.

Ninguém realmente notou sua presença ali, muito ocupados rindo do Vike sangrando por todo o chão.

Quando estava a apenas alguns centímetros de distância, o olhar assustado de Lilah encontrou o meu, e o alívio em sua expressão quase me derrubou.

De pé à sua frente, afastei uma mecha de cabelo do seu rosto e segurei sua bochecha.

— Li, você está bem? Você veio aqui me ver?

Ela assentiu e inclinou a cabeça. Toquei seu queixo, fazendo com que ela voltasse a levantar o olhar.

— Não. Não se esconda de mim. Me mostre esses doces e belos olhos azuis.

Lágrimas encheram seus olhos e seu lábio inferior tremeu.

— Eu... Eu estou tão envergonhada. Meu rosto... eu nunca deveria ter saído do quarto... Eu...

Inclinando para impedi-la de seguir por esses pensamentos, pressionei meus lábios na bochecha suave, ouvindo o estremecer de sua respiração. Em seguida, beijei sua testa, saboreando a doce pele de baunilha. Arrastando a boca pelo rosto lindo, a senti tremer sob o meu toque e percorri o lado ileso de seus lábios com a ponta da minha língua. Fiquei ali por um bom tempo, até me acalmar. Lutei contra um gemido quando meu pau se encheu de sangue. Ela também gemeu silenciosamente quando a imprensei contra a porta. Suas mãos agarraram minha cintura.

— Lilah — murmurei contra sua boca, pressionando um beijo longo e lento em seus lábios carnudos, antes de mordiscar seu queixo até chegar ao pescoço, inspirando a pele macia.

Alguém quebrou uma garrafa atrás de mim. Ela se assustou, fazendo-me recuar. Seus cílios tremeram quando encontrou meu olhar, e encostei minha testa à dela.

— Você é linda, doçura. Não há hematoma que vá estragar isso. Estou louco por você e isso é um milagre, pode perguntar para qualquer filho da puta aqui. Você tem algum tipo de magia, estou completamente sob a porra do seu feitiço.

Lilah se encolheu e sua boca se apertou, os olhos baixando para encarar o chão. Caralho, eu tinha forçado demais a barra, tinha falado demais e a assustei. Erguendo seu queixo novamente, perguntei:

— Você está pronta para participar do seu primeiro churrasco? O recruta está assando uma carne.

— Você não vai me deixar, vai? — Seus olhos azuis se arregalaram quando ela olhou para as pessoas ali fora. — Tem tantos homens aqui. Não gosto de estar rodeada de tantos homens. Talvez eu deva me retirar... deixá-lo em paz.

Cerrando os dentes com a timidez dela, coloquei meu braço sobre seu ombro e a abracei; uma onda de proteção tomando conta de mim.

— Você sabe que nunca vou lhe deixar. Ninguém ousaria tocar em você. E se não quiser falar com eles, é só me avisar e mando todo mundo ir se foder; isso ou correr o risco do meu punho fazer um estrago na cara deles.

Assentindo, ela olhou para mim com um sorriso agradecido. Senti a pequena mão tocar suavemente o meu peito. Estava tremendo quando ela agarrou a ponta do meu *cut* ao começarmos a caminhar.

Os irmãos se acalmaram de repente, todos os olhos atraídos para Lilah. Aumentei meu aperto nela, e pude sentir sua respiração quente soprar contra o meu peito quando ela se virou para evitar seus olhares.

Endireitando e mantendo a cabeça erguida, nos guiei até o banco onde Hush e Cowboy estavam sentados. Olhares de aviso de morte foram lançados para qualquer um cujo olhar permanecesse em nós por muito tempo. Minha cadela gostava da dupla de irmãos, e se sentia confortável na presença deles.

Ambos perceberam nossa aproximação, e deram espaço para minha garota se sentar. Hush ficou de pé.

— Ei, loirinha. E aí?

Lilah afastou a cabeça do meu peito e corou. Dei um aperto sutil em seu corpo para indicar que respondesse ao cumprimento.

— Eu... eu precisava de um pouco de ar fresco. Faz tempo desde que ousei me aventurar aqui fora.

Cowboy bateu no banco e tocou seu Stetson.

— Sente essa bundinha aqui, meu bem.

Ela me agarrou com mais força, ainda amedrontada, então a segurei apertado contra mim, sentei-me e a coloquei no meu colo, ignorando o corpo retesado ante meu movimento. Virei-me para o Cowboy e disse:

— Agora você tem a *minha* bundinha ao seu lado. Isso está bom pra você, *meu bem*?

Cowboy riu e levantou a cerveja, tomando um gole.

— Porra, essa foi boa!

Dando um suspiro, ela inclinou a cabeça para olhar na direção da janela do apartamento. Flagrei um sorriso em seus lábios, e quando olhei, Maddie estava na janela sorrindo para ela, com a mão contra o vidro como se também quisesse estar aqui fora.

Pobre cadela.

— Lilah?

Nós dois afastamos nosso olhar da janela no mesmo instante em que o nome dela foi chamado. Mae veio correndo entre os irmãos, com lágrimas nos olhos. Ela e Styx deviam ter acabado de voltar de viagem.

— Lilah! — gritou e jogou os braços em volta do seus ombros. — Você está aqui fora! Não posso acreditar nisso!

Ela retribuiu o abraço da irmã, enquanto eu estava ocupado sendo esmagado pelas duas.

Mae se afastou, mas se recusou a soltar a mão de Lilah, mantendo o aperto firme. Ela tentou ver o rosto da minha garota, mas esta manteve o rosto o tempo inteiro para baixo. Vi uma sombra de pânico percorrer as feições da *old lady* de Styx.

— Você está bem, irmã?

Lilah assentiu docilmente.

— Sim... estou bem.

Mae se ajoelhou no chão quando minha cadela continuou se recusando a erguer o rosto.

— Lilah, por favor... olhe para mim. Por que não olha nos meus olhos? Fiz-lhe algum mal? Você está brava comigo por partir?

Esfreguei as costas tensas, e ela se virou para mim; o longo cabelo ainda impedindo que Mae tivesse uma visão completa de seu rosto. Nossos olhares se encontraram e eu apenas assenti. A careta de Mae não me passou despercebido, nem mesmo o olhar entrecerrado e a boca contraída em irritação. E, honestamente, eu estava cagando para ela. Ela não fazia ideia de como as coisas funcionavam entre Lilah e eu, agora.

— Olhe para ela, doçura — eu disse e, respirando fundo, sussurrei: — Cedo ou tarde, ela vai descobrir.

Ela também respirou fundo e olhou para a irmã.

Mae ofegou e lágrimas se formaram em seus olhos.

— Lilah... — sussurrou.

Erguendo a mão, Lilah tocou o rosto de Mae.

— Estou bem, irmã. Não é pior do que eu... do que ambas já sofremos antes.

— Quem fez isso com você? — ela perguntou, ficando realmente irritada.

— Tiff e Jules. Elas estavam com ciúmes e com raiva por eu passar tempo com Ky. Elas queriam se juntar a mim... tentaram forçar suas atenções em mim... — Mae arfou e teve que desviar o olhar, mas a loira continuou: — Ky... quero dizer, Letti... as puniu sob as regras do clube. Está resolvido agora. Podemos conversar sobre isso mais tarde. Mas nós duas sabemos por que elas fizeram isso...

Agora isso fez com que eu me endireitasse no banco.

Eu não fazia ideia do que ela estava falando. Que merda era essa que ela estava pensando que tornaria compreensível ter as putas querendo chupar seus peitos e boceta?

O rosto de Mae ficou triste e ela aplicou um beijo suave na palma da irmã.

— Você sabe que não acredito nisso.

Lilah apenas deu de ombros.

Quando Mae se afastou e se levantou, Styx se moveu no mesmo instante e rodeou o corpo da mulher com um braço. Seus olhos estavam tensos, sua boca contraída em uma linha fina. Com um olhar, eu sabia o que ele devia estar se perguntando. *O que diabos aconteceu no meu clube enquanto estive fora, e por que só estou ouvindo sobre isso agora?* Levantei a mão e sinalizei que lhe contaria tudo mais tarde. Ele cerrou a mandíbula e deu um longo gole na cerveja.

Styx se inclinou para Mae e sussurrou algo em seu ouvido. Esta olhou para ele, recusando-se ao que quer fosse o que ele estava dizendo. O olhar do prez endureceu ainda mais e ele olhou para mim, estalando os dedos.

— *Traduza* — sinalizou. Mae mordeu o polegar, nervosa, o olhar preocupado sempre em Lilah.

Styx a soltou e se virou para encarar os irmãos; usou os dedos para dar um assobio e atrair a atenção de todos. Olhando para trás, ele acenou para que eu ficasse ao seu lado, e puxou Mae à frente de seu corpo.

Com os lábios no ouvido de Lilah, sussurrei:

— Volto em um minuto, doçura. Sente-se aqui com Hush e Cowboy enquanto traduzo para o *prez*.

Levantando-a do meu colo, a depositei no banco, e vi o sorriso tímido que lançou aos meus irmãos. Meu peito apertou. Ela estava saindo gradualmente de sua concha. Rezei para que nada mais acontecesse, fazendo com que todo o avanço que tivemos, retrocedesse. Tiff e Jules, as vagabundas, quase arruinaram tudo. Pelo menos agora elas estavam queimando no inferno. Letti cortou a garganta delas e as enviou ao barqueiro, sem moedas nos olhos. Lilah não sabia dessa informação e nunca saberia.

— Você está pronto? — perguntei ao meu melhor amigo, que soltou as mãos da mulher.

— *Vamos fazer isso rápido* — Styx sinalizou e verbalizei suas palavras. Os braços dele passaram ao redor de Mae, porém as mãos ainda estavam livres. — *Pedi à minha mulher que se casasse comigo. Ela disse sim. Achei que vocês deviam saber que haverá um casamento nos Hangmen.*

Traduzi sem realmente prestar atenção às palavras, muito ocupado observando Lilah. Mas quando o lugar explodiu em gritos e garrafas quebradas, olhei novamente na direção de Styx.

Ele já estava olhando para mim, esperando minha reação, e deu de ombros, sinalizando:

— *Sempre foi a cadela com os olhos de lobo atrás da cerca. Agora estou tornando isso oficial.*

Genuinamente feliz e dando um sorriso enorme para o meu irmão, eu o puxei para um abraço contra o meu peito.

— Vai deixar a vida de vadio, hein, filho da puta?!

Styx me deu um soco no estômago, depois olhou interrogativamente para Lilah ainda sentada no banco, parecendo chocada, e depois olhou para mim com uma sobrancelha arqueada. A expressão no meu rosto era um claro indicativo para que ele não insistisse em qualquer merda que estivesse pensando, e afastando-se, foi retirar Mae das garras de Beauty e Letti, que a estavam enchendo de perguntas.

Virei-me para Lilah, agora pálida como um maldito fantasma; ela estava sentada, constrangida, entre os irmãos nômades e, agora, AK. Sua respiração estava irregular enquanto ela esfregava o centro do peito com a mão trêmula. Ajoelhando-me à sua frente, entrelacei nossos dedos e dei um aceno para que meus irmãos sumissem dali.

Fui prontamente atendido, e ambos fomos deixados sozinhos. Ela mordiscava o lábio inferior, encarando o nada enquanto o olhar mostrava o brilho de pânico.

— O que está acontecendo nessa sua cabeça, doçura?

Com a respiração ofegante, Lilah balançou a cabeça, seus olhos agora focados em Mae e Styx enquanto eles eram parabenizados pelos irmãos e *old ladies* dos Hangmen. Lágrimas encheram seus olhos. Olhei para as nossas mãos unidas e percebi que as dela estavam tremendo.

Puxando-a para mais perto, perguntei:

— Li, o que diabos está acontecendo? Por que você está tremendo? Fale comigo — insisti calmamente, não querendo chamar a atenção de mais ninguém.

Os grandes olhos azuis se fixaram aos meus e ela começou a balançar a cabeça para frente e para trás; lágrimas caindo lentamente pelas bochechas pálidas.

— *E a terceira sedutora Amaldiçoada da Ordem se unirá em santo matrimônio ao profeta revelado do Senhor. Sua alma contaminada por Satanás será purificada, livre do pecado de Eva, assim como todas as filhas caídas de Eva. Essa união sagrada da esposa do profeta sinalizará o fim dos dias, o triunfo da luz sobre as trevas, da força de Deus sobre o Diabo.*

As mãos dela apertaram as minhas a cada palavra proferida. Fiz uma careta, sem entender a merda que estava saindo de sua boca.

— Lilah, se acalme — sussurrei severamente e olhei para trás para ter certeza de que ninguém tinha ouvido a loucura que ela tinha abacado de falar. Meu olhar imediatamente encontrou com o de Mae, cujos olhos foram para Lilah; medo e decepção brilharam nas profundezas de seu olhar.

Lilah começou a se balançar, repetindo aquelas palavras várias vezes, a voz ficando mais alta, começando a chamar a atenção dos meus irmãos e de suas cadelas.

Voltei minha atenção para ela, segurando seu rosto entre as minhas mãos, vendo os olhos torturados focando-se aos meus; sua voz assumindo um tom de pânico. Seu corpo começou a tremer tanto que ela quase convulsionou.

De repente, Mae apareceu ao nosso lado, e Lilah saltou do banco quando ela lhe estendeu a mão. Os murmúrios cessaram à medida que Mae se aproximava.

— Lilah, por favor...

Ela tropeçou para trás, quase caindo no chão quando a irmã tentou tocá-la.

— *Não!* — Lilah sussurrou, se afastando.

— Mae, deixe-a ela em paz! — gritei e tentei alcançar a loira. Sua respiração ficou estranha e ela empalideceu de um jeito assustador. Styx apareceu do meu lado, segurando meu *cut*, me mantendo no lugar quando tentei avançar para impedir que Mae chegasse até a minha cadela.

Porra, o que diabos havia de errado com ela?

— Lilah, por favor, eu o amo! — Mae falou, para a irmã, que balançava a cabeça repetidamente. As pernas dela estavam trêmulas, quase a fazendo cair no chão.

Mae parou alguns passos à frente dela, que finalmente a olhou, com os lábios ainda trêmulos.

— Você não pode se casar com ele. Você conhece os ensinamentos. Você vai condenar a todos nós! Você sabe o que deve ser feito para salvar nossas almas condenadas!

Mae deu mais um passo para frente e estendeu a mão na nossa direção, claramente nos dizendo para não nos aproximarmos.

— Irmã, a Ordem não existe mais. Não há mais profeta, nenhuma escritura para controlar nosso destino. Nós somos livres, irmã. Somos livres para amar quem quisermos.

— Não! — Lilah chorou. Ela agarrou os dois lados da cabeça como se não quisesse ouvir aquelas palavras. — Eu ainda acredito! E o nosso povo é o escolhido, irmã. O Senhor nos reconstruirá. Eles voltarão por nós, para nos salvar.

Mae suspirou e tocou a ponte do nariz.

— Lilah, nada do que nosso povo disse é verdade! Tudo o que eles – o Profeta David, os anciões, os discípulos –, pregavam era falso! Aquele homem, David, era um falso profeta! A Bíblia alerta sobre isso. *Cuidado com os falsos profetas. Eles vêm a vocês vestidos de peles de ovelhas, mas por dentro são lobos devoradores. Mateus 7:15. Pois aparecerão falsos cristos e falsos profetas que realizarão grandes sinais e maravilhas para, se possível, enganar até os eleitos.* Mateus 24:24. Nós fomos enganadas, irmã. Vivemos uma mentira. Você ainda está vivendo *essa mentira*!

— Isso que é falso! Olhe para nós! O que o Profeta David e os anciões disseram sobre nós era verdade! Olhe para o meu rosto. — Lilah apontou para os hematomas e se encolheu quando pressionou os ferimentos. — Foi feito por mulheres que não resistiram a mim. Não posso continuar vivendo assim, Mae. Eu quero ser livre. Quero ser salva! Eu procuro pela salvação. Tenho visto muitas evidências da nossa maldição sobre os homens para saber que nosso profeta estava realmente certo. Eu não estou corrompida. Eu sou má, *assim como você!*

Mae cerrou a mandíbula e disse:

— Você confia demais nas escrituras, irmã. Confia tanto nas palavras do Profeta David, que está completamente cega. Abra seus olhos e veja as mentiras dele, liberte-se dos laços controladores deles... *viva! Você é livre!*

Ela ofegou angustiada e balançou a cabeça. Mae voltou a olhar para Styx, com uma expressão de sofrimento em seu rosto. Voltando para irmã, ela disse:

— *E o Senhor me disse: Os profetas estão profetizando mentiras em meu nome. Eu não os enviei, nem os ordenei ou falei com eles. Eles estão profetizando para vocês mentiras, ilusões de suas próprias mentes...*

Lilah congelou, as lágrimas caindo livremente quando a olhou.

— Não, você está errada. Você tem que estar errada! — ela sussurrou, sua voz tímida soando devastada.

— Eu nunca voltarei para essa vida, Lilah. Com Styx, sou verdadeiramente livre. Eu tenho uma vida com ele!

A loira começou a soluçar.

— Lilah... — Mae chorou, mas viu quando a cadela enxugou as lágrimas e levantou as mãos. Uma calma estranha vindo dela.

— Às vezes eu nem sequer a reconheço mais como uma irmã.

Mae arfou e seus olhos se encheram de lágrimas. Pude ver a raiva de Lilah sumir imediatamente e, quando a cadela de Styx se virou e começou a correr para a entrada do clube, foi rapidamente seguida pela loira.

Meu melhor amigo me soltou e tentou ir atrás de sua mulher, mas dessa vez, eu o impedi.

— Pare. Deixe as cadelas resolverem essa merda entre elas. Lilah não dá ouvidos a ninguém sobre essa merda do Profeta David ou da Ordem. Mae precisa dar um jeito nisso. Às vezes acho que finalmente consegui chegar até ela. Mas então, algo acontece e ela volta a rolar pelo chão, falando bobagens ou simplesmente surtando. Nós dois sabíamos que tudo isso explodiria em algum momento. A lavagem cerebral que aquela cadela sofreu foi intensa e apenas Mae pode tirá-la dessa merda, não importa o quanto pareçam irritar uma à outra.

Styx suspirou, mas me deu um tapa nas costas, concordando.

— Mae! Pare! — Lilah gritou enquanto corria atrás da irmã. Mae se virou para encará-la, as duas no meio do pátio, a luz da garagem atuando como um holofote sobre elas.

— Alguém tem óleo? Ou um monte de lama? Essas cadelas gostosas estão se preparando para brigar, e eu quero cadeiras na primeira fila! Vou gozar só de vê-las deslizando os peitos uma na outra... ou se masturbando.

Porra, deixem as cadelas tesourarem!

Styx e eu nos viramos para Vike, que estava de pé, na maior cara de pau, com lenços de papel enfiados no nariz que eu tinha quebrado. O prez soltou um grunhido de aviso, tirando a faca alemã da bota e lambendo a lâmina. AK arrastou o ruivo pelos ombros através do círculo de irmãos e cadelas e o tirou das nossas vistas.

— Eu vou matar esse filho da puta — falei com raiva, uma onda de ciúme tomando conta de mim. Vike não podia falar sobre Lilah dessa maneira.

— *Antes você vai ter que passar por mim* — Styx sinalizou em resposta, me fazendo sorrir.

— Lilah, por favor, me deixe em paz — Mae disse desanimada, chamando a atenção de todos de volta para elas. — Eu não sei mais o que fazer para te ajudar. Você tem vivido aqui, longe da fé, este é o único lugar seguro para estarmos. Nós não temos nada! Eles nunca nos deixaram ter nada que fosse material. Fiz tudo ao meu alcance para deixá-la confortável, assim como o Styx, Ky, Beauty, Letti e todos os irmãos, mas agora não sei mais o que fazer.

Mae enxugou as lágrimas que desciam pelo seu rosto.

— Pensei que a estava salvando, ao tirá-la da comuna, do lugar em que fomos arrancadas da nossa infância, e onde diziam repetidamente que éramos más. Nós duas vimos Bella morrer naquele chão frio da cela da prisão e sabemos que foi sob o comando e as mãos ensanguentadas e impuras do Irmão Gabriel, mas você está determinada a voltar para aquele lugar... Mas eu já disse isso um milhão de vezes, irmã. Não há mais comuna e nem povo para o qual retornar.

Mae se aproximou de uma Lilah muito quieta e, segurando o rosto da irmã entre as mãos, disse:

— Eu não sou sua carcereira. Não vou mantê-la aqui contra a sua vontade. Amo você mais do que a minha própria vida e só quero que seja feliz.

Lilah fungou e eu soube que estava chorando de novo, sua atitude durona evaporando no ar. Meu estômago estava apertado enquanto esperava sua resposta. Ela queria nos deixar? Porque, só sobre o meu cadáver ela iria embora. Eu não permitiria isso. A cadela era minha agora, ela sabendo ou não; era minha para manter e proteger.

Levantando a cabeça para encarar Mae, Lilah abriu a boca e eu parei de respirar.

— Eu...

De repente, por trás do portão, luzes fortes brilharam e uma enorme explosão soou. As dobradiças do portão de metal balançaram, fogo e detritos explodindo no ar.

— *Se abaixem, caralho!* — alguns irmãos gritaram, e percebi que eram

Tank e Bull, ordenando que todos se escondessem.

— *MAE!* — Styx gritou, sem gaguejar.

Eu também só tinha uma coisa em mente: *Proteger Lilah*.

Gritos e choros de dor vinham de todos os lados. As pessoas estavam feridas. Porra, talvez algumas estivessem mortas. Procurando ao redor, vi as duas no chão; Lilah lutava para colocá-las de pé, seu rosto espelhando o medo que sentia. O portão caído tinha bloqueado nosso caminho, o metal estava preso à porta da garagem, com as nossas cadelas presas embaixo dele.

A mão de Styx agarrou meu *cut* e ele me colocou de pé; meus ouvidos zumbiam por causa do barulho da explosão. Nós dois olhamos ao redor no pátio, vendo sangue e pessoas espalhadas por todo lado como se fossem malditos confetes. Tank, Bull, Cowboy, AK, Smiler e Viking estavam todos se levantando, segurando suas armas, sem ferimentos, exceto por cortes e contusões.

— Ky! — Lilah gritou e, quando olhei para ela, vi que segurava uma Mae desmaiada nos braços.

— Não! — Styx rugiu e correu para onde estavam presas.

— Tirem o portão, agora! — ordenei aos irmãos; vendo-nos lá, todos correram em nosso auxílio, segurando o grande portão de metal para erguê-lo.

— Ky, ela não está se mexendo! — Lilah chorou, e a vi embalando a irmã em seus braços. — A cabeça dela está sangrando!

— E-ela e-e-está re-respirando? — Styx conseguiu falar, e os olhos chocados de Lilah se fixaram aos dele.

— Lilah, doçura, ela está respirando? — insisti suavemente quando o portão começou a levantar do chão.

Inclinando-se na direção da irmã, um olhar de alívio tomou conta do seu rosto.

— Sim. Ela está respirando.

Styx suspirou aliviado do meu lado e olhei para os meus irmãos.

— Precisamos tirar isso daqui. No três. Um, dois, três! — Levantamos o portão, inclinando-o para a direita.

— Ela está se mexendo! — Lilah gritou, e nós congelamos. As mãos de Mae estavam se movendo e um gemido de dor saiu pelos seus lábios.

— Ela foi nocauteada, cara — eu disse ofegante para o Styx. — Ela deve ter recebido o impacto da explosão. — O irmão estava prestes a perder a cabeça se não chegasse logo à sua cadela.

— De novo! Vamos tirar essa merda daqui! — gritei para os irmãos e, contando até três, conseguimos erguer o portão até quase libertar das mulheres.

De repente, o barulho de um motor e o ruído de pneus soaram, fazendo com que todos voltássemos nossa atenção para a frente do complexo.

— Emboscada! — Hush gritou. Ele estava à frente do portão com uma AK-47 em mãos. — Caminhonete, homens na parte de trás!

— Abram fogo! — Bull ordenou. — Detonem o maior número de filhos da puta que conseguirem!

Alinhando seu rifle, o irmão liberou uma rajada de tiros nos malditos, seja lá quem fossem. Com um último impulso, conseguimos inclinar o portão o suficiente para Beauty se arrastar por baixo para chegar até Lilah e Mae. Smiler a seguiu. O irmão podia não dizer muito, especialmente porque seu irmão da estrada, Rider, acabou sendo um vira-casaca, mas ele era ex-Forças Especiais como o AK e poderia cuidar de ferimentos, se necessário.

Um assobio alto cortou o som dos tiros do Hush e eu sabia que era Styx.

— *Faça os irmãos ficarem em suas posições! Eu quero esses filhos da puta indo para o barqueiro!* — Styx sinalizou e eu verbalizei a ordem; os irmãos voltaram para a garagem para pegar rifles e submetralhadoras Uzis, ficando a postos em seguida.

Em segundos, uma caminhonete apareceu. Vários homens se levantaram na carroceria do Ford F-150, tiraram rifles de baixo de uma lona e começaram a atirar.

Uma saraivada de balas dos Hangmen perfurou a caminhonete. Ouvindo o que parecia um grito de guerra atrás de nós, Flame saiu correndo do clube, com dois fuzis M16 nos braços. O filho da puta psicótico correu em direção à caminhonete, sem qualquer tipo proteção em seu peito nu, coberto apenas pelo *cut*, e calça jeans.

A caminhonete desviou quando Flame atingiu alguém na cabine, quebrando o parabrisa. O veículo girou, derrapando no asfalto enquanto tentava acelerar. Ouvindo uma mulher gritando, olhei para trás e vi Lilah saindo da parte de baixo do portão com Smiler e Beauty correndo para dentro do clube com Mae. Levantei-me e corri em direção à minha cadela, no momento em que Tank gritou:

— Mate o filho da puta no telhado. Eles têm um *sniper!*

Lilah congelou no lugar, sua atenção focada em algo acima do meu ombro. Quando olhei para trás, o atirador apontou diretamente para ela. Como num filme de guerra, tudo pareceu diminuir quando o maldito disparou... na direção dela.

Correndo o mais rápido que pude, me joguei sobre ela, nos levando ao chão, rolando para aliviá-la do impacto. Ela agarrou meu cut, seu rosto enterrado no meu peito, e a segurei com força, rezando para que o filho da puta no telhado tivesse sido morto.

Ouvi Flame dar um grito e, de repente, os tiros cessaram.

Tudo o que eu podia ouvir era Lilah ofegando contra a minha pele e o murmúrio de vozes e armas sendo carregadas ao fundo.

Não sei quanto tempo fiquei ali com a minha cadela nos braços, ouvindo meu coração retumbando no ouvido. Então alguém gritou:

— Limpo!

Soltei um enorme suspiro de alívio e comecei a procurar por ferimentos em Lilah, tentando não perder a cabeça diante de seus gemidos constantes. Ela estava bem. E isso era bom, ou eu estaria em uma loucura assassina.

Escutei passos perto da minha cabeça.

— Ky! Você foi atingido?

Ergui-me sobre os cotovelos, com minha mulher ainda enrodilhada ao meu lado; vi AK, Cowboy e Hush em pé sobre de mim.

— Não.

— E sua cadela? — Hush perguntou.

— Ela está bem.

AK suspirou e o vi olhando pelo pátio. Eu estava me levantando, mas a senti se agarrar com mais força a mim. Cowboy me ofereceu a mão para me ajudar a ficar de pé.

Mantendo Lilah colada ao meu lado, perguntei:

— Que porra foi essa?

Tank, Bull, Viking, Flame e o resto dos irmãos se aproximaram. Styx veio logo atrás, com um olhar assassino no rosto. É claro que Flame começou a andar de um lado para o outro, com o M16 preso às costas e uma faca na mão.

Tank deu um passo à frente.

— Era a Klan, caso nenhum de vocês tenha notado a porra da suástica. Pela bomba caseira no portão, se eu não estiver errado, esse é um grupo menor e de baixa hierarquia. Os filhos da puta tinham uma mira de merda. Se fossem os chefões, estaríamos comprando sacos para corpos. Uma coisa é certa: os supremacistas brancos queriam que soubéssemos que eram eles que estavam atacando.

— *Porra!* — Styx sinalizou, e traduzi em voz alta. Ele olhou ao redor do pátio. — *Alguém se feriu?*

— Duas putas de clube e mais uma outra morreram. Mas todos têm ferimentos superficiais — relatou AK. — Vou chamar os caras do necrotério para virem buscar os corpos o mais rápido possível, sem chamar atenção. Dar fim de forma rápida e limpa.

De repente, Flame se aproximou e praticamente colou o rosto no de Styx.

— Me deixe ir atrás desses cuzões supremacistas. Eu preciso de sangue. Eu preciso ver o sangue deles correr como a porra de um rio aos meus pés.

O prez olhou para mim, silenciosamente pedindo minha opinião, e balancei a cabeça. Os nazistas queriam que nós os seguíssemos, e iríamos direto para o território deles e para uma armadilha. Por qual outro motivo eles teriam nos atacado dessa maneira? Nós precisávamos de um plano, e então soltaríamos o psicopata sobre eles. Eu sabia que Styx concordava só pela expressão do seu rosto.

Ele balançou a cabeça para o Flame, depois se dirigiu a todos os outros:

— *Limpem este lugar e bloqueiem o portão. Usaremos a saída de trás a partir de agora.* Church *em uma hora. Precisamos levar essa merda para a mesa.* — Ele se virou para o Flame. — *Você vai ter as suas mortes, irmão, mas essa merda precisa esperar. Não vou perder irmãos porque agimos sem termos um plano.*

Ele estremeceu, rangendo os dentes, os braços tensos e seus músculos ondulando. Aproximou-se de Styx, e me preparei para ter que arrancar o maluco de cima do nosso *prez*.

— Ela estava gritando, porra! — Flame sibilou, seus olhos negros enlouquecidos e selvagens, e seus dentes cerrados com tanta força que eu tinha quase certeza de que sua mandíbula racharia ao meio. — A porra da explosão a fez cair da cama para o chão, e ela estava gritando! As balas estavam entrando pela janela e... Ela. Estava. Gritando. Porra! Não consigo ouvir os gritos! Não suporto que ela grite!

Lilah ficou tensa e sua cabeça inclinou para o lado.

— Maddie? A Maddie está bem?

Flame sibilou e virou o rosto para a loira. Eu a empurrei para trás de mim e encarei os olhos psicóticos do irmão.

— Ela estava gritando! — ele berrou. — Eu não podia tocá-la. Eu não pude tocá-la! Ela estava gritando e olhando para mim! Ela. Estava. Gritando!

— Flame, ela está bem?

— Ela estava no chão, se escondendo. Nenhum sangue. Nenhum ferimento. Ela não está machucada.

Lilah deu um suspiro de alívio. Flame pegou sua lâmina e começou a cortar a pele. Olhei para baixo e a vi observando-o com olhos arregalados.

— Eu tive que matá-los. Tive que fazê-la parar de gritar.

AK deu um passo à frente.

— Flame...

Ele se virou e segurou o *cut* de AK. O irmão nem sequer vacilou. Ele e Vike conheciam Flame há anos. Eles eram os únicos filhos da puta que podiam entendê-lo.

— Eles poderiam ter matado ela. E por isso, eles vão morrer! Eles poderiam tê-la tirado de mim. Eles poderiam tê-la tirado *de mim!* E *ela estava gritando*, mas eu não podia tocá-la! — Ele soltou o irmão, cortou o braço e sibilou aliviado quando o sangue escorreu. — Eu preciso matar.

— Logo, Flame — disse AK. — Logo.

Flame rosnou e foi de volta para a entrada do apartamento de Styx. O irmão tinha que garantir que Maddie estivesse em segurança.

Meu melhor amigo pigarreou, sinalizando para que eu traduzisse.

— *Uma hora até a church. Eu preciso ver como a Mae está.*

Styx correu para o clube e os irmãos se dispersaram, limpando e se preparando para a guerra.

Estendendo a mão, peguei a de Lilah e a trouxe para a minha frente.

Ela estava coberta de sangue e tremendo.

— Você está bem, doçura?

Ela inclinou a cabeça para assentir, mas no último momento estremeceu e recostou o rosto em meu peito, aos prantos. Senti o aperto em meus pulmões, me impedindo de respirar. Beijei o topo da sua cabeça, e a guiei para a entrada do clube.

Quando passamos pela porta, o lugar estava uma loucura. Cadelas e putas limpavam o bar e outras áreas atingidas por balas perdidas ou pelo impacto da bomba.

— Podemos ver a Mae? — ela perguntou, sua voz abafada no meu cut.

Assenti e nos guiei pelo corredor até o quarto de Styx, a algumas portas do meu. Mae estava apoiada na cama, com seu homem deitado ao lado enquanto Smiler dava pontos em sua cabeça. Meu amigo nos viu chegar, e seus olhos foram direto para a minha cadela, ainda abraçada à minha cintura, apenas espiando o que se passava ao redor.

— Pronto, isso deve funcionar — Smiler disse e se afastou.

Mae deu um suspiro de alívio, depois olhou para Styx, seguindo a direção de seu olhar atento.

Lágrimas encheram os olhos dela, quando estendeu a mão.

— Irmã... — sussurrou. Lilah soltou minha cintura e correu para ela, abraçando-a cuidadosamente.

— Eu sinto muito. Eu não devia ter falado com você daquela maneira — minha cadela disse, suavemente. — Quando a segurei inerte em meus braços, temi nunca mais ser capaz de conversar contigo. Somente este pensamento já quase me deixou sem ar.

— Calma, está tudo bem. Eu estou bem. — Mae afastou-se um pouco apenas para segurar-lhe o rosto com as mãos. — Todos ficaremos bem. Encontraremos uma maneira de você se adaptar a este mundo estranho.

Lilah assentiu e sussurrou:

— Suponho que devo finalmente aceitar que a Ordem não existe mais. Eu só... só não sei como fazer isso...

Mae assentiu, estremecendo com o movimento, mas respondeu:

— Sim, você deve. Vai ser difícil, mas também luto com isso, irmã. Também estou tentando encontrar o meu caminho aqui fora. Podemos fazer isso juntas. Eu prometo.

Uma leve batida soou à porta, e Beauty entrou, com o seu cabelo loiro balançando em um rabo de cavalo. Styx, Mae e Lilah olharam para ela.

— Dei uma olhada na Maddie. Ela está indo muito bem. Há pouco dano ao apartamento por conta dos tiros. Tentei convencê-la a descer, como você pediu, Mae, mas ela se recusou. Ela disse que quer ficar no quarto. Flame está do lado de fora da porta. Ela está segura.

Mae abaixou a cabeça e Styx se levantou da cama, olhando para mim.

— *Eu quero ficar sozinho com minha mulher. Leve sua cadela para se limpar, e não permita que ninguém me incomode até a hora da* church.

— Doçura? — eu a chamei. — Vamos tomar um banho e descansar.

Ela assentiu e se virou para a irmã.

— Estou realmente feliz por você e Styx, pelo seu noivado. Percebo que ele a faz muito feliz. Errei em colocar o peso dos nossos destinos sobre seus ombros.

Mae beijou a bochecha de Lilah e depois estendeu a mão para Styx, que a observava silenciosamente ao lado da cama. Ele segurou sua mão e se inclinou para beijar seu rosto, em seguida puxando-a para se recostar ao seu peito.

Saímos do quarto, mas notei Lilah observando o casal pela pequena fenda na porta, com um olhar estranho no rosto. Inveja? Ciúmes? Eu não sabia. Segurei a mão delicada e a puxei para mim, no entanto, ela abaixou a cabeça, envergonhada.

— Vamos — eu pedi.

Ela fez uma careta.

— Meu quarto é para lá. — Apontou as escadas.

Eu a puxei em minha direção até que ela se recostou ao meu peito.

— Você não vai para lá. Vai ficar comigo.

Ela girou a cabeça, surpresa, e boquiaberta.

— Eu...

Dando um passo para frente, encostei a testa à dela, minhas mãos em seus cabelos, e repeti:

— Você vai ficar comigo, no meu quarto, onde posso protegê-la; onde sei que estará segura. Você não tem escolha.

— O-okay — sussurrou, e finalmente relaxei. Segurei sua mão e a puxei para o meu quarto a alguns metros de distância, fechando a porta e trancando a fechadura. Trancando as *duas* fechaduras.

Lilah ficou parada, sem jeito, no meio do quarto, de cabeça baixa, olhando para o chão. Ela era uma cadela deslumbrante... e *minha*.

— Vá tomar banho, Li — eu disse, apontando para a porta do banheiro. — Você precisa se limpar, tirar toda essa sujeira, graxa e sangue da pele.

— Okay. Obrigada — Lilah murmurou e foi para o banheiro, dando-me um pequeno sorriso por cima do ombro antes de fechar a porta. Colocando as mãos na parte de trás da cabeça, soltei um longo suspiro e soltei meu corpo tenso na cama.

Pensei no momento em que a vi presa debaixo daquele portão; naquele nazista filho da puta apontando a arma para a cabeça dela. E se eu não tivesse pulado no caminho e ela tivesse sido atingida? A sensação que esse pensamento me trouxe era horrível pra caralho.

Esticando-me no colchão, olhei para o teto e fechei os olhos quando ouvi a água do chuveiro começar a correr. Meu pai sempre me dizia para foder o máximo de bocetas que eu conseguisse, mas nunca me assentar. Foder vagabundas, deixá-las grávidas com algumas crianças para usar o sobrenome Willis, mas nunca dar a elas o meu *patch*, nunca fazer delas minhas *old ladies*.

Mas pensar naquela cadela no chuveiro, mudava tudo. Eu não queria trepar com nenhuma puta quando ela estava por perto. Porra, nem quando ela não estava! Eu só queria uma boceta... a dela, mesmo que a cadela a quem pertencia fosse ferrada em vários níveis de loucura. Ela mexeu com coisas que eu nem sabia que existiam em mim, me fez pensar sobre *patch* de propriedade e sobre colocar as cores do meu clube nas costas dela.

Meus olhos se abriram com esses pensamentos, e eu sabia de uma coisa: eu *amava* aquela mulher. Puta merda, eu estava *apaixonado* pela loirinha que estava tomando banho no meu banheiro... nua.

Porra! O sangue correu direto para o meu pau e quase gozei com o simples pensamento de tomá-la. Nunca tive que me esforçar para ter uma cadela, bastava um estalar de dedos e as putas vinham correndo. Esqueça a questão da aparência. Só de estar no clube já me garantia boas trepadas. Inferno, eu poderia ser o filho da puta mais feio do planeta e ainda assim teria uma puta chupando meu pau. Mas Lilah era mais que isso... Ela não tinha sucumbido ao meu famoso sorriso assassino, não caiu na minha cama e abriu as pernas, não ficou impressionada com o clube. Merda, na verdade foi o oposto disso. Talvez seja por isso que ela fosse diferente.

Sentando, comecei a tirar meu *cut*, camisa e a calça jeans, vestindo apenas uma cueca. Eu geralmente dormia nu, mas não queria assustá-la ao exibir uma ereção dos infernos. Eu também precisava tomar um banho, tirar esse fedor da escória nazista da minha pele. Enquanto olhava para o relógio na parede, percebi que ela estava no chuveiro há muito tempo. Vinte minutos se passaram e a água ainda continuava correndo, mas eu não conseguia ouvir nenhum som além desse.

Andando até a porta, pressionei o ouvido contra a madeira, mas não ouvi nada, apenas água caindo. Batendo, perguntei:

— Lilah, você está bem?

Nenhuma resposta veio e meu coração começou a acelerar.

— Lilah? Diga algo.

Novamente nada, então girei a maçaneta; estava trancada.

— Lilah, diga alguma coisa agora ou vou entrar — avisei.

Quando, mais uma vez, não houve resposta, me afastei e, usando toda a minha força, bati com o ombro contra a porta, lascando a madeira quando esta se abriu.

O vapor do chuveiro nublava o banheiro e eu mal podia ver minha mão diante de mim.

— Lilah? Onde você está?

Escutei uma fungada no boxe e segui o som, o vapor diminuindo um pouco pela porta aberta, me permitindo vê-la nua, encolhida no chão, com os braços em volta das pernas.

— Lilah! — gritei e abri por completo a porta do boxe. Desliguei a água e me ajoelhei à sua frente.

Ela estava encharcada. Examinei seu corpo com os olhos, sem ver sangue ou ferimentos.

— Lilah? Fale comigo! — pedi.

— Eu não consigo me levantar — sussurrou, a cabeça ainda abaixada.

Aproximei-me e olhei suas pernas... nada.

— Por que você não consegue se levantar?

Ela ergueu a cabeça e seus olhos se focaram aos meus. Seu rosto estava pálido, os olhos vermelhos de tanto chorar, e o cabelo loiro molhado estava grudado nas bochechas.

— Eu... comecei a me limpar, mas fiquei pensando no que acabou de acontecer, as armas, Mae... Sobre a Ordem não existir mais... sobre tudo, e caí no chão. Agora não consigo me levantar.

— Li... — Parei e acariciei sua bochecha com os dedos. Meu peito apertou quando olhei para ela. Eu tinha essa necessidade avassaladora de protegê-la. Estava quase ardendo com a necessidade de abraçá-la, de tê-la perto de mim, de fazê-la parar de tremer, de acabar com o seu medo.

— Eu... eu não consigo me mover — murmurou e baixou a cabeça. — E eu estou indecente... estou nua na sua frente. Eu sou pecadora, fraca...

Ignorando a sua auto-aversão, peguei-a em meus braços e a carreguei para fora do banheiro; minha cadela ainda encolhidinha. Ela escondeu o rosto no meu pescoço, e a mão esquerda levantou e tocou a minha bochecha. Olhei para baixo, chocado com o gesto quando seu dedo começou a traçar o formato dos meus lábios.

Eu matei, a sangue frio, mais pessoas do que poderia contar. Enfrentei a morte com um sorriso no rosto, fui baleado, esfaqueado e cortado... mas nunca senti um medo como estava sentindo neste momento, enquanto olhava para a cadela mais impressionante que já existiu, sentindo o medo de que eu poderia tê-la perdido, de que ainda pudesse perdê-la.

Sentando-me na cama, a mantive em meus braços, puxando o cobertor sobre o colchão para cobrir sua pele molhada.

— Você está com frio? — perguntei, minha voz soando muito baixa.

Ela balançou a cabeça, a mão ainda no meu rosto, os olhos ainda fixos nos meus.

— Você me salvou — sussurrou, e meu estômago revirou. — Você... pulou na frente de uma bala por mim.

— Sim — murmurei, olhando em seu rosto, vendo as lágrimas brilhando em seus olhos.

— Você *me* salvou... Você salvou a *minha vida*.

Sentindo a emoção entre nós aumentar ainda mais, eu a abracei ainda mais apertado, sentindo a pele nua e quente contra mim.

— De jeito nenhum eu a deixaria morrer, doçura.

Os dedos de Lilah deixaram meus lábios para acariciar o meu queixo.

— Por que sou tão importante a ponto de querer me salvar? Eu sou apenas um fardo que foi imposto a você.

Segurando seus dedos, eu os trouxe aos meus lábios e os beijei, meu peito quase explodindo quando confessei:

— Porque eu amo você, Li... Eu estou malditamente louco por você. Para mim, você não é um fardo.

Lilah arfou e arregalou os olhos.

— Ky... por quê?

Dei uma risada.

— Pergunta idiota, doçura — respondi. — É como me perguntar o impossível. Eu apenas amo. Porra, amo pra caralho.

Ela olhou para mim por um longo tempo antes de passar a língua sobre os lábios, baixando o olhar para os meus. Senti meu pau endurecer na hora, e nossos olhares se conectaram. Seu rosto lindo ficou corado.

— Eu realmente amo você — repeti.

Lilah estendeu a mão e, com lágrimas enchendo seus olhos, pressionou os lábios nos meus. Minhas mãos agarraram seu longo cabelo, e aprofundei o beijo, minha língua tocando a sua.

Uma das minhas mãos abandonou seu cabelo e deslizou lentamente pelo braço nu por cima do cobertor, para agarrar a parte de trás da sua coxa.

Nossas bocas se tornaram cada vez mais famintas, e meu pau ficou mais duro, tão duro que chegava a ser doloroso. Lilah se afastou, as pálpebras pesadas, bêbada com o nosso beijo. Nós estávamos ofegantes e eu tentava me acalmar, mas com o corpo dela se contorcendo no meu colo, não estava dando muito certo.

— Ky... — ela gemeu, e acariciei sua bochecha com a minha.

A voz ofegante quase me quebrou, sem mencionar que eu podia sentir a boceta quente ficando cada vez mais molhada sobre a minha cueca.

— O quê, Li? Me diga o que você precisa..

Inclinando a cabeça para trás, seus grandes olhos azuis se fixaram nos meus e ela disse:

— É errado, pecaminoso e depravado de minha parte. Mas quero sentir você... você inteiro. Quero sentir você se juntar a mim. Quero que me mostre como é estar contigo... de todas as maneiras possíveis.

E foi aí que o meu coração quase parou.

CAPÍTULO QUATORZE

LILAH

Os olhos de Ky se arregalaram, e senti sua dureza pulsar contra minhas costas nuas através do material fino de sua roupa íntima enquanto eu falava aquelas palavras proibidas em voz alta. Os anciões e o Profeta David teriam me declarado uma meretriz, mas neste momento, esse era um título que eu estava contente em obter.

Ele olhou para mim com uma expressão no rosto que eu não conseguia decifrar. Todos os seus traços estavam tensos, seus lábios beijáveis firmes, seu longo cabelo dourado parecendo selvagem e indomável. A mão grande e calosa tocou meu rosto em um toque áspero, mas gentil, quase como se ele estivesse em transe.

Aninhei minha bochecha em sua mão quente enquanto esperava sua resposta, flutuando na onda de contentamento do seu carinho. Encostando a cabeça na pele nua de seu peito, pressionei nervosamente meus lábios contra a carne de seu ombro, sobre suas tatuagens coloridas, hipnotizada enquanto sua pele tremia e ondulava sob a minha boca.

Ky passou a mão pelo meu cabelo e senti a sua respiração trêmula.

— Lilah... — sussurrou suavemente, seu punho apertando meu cabelo molhado. Arrisquei um olhar para o rosto másculo e vi sua cabeça inclinada para trás, os olhos fechados e os dentes mordendo o lábio inferior.

Com as mãos tremendo pela enormidade do que estava prestes a fazer, encontrei a borda do cobertor, sem olhar para ele, e empurrei o material grosso para o chão, expondo meu corpo nu.

Ao ouvir o cobertor cair, Ky inclinou a cabeça, seus lindos olhos azuis se abrindo e queimando com uma paixão inconfundível enquanto observava minha nudez à vista.

Passei a mão pelo longo cabelo loiro e fixei meu olhar nos braços fortes, os músculos tensos e definidos. Cuidadosamente, erguendo minhas pernas de seu colo, consegui ficar de pé, trêmula, de costas para ele.

Jogando meu cabelo comprido por sobre o ombro, os fios úmidos caindo sobre o seio esquerdo, respirei fundo e lentamente me virei, mantendo os olhos firmemente no chão, obedientes e passivos, como uma mulher deve estar diante de um homem.

Até então, nunca fiquei completamente nua para ninguém, a não ser para o Irmão Noah, e foi preciso usar toda a minha força de vontade para não sair correndo e me cobrir. Minha mente e coração travaram uma guerra pela proteção de minha virtude. As escrituras correram pela minha consciência. *Fugir da imoralidade sexual. Qualquer outro pecado que uma pessoa cometa, está fora do seu corpo, mas aquele que peca sexualmente, peca contra seu próprio corpo.*

O Profeta David ensinou que se unir a alguém de fora da Ordem era o mesmo que dormir com o próprio Diabo. Como uma Amaldiçoada, me unir a alguém que não era um servo abençoado escolhido a dedo por Deus, um ancião designado, era imperdoável, punível no fogo do inferno. Minha cabeça dizia para manter minha fé, alertando que aquilo era uma provação, que Ky era minha tentação e que eu devia pensar na salvação do meu povo. Mas meu coração gritava que eu deveria estar com ele, que Mae estava certa e que a Ordem e o meu profeta não existiam mais.

Ky, à sua maneira, havia provado repetidamente que podia ser forte e me proteger, a começar com a morte do Irmão Noah, um homem a quem ele acreditava a Terra estar melhor sem sua presença; Ky não sabia que o Irmão Noah tinha sido essencial para minha salvação. Quando pensei no homem alto e bonito atrás de mim, meu centro ficou quente e minhas coxas se apertaram com a necessidade que eu estava sentindo. Ele me protegeu, evitou que outras mulheres se forçassem sobre mim. A necessidade insaciável de me juntar a ele me trouxe a este exato momento. Era diferente e completamente contra tudo o que acreditava ser ideal, mas eu *queria* que ele... Eu *não ia* desistir.

Sentindo um arrepio descer pela coluna, ofeguei e me virei apenas para encontrar a mão de Ky estendida, seu dedo no ar.

— Porra, Lilah... — sussurrou e esfregou sua masculinidade enquanto seus olhos apaixonados percorriam meu corpo, da cabeça aos pés. Tremi levemente ao sentir seu olhar sobre mim, até que os seus olhos voltaram a encontrar os meus.

Ele estendeu a mão para mim e eu a aceitei. Puxou-me para o seu peito, pele contra pele, coração acelerado contra coração acelerado. Enroscando a mão no meu cabelo, Ky me puxou para frente, um gemido de dor subindo pela sua garganta; seus lábios se fundiram aos meus, a língua entrando na minha boca. Uma mão firme agarrou minha cintura, depois desceu para o meu traseiro, apertando a carne, e um longo gemido escapou de seus lábios ocupados.

Ky afastou a boca. Lábios e dentes chupavam e mordiscavam a pele do meu pescoço, fazendo meus olhos revirarem com a intensa sensação que explodia em meu estômago; com o calor e a pressão insuportáveis que cresciam no meu centro e nos meus seios.

A boca sedenta desceu para o meu seio, e senti seu dedo baixar em direção ao meu centro. De repente, gritei quando a ponta correu ao longo da abertura, circulando e esfregando contra algo que estava enviando raios de prazer através do meu corpo.

— Ky! — gritei e meus olhos encontraram os dele. — Eu não... O que é…? Parece que... Isso é...

— Perfeito pra caralho, doçura. Você está tão molhada... Eu preciso foder você... Preciso senti-la ao redor do meu pau.

Saindo de seu alcance, abaixei a cabeça em submissão e fui em direção à cama. Engatinhei sobre o colchão, vendo seu olhar atento sobre mim, como um falcão; ao mesmo tempo, ele inseriu os dedos na lateral da roupa íntima e se despiu, libertando sua masculinidade, grande e ereta, do seu confinamento.

Engoli em seco enquanto olhava luxuriosamente para ele, nu e muito pronto. Ele era perfeito; incrivelmente bonito, e olhava para mim com um olhar que fez meu coração disparar para o céu.

Neste momento, nada nele parecia pecaminoso ou maldito. Nada sobre me juntar a ele parecia errado ou imoral. O Irmão Noah nunca olhou para mim dessa maneira; nunca houve amor ou sensualidade em seus olhos quando ele me tomava com tanta brutalidade e agressividade. Mas o Ky... Eu conseguia ver tudo em seus olhos. Juntar-me a ele carnalmente era uma necessidade tão forte quanto era o chamado da minha fé.

Ele me queria como nenhum outro homem jamais quis... incondicionalmente. E eu ansiava por sentir, mesmo que por um breve momento, como isso realmente era, o que Mae sentia com Styx.

Ky deu um passo hesitante para frente, seu corpo rígido, flexível e musculoso. Esperei senti-lo às minhas costas. Fechando os olhos, prendi a respiração, esperando o momento em que as mãos dele tocariam minha pele. Eu não conseguia aguentar essa espera, uma forte e desconhecida necessidade me livrando dos meus medos.

— Lilah... — Ky rosnou em voz baixa, e fiquei tensa. A mão forte pousou no meu peito e, com as pontas dos dedos, senti a carícia suave como uma pena tocar meus seios. Não consegui ficar de olhos fechados. Eu precisava vê-lo... observá-lo.

Inclinando para a frente, Ky depositou um beijo na minha bochecha. Inspirei... e o cheiro de cigarro, um toque de óleo e couro encheram meus sentidos. Era o cheiro de conforto para mim.

Ele beijou todo o meu rosto até que seus lábios pararam suavemente sobre os meus. Pressionando seu corpo ainda mais contra o meu, senti seus dedos descerem para afastar o cabelo do meu rosto. Ele se afastou, interrompendo o beijo, sua atenção focada toda em mim.

O ar estalou, como se houvesse eletricidade entre nós. Meu quadril se mexeu quando uma sensação desesperada surgiu entre as minhas pernas; minhas costas arquearam e deixei escapar um gemido.

Mordendo o lábio inferior, ele usou pura força para me rolar até que fiquei de costas, com ele pairando acima de mim; seu rosto a um centímetro do meu, seu hálito doce e quente soprando na minha bochecha, me fazendo sentir seu domínio até meus ossos.

— Eu vou tratar você muito bem, vou mostrar como é estar com um homem. Não. Não um homem qualquer; como é estar *comigo* — ele enfatizou.

Afastando minhas pernas e aninhando seu corpo entre elas, seu quadril roçou no meu e ofeguei com esse sentimento estranho.

Ele passou a mão pela minha cintura e, gentilmente segurou meu seio, sua boca descendo para lamber e beliscar a carne antes de chupar o mamilo em sua boca, enviando ondas de calor para o meu centro. Gemendo, agarrei seu cabelo quando senti a agitação *lá embaixo*, uma necessidade que pulsava e pulsava.

Ky ergueu o quadril na direção do ápice das minhas coxas e meus olhos se arregalaram quando senti o comprimento, longo e duro, roçar contra mim.

— Porra, Lilah, esses peitos são perfeitos, cheios, firmes e grandes... perfeitos pra caralho. Eu tenho sonhado com eles... Têm um gosto melhor do que jamais imaginei.

Gemendo, Ky começou a se mover para baixo, sua língua trilhando cada centímetro da minha pele úmida; meu peito, estômago e bem abaixo do quadril. O choque por ele estar indo naquela direção me fez arquear no colchão, mas sua mão esticou e pousou sobre meu peito, fazendo-me permanecer deitada, exatamente onde ele me queria.

— Ky, por favor, o que você está fazendo? — implorei, louca de desejo.

Sua cabeça levantou apenas um pouquinho, o suficiente para seus olhos encontrarem os meus, e ele perguntar:

— Você já gozou alguma vez, doçura?

Meu coração bateu mais rápido quando seu dedo tocou minha fenda. Eu me senti molhada e quente, e uma onda de arrepios surgiu sobre a minha pele.

— Não sei o que isso significa... — consegui falar, apesar de minha voz tremer no final.

— Quando aqueles filhos da puta da seita te foderam, você gostou?

Sentindo a ardência das lágrimas surgindo nos meus olhos, balancei a cabeça e tentei, em vão, não chorar. Eu não precisava me lembrar daqueles tempos, especialmente quando estava neste lugar sagrado com ele. Isto era diferente para mim. Eu não queria fantasmas nesta cama.

Ky tremeu e depositou uma trilha de beijos ao longo do meu quadril até a parte interna da coxa, mas percebendo a minha inquietação, parou.

Apoiando-se nos seus braços fortes, deslizou pelo meu corpo até seu rosto estar acima do meu.

— Li, preste atenção no que vou falar...

Funguei, afastando aquela emoção ameaçadora e dei a ele o que me pedia: minha atenção.

Seu olhar suavizou e ele colocou meu cabelo atrás da orelha, sua barba loira fazendo cócegas na pele do meu peito.

— Eu não sou como eles. Sim, sou um mulherengo, e isso não é segredo. Tive a minha cota de putas. Mas uma coisa nunca fiz: eu nunca me importei com uma cadela como me importo com você. Nunca quis alguém como quero você. Eu mataria por você, Li. Se alguém tentar tirar você de mim, eu cortarei a garganta deles. Você me pertence, é minha, e agora, nesta cama, farei outra coisa pela primeira vez. Nós *dois* faremos.

Prendi a respiração, com medo de que, se a soltasse, estragaria o momento e nunca saberia o que ele revelaria.

— Vou fazer amor com você, Lilah. Vou tomar você como minha, possuí-la. Porque não há ninguém no mundo... ninguém mais que poderia fazer isso comigo, além de você.

— Ky... — falei e desta vez aceitei as lágrimas quando elas caíram pelas minhas bochechas. Elas eram a prova de que Ky deveria saber que eu também queria tudo com ele.

Ele suspirou e beijou as lágrimas salgadas das minhas bochechas. Encostando a testa à minha, respirou fundo e murmurou:

— Eu amo você, Lilah, pra caralho. Isso, nós, Li, é mais do que uma foda. Você entende isso?

Qualquer inibição que eu pudesse ter, evaporou naquele momento. Segurando seu rosto entre minhas mãos, beijei seus lábios e confessei:

— Eu também amo você, muito. Você me faz sentir segura... não tenho medo quando estou contigo. Você não tem ideia do quão especial esse sentimento é para mim.

Um sorriso maravilhoso surgiu em seu lindo rosto e ele começou a descer pelo meu corpo, apenas para pairar sobre o meu centro, seu hálito quente soprando sobre aquele lugar.

— Vou fazer você se sentir bem. Okay, doçura?

Assenti apreensivamente. De repente, a língua dele se arrastou ao longo da abertura do ápice das minhas coxas e meu quadril levantou da cama.

— Ky! — gritei, perdida demais na sensação desconhecida.

No entanto, ele não parou; sua língua dançava incansavelmente no meu centro, seus braços fortes segurando minhas coxas, e os rosnados de prazer que saíam da sua boca vibravam até as minhas costas arquearem e eu agarrar os lençóis.

— Ky, algo está acontecendo! — Entrei em pânico, me sentindo fora de controle, mas nem assim ele parou. Sua língua trabalhou ainda mais e, de repente, seu dedo circulou minha entrada e me penetrou com um impulso suave.

Uma sensação intensa tomou conta do meu corpo. Meus olhos se fecharam enquanto eu flutuava em uma onda de prazer... Tanto prazer que não pude conter o grito que saiu da minha garganta e encheu o quarto.

Eu estava completamente sem fôlego enquanto lutava para recuperar o controle da minha mente. Mal o notei se movendo acima de mim. Com uma mão no peito, abri os olhos para encontrá-lo me observando; seus intensos olhos azuis com uma expressão faminta.

— Ky... O que foi isso? — perguntei.

Inclinando a cabeça para a frente, ele se aninhou em meu pescoço, suas mãos acariciando e esfregando meus seios.

— Isso não é nada, doçura. — Ele levantou a cabeça e, lentamente, lambeu os lábios. — Eu preciso foder você, Li. E preciso disso *agora*.

Minha respiração parou e senti meu centro se umedecer com o pensamento.

— Eu também desejo isso.

Soltando um gemido, Ky se inclinou sobre mim até alcançar uma gaveta no criado-mudo ao lado da cama. Ele pegou um pequeno pacote de papel alumínio e vi quando rasgou o embrulho, puxando algo de lá; em seguida, o desenrolou por todo o comprimento da sua masculinidade.

Acariciei as coxas grossas com as mãos, para cima e para baixo, tentando acalmar meu nervosismo, sentindo os músculos se flexionarem sob minhas palmas. Ky suspirou e veio sobre mim, me olhando com tanta intensidade que cheguei a estremecer sob seu escrutínio. Segurando minha cintura, Ky nos rolou para que eu estivesse por cima, montando seu corpo musculoso e tatuado. Assustada e me sentindo exposta, me abaixei sobre seu corpo, passando os braços em volta das costas fortes, encostando meu peito ao dele. As batidas do seu coração soaram no meu ouvido e o abracei com mais força, sentindo alívio inundando meu corpo quando seus braços me envolveram.

Relaxando, tracei o contorno do desenho de uma corda grossa amarrada em um laço no seu tórax, percorrendo sua pele com minha boca. Então, inclinei-me e sussurrei em seu ouvido:

— Faça-me sua.

Com um grunhido gutural, Ky nos girou até que eu estivesse de costas, e com uma ternura que eu não esperava, acariciou minha perna com a mão, levantando-a levemente até que sua masculinidade estivesse em minha entrada. Nem uma vez sequer quebrando o contato visual, ele me penetrou tão lentamente, que senti cada parte dele dentro de mim.

Sem perceber, arranhei as costas largas, mas meu gesto pareceu deixá-lo ainda mais excitado e, perdendo o controle, estocou com força, me enchendo completamente.

— *Porra!*

— *Ky!*

Gritamos em uníssono e ele congelou, seu hálito quente soprando contra a minha bochecha enquanto descansava a cabeça no meu pescoço.

— Você... Você está bem? — conseguiu perguntar com a respiração ofegante.

— Sim — respondi em voz baixa, ansiosa para que se movesse. — Por favor, me tome.

Ky começou a rebolar o quadril em um movimento lento e constante, e minhas mãos subiram para agarrar seu cabelo. Os lábios dele trilharam pelo meu pescoço, bochecha, e terminaram em minha boca. Seu beijo foi suave e gentil no começo, mas quando seus impulsos aumentaram, fazendo com que longos gemidos saíssem dos meus lábios, o beijo se tornou febril, sua língua duelando contra a minha. Eu me submeti livremente, deixando que tomasse de mim o que quisesses.

Afastando a boca da minha com um suspiro, Ky olhou nos meus olhos; uma emoção que nunca tinha visto, brilhava nas suas profundezas... Era tão lindo que lágrimas ameaçaram cair. Essa união não era como nada que pudesse imaginar; sensual, íntima e cheia de amor, mais do que alguma vez imaginei ser possível.

Nossas peles ficaram úmidas e quentes. Algo pareceu se soltar dentro dele quando seu quadril estremeceu e começou a bombear cada vez mais rápido. Minha cabeça estava girando com aquela sensação incrível.

— Segure minhas mãos — comandou, e prontamente o obedeci. Entrelaçando os dedos, ele ergueu nossas mãos unidas sobre minha cabeça e fixou o olhar no meu.

Nenhuma palavra foi proferida, não havia necessidade disso. Tudo o que precisava ser dito foi transmitido através da intensidade dos nossos olhares, da respiração ofegante saindo de nossas bocas, dos gemidos, dos pequenos gritos de prazer escapando dos nossos lábios.

Isso era fazer amor. Isso não era um ritual e uma partilha marcada. Isso era real. Isso era lindo... e tão precioso, que mudou a minha alma para sempre.

Os dedos de Ky se tornaram ainda mais implacáveis. Ele segurou meus pulsos com uma das mãos, enquanto a outra descia pelo meu corpo. Ele parou quando chegou no meu centro, seus dedos roçando e provocando aquele ponto desconhecido.

— Porra, Li, eu preciso me soltar — Ky murmurou.

— Sim, sim! — gritei quando a pressão entre as minhas pernas aumentou.

A masculinidade dele pareceu inchar e atingiu um lugar dentro de mim que me fez perder todo e qualquer pensamento racional. O peito musculoso roçou nos meus seios e, estocando o quadril com vigor, minha respiração se tornou sôfrega quando meu prazer cresceu e explodiu. Gritei, meu canal apertando, meu centro pulsando. Arqueando as costas, Ky rugiu com a sua libertação, estocando e estocando dentro de mim com investidas longas e fortes.

Nossa respiração foi se acalmando enquanto flutuávamos suavemente de volta aos nossos corpos. Ele soltou meus braços, sua masculinidade se movendo dentro do meu canal, me fazendo gemer quando as sensações se tornaram demais para o meu centro ainda sensível.

Beijando o lado do meu rosto machucado, ele tomou cuidado e para não pressionar com muita força, e passei minhas mãos em volta de seu pescoço. O nariz roçou na minha bochecha e sua testa recostou-se à minha.

Ky fechou os olhos até que sua respiração se acalmou.

— Eu amo você, Li. Porra, eu amo você — confessou.

Eu podia ouvir a descrença e o choque em sua voz. Meu coração pareceu inchar e comecei a pensar em uma vida com ele. Uma vida longe de tudo o que pensei ser verdade, mas com a minha alma ligada à dele... *unida* com a dele.

Isso era sagrado.

Isso poderia ser...

— Você está bem, doçura?

Assenti timidamente, e lentamente ele se retirou de dentro de mim. De repente, uma sensação de vazio se instalou em meu peito, mas depois de ir ao banheiro, Ky se juntou a mim na cama, me segurando em seus braços.

Eu me senti tão segura. Rapidamente percebi que poderia ficar para sempre em seus braços, aqui e agora, desta maneira.

— Nunca pensei que me sentiria assim por uma cadela, Li, mas você fez isso. Você está dentro de mim e me mudou — Ky finalmente falou.

— Mudei? — Senti a cabeça de Ky assentir contra o topo da minha. — Como?

Dedos hábeis começaram a pentear meu cabelo, me acalmando e me relaxando.

— Desde o momento em que você saiu daquela cela, meses atrás, eu fiquei perdido. Perdido pelo seu lindo rosto, pelo seu corpo de matar, esses olhos, esses lábios... Merda, eu lembro de ver você ao lado de Mae toda assustada e aterrorizada, e foi como ser atingido por um maldito raio.

Fiquei paralisada com suas palavras. *Eu fiquei perdido... pelo seu lindo rosto... foi como ser atingido por um raio.*

— S-sério? — perguntei, rezando para tudo o que era sagrado para que ele continuasse.

— Sim, Li. Eu sonho com você na minha cama, na traseira da minha moto. Imaginei o quão deslumbrante você estaria cavalgando o meu pau, usando meu *patch*. Todo irmão neste clube, menos o Styx, e provavelmente o Flame, quer você. Você é a cadela mais gostosa que já vi. Você deixou todos esses idiotas nesse MC fascinados, Li, incluindo eu... *especialmente* eu. Algum maldito feitiço de vodu que você colocou em mim, algo que nenhuma outra cadela jamais foi capaz de fazer.

Meu coração pulou uma batida e um pânico profundo se formou no meu peito. Senti como se não pudesse respirar... *Eu não consigo respirar!*

Minhas mãos começaram a tremer e a suar. Rezei para que ele não percebesse nada de errado. Suas mãos me agarraram com mais força, e eu paralisei.

— Li, quero saber se...

— Ky! *Vamos para a* church *agora! Styx está pronto para cortar sua garganta!* — alguém gritou do corredor e bateu fortemente na porta trancada.

— Merda! — resmungou e pulou da cama, vestindo a calça e a camisa rapidamente. Pegando seu colete do chão, Ky arrumou o cabelo bagunçado com os dedos e caminhou até a cama, onde eu ainda estava deitada. Ele sorriu, mordiscando o lábio inferior enquanto olhava para mim.

Colocando um joelho no colchão, se inclinou e colou os lábios nos meus. Eu podia sentir meu cheiro em seus lábios, e lágrimas encheram meus olhos enquanto eu me permitia apreciar seu toque, sua boca suave.

Afastando-se, ele suspirou e segurou meu queixo, forçando-me a encontrar seu olhar.

— Porra, Li, o que diabos você está fazendo comigo? — disse e caminhou até a porta, olhando para mim uma última vez. Ky balançou a cabeça e murmurou: — Arriado por uma boceta, completamente *arriado*. — Com isso, saiu do quarto, levando meu coração e toda a esperança com ele.

Aconteceu de novo... só que desta vez, perdi meu coração para a vítima. Eu o tinha influenciado para o mal. Eu tinha seduzido um homem que não tinha desejo algum de dar seu coração a mulher nenhuma. Eu o fiz acreditar que ele me amava... Mas era tudo uma mentira. Ele não me amava.

Ele estava sob o meu feitiço.

Senhor! Tudo o que o Profeta David disse era verdade. Eu era uma meretriz, o Diabo disfarçado. Cometi traição ao me deitar com um homem de fora da Ordem. Meu castigo foi o seu falso amor.

Um grito de dor subiu pela minha garganta. Arranquei o lençol do meu corpo nu e me levantei. Correndo para o banheiro para pegar o vestido e a touca do chão, dei uma olhada no meu reflexo no espelho e não pude deixar de notar que o meu rosto estava vermelho, meu cabelo todo bagunçado, e o corpo ainda úmido de suor de onde nossos corpos tinham se tocado.

Lágrimas agora corriam pelas minhas bochechas. Eu odiava esse inferno! Odiava o fato de ter nascido assim, do Diabo. Eu odiava a minha aparência, odiava que o homem por quem eu havia me apaixonado profundamente não estivesse apaixonado por meu coração, minha alma... por mim! Mas por essa aparência sedutora, essa sexualidade descarada que irradiava de cada centímetro do meu corpo.

Com os joelhos trêmulos, me vesti rapidamente, prendendo o cabelo em um coque rápido e o escondi debaixo da touca. Andei de um lado para o outro no banheiro, meu coração se partindo a cada segundo, quebrando em pedacinhos.

Ky não me amava de verdade. *Ele estava sob o meu feitiço.* Ele mesmo disse isso, as palavras tinham saído dos seus próprios lábios. Foi uma ilusão. Eu tinha arruinado a minha pureza, minha virtude, por um homem enfeitiçado pela minha sedução. Eu tinha roubado a liberdade dele... *Eu era a pecadora*, não ele. *Eu era a maldita*, não os homens deste clube.

O que você está fazendo comigo? Eu fiquei perdido... pelo seu lindo rosto... Foi como ser atingido por um raio. As palavras continuavam atormentando a minha mente. *O que você está fazendo comigo?* Era o meu rosto. Ele estava apaixonado pelo rosto, mas não pela mulher sob ele. Ky só poderia amar este rosto.

Eu não consigo respirar... não consigo respirar!

Segurando meu peito, me concentrei em levar ar para os pulmões, que estavam sufocando de pânico, mas o quarto parecia pequeno demais. Eu era impura. Eu precisava me limpar, rezar. Eu precisava me arrepender dos meus pecados, buscar o perdão do Senhor, tentar afastar a minha alma das garras do Diabo.

Indo na direção da porta fechada, pressionei o ouvido contra a madeira, tentando ouvir algo. Não havia nada, nenhum som. Com cuidado, girei a maçaneta, abri a porta apenas alguns centímetros para verificar se o corredor estava vazio. Vozes ecoavam através das aberturas de ventilação do bar, mas reunindo coragem, saí para o corredor, fechando a porta atrás de mim; nas pontas dos pés, fui até a saída. Eu tinha que ir ao rio. Eu não sabia mais o que fazer.

Chegando na porta de saída, toquei na maçaneta e quando o ar da noite beijou minha pele quente, me senti imediatamente melhor.

Olhando ao meu redor, não consegui ver ninguém. Barulhos vinham da direção do portão da frente, mas consegui atravessar o quintal sem ser vista e rapidamente cheguei à sombra das árvores.

A cada passo que eu dava, as escrituras saíam pelos meus lábios, recitando a minha vergonha. Vergonha da minha fornicação, da minha traição... do meu pecado carnal.

Provérbios 5: 3-5: *"Porque os lábios da mulher imoral podem ser tão doces como o mel, e os seus beijos tão suaves quanto o azeite. Porém, quando tudo termina, o que resta é amargura e sofrimento. Ela está descendo para o mundo dos mortos, a estrada em que ela anda é o caminho da morte, e os seus passos levam direto para o inferno."*

Ramos atingiram meu rosto, cortando a pele. O solo duro e seco machucava as solas dos meus pés, mas eu continuava correndo na direção do rio. A água pura me limparia da sujeira e do pecado. As águas limpas me livrariam da imundície.

Entrando na clareira, corri para a margem do rio, arrancando a touca e soltando o cabelo. Minha visão estava embaçada pelas lágrimas não derramadas e procurei cegamente o zíper do meu vestido.

Eu estava tão preocupada em me limpar que não ouvi o farfalhar das árvores atrás de mim. Não ouvi o barulho das botas pisando nos galhos e nas folhas caídas. Não ouvi os homens que entraram na clareira, ao meu redor, todos armados.

— *Rapunzel, Rapunzel, solte teus cabelos!*

Minhas mãos congelaram no zíper quando ouvi um homem falar.

Ao me virar lentamente, engasguei com um grito quando dei de cara com seis homens vestindo coletes brancos e calças jeans. Um deles deu um passo para frente; ele era mais velho, com a barriga pronunciada e uma barba ruiva e grossa que cobria a pele marcada por cicatrizes de espinhas.

— Precisa de ajuda com esse zíper, querida. Eu ficaria bem contente em ajudar você com isso.

Tropecei quando dei um passo para trás, com o coração na garganta. Olhei para as árvores, procurando uma rota de fuga, mas os homens se aproximaram de mim, suas armas para baixo, porém firmes e preparadas para apontar e disparar.

— Caramba! Me disseram que você era uma puta gostosa, mas não que era carne de primeira qualidade. Você é incrível, Rapunzel. — O homem se tocou e lambeu os lábios. Senti o vômito subir à garganta. — Talvez eu possa provar um gostinho quando terminarmos aqui.

— Meus... Os meus amigos estarão aqui em breve — tentei ameaçar, mas o homem simplesmente sorriu, e os outros seguiram seu exemplo.

— Bem, nós dois sabemos que isso não é verdade, não é, querida?

— Pode ter certeza de que estão vindo.

Os homens riram e juntei as mãos trêmulas.

— Nenhum filho da puta dos Hangmen virá, querida. Criamos uma pequena e divertida distração para atrair os malditos para aquela *church* deles ou o que diabos eles chamam aquilo. E eles ficarão lá por um bom tempo. Nós íamos buscar você, garota, quietos e furtivos, mas quando a vimos correndo pra cá, bem, acabou tornando a nossa noite muito mais fácil...

Inspirei, trêmula, enquanto ele dizia:

— Então deixa eu dizer a *você* o que está prestes a acontecer...

Meus olhos se arregalaram quando ele se aproximou. Meu nariz ardeu quando senti seu odor, uma mistura de suor, tabaco e álcool. Quando chegou mais perto de mim, levantou a mão e passou os dedos pelo meu cabelo. Meus olhos se fecharam e fiquei paralisada pelo medo.

— Malditamente linda, querida. Ariana pura, cabelo loiro e olhos azuis, a puta ideal de Hitler. O sonho de todo irmão da Klan. Porra, se eu não fosse receber um balde de dinheiro para entregá-la a salvo para aqueles malucos no meio do nada, eu levaria você comigo e mostraria como é ser fodida pela raça pura.

Quando ele soltou meu cabelo, o pânico alimentou minhas pernas e corri para a floresta.

— Peguem ela! — gritou o homem no comando, e ouvi sons dos passos apressados atrás de mim.

Forcei as pernas a correrem mais rápido, rezando para conseguir chegar à sede do clube em busca de ajuda; à procura de Ky, mas quando estava prestes a entrar na floresta, mãos rudes agarraram meus ombros e me empurraram para o chão. Minhas costas atingiram a terra dura com um baque forte, o impacto me deixando sem fôlego. Meus braços foram arranhados pelos galhos e folhas, e meu corpo inteiro doía. Eu lutei e lutei para me libertar, como Ky me instruíra uma vez a fazer, mas o homem grande acima de mim levantou o braço e me atingiu no rosto. Minha visão ficou turva e o mundo pareceu rodar.

— Apaguem ela! — uma voz fraca ordenou, e meus braços e pernas de repente pareciam pesar uma tonelada. Uma folha que boiava rio abaixo chamou minha atenção, passando por cima de pedras e galhos. Por alguma estranha razão, não consegui desviar minha atenção. Parecia tão simples, tão livre, em sua própria jornada ao desconhecido.

— Conseguiu, Jep? — outra voz baixa perguntou. O homem acima de mim grunhiu em resposta enquanto a folha continuava boiando pelo rio.

Mãos ásperas e rudes agarraram minhas bochechas, e ele virou a minha cabeça para o lado. Algo foi colocado sobre a minha boca, me sufocando, mas eu estava atordoada demais para lutar contra. O cheiro era forte, quanto mais respirava, mais sonolenta eu ficava.

— Ela já apagou? — alguém perguntou à minha esquerda, e virei a cabeça naquela direção. Um par de botas pretas estava perto da minha cabeça, mas tudo o que vi foi aquela folha solitária no rio, boiando até se perder da minha vista.

Nunca descobri o destino daquela folha, pois o mundo ao meu redor começou escurecer. Quando o pânico profundo tomou conta do meu corpo, uma última imagem apareceu na minha mente, me trazendo uma sensação avassaladora de paz: Ky. O belo rosto de Ky. Os seus olhos azuis brilhando, sua boca carnuda sorrindo, seu longo cabelo loiro bagunçado e despenteado. O melhor de tudo era a expressão em seu olhar enquanto me observava com pura adoração e amor. O rosto gentil do meu Ky me manteve em segurança quando fui puxada para um abismo.

Ele sempre me manteve a salvo.

Ele sempre teria o meu coração... mesmo que eu nunca pudesse ter o dele.

CAPÍTULO QUINZE

KY

— Eu digo para carregar tudo o que temos e invadir aquela maldita fazenda. Vamos fazer um maldito Blitzkrieg[7] naqueles facistas filhos da puta de capuz pontudo! — Viking falou e bateu com o punho na mesa para enfatizar suas palavras.

Tank balançou a cabeça.

— Não é a mesma Klan com o qual lidamos há alguns meses, Vike. Johnny Landry está fora de questão. Ele é organizado, um maldito gênio. Ele estará nos esperando. — Tank afastou o olhar do ruivo e se virou para o Styx. — Ele vir aqui esta noite, explodir o portão da frente e atentar contra as putas, mas nenhum dos irmãos, é muito estranho. Se ele quisesse que nós fôssemos para o Hades, ele poderia não ter acabado com todos nós, mas teria feito um belo estrago. Ainda estamos todos aqui, vivos e respirando... Essa merda foi planejada.

A expressão do prez ficou atormentada.

— *Aquele filho da puta nocauteou minha mulher, fiquei louco quando pensei que a situação era pior. Só por isso ele vai conhecer o barqueiro... lentamente, depois que eu desenhar um maldito H no peito dele e lhe dar um sorriso permanente* — verbalizei as palavras de Styx para Tank, mas minha mente estava em outro lugar... de

---

7 Blitzkrieg - é uma tática militar operacional que consiste em utilizar forças móveis em ataques rápidos e de surpresa, com a intenção de evitar que os inimigos tenham tempo de organizar a defesa.

volta ao meu quarto com a Li, com o meu pau enterrado no fundo da sua boceta apertada, observando aquele rosto deslumbrante dela debaixo de mim; olhos fechados, boca ligeiramente aberta enquanto gemia meu nome com a voz ofegante e provocante.

Ky... eu amo você... Ky... Ky...

— Ky! — alguém gritou, fazendo com que eu voltasse ao presente.

Segui o som da voz para encontrar Bull e seu rosto totalmente marcado por tatuagens maori me encarando, com os braços cruzados sobre o peito. Ele balançou a cabeça na direção do Styx. Quando me virei para o meu melhor amigo, ele estava praticamente me assassinando com os olhos. Eles também suspeitavam, e meu estômago pesou. Ele ia cortar o meu pau fora com uma das suas facas quando descobrisse que eu tinha fodido a Lilah.

Tank tossiu e disse:

— Como eu estava dizendo, algo maior está acontecendo. Essa bomba caseira no portão foi uma distração.

Styx estalou os dedos e observei suas mãos.

— *Você fez essa merda com eles quando estava com a irmandade. O que eles poderiam estar fazendo? E que porra eles querem de nós? Achei que Landry não iria querer vingança por matar seus homens uns meses atrás.*

O irmão balançou a cabeça.

— Não acho que seja isso. Aqueles idiotas eram descartáveis, soldados de baixo nível. Landry não dá a mínima para o fato de termos enviado eles para o Hades, você mesmo o ouviu naquela reunião. O maldito provavelmente acha que nós poupamos o tempo dele. Landry limpou a Klan, ao menos é o que o meu contato disse. Ele se livrou de todos os idiotas fracos e agora vai recrutar os verdadeiros soldados.

— Verdadeiros soldados? — Smiler perguntou.

Tank assentiu.

— Vou colocar dessa maneira: como Hitler, ele usou seus soldados idiotas, para levá-lo ao poder, matando qualquer um que estivesse no seu caminho, e agora está sumindo com eles, matando a sangue frio e, assim como Hitler, está convocando soldados superiores...

Todos olhamos para ele como se fosse um idiota. Nunca prestei atenção às aulas de história europeia, estava muito ocupado sendo comandado pelo meu pau e aprendendo a ser um Hangmen.

Tank suspirou.

— Os malditos do *SS*, o exército nazista, o esquadrão da morte... Os verdadeiros bastardos sádicos que queriam ver um mundo totalmente branco e ariano. E, assim como aqueles que não tiveram nenhum problema em torturar e assassinar judeus e qualquer outro filho da puta de quem não gostassem na Segunda Guerra Mundial, esses soldados farão o que Landry disser. O cara é, para *eles*, o novo *Fürher*. Estamos falando de uma ameaça real para o clube, Styx. Esta nova Klan que Landry está criando pode realmente ferrar com a gente... se é que ainda não começaram.

Houve um silêncio ao redor da mesa enquanto as palavras dele pairavam entre nós.

Mais ameaças. Que maravilha.

— Então por que toda a merda de teatro? Por que a bomba caseira? Por que a distração? — perguntei e me inclinei para a frente, observando enquanto Tank passava a mão sobre a cicatriz à faca de um lado da cabeça, a mesma que Landry tinha lhe dado de presente quando Tank perdeu a fé no Reich e deu o fora da Klan.

— Algo maior tem que estar por vir. Eles nos querem irritados, para irmos atrás deles. Parece que estão se preparando para começar uma guerra.

Uma cadeira arrastou no chão de madeira e bateu contra a parede. Flame se levantou, punhos cerrados, seus braços ostentando novos cortes.

— Então vamos para a porra da guerra! Não dou a mínima para esses malditos assassinos de judeus. Eu vou matar todos eles sozinho. Deixe que tentem derrubar os Hangmen. Eles se meteram com meu clube... com os meus irmãos... com a minha Madd...

Flame congelou, interrompendo suas palavras antes que pudesse dizer mais, seus loucos olhos negros arregalados. As inúmeras chamas tatuadas em seu pescoço ficaram mais evidentes quando tudo tensionou e ganhou um tom vermelho, antes que ele soltasse um grito alto. Enfiando a mão nas botas, puxou uma faca e a jogou na parede.

Vike e AK se levantaram e foram ficar de pé junto ao irmão ofegante, um de cada lado, em demonstração de apoio. Cowboy e Hush os seguiram, os cinco estavam fervendo e sedentos por sangue nazista.

Agora eles eram a porra de um *quinteto psycho*?

Styx se levantou e bateu com o punho na mesa, e todos os olhos se focaram no prez. Os deles brilharam para mim e esperei que sinalizasse.

— *Eu entendo que vocês estão prontos para lutar. Estou com vocês, irmãos. Vamos nos vingar dos nazis, mas neste momento concordo com o Tank e digo que devemos esperar. Vamos ver que infernos os skinheads estão aprontando. Obtendo informações, tomaremos o nosso tempo e depois acabaremos com eles quando chegar a hora.*

Tank, Bull e Smiler concordaram, e a pior, e, certamente, a *boy band* mais fodida do mundo, se acalmou.

— *Tank, qual é a desse contato que você tem? Por que ele está desistindo da Klan? Você acha que ele está nos enganando? Passando informações erradas?* — Styx sinalizou enquanto eu me dirigia ao ex-KKK.

Ele balançou a cabeça.

— Não, a informação é quente, *prez*. O cara conheceu uma cadela, a quer, e ela não é uma ariana. Se o Landry descobre que um de seus oficiais arriou por uma latina, uma princesa do cartel, é morte na certa. Ele fará qualquer coisa para derrubar aqueles filhos da puta... *qualquer coisa*. Trocamos apenas informações quentes enquanto ele mantém as coisas pessoais para si.

— Princesa do cartel? — AK questionou.

Tank encolheu os ombros.

— Ele nunca deu mais detalhes do que isso. O irmão não gosta de compartilhar, mas sim, ela é uma princesa do cartel ou algo do tipo. Um nazista e uma imigrante ilegal. Que merda de conto de fadas, hein? — ele disse sarcasticamente.

Styx se recostou na cadeira e suspirou enquanto olhava para o teto. Os irmãos e eu o observamos, esperando instruções. Finalmente, ele inclinou para frente, com os cotovelos na mesa.

— *Tank, entre em contato com seu irmão skinhead e descubra por que infernos não temos mais um portão da frente e estamos com três cadáveres em nossas mãos. Vamos esperar, montar um plano e depois eliminamos esses filhos da puta. Okay?*

— Sim — respondi junto com todos os irmãos, dando a volta na mesa, um por um.

— *Hoje à noite faremos turnos para proteger o complexo. Levem suas cadelas para o clube. Estamos fechados até sabermos em que pé a situação está. AK, Cowboy, Vike e Hush, vocês fazem o primeiro turno. Flame.* — Styx fez uma pausa e Flame balançou a cabeça lentamente. Meu amigo então suspirou. — *Você fica de olho na Maddie.* — Ele relaxou e olhou para a porta. O irmão estava ansioso para voltar a ficar de guarda do lado de fora do apartamento onde ela estava.

Styx bateu com o martelo sobre a mesa e os irmãos saíram, Tank com o celular no ouvido, reunindo informações. Pulei da cadeira o mais rápido possível e virei para a porta, mas as mãos de Styx agarraram meu cut por trás e fui arremessado contra a parede.

— Mas que porra! — gritei.

Styx estava louco, puto, seus olhos com uma expressão insana.

— E-e-e-eu d-disse p-p-para v-você fi-fi-ficar longe da b-b-boceta dela, c-c-caralho! V-você f-f-fez d-dela a p-p-p-porra da s-sua p-p-prostituta!

Prostituta? Desta vez, a raiva tomou conta de mim e empurrei o peito dele, jogando-o contra a mesa. Em segundos, eu estava em cima dele, minhas mãos segurando a bainha do seu *cut*.

— Irmão ou não, melhor amigo ou não... *prez* ou a porra que for, nunca mais fale sobre Lilah novamente dessa maneira ou vou enfiar uma faca na porra do seu coração!

Ele olhou para mim, e me preparei para a briga, mas então, um maldito sorriso se espalhou em seu rosto e me afastei confuso.

— De que merda você está sorrindo? E que porra foi tudo isso, seu idiota?!

Styx se levantou e ficou diante de mim.

— V-você e-está a-a-apaixonado p-pela c-c-cadela.

— Cala a boca, Styx — retruquei, meu peito tão apertado quanto uma boceta virgem.

Styx riu.

— M-merda. V-você está. N-Nunca pensei que ve-veria este d-dia.

Andando para trás, recostei-me contra a parede, e cruzei os braços sobre o peito. Olhei para meu melhor amigo, que me observava como se eu fosse uma aberração.

— Tudo bem, eu amo aquela cadela pra caralho. Você está feliz agora? Eu não consigo tirá-la da cabeça. Não consigo *ver* mais ninguém a não ser ela. — Ri, incrédulo, e passei a mão pela barba. — Ela sofreu uma maldita lavagem cerebral, sem dúvida ama Jesus mais do que a mim. Do nada ela se joga no chão, falando algumas merdas religiosas que nunca consigo entender. Ela se veste e fala como se tivesse acabado de sair da merda do século dezessete. Mas aquela cadela brilha tanto para mim que não consigo me afastar da sua luz. Ela está o tempo todo nos meus pensamentos, *prez*. Estou tão perdido por aquela cadela que fico louco se não estou por perto. E agora que estive dentro dela, estou arruinado.

Styx ergueu as sobrancelhas e seu sorriso diminuiu.

— E-ela ama v-você?

— Sim — suspirei e passei a mão pelo meu cabelo, rindo. — Sim, ela me ama. Porra... Ela me *ama*.

Ele assentiu e colocou a mão no meu ombro. Meu olhar encontrou o dele.

— Como diabos isso aconteceu? Eu a amo, Styx. Ela me tem na palma da sua mão. *Eu!* Meu pai deve estar se revirando no caixão.

— M-Mae t-também me tem na p-palma da mão, i-irmão. Fo-foda-se o que os n-nossos pais disseram ou f-fizeram. Eu não m-mudaria o f-fato de estar com a M-Mae p-por n-n-nada.

Inclinando a cabeça para trás, suspirei e disse:

— Apaixonado por uma cadela que não tem noção da vida aqui fora, não é engraçado. Como ela vai ser uma *old lady*? Nós estamos condenados, Styx, e ela quer ser salva. Lilah não vai encontrar nenhuma salvação com Hades.

— A M-Mae encontrou. M-melhor com a gente d-do que com a-aquela s-seita. E-ela vai s-s-superar isso.

— Mae é diferente de Lilah. Ela fugiu. A Li *queria ficar*. A sua cadela tentou se adaptar a esta vida, ela queria fazer isso por você. A minha tem

CORAÇÃO SOMBRIO 191

medo da sua própria sombra. A Mae já não segue mais a fé delas, Styx. A Li ainda vive por essa merda, balbuciando escrituras como um maldito pastor.

— E-ela p-precisa de t-tempo. E-eventualmente ela v-vai su-superar — ele assegurou e me deu um soco no braço. — Vá ficar c-com ela. D-daqui a pouco v-vamos ter q-que trocar de t-turno.

— Sim — respondi e me afastei da parede.

De repente, Styx se virou.

— Não f-ferre com ela — avisou.

Minha mandíbula apertou.

— Vá se foder, Styx.

Ele sorriu de novo e disse:

— Arriado pela boceta! — E então foi embora.

Se eu não quisesse foder minha mulher novamente tanto assim, eu teria ido atrás do filho da mãe só para enfiar meu punho na sua cara. Quando entrei no bar, o lugar estava ficando cheio; irmãos e cadelas por toda parte.

Ah, que maravilha, íamos ficar trancados aqui.

Praticamente correndo para o meu quarto para chegar até ela, passei pela porta.

— Doçura, voltei. Hora de ficar pelado de novo!

Fechei a porta e me virei para a cama, mas Lilah não estava lá. Os lençóis estavam espalhados por todo o lugar maldito, onde tínhamos feito amor, mas ela não estava à vista.

— Li? Você está no banheiro? — gritei para a porta parcialmente fechada.

Sem resposta. Franzindo a testa e com uma sensação de apreensão começando a apertar meu peito, caminhei até o banheiro e empurrei a porta.

Nada.

As roupas de Lilah, que ela deixara no chão, tinham desaparecido... Seu vestido e aquela maldita touca.

Mae. Ela estaria com Maddie ou Mae.

Saindo correndo pela porta, praticamente voei pelo corredor até o quarto de Styx, batendo na porta. Eu podia ouvir gemidos vindo de dentro, e então xingamentos do meu amigo quando se dirigia até a porta.

Quando a abriu, ele estava fechando o zíper da calça.

— O q-quê? — rosnou para mim, com uma expressão irritada no rosto.

— A Lilah está aqui? — exigi.

Styx franziu o cenho e balançou a cabeça.

— Ela não está no meu quarto. Voltei lá e ela não estava na cama e suas roupas sumiram. Pensei que ela estaria com Mae. — A carranca dele virou preocupação, e de repente sua mulher estava na porta, enrolada em um lençol; o cabelo preto bagunçado e seu rosto corado.

— O que aconteceu? Onde está a Lilah? — ela perguntou, em pânico.
Passando as mãos pelo rosto, olhei para o corredor e disse:
— Maddie?
Mae assentiu nervosamente e segurou o braço de Styx.
— Vá lá olhar, Ky, vamos nos vestir e já saímos.
Não fiquei mais um segundo e fui para a escada dos fundos. Passando apressado pela porta de metal, contornei as escadas e vi Flame sentado em sua cadeira. Ao ouvir minha aproximação, ele se levantou de um pulo, segurando as facas, pronto para atacar.
— Se acalme, porra. Sou eu — falei e subi as escadas, dois degraus de cada vez. Quando cheguei ao topo, disse: — Lilah está aí com a Maddie?
Flame olhou para a porta como se pudesse ver através dela e disse:
— Não que eu saiba.
Virando, bati na porta.
— Maddie! É o Ky. Abra a porta.
O irmão se moveu atrás de mim até que estava praticamente tocando as minhas costas.
— Flame, se afaste. Eu não tenho tempo para lidar com a sua loucura agora.
— Não vou me mover um centímetro, filho da puta. Quero ter certeza de que você não vai assustar a cadela. — Girou a faca nas mãos, passando pelo meu rosto. — Se ela gritar, eu faço você gritar.
Cerrando os dentes, virei para enfrentá-lo, mas os passos na escada chamaram minha atenção.
— Flame! Por favor, se afaste! — Mae gritou, subindo as escadas vestindo sua regata de sempre e jeans preto; Styx vinha logo atrás.
— Maddie não vai abrir, e estou prestes a matar esse filho da puta, se ele não se afastar, porra! — rosnei sem afastar o olhar de Flame.
— Flame! Eu preciso entrar aí para ver minhas irmãs. Por favor, deixe-me passar! — Mae gritou.
O psicopata grunhiu em resposta e recuou, batendo as costas na parede.
Mae girou a maçaneta e empurrou a porta. A cadela mais nova estava no meio do quarto, olhando timidamente para a porta.
— Maddie! Lilah está aqui com você? — Mae perguntou. A garota balançou a cabeça, seus olhos verdes enormes quando viu o grupo reunido no corredor.
Olhando para nós, vimos o rosto de Mae empalidecer.
— Styx? — ela sussurrou, com uma expressão desolada no rosto.
— Irmã? — Maddie sussurrou atrás dela, vestida com o seu longo vestido cinza, exatamente como Lilah.
As duas se entreolharam.

— Sim?

Mae engoliu em seco e lágrimas surgiram em seus olhos.

— Onde está a Lilah? Aconteceu alguma coisa com ela? — A respiração de Maddie ficou suspensa e ela tropeçou para trás. — Eles vieram nos levar? O Profeta David voltou e veio nos levar de volta para sermos salvas? — Sua voz aumentou em volume e ela chorou. — Eles pegaram Lilah? Eles a levaram de volta?

Mae se aproximou de Maddie e a tomou nos braços.

— Não! Eles não voltaram. Eles se foram, irmã.

Ela se afastou e balançou a cabeça.

— Não! O Profeta David disse que voltaria, caso algum dia fosse morto. Ele ressuscitaria para se vingar daqueles que o prejudicaram! Ele voltou, Mae! Eu sei, e ele levou Lilah! Eles vão matá-la. Eles farão dela um exemplo pela sua deserção!

Maddie estava quase gritando agora, e Flame estava perdendo a cabeça atrás de nós, andando de um lado para o outro, com um maldito rosnado constante saindo de sua garganta. Eu não estava muito atrás, ouvindo aquela merda que saía da boca da garota mais nova. Aquela seita tinha fodido completamente aquelas cadelas.

Mae virou a cabeça para nos olhar enquanto tentava acalmar a irmã em seus braços.

— O rio. O único outro lugar em que ela poderia estar é no rio.

Eu já estava descendo as escadas antes que ela terminasse a frase, seguido por Styx. Saí correndo pela porta e avancei pelo pátio. AK, Vike, Cowboy e Hush pegaram seus Uzis.

— Porra! Quase atiramos em você! — AK gritou, mas Styx e eu não paramos. — Onde vocês estão indo? — ele gritou, mas eu estava muito ocupado entrando na floresta, meu coração batendo cada vez mais rápido.

Por que infernos ela iria ao rio quando acabamos de ser atacados? E se algo tivesse acontecido? Quase tropecei quando entrei em pânico, achando que poderia ser porque fizemos amor.

Merda!

Eu podia ouvir vários passos me seguindo agora enquanto corria pela floresta, ignorando os galhos baixos das árvores batendo no meu rosto e me arranhando. Continuei no caminho de terra que levava ao rio, forçando as pernas a se moverem mais rápido, quando ouvi o barulho da água ao longe.

— Lilah! — gritei enquanto saía da sombra das árvores e ia até a margem do rio. Mas não havia nada. Olhei para a água, a correnteza forte e constante.

— Porra! — berrei, com as mãos na cabeça. Styx agarrou meu braço e me puxou. Olhei para os seus olhos questionadores. — Ela vem aqui para rezar e depois se purificar ou alguma merda do tipo.

A expressão dele endureceu e ele me soltou para começar a procurar na água. Corri cerca de vinte metros e reconheci a clareira onde ela sempre deixava suas roupas. Olhando para o chão, vasculhei cada centímetro... e meu coração quase parou quando vi um pedaço de tecido branco escondido sob uma pedra.

Inclinando-me, puxei o tecido, libertando-o da rocha e peguei a touca que ela usava.

— Não! — gritei, a cabeça inclinada para trás em fúria; apertei o tecido nas mãos.

AK, Vike, Cowboy e Hush se aproximaram, Uzis em punho enquanto vasculhavam a área. Minhas pernas cederam e, antes que percebesse, estava no chão, com a cabeça entre os joelhos.

Styx se ajoelhou na minha frente e colocou a mão no meu ombro. Levantei o olhar e mostrei a touca, arfando:

— Ela estava aqui, *prez*. Porra, ela estava aqui. — Sentindo o tecido na minha mão, olhei para o rio. — E se ela tiver se afogado?

Tudo o que eu podia sentir era um enorme buraco no meu peito, onde meu coração deveria estar. Senti como se não pudesse respirar. Lilah, *minha Lilah*, minha maldita loirinha... minha *old lady*, tinha desaparecido.

— Ky! — alguém gritou, e vi Styx balançar a cabeça naquela direção. Mas tudo que eu podia fazer era olhar para o maldito rio e pensar na minha cadela.

Lilah... doçura...

Um assobio familiar chamou minha atenção. Olhei para a esquerda e vi AK agachado em outro trecho de terra, que levava à estrada rural. Styx sinalizou para eu ir até lá.

Ficando de pé num pulo, corri para onde estavam todos reunidos. AK olhou para cima e apontou para a terra.

— Pegadas. E muitas.

Inspirando profundamente, ele se levantou, seus olhos se estreitando.

— Havia gente aqui, Ky. Parece ser em torno de cinco ou seis homens, a julgar pelo tamanho das pegadas das botas.

— Como você sabe tudo isso? — Hush perguntou.

— Forças especiais, seis turnês — respondeu AK. — Quem quer que sejam não são inteligentes o suficiente para cobrir seus rastros. — Ele se ajoelhou novamente e inclinou a cabeça. — Porra!

— O quê? — perguntei.

AK olhou para mim.

— Dois pares de pegadas são mais profundos. — Ele se levantou e, olhando o chão de terra, caminhou cerca de dez metros pelas árvores. Ele balançou a cabeça para si mesmo, depois disse: — Eles estavam carregando algo para lhes dar mais peso. — AK encontrou meus olhos e suspirou. — Eu diria que era algo pesando em torno de cinquenta quilos.

— Lilah — sussurrei. — Os filhos da puta a levaram.

Um rugido colérico quebrou o silêncio do rio. Virando, vi Styx furioso, boca e músculos tensos. Fixando minha atenção em AK, tentei manter a mente focada e perguntei:

— Mais alguma coisa que você consiga ver?

Ele franziu a testa enquanto estudava as pegadas, então sua expressão mudou e sua cabeça se levantou.

— Botas militares. São pegadas de botas militares. E um cigarro. — Pegou o cigarro, que não tinha sido totalmente consumido e balançou a cabeça. — Ainda quente, mas frio o suficiente para me dizer que quem quer que seja, já foi embora levando a cadela.

— Quem diabos usaria botas militares por aqui? — Cowboy perguntou.

— N-N-Nazis — uma voz soou. Todos olhamos para Styx em choque. Ele tinha falado de novo. E isso mostrava o quão puto o irmão estava. Seu medo de falar foi dominado por pura raiva.

— Ele tem razão. Esses filhos da puta todos usam — Vike disse, e eu fechei os olhos.

— A distração — declarei, tudo agora fazendo sentido.

Todos os olhos se voltaram para mim.

— Porra! — Viking gritou.

— Tank. Eu preciso falar com o Tank — disse e saí correndo pela floresta.

No momento em que entrei no pátio, Tank, Bull e Smiler já estavam correndo em nossa direção, com os rostos completamente tensos.

— Tank! — gritei. — Esses fascistas desgraçados pegaram minha cadela!

Tank empalideceu e inclinou a cabeça para trás.

— *Porra!*

Todos os irmãos começaram a se reunir no pátio, todos encarando Tank, esperando por informações. Minha pele estava pegando fogo com a necessidade de ir atrás dos malditos e ter a minha mulher de volta em meus braços, lugar ao qual pertencia, mas eu não tinha a menor ideia de por onde começar. E o que infernos a Klan queria com ela? *Como* diabos *eles* sabiam que *ela* estava aqui?

— Minha fonte, Tanner, ouviu Landry ordenar que o último de seus soldados nos atacassem para nos distrair com a bomba caseira e depois levar a cadela bonita...

Tank olhou hesitante para Styx, que tinha se aproximado de mim, e seus olhos estremeceram.

Styx apontou para o irmão com o queixo, sinalizando para ele continuar.

Tank suspirou.

— Para capturar a *old lady* de Styx. Disseram que a reconheceriam, porque ela parecia uma modelo. Mae era o alvo. Ele não sabia mais do que isso.

Minha mente disparou e a adrenalina bombeou pelas minhas veias. Porra, deve ser assim que o Flame se sente vinte e quatro horas por dia, sete dias por semana. Eu queria matar, matar todos os malditos que ousaram tocar na minha mulher.

Styx era uma estátua ao meu lado, mas eu sabia que ele estava a ponto de perder a cabeça, pronto para rastrear e retalhar os nazistas.

— *Para que eles a queriam? O que Landry quer com ela?*

Tank balançou a cabeça.

— Tanner não sabia. Eles não iam levá-la para a sede da Klan, isso é certo. Parece que foi algo de fora. Alguém a queria e, sem dúvida, pagou uma fortuna para a Klan fazer o trabalho sujo. Quem quer que fosse, não queria que soubéssemos que eram eles.

Dei um passo para frente, perdendo rapidamente meu último resquício de paciência.

— Precisamos de um nome, um local, algo para atacar. Se não conseguirmos, eu não tenho problema algum em ir atrás da maldita Klan com a porra de um lança-chamas na mão e um arsenal de semiautomáticas para detonar aquele lugar.

Tank passou a mão pela cicatriz, os olhos no chão enquanto pensava. Nunca desviei o olhar do irmão, pensando em algumas maneiras criativas de cortar as gargantas dos nazistas. Ele finalmente levantou a cabeça e se dirigiu a Styx.

— Se o Tanner nos der essa informação, ele está morto. Temos que dar a ele a nossa proteção. Porra, vamos ter que mantê-lo escondido aqui. Eles vão acabar com ele se descobrirem que delatou os negócios da Klan, e conhecendo o Landry, ele *vai* descobrir. Eu não vou perder um dos meus melhores amigos sem fazer tudo ao meu alcance para protegê-lo.

— Como é a corrida dele de moto? — Bull perguntou.

— Como a porra de um morcego vindo do inferno — Tank respondeu. — O filho da mãe também é forte e é um maldito gênio. Pode hackear qualquer coisa, conseguir informações sobre qualquer pessoa, a qualquer momento. O irmão tem habilidades... habilidades que poderíamos usar. Temos mais inimigos surgindo na nossa porta do que podemos contar. Tanner pode ser um trunfo de ouro.

— Por que diabos tem alguém assim na Klan? — Smiler perguntou, a pergunta que tenho certeza que todos nós estávamos nos perguntando.

Tank cerrou os olhos enquanto olhava para cada um dos irmãos.

— O pai dele o criou na Supremacia Branca para odiar todos os outros filhos da puta. Ele cresceu na Klan do Texas, nunca conheceu nada diferente. Não sei se você entende o quão ferrados eles ficariam se o Tanner fosse embora. Ele é o garoto prodígio deles.

— Quem é o pai dele? O Hitler? — Vike tentou brincar, mas a mandíbula de Tank se apertou e ele balançou a cabeça.

— As informações sobre a sua família não são de conhecimento público e é assim que ele gosta.

Styx se aproximou de Tank, sinalizando com as mãos:

— *Primeiro você é um Hangmen, e esse seu amigo dessa merda racista vem em segundo, então é melhor compartilhar. E irmão, isso não é um pedido.*

Foi a primeira vez que vi Tank irritado com Styx, mas sabendo que o prez não mentia, ele respondeu:

— Às vezes você é um filho da puta, Styx. Um maldito filho da puta! Eu jurei que nunca contaria! O cara fez muito por mim quando eu quis sair da Klan, e se não fosse por ele, eu estaria com o barqueiro e agora queimando no inferno — o irmão sibilou.

Styx permaneceu estoico, com os braços cruzados sobre o peito, uma expressão dura no rosto.

Ninguém no clube se metia com o Hangmen Mudo.

— *Porra!* Ok! O pai dele é... o governador Ayers — Tank falou friamente.

— O governador Ayers é nazista? — perguntei, tenso. Os olhos de Styx se arregalaram. Aquele cara controlava todo o estado do Texas. E pagávamos a ele uma tonelada de dinheiro anualmente para que fizesse vistas grossas em relação aos nossos negócios. Porra, nós entramos em guerra com a Supremacia Branca, e de repente temos federais e policiais grudados em nossos pescoços.

— A porra do Grande Mestre de todo o Texas — revelou. — O cara é um dos líderes de todos os Estados Unidos.

— Caralho! — Vike xingou, e algo na expressão de Tank chamou minha atenção.

— O quê? — perguntei.

— Isso não é tudo — Tank respondeu.

— *Então fale, porra!* — Styx sinalizou, toda a sua paciência já tinha se esgotado, e eu podia jurar que o ex-Klan iria realmente tentar mandar o seu *prez* para o barqueiro. Bull colocou a mão no ombro de Tank, segurando-o enquanto Styx sorria, provocando o irmão.

Algum filho da puta queria sequestrar Mae. Ninguém deveria mexer com o Styx agora... e nem comigo. Eu estava ao lado dele nessa. Aqueles filhos da puta da Klan levaram a minha cadela.

— O irmão mais novo do governador Ayers, é Johnny Landry... Landry é o tio do Tanner. É um maldito negócio de família.

Os irmãos xingaram, incrédulos, mas cansado dessa merda, passei pelo Styx e encarei Tank.

— Chega dessa palhaçada do caralho! Traga esse irmão fascista aqui... agora! Pegamos as informações que precisamos. Aí atacamos os malditos.

Recuperamos Lilah, protegemos Mae e Maddie e mais tarde lidamos com as consequências. Temos mais contatos do que esse merda um dia terá. Os Hangmen não estão apenas em todo o país, nós somos internacionais. Temos milhares de contatos que eles nem ousariam em sonhar. Esse filho da puta precisa ter medo, isso sim. Nós somos a porra dos Hangmen!

Os irmãos ao meu redor se balançavam de um lado para o outro, murmurando em concordância, com os punhos cerrados. Eles estavam putos e estavam do meu lado.

Olhei por cima do ombro para Styx.

— Prez? Você está nessa?

Os olhos dele ardiam com um fogo mal-contido e ele assentiu. Olhei de volta para cada um dos meus irmãos, todos assentindo em concordância. Flame estava na parte de trás, o irmão tendo acabado de sair para o pátio depois de ter deixado seu posto na frente da porta de Maddie. Ele já estava caminhando de um lado para o outro, sedento por vingança, todos os músculos do seu corpo tensos pela fúria. O sorriso de gelar o sangue, com a palavra *DOR* em sua gengiva, se espalhou pelo rosto dizia tudo aquilo que eu precisava saber. Mas então vi alguém atrás de Flame, alguém com cabelo preto e um par de olhos cristalinos... uma cadela pequenina cujo coração estava completamente se estilhaçando..

— Mae — eu disse exasperado. — Você não pode estar aqui fora, sabe disso. Negócios do clube.

Styx, depois de me ouvir dizer o nome dela, passou pelos irmãos para segurar sua cadela nos braços. Seus enormes olhos, cheios de lágrimas, o encararam.

— Alguém levou a Lilah? — perguntou, sua voz repleta de devastação.

Senti meu coração quebrar junto com o dela, bem no meio. Merda. Era por isso que as *old ladies* eram mantidas de fora. Elas não precisavam saber dessas merdas até que fosse necessário.

Styx assentiu com a cabeça apreensivamente para sua old lady, e eu o observei sinalizar:

— *Nós vamos recuperá-la e mataremos os filhos da puta responsáveis por isso. Amor, eu juro, vamos recuperar a sua irmã.*

Mae engoliu em seco, com medo ao ver seu homem tão irritado, e desviou o olhar. Mas então seus olhos encontraram os meus, e mais lágrimas rolaram pelas suas bochechas; ela estendeu a mão, gesticulando para eu ir até ela.

Styx assistiu com uma careta e agitou o queixo bruscamente para eu me aproximar. Pigarreando, tentando afastar uma enorme bola que parecia entupir a minha garganta, lentamente me inclinei para frente e peguei a mão trêmula, lambendo meus lábios enquanto reunia coragem para encarar seu olhar. Todos os irmãos se calaram... até mesmo Flame.

Ky, se recomponha, disse a mim mesmo. *Se mantenha firme para a sua mulher. Você vai recuperá-la. Nada de ruim aconteceu com ela.*

— Ky? — Mae disse baixinho enquanto eu esperava que ela chutasse a minha bunda. — Traga ela de volta para nós. Para mim, para Maddie... para *você*... — Ela parou de falar, e pensei que o inferno devia ter congelado ou alguma merda do tipo. Ela havia me avisado para ficar longe de Lilah mais vezes do que eu poderia contar, mas aqui estava ela me dando sua bênção?

Mas que...

Um sorriso assassino surgiu nos lábios trêmulos de Mae.

— Você a *ama*.

Não era uma pergunta, e todos sabíamos que era a porra da verdade.

Sim, eu tinha me livrado das putas do clube por aquela mulher. Porra, ela tinha me domado, entrado na minha mente... Uma mulher me prendendo e *me* pegando por mais do que apenas meu pau.

— Sim, eu a amo, pra caralho — murmurei. — Mais do que a minha maldita vida. Essa cadela é *tudo* para mim.

A mão pequenina apertou a minha e ela deu um suspiro trêmulo de alívio.

— Ela também *ama* você.

Meu peito estava tão apertado que eu não conseguia respirar. *Ela me amava. Ela me amava. Ela me amava.*

— Você a estava salvando, Ky. Dia após dia, você a estava salvando. Eu vi. Não gostei no começo, pensei que iria machucá-la, mas não. Na verdade, você estava fazendo o impossível se tornar realidade. — De repente, ela respirou fundo e, tirando um pouco de força de algum lugar, acrescentou:

— Agora Lilah precisa que você a salve novamente, Kyler. Ela precisa de você para salvar a vida dela... *Todos nós precisamos.* — Mae abaixou os olhos e sussurrou: — Eu *imploro* para que você a salve.

Abaixando-me, dei um beijo nas costas de sua mão e disse:

— Eu prometo a você, Mae. Eu vou salvar a minha mulher... ou vou morrer tentando.

CAPÍTULO DEZESSEIS

LILAH

— *Hora de acordar, Loirinha!*

Acordei com uma sacudida. Um forte cheiro de amônia encheu minhas narinas, forçando-me a sentar para fugir do odor podre.

Cada parte minha parecia doer. A cabeça doía, e lutei para abrir os olhos, mas não consegui mexer os braços e as pernas, porque estavam amarrados com uma corda.

Abrindo os olhos, meu coração disparou quando os homens estranhos do rio se sentaram na minha frente, sorrindo maliciosamente, enquanto eu me mantinha quieta, junto com eles naquele local escuro e pequeno.

O homem de cabelo castanho e oleoso estendeu a mão rude na minha direção e a passou pela minha perna. Lágrimas encheram meus olhos.

De repente, uma batida forte soou na parte traseira, e percebi que estava em uma van.

— Prepare-se. Os compradores estarão aqui em dois minutos.

Compradores?

Franzindo a testa, voltei a atenção para os homens sentados diante de mim. O homem que acariciava minha perna suspirou profundamente e afastou a mão. Exalei lentamente, aliviada, quando ele sinalizou para seus homens saírem da van.

As portas se abriram e logo depois se fecharam, confinando-me ao veículo escuro. Tentei rapidamente pensar no que fazer. Quem eram aqueles homens? O que queriam comigo? Qual seria o meu destino?

Fechando os olhos, tentei segurar o soluço que subia pela garganta, mas falhei quando um grito escapou pelos meus lábios e lágrimas começaram a rolar pelo rosto. Eles iam me matar? Ou... me tomar contra a minha vontade?

O rosto de Ky apareceu na minha mente, e outro soluço escapou. Ele estaria me procurando? E Mae e Maddie... Elas ficariam com medo? Algum dos Hangmen saberia onde me procurar? Eles saberiam a identidade desses homens?

Eles não saberiam, não é? Eu estava perdida para os Hangmen. Eles não sabiam que eu tinha ido até rio para rezar. Ky... Ky vai pensar que fugi...

De repente, com um rangido alto de metal, as portas duplas na parte traseira da van se abriram, e o homem de cabelo castanho que tocou minha perna estendeu o braço forte e segurou com a mão a corda aos meus pés.

Esforcei-me para fugir, mas não havia para onde ir. Com um puxão forte, o homem puxou minhas pernas e depois me tirou rudemente da van, me liberando assim que passei pelas portas. Caí no chão de cascalho com um baque, minha bochecha raspando contra a terra.

— Aqui, uma bela cadela encontrada no complexo dos Hangmen — meu captor disse secamente. Ouvindo uma movimentação de passos perto da minha cabeça, levantei o olhar e vi vários homens ao meu redor, mas da minha posição, não pude ver quem eram.

Sentindo uma mão correr pelo meu cabelo, fiquei tensa.

— Não é ela! — alguém retrucou. — Você deveria pegar a mulher de cabelo *escuro*, a mulher do Styx, o presidente!

O medo me paralisou.

Mae? Eles deveriam ter sequestrado a Mae.

— Nossas instruções foram levar a cadela mais gostosa do complexo. Todos concordamos que era ela. A cadela também facilitou quando foi para o rio, falando todo tipo de merda religiosa, parecia estar esperando a nossa chegada.

Dedos fortes envolveram meu braço e me levantaram. Deixando um gemido escapar pela boca, fechei os olhos com a dor no meu braço. Cambaleei enquanto lutava para me manter equilibrada, com os pés amarrados.

Tudo pareceu ficar em silêncio, apenas as corujas noturnas piando e grilos cantando. Minha respiração trêmula soava como um furacão na quietude da noite. Reunindo coragem, abri os olhos e meus pulmões ficaram completamente sem ar, me deixando vazia, assustada... em completo e absoluto choque.

Cinco rostos me encararam. Cinco homens vestidos com túnicas brancas sagradas, todos com cabelos compridos e barbas de várias cores. Reconheci os cinco, suas identidades gravadas para sempre em minha mente.

No entanto, dois deles eram idênticos... eu estava tão confusa.

Abaixei o olhar e, com a voz trêmula, cumprimentei:

— Pai, Irmão Luke, Irmão Micah, Irmão... — Eu parei, sem saber o que dizer aos outros dois homens.

Um dedo tocou o meu queixo, levantando meu rosto, e encontrei com os olhos castanhos do irmão Cain. Mas esses olhos pareciam mais severos do que da última vez que os vi meses atrás. Sua boca parecia mais rígida. Ele parecia mudado.

— I-Irmão... Cain — sussurrei.

Ele sacudiu a cabeça e deu um sorriso.

— Eu sou o Irmão Judah, puta. — Ele apontou para trás, para outro homem, outro Irmão Cain. — Esse é o seu novo profeta, meu irmão gêmeo... *Profeta* Cain.

Arfei, com os olhos arregalados. O Profeta Cain havia ascendido? Havia... sobrevivido? Todos nós acreditávamos que ele tinha...

O Profeta Cain deu um passo à frente, interrompendo meus pensamentos. Seu rosto parecia menos inflexível que o do irmão gêmeo, mas não me deixei enganar. Mae me contou sobre Cain, um homem que ela conheceu como sendo Rider.

Ele colocou a mão no ombro do Irmão Judah, que deu um passo atrás.

— Você se lembra de mim, irmã? — perguntou o Profeta Cain se virando para mim.

— Sim, meu senhor. Embora só o tenha visto uma vez, eu me lembro — respondi com o olhar baixo.

— Você é uma Amaldiçoada? Você é Delilah, estou certo?

Estremecendo ao ouvir esse nome, relutantemente assenti com a cabeça.

— Sim, meu senhor. Sou uma tentadora, uma mulher pecadora de Eva.

— Vocês conhecem esta mulher, irmãos? — perguntou o Profeta Cain aos homens atrás dele.

Tremores percorreram meu corpo e, de repente, me senti nauseada, à espera das respostas.

— Sim, Mestre — alguém respondeu. Uma tossida soou quando o homem que falava pigarreou. — Antes ela era minha filha, até que tentou o Irmão Luke e Micah, e o Profeta David a proclamou Amaldiçoada. Satanás tinha se deitado com a mãe dela enquanto dormia. Nós não sabíamos disso até que ela tinha seis anos. Ela é a personificação do pecado.

— Uma Rapunzel prostituta — o Irmão Luke disse cruelmente.

— Irmãos, calma — disse o Profeta Cain, parecendo irritado com o tom dos irmãos, antes de voltar para mim e estender a mão. — Venha, irmã. É melhor você voltar conosco para se juntar ao seu povo em sua nova casa.

Incapaz de esconder a surpresa, levantei a cabeça para encontrar o olhar de todos.

— Nosso povo? Eles sobreviveram? Ainda temos uma comuna? Fui levada a acreditar que todos estavam mortos.

O Irmão Judah deu um passo à frente e agarrou meu cabelo. Consegui conter o grito de dor. Eu estava sendo punida. Eu tinha falado com um ancião, sem ser questionada, e estava sendo punida.

— Escute aqui, prostituta! Nosso povo sobreviveu e estamos mais fortes do que nunca. O Senhor a trouxe de volta para nós e para longe daqueles homens impuros com quem viveu em pecado. Sua alma só pode ser salva pelo Senhor e pelo seu povo escolhido. Nós, o seu povo, estamos unidos e em uma cruzada pelo Senhor.

Profeta Cain deu um passo para frente e afastou a mão de Judah do meu cabelo.

— Judah! Se acalme!

Fui liberada do agarre em meu couro cabeludo, que agora pulsava de dor. Dei um olhar agradecido para o Profeta Cain.

— Peço desculpas, senhor — murmurei e ao mesmo tempo lutei contra as minhas emoções.

Nosso povo tinha sobrevivido. Eles poderiam me livrar do meu mal e me salvar. Finalmente, eu poderia me livrar desse pecado gerado pelo Diabo... Mas tudo em que conseguia pensar era em Ky... No seu lindo rosto, sorriso, o longo cabelo loiro no qual eu podia envolver meus dedos, na barba macia, nos penetrantes olhos azuis... O seu sorriso... Aquele lindo sorriso que ele só tinha para mim. Senhor, Ky! Eu o queria...

— Onde está Salome?

Meu olhar encontrou novamente com o do Profeta.

— Responda-me, irmã. Onde está Salome? Ela ainda está no complexo? E Magdalene? Ela também está lá, mantida em cativeiro por aqueles pecadores?

Eu apenas olhei para ele, não querendo falar. Segundos se passaram, mas minha boca continuou fechada. De repente, uma mão atingiu meu rosto, e o golpe foi tão inesperado que me deixou momentaneamente tonta. Tudo que eu podia ver eram estrelas.

— Fale com o profeta do Senhor, prostituta!

Levantei a cabeça para ver o rosto enfurecido do Irmão Micah me encarando. Micah... Ele tinha mudado muito. Aquele garotinho que chamei de amigo não existia mais há muito tempo. Em seu lugar existia este homem brutal e odioso.

Mas eu não falaria. Mae e Maddie... Eu tinha que proteger minhas irmãs.

Os olhos do Profeta Cain pareceram incendiar quando encarou Micah, e então ele desviou o rosto na direção do Irmão Judah.

— Vamos levá-la de volta para Sião e replanejaremos como recuperar Salome e Magdalene. A revelação deve ser cumprida! Para salvar a todos nós, ela *deve* ser cumprida! — O Profeta Cain se virou para os outros irmãos. — Não a toque novamente. Ela cooperará mais se não for agredida por você.

Irmão Luke assentiu para o Profeta Cain, depois se inclinou para frente e me pegou pelos pulsos amarrados, me puxando para frente. Meu pai se aproximou do outro lado e isso fez com que meu coração se quebrasse ainda mais. Ele era meu pai e tinha me renunciado. Agora estava olhando para mim como se estivesse olhando para o próprio Diabo.

Eu não significava nada para ele. Eu *era* nada. Ele realmente me renunciou, e meu estômago pesou com a profunda dor que a rejeição causou.

— Ei! E o nosso dinheiro? — uma voz masculina gritou atrás de nós quando meu pai e o Irmão Luke começaram a me arrastar para a floresta densa, meus pés tropeçando, ainda amarrados.

Observei o Irmão Judah se aproximar deles e sinalizar algo ao Irmão Micah, que colocou a mão sob a túnica e retirou de lá uma arma, atirando em seguida contra meus captores; seus corpos ensanguentados se despedaçando com as balas e atingindo o chão, *mortos*.

Gritei quando vi os homens caírem um a um. O Irmão Luke colocou a mão na minha boca.

— Cale a boca, Rapunzel! Aqueles homens eram pecadores e mereciam morrer. Era a vontade de Deus.

O Profeta Cain estava ao nosso lado, com uma expressão vazia no rosto, mas o vi cerrando levemente os olhos, denunciando seu incômodo pela execução dos homens. O Irmão Judah e Micah nos alcançaram.

— Informe o Landry que os homens foram descartados e ele receberá o pagamento dentro de uma hora — Irmão Judah instruiu Micah, que assentiu e correu para a floresta, mas parou para olhar para trás e perguntar:

— Meu senhor, com a sua permissão, gostaria de ser o ancião designado para a Amaldiçoada Delilah. Eu gostaria de continuar de onde o irmão Noah parou.

Não, não, não!

Meus olhos dispararam para o Profeta Cain, que me observava, com os olhos entrecerrados. Ele esperou para responder, como se estivesse refletindo sobre a questão. Eu estava implorando com o olhar para que ele dissesse que não, mas seu gêmeo se aproximou dele.

— Irmão, ela é Amaldiçoada. A revelação do Profeta David disse que ela deve ter um ancião para instruir a sua salvação. O Irmão Micah é um ancião. Você tem que deixá-lo assumir esse papel.

Meu pai, Irmão Luke e o Irmão Micah, observavam com olhares curiosos e pude ver que Irmão Judah estava inquieto com a demora do Profeta Cain em responder.

Judah sussurrou algo no ouvido do profeta, que olhou para mim e depois baixou os olhos. Lentamente, ele acenou com a mão para o Irmão Micah.

— Concordo, Micah. Ela precisa ser purificada. Você cuidará disso.

Irmão Micah suspirou em gratidão. Quando olhou para mim, sorriu.

— Obrigado, Mestre. Dedicarei todo o meu tempo à salvação dela.

Minhas pernas ficaram fracas e senti-me tonta. Não! O Irmão Micah continuaria de onde o Irmão Noah parou. Ele seria meu ancião designado. Ele me tomaria nas Partilhas do Senhor... Não, não! Eu não conseguiria... Eu não queria que ele me tocasse.

O medo tomou conta de mim e tentei fugir, mas as mãos do Irmão Luke e do meu pai continuaram me segurando com força.

— Não! Por favor! — implorei.

De repente, o Profeta Cain estava na minha frente.

— Chega! — exigiu e então respirou fundo, fazendo com que meus gritos obstruíssem minha garganta. — Agora você está de volta ao seio do seu povo, Delilah. Você não quer que a sua alma seja salva? Esta é a única maneira, será que não consegue ver isso?

Ao encará-lo, pude ver a sinceridade e a crença em seus olhos.

— Profeta Cain, não seja amável. Isso é o Diabo tentando seduzir você — meu pai alertou e senti como se tivessem me esfaqueado pelas costas.

O Profeta Cain levantou a mão para interromper suas palavras.

— Bem, você quer, não é? — o Profeta pressionou. — Você deseja continuar vivendo com uma alma condenada ou deseja se juntar ao Senhor? Ser libertada dos seus laços maléficos tentadores, e ser livre?

Uma respiração trêmula escapou pela minha boca e eu assenti. Porque sim, eu queria mais do que tudo que minha alma fosse livre. Eu queria que um homem me quisesse por mim e não pela minha aparência. Meu coração se encheu de esperança ao pensar no meu maior desejo... que Ky me amasse, e não ao meu longo cabelo loiro, meus olhos ou boca... Eu queria que ele me quisesse sem estar sob o efeito do feitiço que controlava seus desejos.

— Sim — sussurrei. — Desejo que minha alma criada por Satanás seja salva.

O Profeta Cain assentiu, com triunfo nos olhos castanhos.

— Então você será como uma mulher deveria ser. Você deve ser obediente, dócil e submissa. E deve seguir as instruções do Irmão Micah e se esforçar para se livrar do pecado do Diabo.

Não era nada como eu pudesse imaginar. Pessoas e prédios estavam espalhados por toda parte. Estruturas altas, terras agrícolas e casas estavam por *todos os lados*. E continuavam até onde meus olhos podiam alcançar.

Se a comuna do Profeta David era uma pequena vila, a Nova Sião era uma cidade imensa, em comparação.

Se os anciões e discípulos da comuna do Profeta David eram guardas, os milhares de homens que vigiavam as cercas da Nova Sião eram um exército.

Ficou claro que o local em que eu tinha sido criada ficara no passado. Essa Nova Sião, muito mais organizada e opulenta, iria levar o meu povo para frente.

O Profeta Cain estava preparando os escolhidos do Senhor para o apocalipse.

Conforme o Irmão Luke e o meu pai me carregaram entre as árvores para a comuna, o local começou a ficar agitado. Pessoas, altas e baixas, gordas e magras, jovens e de mais idade, se levantaram para me ver, boquiabertas, com os olhos tensos, enquanto faziam suas tarefas.

Seus sussurros, levados pelo vento, encontraram meus ouvidos:

— *Veja! Uma Amaldiçoada! Eu ouvi as histórias, mas nunca vi uma em carne e osso.*

Mães escondiam seus filhos adolescentes.

— *Não olhe nos olhos dela, meu filho. Ela vai tentar você. Ela entregará sua alma a Satanás depois de seduzir você com a sua aparência.*

Os membros mais velhos fizeram uma careta na minha direção, estendendo as mãos para o céu em uma tentativa de salvar minha alma. O tempo todo, o Profeta Cain andava ao meu lado, orgulhoso da sua captura, abençoando seus seguidores, sorrindo enquanto todos o bajulavam e se jogavam aos seus pés. Eles estavam louvando ao Senhor, prostrados no chão.

Ao me lembrar da minha antiga casa, uma sensação de vazio tomou conta de mim. Eu estava confusa. *Isso* era o que sempre quis, estar junto com o meu povo e ser salva do mal. Eu *queria* viver em paz na comuna, longe do mundo exterior tão pecaminoso, longe dos seguidores do Diabo, que ocupavam as terras do lado de fora. E eu *queria* viver sob a mão severa do profeta do Senhor. Eu *queria* ser salva quando chegasse o fim dos dias, ser abraçada pelo Senhor e viver para sempre ao lado d'Ele no céu.

Mas enquanto eu era arrastada no meio do meu povo; que me olhava com nojo ou até mesmo com medo, me senti uma estranha, uma indigna neste terreno sagrado. Percebi que do lado de fora, nunca fui julgada ou forçada a ser alguém que não era. Ninguém queria me mudar; queriam apenas que eu fosse feliz; Ky, Mae, Styx, AK, Cowboy, Hush e até mesmo Viking. Eles queriam que eu me sentisse em casa. E todo o tempo pensei que estavam tentando me corromper. Agora, uma parte minha questionava as crenças que outrora eram inabaláveis.

Nunca me senti tão sozinha na minha vida como agora. Ou tão confusa. Eu queria voltar para o meu povo e para o profeta, mas agora que estava aqui, desejava estar envolta nos braços do meu Ky. E essa era a triste verdade. Pensei naquele homem devastadoramente bonito, protetor e, ainda assim pecador, como sendo *meu*. Ele tomou uma parte da minha alma amaldiçoada... do meu coração... e fez de si uma parte de mim. Ele estava em todas as minhas células, na minha consciência. Ele era simplesmente parte de mim.

Abaixando a cabeça com tristeza, não consegui aguentar a visão dos olhares de desaprovação do meu povo. Fiquei olhando a grama verde passando sob os meus pés, até que se transformou em uma pedra cinza, que depois se transformou no piso de madeira do meu novo aposento.

O Irmão Luke e meu pai pararam de repente em um quarto quase vazio e me jogaram na cama. Caí sobre o colchão macio e lutei para me sentar, mostrando obediência aos anciões.

Ao levantar os olhos, vi que o Irmão Luke e meu pai me encaravam. Os dois estavam parados lado a lado, ambos tinham envelhecido consideravelmente. Cabelos grisalhos, linhas de expressão em seus rostos, coisas que não estavam lá quando eu era criança. Eles também tinham engordado. Os olhos do meu pai tinham uma leve opacidade, obscurecendo o tom azul que antes ostentavam.

Irmão Luke balançou a cabeça e colocou um braço em volta dos ombros do meu pai.

— Bem, Isaiah, não poderíamos estar mais certos. Esta... prostituta é certamente uma Amaldiçoada. Esses olhos grandes, essa boca carnuda. Ela vai além da tentação. Na verdade, estou lutando contra o desejo de me juntar a ela enquanto falamos.

Um grito assustado escapou dos meus lábios e corri de volta na cama.

O Irmão Luke balançou a cabeça e xingou.

— Devo sair antes de cair na tentação — foi tudo o que ele disse, fugindo do quarto e fechando a porta.

Meu pai ainda me observava, e não pude deixar de pensar em todas as vezes em que ele se esgueirou até a minha cama quando eu criança, me pegando nos braços e acariciando minha pele. Não pude deixar de pensar em todas as vezes em que ele me sentou no seu colo, deixando todos os meus outros irmãos para fora do quarto, passando os dedos pelo meu cabelo. E não pude deixar de pensar nas vezes em que me disse para tomar banho com ele, quando pegou minhas mãos e...

Meus olhos se voltaram para os dele e uma onda de raiva tomou conta de mim. Suas sobrancelhas se ergueram, captando claramente minha mudança de expressão.

— Que tipo de pai faz sua filha de seis anos tocá-lo... intimamente? Que tipo de pai acaricia a sua filha de maneiras obscenas? — sussurrei.

Meu pai arregalou os olhos, chocado com as minhas palavras e seu rosto empalideceu por completo.

— Como você ousa? — rosnou, mas balancei a cabeça, rezando para que as lágrimas que surgiam nos meus olhos não caíssem pelas minhas bochechas.

— Como. *Você*. Ousa! — repeti suas palavras, sentindo na voz uma força que não sabia de onde tirei. — *Você* fez de um relacionamento puro algo *sujo*. O que *você* fez *comigo* foi *errado* e *impuro*!

Com um grunhido de raiva, meu pai deu um salto para a frente e estapeou meu rosto, fazendo com que a minha boca se enchesse de sangue. Continuei olhando nos seus olhos quando ele retrucou:

— Você realmente é maligna! Você me tentou, entrou nos meus sonhos e me fez pensar apenas em você, em tomá-la como apenas um homem deveria tomar uma mulher.

Meus punhos se fecharam com frustração, minhas mãos ainda atadas.

— Não, pai, eu não fiz isso. Você estava errado. Você me fez pensar que a maneira como me tratava era como qualquer pai deveria tratar as suas filhas. Mas aprendi que não era assim! Foi *pecado... moralmente errado!*

O rosto de meu pai ficou vermelho e, ao se virar para sair do quarto, ele falou:

— Estou ansioso para que Micah comece a exorcizar esse mal. Esse demônio, essa maldade perversa que vive dentro de você, deve ser expulso da sua alma de uma vez por todas. Depois disso, Delilah, você passará para a próxima vida, para o Senhor julgá-la, assim como sua mãe fez por dormir com Satanás, gerando você!

Dessa vez, o sangue sumiu do *meu* rosto e comecei a tremer involuntariamente.

— Minha... minha mãe? — perguntei, e vi claramente seu rosto se transformar com uma expressão de triunfo.

Agarrando a maçaneta, seus olhos brilharam.

— Sua mãe foi julgada e considerada culpada de bruxaria e de se submeter ao Lorde das Trevas. Ela aceitou o Diabo em sua cama, e sua união com ele gerou você. Ela foi considerada culpada de heresia e pagou o preço máximo. Ela agora está queimando no inferno para toda a eternidade.

Ele abriu a porta e olhou para trás.

— Você pode ter saído desta comuna uma vez, Delilah, mas não haverá uma segunda oportunidade. A Nova Sião é uma fortaleza, que mantém o povo do Senhor a salvo dos malditos que moram além de nossos portões. Você é uma Amaldiçoada e, como tal, seu lugar é *aqui* conosco pelo bem da sua própria salvação. Não demorará muito para que o Senhor retorne para todos nós. O Profeta Cain revelou que será assim e, quando isso acontecer, é melhor orar para que o Irmão Micah tenha sido bem-sucedido em purificar o seu centro contaminado.

Quando a porta se fechou, tremi de medo. As cordas estavam queimando a minha pele, fortemente amarradas nos meus pulsos e tornozelos.

Dando uma olhada no quarto, nada me parecia familiar. Este era melhor do que o que eu tinha sido criada com Bella, Mae e Maddie. As paredes eram de um tom esbranquiçado, havia cortinas de gaze nas janelas altas e grandes, e piso de madeira de cerejeira sob meus pés. Eu me senti como uma prisioneira trancada em uma cela de luxo.

Enrolada no lençol de linho branco que cobria a cama, deixei as lágrimas fluírem. E elas caíram. Eu estava tão confusa, tão desolada. Eu queria Mae e Maddie, queria conversar com elas, rir com elas, mas, acima de tudo... *eu queria o Ky*. Xinguei-me por ter ido correndo para o rio esta noite depois que fizemos amor, depois que ele declarou seu amor por mim. Amaldiçoei-me por não lutar mais contra os meus captores. Por não gritar, alertando os Hangmen da minha presença. Mas, mesmo agora, deitada aqui nesta cama estranha, neste quarto estranho, nesta nova e estranha comuna, senti facas apunhalarem o meu coração. Eu o amava, e esse amor era puro, sem restrições, mas o amor dele era um ardil, um feitiço, a consequência do que eu era... e sempre seria?

Por mais difícil que fosse aceitar, eu sabia que estar aqui com o meu povo... meus salvadores... era o lugar onde eu deveria estar. Por mais que o meu coração se partisse cada vez mais a cada segundo, eu devia estar aqui na Nova Sião... Eu tinha que ser salva do pecado. Só então eu saberia se Ky realmente poderia amar a garota perdida sob este rosto.

CAPÍTULO DEZESSETE

KY

De pé na frente do complexo, acendi um cigarro e dei uma longa tragada enquanto observava o portão dos fundos como um falcão.

Tirando o celular do bolso do meu jeans, verifiquei a hora. Quatro horas se passaram. Quatro horas desde que aqueles bastardos da Klan levaram a minha mulher e não tínhamos ideia de para onde. O amigo fascista do Tank estava sendo esperado a qualquer momento para nos passar as informações e, assim que conseguíssemos o que queríamos, eu ia acabar com alguns filhos da puta, arrancar seus braços e bater neles com seus próprios membros. Eu posso ser um filho da mãe bonito, mas também tinha zero remorso e uma distinta falta de moral.

Uma tosse soou ao meu lado e vi Styx acendendo um cigarro enquanto observava o portão comigo.

— V-você está bem? — perguntou, levando o cigarro à boca e dando outra tragada longa.

— Ficarei melhor quando esse desertor da Klan chegar aqui e me disser para onde eles levaram minha cadela.

Styx assentiu e observamos com atenção a estrada silenciosa, não tinha uma alma viva nessa área rural no meio do nada em Austin. Chequei o celular novamente: apenas cinco minutos haviam se passado.

Porra.

Eu não conseguia me acalmar, não conseguia lidar com essa merda. E se aqueles filhos da puta estivessem estuprando a minha cadela? E se eles a estivessem tomando repetidamente, adorando seus gritos, ficando duros com o seu medo... Ou... E se a tivessem matado? E se tudo o que quisessem fazer fosse enviar uma mensagem para os Hangmen, mandando uma de nossas cadelas para o barqueiro apenas para nos irritar?

Eles queriam uma guerra? Eles queriam o nosso território? Estavam planejando negociar armas? Drogas?

— V-v-você está p-pensando d-demais, irmão — Styx gaguejou. — N-não faça isso.

Passando a minha mão pelo meu cabelo longo, joguei a bituca no chão e acendi mais um.

— Então me diga em que porra pensar, irmão. Porque neste momento, estou ficando louco. Eles pegaram minha mulher, Styx, *a porra da minha mulher*. Não amei uma mulher na vida inteira, a não ser minha mãe e minha irmã. Eu nunca pensei em ter uma *old lady*. Eu pensava que você, o Tank e o Bull eram uns filhos da puta que receberam uma chave de boceta e que fizeram a escolha errada ao desistir das putas que passam por aqui.

Dei outra tragada, sentindo Styx me observando, e acrescentei:

— Fodo como um maldito deus, chupo clitóris como um brinquedo sexual, e posso foder por horas, Styx, por horas. Você sabe que os nossos pais eram idiotas, mas eu sempre concordei com eles em uma coisa: *Bocetas são boas para lamber e foder forte, mas nunca para serem adoradas*. Mas porra, cara, a Lilah, a minha loirinha louca e inocente, jogou toda essa merda pelos ares. Inferno, construa um santuário para essa cadela, que eu vou adorá-la. Ela me deixou enfeitiçado, Styx, e não são só aqueles olhos. É algo *nela*. — Minhas costas tocaram a parede e pensei que meu peito ia explodir com a pressão que ameaçava me rasgar por dentro.

Meu melhor amigo se encostou na parede oposta e pude ver em sua expressão que ele também estava sofrendo, por mim, por sua mulher, porra, pelo clube. Aquelas três cadelas loucas invadiram o coração de todos os irmãos.

Olhando para o portão, minha visão ficou turva e eu disse:

— Pela primeira vez em meus vinte e sete anos nesta Terra esquecida por Deus, eu me preocupo com algo mais do que o clube, da liberdade da estrada e meus irmãos. Agora, algum filho da puta pode ter acabado com tudo, antes mesmo que eu e a minha *old lady* pudéssemos ter uma chance.

— O-old l-l-lady? — Styx falou levantando a sobrancelha.

Arregalei os olhos quando percebi o que tinha acabado de dizer. Meu olhar encontrou o dele e era como se o irmão pudesse ver através de mim.

— Sim... Porra! — respondi sem fôlego. — Ela é, Styx. Quero a Li, ela todinha, na minha cama, na minha moto, na porra do meu coração. Merda, entrei para a lista de idiotas que levaram chave de boceta! — tentei brincar, mas o medo por Lilah acabou com o humor.

Ele jogou o cigarro no chão e deu três passos até ficar bem na minha frente. Encarei os olhos do meu irmão; do meu melhor amigo, e vendo claramente a devastação escrita no meu rosto, ele passou a mão em volta da minha cabeça e me puxou para o seu peito.

Eu quase perdi o controle.

Afastando-se, Styx segurou minhas bochechas e me soltou apenas para sinalizar:

— *Eu pedi para você cuidar da Lilah para que você pudesse ver além da sua aparência. Eu vi o jeito que você olhava para a cadela e também a maneira como ela olhava para você. Eu vi a faísca, mas sabia que você era mulherengo demais para desejá-la por mais do que uma foda. Eu não podia deixar você fazer isso com ela, irmão.*

— Então, o que diabos mudou? — perguntei.

Ele encolheu os ombros e esfregou o queixo antes de sinalizar:

— *Pensei que, se eu colocasse vocês dois juntos, você aceitaria a situação mais rápido. E foi isso o que aconteceu, irmão... Em pouco tempo você já estava na palma da mão dessa cadela, assim como a Mae fez comigo. Mas quando você desistiu das putas do clube que costumava foder o tempo todo e quando as suas malditas orgias chegaram ao fim, eu soube o que ela era para você. E quero tudo o que tenho com Mae para você, Ky. Você merece estar com uma boa mulher. Nesta vida, uma boa mulher ao seu lado e na garupa da sua moto muda tudo quando as coisas ficam difíceis. Acredite, Mae é a porra da minha salvação nesta merda onde vivemos. Ela é tudo para mim.*

Lágrimas embaçaram meus olhos e agarrei o *cut* do Styx.

— Eu preciso dela de volta, *prez*. Não tenho certeza do que vou fazer se não conseguirmos recuperá-la. Eu mudei... *Ela me mudou*. Estou sob o seu maldito feitiço e com certeza não quero me libertar.

Ele suspirou e segurou meu pulso.

— E-e-eu pro-prometo. Nós vamos r-r-recuperá-la.

Abaixei a cabeça e respirei fundo quando, de repente, o barulho do motor de uma Harley ecoou pela estrada.

— Está vindo! — o recruta gritou e começou a abrir o portão. Segundos depois, três motos pararam: Tank, Bull e o que assumi ser nosso novo aliado da merda da Ku Klux Klan.

Pelo menos ele dirigia uma *Fat Boy*; o que lhe rendeu alguns pontos extras.

Tank desmontou e caminhou em nossa direção com Bull e o skinhead logo atrás. O sujeito era musculoso, tinha a cabeça raspada e mais suásticas no corpo do que Hitler no *Reichstag*.

Enquanto Tanner Ayers se aproximava, olhando Styx e eu como um caçador observando sua presa, percebi que o homem era grande pra caralho. Pelo menos um metro e noventa de altura e não menos de cem quilos.

Tank parou ao pé da escada, segurando uma mochila. O amigo desertor também tinha uma. Tank apontou para o skinhead.

— *Prez*, Ky, este é o Tanner. — Tank se virou para o amigo. — Tann, estes são o *prez* do Hangmen, Styx, e o nosso VP, Ky.

O gigante deu um passo a frente, com todos os músculos e o rosto tensos, vestindo uma regata branca e calça jeans. Ele tinha uma aparência durona pra caralho. Styx inclinou a cabeça em cumprimento, e Tank olhou para Tann.

— Ele é mudo. Não fala com ninguém além da sua *old lady* e do Ky.

Tanner assentiu bruscamente; sinal de um homem que seguiu ordens durante toda a sua vida.

— O Hangmen Mudo — disse ele, acenando com a cabeça para Styx.

Descendo os degraus, fiquei cara a cara com o nazista. Ele nem mesmo se encolheu quando levantei o cigarro, coloquei entre meus lábios, acendi e depois soprei a fumaça em seu rosto. Segurando o cigarro com o polegar e o indicador, perguntei:

— Então, *nazi*, me diga... Você tem algum problema com o meu amigo Bull aqui?

Tanner cerrou a mandíbula, seus olhos azuis pareciam perfurar os meus.

— Não — respondeu entredentes.

Olhando para Bull por cima do ombro, estreitei os olhos. Bull era o melhor amigo de Tank, mas agora, ele estava tão tenso quanto esse maldito nazista. Seus enormes braços cobertos por tatuagens tribais estavam cruzados sobre o peito e todo seu o corpo estava retesado.

Indo até Tanner, meus pés tocaram os dele e eu disse:

— Bull é maori. Não há um pingo de ariano em seu sangue, nem uma cruz de fogo e nem nada do tipo correndo em suas veias. Então, vou perguntar mais uma vez: tem certeza de que não tem nenhum problema com nosso irmão tribal de pele escura?

Escutei Tank xingando atrás de Tanner, mas o skinhead não se intimidou.

— Eu não tenho nenhum problema com o Bull. Assim como não tenho nenhum problema com nenhum dos seus irmãos.

— Sério? Porque todas aquelas suásticas, bandeiras da irmandade da supremacia branca, caveiras e ossos cruzados, e suas malditas pinturas da SS dizem o contrário.

Tanner largou a mochila nos pés e abriu os braços.

— Eu fui criado nessa vida. Acreditei por um longo tempo que não éramos todos iguais, que não devíamos nos misturar, e que tudo o que era importante era a raça branca, mas não mais. Eu tenho vinte e oito anos, sou herdeiro de uma das maiores Klans dos Estados Unidos, e me vi obcecado por causa de uma maldita mulher. Digamos que não sou mais o garoto propaganda exemplar, não quando fico duro por uma boceta mexicana.

Bull pareceu relaxar um pouco e Tank deu um passo à frente, encontrando Styx nos degraus do complexo.

— Eu me responsabilizo pelo Tann, *prez*. Se ele virar a casaca ou causar alguma merda, é por minha conta.

Olhei de volta para Styx e o irmão olhou nos meus olhos.

Parece bom, ele disse com o olhar.

Dei de ombros. E então Tanner falou:

— Você pode confiar em mim ou não, essa é a sua escolha. Você vai ver com o tempo que não sou dedo-duro. Mas tenho coisas para contar sobre a cadela que foi levada, e espero que você saiba algo sobre os filhos da puta que pagaram por ela. Porque não tenho a menor ideia de quem são esses idiotas e, sinceramente, nunca vi nada como isso antes. Eles têm proteção do governo, mas parece que é coisa do meu pai. Eles devem ter feito um acordo com a Klan. Rastreei uma tonelada de dinheiro indo para várias contas. Esses malditos também têm mais do que proteção do governador. Provavelmente também recebem proteção dos federais ou até mesmo proteção vinda de Washington.

A adrenalina disparou pelo meu sangue quando a informação saiu dos seus lábios.

— Então é verdade que você é um gênio da tecnologia ou alguma merda do tipo?

Tanner assentiu e pegou sua mochila.

— Eu fazia parte da comunicação do exército, depois assumi a lavagem de dinheiro da Klan, esquematizando os negócios. Não há muito que eu não possa forjar ou hackear.

Styx estalou os dedos e sinalizou:

— *Reunião. Agora. Vamos descobrir quem levou sua mulher.*

Verbalizei a sua ordem e fui para a church, apenas para me virar para o skinhead e dizer:

— Você encontra os filhos da puta que pegaram minha cadela e estará tudo bem.

A expressão de Tanner se transformou em um alívio, e ele respondeu:

— Eu já descobri para onde ela foi levada. Eu só tenho que descobrir quem eles são e como a recuperaremos.

— Consegui invadir o e-mail e a conta bancária pessoal do meu tio Landry e encontrei dois contatos que correspondem. Alguém ordenou que a Klan atacasse o complexo e levasse uma das suas garotas, e eles pagaram cerca de cem mil dólares para isso — Tanner informou, virando o laptop e exibindo alguns arquivos.

— Cem mil? Quem diabos queria Lilah tanto assim, e mais, quem sabia que ela estava aqui? — Smiler perguntou, inclinando para olhar a tela do computador de Tanner.

— As instruções eram curtas, mas precisas. Recuperar uma mulher que vive com os Hangmen. Seria fácil de reconhecer, já que ela era incrivelmente linda, tinha um longo cabelo escuro e distintos olhos azuis. Os homens deveriam levá-la ilesa a um ponto de encontro e entregá-la. Parece que os idiotas não conseguem seguir nem mesmo as ordens mais simples.

Meus dentes cerraram enquanto eu ouvia essa merda, e o punho de Styx bateu na mesa. Os filhos da puta queriam a Mae. Nenhuma menção ou descrição de Lilah ou Maddie. O alvo tinha sido Mae. E eles pegaram a cadela errada.

— Consegui rastrear o ponto de encontro — disse Tanner.

— E os homens que a levaram? Quem são eles? — Tank interrompeu.

— Eram de baixo nível, eram descartáveis. Os últimos soldadinhos do Landry — Tanner respondeu olhando para Tank.

— Merda! — o irmão xingou.

— O que diabos isso significa? — Viking perguntou. — Juro que, se vocês começarem a falar em alemão, eu vou mudar de clube!

Tank lançou um olhar sombrio para Vike e AK bateu na cabeça dele.

— *Tank? Explique!* — ordenei, verbalizando o comando de Styx.

— Os homens que levaram a Lilah já estão com o Hades. Landry enviou os últimos soldados de baixo escalão que ele queria tirar da Klan. Os caras farão a entrega e depois serão descartados... É o *modus operandi* deles.

— Mas nós temos o local da entrega? — perguntei.

Tanner começou a digitar em seu laptop e, segundos depois, virou a tela para mim e Styx, exibindo um mapa com um enorme ponto vermelho, demarcando o local da entrega.

Inclinando para frente, estudei o mapa.

— No meio de lugar nenhum, cerca de sessenta quilômetros de distância.

Tanner girou o laptop e procurou outra coisa no aparelho. Quando ele virou a tela para nós, o mapa desta vez era militar, mostrando uma enorme base logo além de onde o ponto vermelho estava.

— Militar — AK sussurrou. — Ainda é de propriedade do governo? — ele perguntou ao Tanner.

Este sacudiu a cabeça, negando.

— Foi comprado meses atrás por um licitador privado. Pelo que posso dizer, foi meio que por baixo dos panos e pago em dinheiro vivo. Parte do acordo era que fosse em uma área que não tivesse câmeras de vigilância ou tráfego aéreo. Quem comprou este lugar não queria que pudesse ser encontrado. E parece que foram essas pessoas que pegaram a sua garota.

Recostei-me e franzi o cenho, revirando meu cérebro cansado, tentando descobrir quem diabos do exército queria nos enviar uma mensagem. Talvez novos fornecedores de munição?

Expressei minha ideia em voz alta e Styx deu de ombros e sinalizou:

— *Talvez.*

Tanner estava digitando furiosamente no laptop com AK o guiando, quando de repente se recostou na cadeira, com as sobrancelhas franzidas.

— Consegui um nome — ele disse.

— O quê? — Cowboy perguntou.

— Eu tenho o nome do comprador. Demorei pra caralho, mas o AK aqui me deu uma ideia de onde procurar.

— E? — questionei, me inclinando para a frente.

Toda a cor sumiu do rosto de AK e ele ficou paralisado.

— O quê? Quem é que está metido nessa porra? — gritei, quase perdendo a cabeça.

Tanner olhou para AK e eu fiz uma careta.

— Tanner, fale agora!

O skinhead olhou para a tela e leu:

— Judah David.

Olhei para AK e dei de ombros.

— Por que você está agindo assim? Quem diabos é Judah David?

AK olhou para mim e depois para o Styx.

— Ele foi o cossignatário — ele disse e Tanner olhou para a tela.

— E...? — questionei novamente.

— É, cossignatário... Mas também tem o nome de Cain... Cain David.

Todo o maldito ar deixou os meus pulmões e todos os irmãos em volta da mesa pareceram congelar.

Cain.

Cain?

O FILHO DA PUTA DO CAIN!!!!

— Rider — rosnei e olhei para Styx. Ele estava queimando com uma fúria silenciosa, seu pescoço estava completamente tenso e seus olhos se encontravam arregalados com pura raiva.

Cedendo aos seus sentimentos, Styx pulou da cadeira e a jogou contra a parede, a madeira lascando e quebrando em pedaços, caindo no chão.

— CAIN! — gritei, de pé, socando a mesa com os meus punhos fechados.

Flame começou a andar de um lado para o outro em um ritmo psicótico, rasgando a pele com as unhas, e eu agarrei meu cabelo. Cain tinha escapado. Aquele filho da puta fugiu e agora pegou a minha garota. Todos os ossos do meu corpo travaram.

Cain era o herdeiro daquele maldito lugar, e AK tinha matado o Profeta David... Isso significava que...

— Ele é o profeta agora — eu disse em voz alta.

— O quê? — Viking perguntou.

Meus olhos foram para Styx, que estava me olhando em choque.

— Rider... Cain... Ele era herdeiro da Ordem, não era?

Styx assentiu e vi o momento em que entendeu o que eu estava dizendo.

— AK colocou uma bala na cabeça do velho David, o que significa...

— Que Cain se tornaria o profeta, se sobrevivesse... e Mae o deixou ir. Aquele filho da puta se livrou e agora é a porra do líder! — AK falou com os dentes cerrados.

— *Todo mundo sentado, porra!* — Styx ordenou através da linguagem de sinais, e todos fizemos o que ele disse.

Eu estava fervendo, tremendo, ficando completamente louco. Rider... Cain... A Ordem... *Porra!*

As palavras de Maddie voltaram à minha mente. *O Profeta David disse que voltaria, caso algum dia fosse morto. Ele ressuscitaria para se vingar daqueles que o prejudicaram! Ele voltou, Mae! Eu sei, e ele levou Lilah! Eles vão matá-la. Eles farão dela um exemplo pela sua deserção!*

Ela sabia. Aquela cadela acreditava que aqueles filhos da puta do *fim dos dias* voltariam. E eles tinham a Lilah. O que diabos estavam fazendo com ela?

Uma mão apertou meu ombro e Styx levantou o queixo. Entendi que estava perguntando se eu estava bem. Balancei a cabeça e assenti para ele falar:

— *Precisamos chamar todas as filiais de novo. Vamos usar o mesmo plano que da última vez. Entramos e matamos todos os que moram lá... mas o Rider é meu* — ele sinalizou. — *Precisamos matar esses vermes de uma vez por todas.*

Todos os irmãos murmuraram em concordância, e peguei meu celular, pronto para trazer a cavalaria. Mas quando eu estava prestes a começar a ligar, AK levantou a mão para eu esperar, com os olhos fixos na tela do laptop.

— O que foi? — perguntei, perdendo a paciência.

Os olhos dele se focaram no mapa na tela.

— Isso não é nada como da última vez. Este lugar é uma maldita fortaleza. A última comuna era aberta, mal-protegida. Aqueles homens que ficavam de guarda não eram treinados. Foi fácil para entrar e sair. — AK apontou para o mapa, e pude ver sua mente trabalhando. — Este lugar tem mais terra, é mais fechado, tem vários prédios, todos com paredes grossas, destinados a resistir a um ataque. Um lugar como esse provavelmente tem *bunkers* subterrâneos. — AK olhou para Styx. — Precisamos de um plano diferente, *prez*. Não sabemos quantas pessoas estão lá, se estão bem-protegidas. Mas depois do que aconteceu com a última comuna, eles seriam burros se não se preparassem para um ataque parecido. — O irmão balançou a cabeça. — Todos nós conhecemos o Rider, *prez*. Aquele cara não era burro. Na verdade, ele era justamente o oposto disso. Meu palpite é que ele se reagrupou, aumentou as forças e está pronto para um ataque dos Hangmen.

— Você está dizendo que não conseguiríamos pegar aqueles malucos religiosos? — falei irritado.

Seu olhar encontrou o meu.

— Estou dizendo que se entrarmos lá sem um plano, nem todos nós sairemos vivos.

— *Smiler, AK... Tanner* — Styx sinalizou e todos os irmãos olharam para ele, Tanner chocado ao ser incluído. — *Vocês são ex-militares. O que vocês estão pensando?*

Smiler olhou para os irmãos e disse:

— Não vamos a lugar nenhum até sabermos com o que estamos lidando. Precisamos de vigilância, o maior número de aliados que conseguirmos, munições, datas e as plantas dessa base.

AK assentiu.

— Concordo. Se entrarmos às cegas, morreremos. Temos que lembrar que aqueles filhos da puta acreditam em morrer pela causa. Não tem nada pior do que enfrentar pessoas que não têm medo de morrer. Passei por isso no Afeganistão... Fui o único filho da puta que conseguiu sair vivo.

Eu estava aqui, sentado, me sentindo como uma panela fervendo a fogo lento, mas quando vi as expressões de concordância nos irmãos ao meu redor, me levantei. A atenção de todos focou em mim.

Styx fez um sinal para eu me sentar, mas simplesmente não consegui.

— Nós vamos atacar... AGORA! — rosnei com os dentes cerrados.

AK suspirou e abriu a boca para falar, mas eu o interrompi:

— Não! É a minha mulher que está naquela prisão, porra! E eu vou dizer apenas uma coisa: vocês não ouviram metade das merdas sádicas que esses filhos da puta fizeram com aquelas cadelas... com a Maddie, com a Mae... com a porra da minha *old lady*!

— *Old lady?* — Vike perguntou. — Desde quando?

— DESDE AGORA, CARALHO! — gritei e Vike levantou as mãos. — Lilah, minha *old lady*, foi levada e vocês querem sentar como donas de casa tomando chá e discutir *táticas*? Então deixe-me dizer o que esses malditos fazem: eles estupram crianças. Eles estupraram a minha mulher por anos, a forçaram a aceitar o pau que ela não queria, fizeram uma porra de lavagem cerebral tão profunda nela, que a fez pensar que é má só porque ela é deslumbrante. Disseram a ela que ser fodida por um 'discípulo de Deus' ajudaria a salvar a sua alma maligna! E o melhor de tudo, ela foi abusada pelo seu pai... *pelo próprio pai*, porque ele disse que ela o tentava! Ele não pôde resistir a ela e a fez acariciar o seu pau quando ela tinha seis anos! Mas a pior parte é que ela ainda acredita em tudo isso... ela ainda não consegue ver o quão ferrado tudo isso é, porque é tudo o que sempre conheceu.

— Merda! — Bull xingou.

Eu me virei para Styx.

— Eu sei que a Mae passou por algo parecido, e entendo que você não quer que essa merda seja divulgada, mas garanto a você que se fosse a Mae que tivesse sido levada por esses bastardos, você estaria invadindo essa porra de base, matando geral e mijando nos corpos!

De repente, Tanner se levantou da cadeira, atraindo minha atenção.

— Que porra você quer, nazista? Caso não tenha notado, esta é a *church* dos Hangmen, e não um comício da Klan, príncipe dos malditos Cavaleiros Brancos!

— Ky! Chega! — Tank falou me encarando ao se levantar do seu lugar. Uma cadeira arranhou no piso de madeira e, de repente, Flame estava ao meu lado; seus olhos assustadores brilhavam com uma raiva ensandecida, como eu nunca tinha visto antes.

Agarrando meu braço, o psico me girou.

— Toda essa merda de abuso... Maddie... estupro... crianças... — Ele soltou um grito. Então seus malditos olhos negros encontraram os meus. — Esses religiosos filhos da puta fizeram essa merda com a Maddie? O que eles fizeram com a Mae e a Lilah, eles fizeram com a Maddie?

Suspirei e relutantemente assenti com a cabeça. Flame pegou a maior faca que eu já tinha visto e cortou o próprio peito, o sangue escorrendo pelas malditas tatuagens que retratavam rostos de demônios por todo o esterno.

— Ela ficou com o pior de todos eles, irmão. O maldito ancião dela, o tal Irmão Moses, era um filho da puta doente e criativo.

Todo o corpo de Flame ficou tenso, um som assustador saiu pela sua garganta, e ele berrou:

— ELA NÃO É DA PORRA DO IRMÃO MOSES! ELA É MINHA!!!

Flame agarrou a borda da mesa e todos os irmãos se levantaram de suas cadeiras bem a tempo antes de ele virá-la. O irmão ficou lá, no meio da sala, pingando sangue e suor, punhos cerrados e ofegando como um maldito pitbull raivoso depois de uma briga de cães.

Olhando para Styx, ele rosnou:

— Atacaremos agora. Estou com meu irmão Ky. Porque se qualquer um desses filhos da puta abusivos vier atrás da minha Maddie, da Mae, ou fizer alguma coisa para machucar a Lilah, não serei responsável pela carnificina que vou causar. Vou trazer um tipo de maldade que aqueles malditos nem sonham que possa ser possível!

AK e Viking foram até ele e tentaram acalmá-lo, mas desta vez o irmão empurrou os dois para trás, sua força, alimentada pela loucura, os derrubando no chão.

Styx se aproximou e ficou cara a cara com Flame.

— Maddie e Mae não vão a lugar algum, e quanto a Lilah, nós a recuperaremos. Mas, irmão, temos apenas uma chance de fazer isso e não queremos estragar tudo. Isso não quer dizer que você não vai fazer alguns desses malditos sangrarem. Apenas significa que temos que pensar nessa merda antes de agir. — O olhar duro de Styx encontrou o meu, e eu sabia que ele estava se dirigindo a mim.

Porra!

Tanner de repente se aproximou e dividiu sua atenção entre Styx e eu.

— Eu posso conseguir essas plantas e levar as coordenadas para a base.

— Sim, e como diabos você vai conseguir isso, *Derek Vinyard*[8] ? — perguntei. De repente, não confiava mais nesse filho da puta.

— Eu vou direto para o quartel-general da Klan e pegar a planta da porra do escritório. Sei onde Landry guarda suas coisas pessoais. Sou o maldito herdeiro e sei mais do que qualquer um na Klan. Sou o garoto de ouro do meu pai, e ele me ensinou a ser um filho da puta sorrateiro. Você mesmo disse, Loirinho. Eu sou o príncipe dos malditos Cavaleiros Brancos da KKK do Texas! — ele disse sarcasticamente, me encarando sem sequer recuar. — Eu sei de mais coisas que acontecem nesse estado do que o maldito presidente dos Estados Unidos. Todos os policiais por aqui são da Klan.

Tank deu um passo para frente e fez com que Tanner desviasse a atenção para ele.

— Se você fizer isso e for pego, já era — ele sussurrou baixinho.

Tanner encolheu os ombros, seus músculos ondulando.

— Se eles descobrirem que estou apaixonado pela Adelita, também já era. Pelo menos assim posso provar ao seu irmão bonito aqui que quero sair da Klan de uma vez por todas. — Tanner se aproximou de Tank e disse: — Não posso estar naquele lugar nem mais um dia. Não suporto mais a pregação sobre a pureza da raça branca e cristã, quando a única mulher que já desejei e nunca poderei ter tem a pele escura e é católica. Não, cara, deixe-me fazer isso.

Tanner olhou para Styx e para mim.

---

8 'Derek Vinyard personagem de A Outra História Americana' (American History X) é um filme que retrata a vida de dois irmãos envolvidos com o neonazismo e como os seus valores começam a ser questionados por um deles.

— Se eu conseguir essa informação, eu entro para os Hangmen. Tenho muita bagagem para trazer para este clube, e vocês *podem* confiar em mim.

— *Confiar em você?* — Eu ri. — Nós nem te conhecemos. Você vai sair da Klan, que cuidou de você a vida toda, por causa de uma merda de Romeu e Julieta versão mexicana e nazista. Por que confiar em você agora?

Tanner se aproximou e ficou cara a cara comigo.

— Porque o que você sente pela sua cadela é o que sinto por aquela princesa do cartel que quero que seja minha. É por isso. E eu faria qualquer coisa para protegê-la, incluindo desistir da minha herança e da porra da minha liberdade.

— Você já linchou algum negro?

Essa pergunta veio do fundo da sala, e Hush deu um passo à frente, todo vestido de couro e com o Cowboy atrás de si. Os olhos azuis claros de Hush se fixaram em Tanner.

Tanner abaixou a cabeça.

— Sim — ele murmurou. — Estive envolvido quando negros, latinos, amarelos, judeus, gays, adoradores do papa – pode escolher –, foram en-forcados, afogados e esquartejados, e depois arrastados atrás de caminhões até que não restasse nada além do torso — ele respondeu honestamente, e tive que dar crédito ao bastardo... Ele tinha coragem.

Hush, nosso irmão mestiço e de cabeça raspada tremia. Claro, o irmão era mais branco do que preto, resultado da aparência escandinava da sua mãe sueca, mas um nazista e um negro? Era como misturar água e óleo.

— Mas não sou mais assim — afirmou enquanto Cowboy colocava o braço coberto de couro em volta do pescoço de Hush e o forçava a recuar, a boca em seu ouvido, sem dúvida falando com ele e o impedido de cortar a garganta de Tanner.

— Você consegue essa informação e vamos ver se você pode correr com a gente — declarei no meio da sala silenciosa.

Um assobio alto soou pela sala, e todos os olhos foram para Styx. O rosto dele estava tenso quando apontou para Flame.

— *Você, levante essa porra de mesa, limpe a bagunça que fez e dome essa merda psicótica. Maddie não é sua. Você não é o dono dela, então diminua o tom!* — Ele apontou para Hush e sinalizou: — *Você é nosso irmão. Você vem antes de qualquer civil, tendo informações ou não, okay?*

Hush assentiu e se encostou na parede, olhando furiosamente para Tanner. Styx finalmente se virou para mim.

— *E, Ky, da última vez que verifiquei, eu que usava o patch de presidente e que comandava esse clube, não você. Não pense só por um segundo que só porque você finalmente encontrou uma cadela que o domou, que você dá as ordens por aqui. Você não dá. Você não está pensando direito e dando piti nesta church, então se acalme antes que eu tire você da missão de recuperar a Lilah, entendeu?*

— Você não ousaria — rosnei.

Styx estalou os nós dos dedos e sinalizou:

— *Continue agindo assim para ver, irmão. Eu tenho que proteger este clube. Meu VP agindo como uma mulherzinha chorona não está ajudando em nada. Preciso que me apoie, e não que me cause mais problemas.*

Cerrando os dentes, peguei uma cadeira que estava caída, sentei e fiquei de boca fechada.

Styx sinalizou para Tank traduzir, e ele encarou Tanner.

— *Quanto tempo você precisará para conseguir as plantas?*

Tanner ouviu o amigo e falou com Styx.

— Cerca de duas horas. Se eu não voltar nesse período, é porque não voltarei.

Styx observou Tanner, e eu sabia que ele estava decidindo o quanto o nazi podia ser confiável. Finalmente, ele assentiu e sinalizou:

— *Vá.*

CAPÍTULO DEZOITO

LILAH

Durante toda a noite flutuei em um sono agitado, tudo era silencioso demais. Eu estava acostumada a ouvir roncos de motores estrondosos, garrafas quebrando, pessoas rindo, brigando, e me surpreendeu o quanto eu sentia falta daquilo.

Não conseguia parar de pensar nos meses em que vivi lá fora. Eu queria, por tanto tempo, estar de volta com o meu povo; rezei várias vezes para que tivessem sobrevivido e voltassem por mim. Mas agora, eu estava aqui, e tudo era estranho. O único lugar ao qual já pertenci, agora me parecia *estranho*.

Sentei-me na cama, com as cordas ainda apertadas e inflexíveis em volta dos meus pulsos e tornozelos, e tentei manter a calma. O sol da manhã entrava pela janela, inundando o quarto com um brilho amarelado. Poderia ser quase sereno, até mesmo bonito, se eu não estivesse sendo mantida em cativeiro.

Passos soaram do lado de fora e sombras dançaram na fresta por baixo da minha porta. Minha respiração acelerou e fiquei tensa, esperando quem quer que fosse que estava prestes a entrar.

A maçaneta da porta começou a girar e, um segundo depois, uma mulher entrou com um longo vestido branco; seu cabelo vermelho vibrante caindo até no meio das costas, mas com o rosto oculto.

— Olá — ela disse, de costas para mim enquanto fechava a porta.

— O-olá — eu me forcei a responder. Esta mulher devia ser minha nova guardiã, assim como a irmã Eve tinha sido a maior parte da minha vida. Mantive os olhos no chão, e de repente, os pés da mulher, calçados com sandálias, apareceram.

— Levante a cabeça — ordenou, e fiz como ela mandou. A mulher era da minha idade, bonita... e estava sorrindo para mim.

Não entendi o motivo da sua atenção. Eu era uma Amaldiçoada. Não era alguém com quem as pessoas deveriam ser amáveis. Não era para eu interagir nem mesmo com os responsáveis por meus cuidados.

A mulher levantou a mão e congelei quando ela acariciou a minha bochecha com um dedo.

— Você não me reconhece, não é? — ela disse, e isso fez com que eu a olhasse atentamente.

Seus olhos eram de um lindo tom de verde, seu corpo feminino com curvas nos lugares certos. Ela era sedutora. Ela estava sorrindo... Ela era...

— Phebe? — sussurrei, meu pulso acelerado. — Minha Phebe?

Os olhos suaves se encheram de lágrimas e um sorriso ofuscante iluminou seu rosto quando ela se ajoelhou no chão diante de mim.

— Rebekah. Minha doce e pequena Rebekah.

Meu mundo parou ao ouvir esse nome... meu nome de nascimento, meu nome abençoado e dado pelos meus pais... antes que percebessem que o Diabo vivia dentro de mim, antes que eu fosse arrancada daqueles que amava, deserdada e enviada para ser salva.

— Não diga esse nome, por favor — implorei, e Phebe perdeu o sorriso. Sua mão acariciou meu cabelo emaranhado e o afastou do meu rosto.

— Eu sei o que você é e sei que o mal corre em suas veias. Mas você sempre foi minha preciosa e linda irmãzinha — ela disse, com tristeza. — Minha Rebekah, que subia silenciosamente de noite na minha cama e me deixava trançar seu cabelo, cantava seus louvores e esperava ansiosamente que eu recitasse as escrituras. — Seus olhos verdes me observavam quando acrescentou: — Você se lembra, irmã? Se lembra daqueles momentos preciosos que compartilhamos antes de você ser levada?

As memórias vieram à tona. Tempos felizes compartilhados com Phebe tomaram conta da minha mente, lembranças que eu bloqueara. Ela cuidou de mim, riu e sorriu comigo, fez tarefas ao meu lado, cantou, leu para mim... me amou. Eu não conseguia me lembrar de alguém que tivesse me amado além de Bella, Mae e Maddie... e agora Ky, embora eu entendesse que ele estivesse sob um feitço maligno.

— Salmo vinte e três — sussurrei depois que Phebe baixou os olhos, uma expressão decepcionada consumindo seu belo rosto. — Entoávamos o salmo vinte e três.

Phebe ofegou e lágrimas encheram seus olhos.

— Você lembra...

Ficamos olhando uma para a outra enquanto Phebe recitava a escritura que eu considerava a mais sagrada. Duas meninas agora crescidas, vividas, mas não mais juntas. Cicatrizes carregadas, mas não infligidas pela outra. Duas garotas unidas, mas ainda assim estranhas. Passados entrelaçados, mas futuros desgastados e solitários.

A cabeça de Phebe inclinou para o lado.

— Você é a coisa mais linda que já vi. Os rumores sobre a sua beleza não eram exagerados.

Um arrepio percorreu minha coluna.

— Eu sou uma Amaldiçoada, Phebe. Fui gerada pelo Diabo.

— Eu sei disso — ela falou, baixando o olhar.

— Minha mãe... — Não consegui terminar a frase.

Phebe assentiu tristemente.

— Eles a levaram e a julgaram por heresia. A princípio, ela negou as acusações de que havia se deitado com Satanás e deu à luz sua cria amaldiçoada. Mas depois de dias de provações, ela ficou fraca e confessou. Ela foi executada rapidamente e recebeu um enterro adequado diante do seu arrependimento.

Senti uma dor física rasgar meu coração pela mulher que me deu vida. Eu lembrava vagamente dela, mas não a conhecia bem. Minhas lembranças eram momentos fugazes dela escovando meu cabelo e prendendo-o em minha touca para esconder a cor e comprimento. Lembro-me dela aparando meus cílios longos e escuros com uma tesoura para que meus olhos não chamassem atenção. Um creme branco era esfregado em minhas bochechas para garantir que eu parecesse pálida, além de um pó escuro sob meus olhos para que parecessem cansados e com olheiras.

Meus dedos trêmulos subiram para o meu rosto e tocaram a pele sob meus olhos. Phebe pegou a minha mão na dela e as descansou no meus joelhos.

— Lembro-me dela fazendo coisas estranhas comigo, quase escondendo quem eu era.

Uma única lágrima rolou do olho de Phebe.

— Ela tentou disfarçar a sua incrível beleza. Ela não queria que você chamasse a atenção dos discípulos... do Irmão Luke.

A realidade e o pavor das ações de minha mãe finalmente fizeram sentido para mim e o tremor profundo chacoalhou meu corpo.

Phebe notou e colocou a mão no meu joelho.

— Então é verdade — eu disse com uma voz trêmula.

— O quê?

— Que a minha mãe se deitou com Satanás... e juntos, eles me geraram.

Phebe respirou fundo, mas relutantemente assentiu.

— Sim.

— Então tudo a meu respeito é verdade, irmã? Eu sou verdadeiramente má.

Ela baixou os olhos e depois olhou para mim sob os cílios.

— Mas você está aqui em Nova Sião e agora será salva, Delilah.

Balancei a cabeça, entorpecida, mas por dentro estava dilacerada. Phebe, vendo que eu não queria mais conversar, caminhou até uma bandeja que ela deve ter trazido e que se encontrava sobre a mesa. Caminhando na minha direção, ela segurava uma tesoura nas mãos.

— Vou soltá-la de suas amarras.

Segurando minhas mãos e pés, ela cortou a corda, e minha pele queimou onde o material áspero havia esfregado a pele, agora em carne viva e cheia de bolhas.

Porém não senti a dor, senti apenas a resignação tomando conta de todos os meus sentimentos. Ky e Mae tentaram me convencer de que estava errada quando eu falava que era uma sedutora, que o profeta e os anciões me convenceram dessa verdade para me controlar, para me deixar submissa às suas ordens. Mas ouvir que a minha mãe realmente havia se deitado com o Diabo, que foi julgada e se arrependeu, me disse tudo o que eu precisava saber.

Eu, Delilah, era uma Amaldiçoada... e tinha sido influenciada pelo mundo exterior.

— Você consegue andar? — ela perguntou, e assenti de maneira automática. — Então vamos dar um passeio. Tenho certeza de que você está ansiosa para ver a sua nova comuna. O Profeta Cain chamou todas as comunas e as reuniu.

Isso chamou minha atenção.

— Todas as comunas?

Phebe estendeu a mão para que eu a segurasse e me levantou. Cerrei os dentes com a dor nos tornozelos, mas ela diminuiu à medida que a minha curiosidade cresceu.

— Sim, todas as comunas. Havia milhares pelo mundo. Após o ataque e a morte do Profeta David, o Profeta Cain ascendeu e, juntamente com o conselho de anciões, nos trouxeram para cá. — O olhar confuso no meu rosto deve ter alertado Phebe sobre o meu choque. — Você não sabia disso, Delilah?

Neguei com a cabeça.

— Então, onde você achou que tinha vivido antes de ser levada ao profeta como uma Amaldiçoada?

Meu coração disparou.

— Eu... sempre pensei que estava em outra parte da mesma comuna. Mas... não tenho muitas lembranças da infância, então nunca pensei nisso. Durante toda a minha vida, nós, as Amaldiçoadas, fomos mantidas separadas de todos os outros. A interação com os outros escolhidos era proibida. Era muito perigoso que suas almas fossem expostas a nós, filhas de Satanás.

Phebe assentiu com compreensão, mas me levou para a porta. Puxei o braço para trás.

— Espere! Duvido que o Profeta Cain tenha mudado as regras para mim. Estou proibida de sair deste quarto.

Phebe olhou para a porta.

— Vamos nos manter em um caminho isolado, não seremos vistas. Temos cerca de uma hora antes de o Irmão Micah vir buscá-la. A adoração da manhã está acontecendo e somente eu fui designada para cuidar de você.

— Por que você? — perguntei.

Phebe sorriu e um rubor se espalhou pelas suas bochechas.

— Eu sou uma irmã designada... — Minhas sobrancelhas franziram, e a vi colocar o cabelo ruivo para trás. — Eu também sou a consorte de Judah, irmão do nosso profeta. Eu mantenho um status elevado entre as mulheres.

Phebe parecia tão orgulhosa e honrada por estar ao lado de Judah, mas a única vez em que vi o homem, tudo o que senti foi frieza.

— Venha. Há muito para ver — ela disse empolgada, me puxando pela porta e saindo para o sol da manhã.

A voz familiar do Profeta David soou através de grandes alto falantes no Círculo Sagrado, e não pude acreditar no que meus olhos viam.

Pisquei rapidamente, pensando que estava vendo uma ilusão. Minhas mãos tremiam e minha respiração ficou trêmula. Eles estavam por toda parte, centenas e centenas de pessoas... nuas e se contorcendo de prazer na grama. Homens se juntando carnalmente com mulheres, mulheres se juntando carnalmente com mulheres...

Era hedonista e explícito. Sons de prazer flutuavam pelo ar da manhã. Nunca tinha visto nada assim. Essa não era a Partilha do Senhor que eu já havia testemunhado. Isso era pecaminoso, *errado*.

Olhei para o palco elevado e lá estava o Profeta Cain. Ele estava sozinho, vestido de branco, olhando para o seu povo. Mas visto daqui, ele parecia desconfortável, sem se envolver no ato, seus olhos encarando o chão, não os corpos se contorcendo à sua frente.

Em todo lugar para onde olhava, havia pessoas fazendo sexo. Eu não entendia isso. Não foi isso o que me ensinaram, não foi como fui criada.

Um suspiro feliz escapou da boca de Phebe e ela se virou para mim.

— Não é glorioso, irmã?

Meus olhos se arregalaram ante suas palavras.

— Eu não entendo. Por que essas ações estão acontecendo nas terras sagradas do Senhor?

— Esta é a mensagem do profeta, Delilah. Sempre foi assim. Celebramos o amor do Senhor com nossos corpos, *'carne da Sua carne'*.

Balancei a cabeça furiosamente.

— Não! Nós devemos ser puras. Contidas. Devemos suprimir o prazer para não convidar o mal para os nossos corações e almas.

Phebe colocou a mão no meu ombro.

— Não, irmã. Isso é para as Amaldiçoadas. Vocês devem suprimir o prazer para não convidar mais malignidade às suas almas já obscuras. Devem permanecer puras, a não ser pela união com os seus anciões abençoados por Deus, que as ajudam a alcançar a salvação. Como os escolhidos do Senhor, oramos pelo nosso prazer. O Senhor nos fez sexuais para sentir o seu amor.

Meu lábio tremia ao me lembrar do primeiro dia em que o Irmão Noah me levou na Partilha do Senhor quando criança...

— Delilah, hoje você aprenderá sobre obediência, pois ela vence o maligno. — Sua cabeça se inclinou para o lado. *— Você deseja que a sua alma satânica seja salva, não é?*

— Sim, senhor, desesperadamente. Eu não quero ser uma irmã caída, nem uma sedutora.

O Irmão sorriu e meu estômago revirou. Não parecia gentil, nem sincero, mas um tanto obsceno e empolgado.

— Então venha. Devemos ir ao grande salão onde todos os outros pecadores e Amaldiçoadas que precisam de salvação se reúnem.

Inclinei a cabeça em submissão, colocando minha mão pequena na dele.

— O que acontecerá quando estivermos lá? — perguntei com a minha voz de oito anos.

O Irmão Noah se abaixou, acariciou minha bochecha com o dedo e disse:

— Eu vou tomá-la, Delilah. Purificar você com minha semente. E você não deve lutar contra isso. Pois lutar apenas atrasará a sua salvação. Você quer ser libertada e estar com o Senhor quando chegar o dia do julgamento, não quer?

— Sim, senhor, esse é o meu maior sonho.

— Então não lute. Sua irmã, Bella, lutou contra o Irmão Gabriel na sua primeira Partilha. Ela ainda é uma criança teimosa e pecadora. Sua alma ainda está além da salvação. Você não quer isso, quer, Delilah?

Balancei a cabeça vigorosamente. Eu não queria isso.

Fiquei assustada ao ser despida das minhas roupas. Estava com medo quando fiquei de quatro, com a cabeça pressionada no chão e minhas mãos atrás das costas. Havia dor, desconforto, mas mais do que isso, a minha rendição ao Irmão Noah e ao Senhor. Era assim que eu seria salva.

Minhas pernas fraquejaram.

— Delilah? — Phebe disse enquanto me observava cautelosamente.

Olhei para a garota que já foi minha irmã e não senti nada além de confusão.

Virando, corri de volta por onde viemos, direto para o meu novo quarto, ouvindo o baque suave dos pés de Phebe atrás de mim. Eu não parei. Minha mente era um misto de perplexidade, caos, engano e equívocos.

Entrei no quarto, caminhando de um lado para o outro no pequeno espaço. Logo Phebe entrou correndo e perguntou:

— Delilah, qual é o problema? Por que está agindo dessa maneira?

Passando os dedos pelo cabelo, perguntei:

— Você participa dessas reuniões? Todo mundo participa?

Ela me olhou como se eu estivesse louca.

— Por favor, Phebe! Eu preciso saber!

— Sim, eu participo. Elas são essenciais para a nossa fé... para a causa. Esse é o nosso chamado. O apocalipse está próximo, e o Profeta Cain garantirá nossa ascensão ao paraíso através das suas revelações.

— É por isso que você é uma Irmã Sagrada? Como você ganhou esse título? Eu nunca ouvi falar disso antes.

Phebe sorriu.

— O Profeta David revelou que deveríamos recrutar mais membros. Eu fui uma das irmãs escolhidas na nossa comuna anterior para ir ao mundo exterior e converter mais discípulos.

Minhas pernas cederam e eu caí na cama.

— Você... você vai para o exterior? Você *saiu* da comuna?

— Sim. Precisamos pregar e assumir a missão de espalhar as palavras do Senhor, assim como Jesus e seus discípulos fizeram.

— Como? Como você os converte?

Phebe caminhou lentamente na minha direção e se juntou a mim. Ela segurou minha mão e confessou:

— Compartilhamos o amor do Senhor. Mostrando a homens e mulheres que eles podem viver uma vida livre de restrições, mostrando como a vida pode ser se eles abraçarem o amor do Senhor e se comprometerem totalmente com a causa... ao Profeta David, e agora ao Profeta Cain.

Não achei que Phebe pudesse dizer ou me mostrar mais alguma coisa esta manhã que me chocaria mais do que o Círculo Sagrado. Eu estava ficando entorpecida. Tudo no que eu acreditava estava sendo questionado, minhas crenças estavam caindo por terra; não, estavam explodido em pedacinhos. Toda a minha vida e as minhas crenças estavam desmoronando diante dos meus olhos!

Eu não aguentava mais. Queria Mae e Maddie. Eu queria abraçar o Ky, tê-lo ao meu lado para me acalmar e me confortar, para me dizer que tudo ficaria bem.

Eu era uma estranha nesta comuna.

— Você... você se junta a eles... carnalmente... e os traz aqui, para o Éden do Senhor... para a Nova Sião?

Phebe se endireitou, quase orgulhosa.

— Sim. E eu trouxe a maioria dos nossos convertidos. De que outra forma você acha que conseguimos novos membros?

— E... Judah? Agora você está com o Judah?

Phebe sorriu e pude ver o carinho que ela tinha pelo irmão gêmeo de nosso profeta.

— Estou. Ele diz que sou digna de ficar ao seu lado. Sou um exemplo para as nossas mulheres, de como usar a mensagem do Senhor e mostrar às pessoas infiéis o verdadeiro caminho.

Eu não conseguia respirar. Meus pulmões estavam contraídos, meu peito estava ficando apertado e eu não conseguia respirar!

— Delilah? — Ela se ajoelhou à frente e tocou minha testa úmida. — Você está se sentindo bem?

— Não — consegui responder. — Por favor, devo descansar. Estou cansada.

Phebe suspirou e saiu rapidamente do quarto, me deixando sozinha. Devo ter adormecido na cama, pois despertei com um sobressalto quando ouvi alguém entrar pela porta. O quarto estava escuro e percebi que devo ter dormido o dia inteiro.

Eu estava de costas para a porta, mas quando passos pesados soaram, vindo na minha direção, o instinto fez com que eu me encolhesse contra a cabeceira da cama.

— Pequena Rebekah... Opa! Não, é *Delilah* agora, não é? — disse uma voz profunda, e o Irmão Micah foi iluminado pela parca luz que entrava pela janela.

Segurei a respiração, com medo. Sua estrutura era temível. Seu cabelo castanho descia até as costas, e a longa barba alcançava seu tórax. Os olhos castanhos eram pequenos e estreitos, seu rosto parecendo uma carranca permanente. Ele era alto e sinistro... Ele era o homem que me salvaria?

— Você é linda, Delilah, uma verdadeira visão — O Irmão Micah disse se aproximando da cama.

Eu o observei atentamente, vendo os lábios apertarem. Ele se virou de costas para mim e começou a levantar a túnica. Não ousei afastar o olhar quando a sua pele começou a aparecer. Então não pude desviar os olhos quando suas costas inteiras foram reveladas, incapaz de conter o suspiro chocado.

Micah olhou para trás.

— Você vê o que sua sedução de prostituta fez comigo, Delilah?

Cortes largos marcavam suas costas. Eles estavam por todo lugar, da parte inferior do pescoço até a parte de baixo da coluna. Ele tinha sido açoitado... exatamente como Jesus.

Micah se virou e olhou para mim.

— Você se lembra daquela noite, Delilah? A noite em que você entrou no meu quarto, me provocou com seu sorriso doce e me tentou com esses olhos azuis? Fiquei em êxtase com a sua aparência. O Profeta David tinha acabado de pregar sobre como tocar e agradar uma garota, sobre como nossos orientadores da Ordem começariam a nos tocar para nos apresentar ao amor do Senhor.

Olhando para mim, ele continuou:

— E amo você há anos, desde que consigo me lembrar. E não era apenas uma paixão de infância. Você consumiu todos os meus pensamentos, meus sonhos, todas as fibras do meu corpo. Pensei em você incessantemente, em como você poderia ser como uma daquelas garotas nos livros de colorir.

Os olhos dele se fecharam e vi quando estendeu a mão para a virilha, revelando sua excitação. Ele deu um passo para frente, depois outro, até os joelhos tocarem a beirada do colchão, no final da cama. Usou a mão para acariciar sua masculinidade, para cima e para baixo, e a náusea tomou conta do meu estômago, o vômito subindo pela garganta.

Não... Por favor, Senhor, por favor, me salve... me poupe da ira de Micah, orei.

— Aprendi a me tocar vendo uma foto sua. Aprendi a ter prazer e a transcender para me aproximar do Senhor... Tudo isso graças a esses olhos bonitos e lábios carnudos.

As palmas de Micah se apoiaram no colchão, e em seguida, seus joelhos. Eu não tinha para onde ir, estava presa. O medo me manteve cativa à cama.

Mas então seus olhos brilharam com outra coisa, algo que não conseguia decifrar.

— O Diabo dentro de você falou com minha alma inocente e temente a Deus. E você, com seu rosto pecaminosamente bonito, me seduziu. Você me fez cair das graças dos Senhor. Fiquei tentado e fui fraco!

Micah continuou tocando seu comprimento com mais força, sua respiração ofegante e o suor deslizando em seu peito. Soltando o aperto por apenas um momento, ele se arrastou para frente, me forçando a deitar de costas até pairar sobre mim, acariciando novamente o pênis.

— Depois que meu pai nos pegou, você foi levada embora por causa da tentação que representa. E eu fui punido por não resistir. Você tentou meu pai e ele se conteve, mas eu não. Eu sucumbi a você. Sucumbi ao maligno. Para uma prostituta do Hades.

Eu não conseguia falar, era incapaz de fazer qualquer coisa enquanto Micah se abaixava, sua respiração tocando meu rosto.

— Fui levado para a colina da perdição, tive os braços amarrados entre duas árvores e minha túnica rasgada no meio. Meu pai pegou um chicote e me deu trinta e nove chibatadas, assim como Jesus Cristo.

— Eu... Eu sinto muito — sussurrei, meu terror transparecendo em minha voz.

Micah fez uma pausa em suas carícias. Uma gota de suor caiu na minha bochecha.

— Você *sente muito*? Eu não quero e nem preciso do seu pedido de desculpas, sua *prostituta*. Com cada golpe daquele chicote, livrei minha mente do seu feitiço. Com toda explosão de dor, prometi ao Senhor que nunca mais cairia. Dediquei todas as chibatadas à sua memória e prometi a mim mesmo que, se o Senhor considerasse adequado me colocar novamente no seu caminho depravado, eu me tornaria um soldado de Cristo e lutaria com o Diabo pela sua alma.

Um grito saiu da minha garganta quando a mão dele começou a levantar meu vestido. Seus dedos não pararam de tocar a minha coxa até que chegaram às minhas roupas íntimas, arrancando-as.

— De pé — Micah ordenou.

Eu fiz como ordenado. Eu não era estranha a esta situação. Na verdade, poderia ter sido o Irmão Noah sobre mim... Eu já tinha vivido esse momento mil vezes.

Permanecendo em pé, cambaleante, inclinei a cabeça em obediência.

— Tire o vestido.

Tremendo, levantei os braços e puxei o zíper, sentindo o vestido cinza deslizar até o chão.

Eu estava nua.

Estava despida.

Estava de volta.

Depois de um farfalhar de lençóis, Micah ficou na minha frente, abaixando a cabeça para que ele pudesse olhar nos meus olhos.

— Olhe para mim, Delilah — ele disse e, tão natural quanto respirar, fiz como me foi ordenado.

Micah passou a mão pelo meu cabelo, depois falou as palavras que eram familiares demais para mim.

— Eu devo tomá-la, Delilah. Purificar você. E você não deve lutar contra isso. Pois lutar apenas atrasará a sua salvação. Você quer ser libertada, não é? Você quer estar com o Senhor quando chegar o dia do julgamento?

Flashbacks de meu *eu* criança ouvindo exatamente essas palavras saírem dos lábios do Irmão Noah invadiram minha mente, me deixando imóvel.

Voltei a ser aquela garota de oito anos de novo. Eu era aquela alma perdida e sozinha novamente.

Assentindo, me ouvi dizendo:

— Sim, senhor, esse é o meu maior sonho. — A resposta já era rotineira.

— Então não lute — ordenou o Irmão Micah. — Pois tenho o poder de salvar você. Sou abençoado pelo Senhor para trazê-la para o Seu abraço.

O Irmão Micah se moveu para o lado e apontou para a cama. Dei três passos, ajoelhei, apoiei a testa no colchão e cruzei as mãos atrás das costas.

Quando o colchão afundou, senti o toque em minha entrada e logo depois, ele começou a empurrar seu comprimento para dentro de mim.

Fechei os olhos e imaginei o único homem que amava. O homem que eu amava e que nunca me tomaria assim. Ele condenava aqueles que o faziam... O homem que fez amor comigo...

— *Li, preste atenção no que vou falar...*

Funguei, afastando aquela emoção ameaçadora e dei a ele o que me pedia: minha atenção.

Seu olhar suavizou e ele colocou meu cabelo atrás da orelha, sua barba loira fazendo cócegas na pele do meu peito.

— Eu não sou como eles. Sim, sou um mulherengo, e isso não é segredo. Tive a minha cota de putas. Mas uma coisa nunca fiz: eu nunca me importei com uma cadela como me importo com você. Nunca quis alguém como quero você. Eu mataria por você, Li. Se alguém tentar tirar você de mim, eu cortarei a garganta deles. Você me pertence,

é minha, e agora, nesta cama, farei outra coisa pela primeira vez. Nós dois faremos.

Prendi a respiração, com medo de que, se a soltasse, estragaria o momento e nunca saberia o que ele revelaria.

— Vou fazer amor com você, Lilah. Vou tomar você como minha, possuí-la. Porque não há ninguém no mundo... ninguém mais que poderia fazer isso comigo, além de você.

— Ky... — falei e desta vez aceitei as lágrimas quando elas caíram pelas minhas bochechas. Elas eram a prova de que Ky deveria saber que eu também queria tudo com ele.

Ele suspirou e beijou as lágrimas salgadas das minhas bochechas. Encostando a testa à minha, respirou fundo e murmurou:

— Eu amo você, Lilah, pra caralho. Isso, nós, Li, é mais do que uma foda. Você entende isso?

Qualquer inibição que eu pudesse ter, evaporou naquele momento. Segurando seu rosto entre minhas mãos, beijei seus lábios e confessei:

— Eu também amo você, muito. Você me faz sentir segura... não tenho medo quando estou contigo. Você não tem ideia do quão especial esse sentimento é para mim.

Um sorriso maravilhoso surgiu em seu lindo rosto...

Eu segurei a imagem daquele rosto na minha mente.
Kyler Willis, meu lindo e verdadeiro amor...
Eu amo você, Ky... Você sempre terá o meu coração...

KY

— Vamos ter que fazer um reconhecimento. Seremos idiotas se formos a este lugar às cegas — AK disse. Smiler e Tanner concordaram.

O filho da puta nazista entrou e saiu com as plantas na mão. E sim, a nova comuna era uma maldita fortaleza. Mil acres com proteção militar de primeira qualidade. Seria como tentar invadir Fort Knox.

Não tínhamos ideia de quantos malucos estavam lá, mas pelo que Tanner tinha conseguido das informações, podiam ser milhares.

Os Hangmen podiam levar semanas para reunir aquela quantidade em números, então Styx concordou em deixar AK e Smiler entrarem para dar uma olhada no local, para ver se conseguiríamos recuperar Lilah sem chamar atenção. Isso foi um dia atrás. Eu não tinha esse tipo de habilidade para ser útil, então achei mais produtivo sentar no bar, e me afogar em uma garrafa de uísque.

Minha cadela estava sumida há dois dias... Dois dias miseráveis e longos pra caralho, e eu não era um idiota. Mae havia dito o que aqueles filhos da puta estariam fazendo, mas eu não podia deixar minha mente vagar por esse caminho; não conseguia imaginar um pedófilo sádico estuprando a minha mulher. Porra, ela devia estar com tanto medo. Minha *old lady* era uma cadela tímida, que sofreu a porra de uma lavagem cerebral e que ficaria traumatizada para o resto da vida.

Mae e Maddie estavam completamente descontroladas, escondidas no apartamento de Styx, entorpecidas pra caralho, e olhando para o nada a maior parte do tempo.

— Como você está, irmão? — Hush sentou ao meu lado, afastando a minha mente dos meus pensamentos obscuros, e como sempre, Cowboy logo apareceu. Eles eram como as malditas sombras um do outro.

— Ky — Cowboy me cumprimentou, tocando a ponta do seu Stetson, pediu uma cerveja ao recruta, e se sentou ao lado do parceiro.

Não conversamos. O que diabos havia para falar?

Horas se passaram e um a um, os irmãos entraram no bar: Tank, Bull, Vike, Flame, Tanner e, eventualmente, Styx. Estávamos todos esperando informações, as *old ladies* estavam no andar de cima com Maddie e Mae.

Alguém cutucou meu braço e Styx sentou ao meu lado. Ele também não disse uma única palavra.

O rugido de Harleys soou do lado de fora, e pulei da banqueta em que estava sentado, pronto para correr para a porta, mas Styx me segurou.

Minutos depois, AK e Smiler entraram no bar, parecendo cansados e despenteados, o cabelo longo de Smiler estava oleoso e amarrado para trás, a poeira da estrada cobrindo suas peles e roupas de couro. Fui na direção deles quando os dois se jogaram nos sofás.

Ouvi Styx assobiar para que todos se reunissem.

— E então? — perguntei.

AK levantou a cabeça e passou as mãos pelo rosto.

— Eles têm a porra de um exército.

Soltando um longo suspiro, cruzei os braços sobre o peito e Hush perguntou:

— Com o que estamos lidando?

— Guardas patrulhando com AK-47 em todos os perímetros, e não são guardas de merda. Esses caras sabem o que estão fazendo. Revezam em dois turnos, dia e noite — Smiler informou.

— Algum ponto cego? — Tank perguntou.

— Não muitos. Mas eles não foram muito atenciosos quando patrulharam o perímetro externo e encontramos uma maneira de entrar a sudoeste da propriedade. Não tem muita coisa além de colinas e campos, puro matagal. É o ponto mais fraco, nos outros lugares têm cercas elétricas, câmeras e patrulhas de hora em hora. — AK então olhou para mim e para o Styx; o *prez* se moveu ao meu lado. — Não sei de onde eles vieram, mas posso dizer para todos vocês, aqui e agora: aqueles filhos da puta que matamos meses atrás, os anciões, o tal do profeta, aqueles Irmãos que mantinham a Mae, Li e Madds... Eles não eram nada. Este lugar não é como nada que eu já tenha visto antes. E as armas que eles têm, são merdas israelenses de primeira qualidade. Sério, *prez*, aquela merda é melhor do que as que estamos transportando.

Styx me cutucou, e automaticamente observei a sua mão sinalizar e logo traduzi:

— *Que merda é esse lugar? O que estão fazendo lá?*

Smiler deu um sorriso desanimado.

— Parece a porra da cruzada, como uma Jerusalém fortificada ou alguma merda. Aqueles malucos religiosos parecem estar se preparando para o maldito Armagedom.

Styx jogou a cabeça para trás e gemeu, depois olhou para Bull.

— *Alguma novidade sobre novos traficantes de armas em nosso território?*

Bull balançou a cabeça.

— Nada. Está tudo bem.

— Eles estão ganhando tempo — eu disse e encontrei os olhos de Styx. — Todos conhecemos o Rider. Ele é novo, precisará colocar as coisas em ordem antes de atacar. Mas depois disso, bem... Ele está puto e vai querer descer o cacete.

— Entramos, olhamos os arredores, mas não fomos muito fundo — Smiler disse.

— E a Lilah? Vocês viram a minha mulher? — perguntei, sentindo um buraco no estômago.

AK e Smiler se entreolharam, parecendo debater sobre o que diabos iriam compartilhar. Dei um passo à frente, chamando a atenção deles e disse:

— O que vocês têm a dizer, irmãos, é melhor começarem a falar.

AK sentou-se no sofá e disse:

— Vimos algo, mas não, não vimos a Lilah.

— O que vocês viram? — Hush perguntou. — Temos que saber tudo antes de atacarmos.

— Estávamos voltando, mas então ouvimos algumas merdas bíblicas malucas sendo transmitidas por enormes caixas de som — Smiler disse com o cenho franzido.

Eles se entreolharam novamente e isso só me deixou ainda mais irritado.

— Pare de olhar nos olhos um do outro e me falem que porra vocês viram! — gritei, vendo AK rangendo os dentes.

— Você quer saber o que vimos? Vimos uma orgia do caralho. Um monte de gente fodendo em um enorme gramado, bocetas e paus por toda parte, um fodendo o outro em todos os buracos que podiam encontrar, enquanto gritavam uma linguagem maluca que não entendemos.

— Nunca vi nada parecido — acrescentou Smiler.

Cada parte do meu corpo congelou, e AK se levantou, colocando a mão no meu ombro.

— Era como um culto sexual louco, irmão. Nenhum de nós viu Lilah, mas isso não significa que ela não estava lá.

Flame tremeu visivelmente e olhou para Styx.

— Quando vamos invadir?

Styx olhou para Smiler e AK e ergueu as sobrancelhas, fazendo a pergunta silenciosamente.

— Estávamos pensando em fazer isso ao anoitecer — Smiler respondeu. — Temos uma boa ideia do que vamos encontrar nos primeiros quilômetros, mas a partir daí estaremos às cegas. A escuridão nos dará a cobertura extra que precisaremos para encontrar Lilah. E irmão... — Smiler se virou para mim. — Nós *vamos* recuperá-la... custe o que custar. Mesmo se eu não gostasse da cadela, deixá-la naquele maldito lugar não me deixaria ficar em paz.

— E as armas — disse Bull. — Temos que tentar saber o que eles têm. Esses filhos da puta ainda estão do lado de fora de Austin. Eles vão fazer um movimento para tentar tomar o nosso território logo mais. Isso pode significar uma guerra com esses malditos. E agora eles estão com a KKK?

Essa merda não me parece boa.

— *Todo mundo concorda em entrar ao anoitecer?* — Styx sinalizou, concordando com o que Bull havia dito.

Todos verbalizaram estar de acordo, e eu disse:

— Quem vai invadir? Porque estou indo e não quero ouvir nada sobre isso.

Styx assentiu e apontou para AK, Smiler, Cowboy, Hush, para si mesmo e para mim.

— *Nós seis vamos, mas, Ky?* — Observei as mãos do meu melhor amigo.

— *AK e Smiler vão liderar, okay?*

Cerrei meu maxilar com tanta força que chegou a doer, mas respondi:
— Okay.
— Tank, Bull, Flame, Vike, vocês protegem o clube. Nenhum filho da puta entra aqui. — Todos eles assentiram de acordo, mas Flame rosnou.
— Eu também vou — ele falou, parecendo ainda mais ensandecido, vestindo sua calça de couro, sem camisa e apenas o *cut* cobrindo o torso. — Nem fodendo vocês vão me deixar fora dessa merda. Eu vou junto.
AK caminhou até Flame.
— Irmão, esta é uma missão de bate e volta. Nenhum drama de merda, ou aqueles malucos vão nos pegar e crucificar. Não estamos lidando com *hippies* burros do cacete. Esta versão da seita está bem guardada pra caralho e carregada para atacar qualquer filho da puta que se atreva a entrar no seu território.
Flame olhou para AK como se nem estivesse ouvindo e disse:
— Ainda assim, vou junto com vocês e vou ficar de boca fechada. — Flame sorriu e pareceu assustador que só a porra. — As maneiras com as quais posso matar não precisam ser audíveis.
Vi a apreensão no rosto de todos os irmãos, mas eu me sentiria melhor sabendo que aquele bastardo assassino estava me dando apoio.
— *Então vamos hoje à noite* — Styx sinalizou. — *Descansem. Vocês vão precisar.*
Cada irmão me deu um tapinha no ombro quando deixaram o bar para ir para os seus quartos, me deixando sozinho com o Styx. Inclinei a cabeça na sua direção e me levantei para ir para o meu quarto, quando ele me parou com um aperto no braço.
— *Se essa seita sob o comando do Rider ficou pior do que a maldita em que nossas cadelas foram criadas, então você precisa se preparar, irmão.*
— Ela foi levada só há alguns dias. Traremos ela de volta antes que esses filhos da puta possam machucá-la — respondi, mas eu sabia que estava enganando a mim mesmo, assim como Styx, se a porra da sua expressão lamentável servisse de indicação para algo. Assim que Lilah voltou para a comuna, ela deve ter sido colocada em reclusão para aqueles malditos a "salvarem". Ela mesma havia me falado sobre isso.
— Vá ficar com a Mae — murmurei e quase corri para o meu quarto.
Batendo a porta e recostando-me contra a madeira, deslizei até o chão, segurando a cabeça entre as mãos.
Porra, Li... Por favor, esteja bem.

CAPÍTULO DEZENOVE

LILAH

    Do lado de fora da janela, folhas de uma árvore dançavam enquanto as sombras eram projetadas contra a parede do quarto. Estava escuro e um silêncio mortal dominava a noite. Aquelas folhas não eram uma visão agradável. As formas escuras se tocando e tremendo quase pareciam demônios rastejando pela parede, me perseguindo... me provocando. Fechei os olhos para escapar da visão assustadora.

    Minhas pernas estavam dormentes. Tentei movê-las para uma posição diferente, mas estremeci quando uma dor atravessou o meu corpo, vinda do meu centro. Eu estava dolorida. Micah tinha sido rude, fazendo com que o sangue manchasse as minhas coxas, sua semente estava seca nas minhas pernas.

    Eu tinha perdido a conta de quantas vezes fui tomada por ele; toda vez que recitava as escrituras, minha alma reagia, me sacudindo por dentro, meus olhos revirando e uma prece pessoal ao Senhor saía da minha boca.

    — *Submeta-se a Deus. Resista a Satanás, e ele sairá de você* — Irmão Micah gritava com cada impulso do seu quadril, cada puxão no meu cabelo enrolado em seu punho, e cada jato da sua semente derramada no meu ventre.

    Exausto de sua árdua tarefa, Micah saiu, me deixando imóvel na cama, mas prometendo voltar no dia seguinte.. Eu não queria que o amanhã chegasse.

    Nunca antes havia me sentido assim, tão... *suja*, tão *usada*. No passado, ao final de cada Partilha do Senhor, aceitei que estava um passo mais perto da salvação. Mas o Irmão Micah não me tomou para me salvar... Não, ele estava me punindo por seus cílios[9], arrancando meu cabelo, propositalmente me causando dor quando entrava em mim. Ele beliscou e afundou os dentes no meu ombro, machucou meu quadril com o seu aperto implacável e marcou meu pescoço quando me prendeu, quase me sufocando.

A vida toda eu só tinha sido tomada pelo Irmão Noah. Eu não sabia o que era fazer amor, sentir prazer com o toque carnal... *até o Ky*. Seu toque me mudou, seu amor transformou algo profundamente dentro de mim.

Ele me mostrou que esta união era... errada.

Eu pisquei uma vez. Duas vezes.

Esta união é errada! Todo este lugar é errado!

Com os lábios tremendo, usei as palmas das mãos para me levantar do colchão e me sentar. Uma energia desconhecida tomou conta de mim. Antes que eu percebesse o que estava fazendo, me levantei, coloquei o vestido sujo de sangue e sêmen e cambaleei até a porta.

Pressionando meu ouvido na madeira, não consegui ouvir nada lá fora. Abri a porta lentamente, verifiquei se o corredor estava vazio e saí nas pontas dos pés.

Vozes vinham de uma sala no final do corredor. Deduzi que era a sala onde os guardas ficavam. Era apenas uma curta distância até a porta de saída; tão silenciosa quanto possível, caminhei até ela e saí para o ar noturno.

Sentindo-me tonta, segui por um caminho que me levou até a floresta. Eu não tinha nenhum pensamento consciente, simplesmente segui meus pés enquanto eles aceleravam e tentavam correr. E foi isso que fiz.

Fui para as sombras das árvores e corri. Corri o mais rápido que minhas pernas enfraquecidas me permitiram. Eu não tinha ideia de onde estava ou para onde estava correndo, mas não me importei, apenas visualizando Ky na mente. Sua imagem foi o que me manteve forte. Eu precisava ir embora... Não conseguia acreditar que eu, Delilah, uma devota seguidora do profeta, estava tentando fugir das terras sagradas.

Ofeguei no momento em que tropecei em um galho caído. Eu estava exausta, meu corpo precisando desesperadamente de descanso. Quando minhas mãos e joelhos atingiram o chão, tentei me levantar, mas não consegui. Com a bochecha tocando as folhas secas, ouvi vozes altas se aproximarem, uma voz em particular se destacando: a do Irmão Micah.

— Aqui! Ela está aqui! — ele gritou, e em segundos, os guardas me cercaram.

---

9 Cílio – um tipo de chicote que era utilizado na antiguidade. Comumente utilizado entre os religiosos em forma de castigo externo ou autoinfligido por algum pecado.

Braços me levantaram. Atordoada, meus olhos encontraram os do meu algoz. Seus lábios estavam tensos e seu olhar furioso.

— Você estava tentando escapar, prostituta? Você estava abandonando seu povo novamente? Abandonando o seu profeta?

Não disse nada em resposta. Eu sabia qual era a consequência de ser um desertor e duvidava que qualquer coisa que eu dissesse fosse considerada.

Os olhos do irmão Micah brilharam com vingança e ele disse:

— Vamos levá-la ao profeta. Esta prostituta criada pelo Diabo está além da salvação, além da redenção. Ela é má até a alma. O Profeta Cain não tolerará sua tentativa de fugir para aqueles homens maus.

Eu não me importava mais. Que fizessem o que quisessem. Eu não poderia viver assim. Se a minha alma não pudesse ser salva, Ky nunca poderia me amar por mim mesma. Prefiro morrer a ter o amor dele sob um ardil... e prefiro morrer a continuar vivendo sob o domínio do profeta.

Esta comuna não era o que eu considerava sagrado. O sexo era usado imoralmente. Cicatrizes estavam sendo feitas sobre almas relutantes.

Aceitei a acusação de deserção.

Pela primeira vez na vida, aceitei com alívio o final desse mal que vivia dentro de mim.

— Profeta, você deve fazer dela um exemplo. Ela é uma Amaldiçoada, está além do que nós, como seguidores do Senhor, podemos fazer por ela. Os homens com quem ela viveu corromperam a sua alma, alimentaram a influência do Diabo.

Com as mãos amarradas novamente, sentei no chão duro dos aposentos do Profeta Cain. Ele estava na minha frente, rodeado por Judah e pelo conselho de anciões. O Irmão Micah no meio, defendendo o seu ponto de vista.

Os olhos do Profeta Cain me observavam, e o que parecia indecisão, brilhava em suas profundezas. Dando dois passos para frente, ele se inclinou e disse:

— Delilah... ouvi muito sobre você. — Levantei os olhos para encontrar os dele e fiquei impressionada com a sua beleza. — Diga-me, Delilah, por que você estava fugindo do seu povo?

Não respondi. Eu sabia que seria o mesmo que falar com uma parede.

O Profeta suspirou e disse baixinho:

— Delilah, arrependa-se, concorde em expiar seus pecados pelas escrituras do Profeta David, e você será salva de um julgamento. — Baixei os olhos e ele levantou meu queixo. — Olhe para mim — ordenou. Depois de um longo tempo em que apenas nos encaramos, ele se virou para os anciões, com uma expressão ansiosa no rosto.

— Deixem-nos — ordenou o Profeta Cain aos seus conselheiros e, relutantemente, todos se levantaram. Todos, exceto o Irmão Judah. O Profeta se levantou e encarou o irmão gêmeo. — Você também, Judah. Eu preciso falar com ela, sozinho.

O rosto de seu irmão ficou tenso quando ele se levantou da cadeira e caminhou para fora da sala. O rosto de Judah, embora idêntico em todos os aspectos, era mais severo que o do profeta. Seus olhos estavam sempre observando, avaliando, como se ele visse todas as pessoas como suas inimigas. Já os olhos do Profeta Cain, às vezes pareciam bondosos, e em outras, perturbados. Mae me disse que uma vez o considerara um amigo. Às vezes, eu podia ver o porquê.

Quando a sala ficou vazia, o Profeta Cain se aproximou de mim e se ajoelhou.

— Delilah, ou Lilah? Quando Mae falava de você, ela sempre a chamava de Lilah.

Mantive meus olhos para baixo, sem dizer uma única palavra. Entorpecida demais para sequer responder.

O profeta Cain se sentou no chão e abraçou os joelhos, olhando para fora da janela. O longo cabelo castanho estava solto e sua barba crescera desde a primeira vez que o vi tantos meses atrás, quando voltou à comuna com Mae, para se casar com o Profeta David.

— Como ela está? — perguntou alguns minutos depois, me surpreendendo.

Não respondi, e isso o fez se virar e me encarar.

— Ela está feliz? Ela... fala de mim?

Seu rosto foi tomado por uma expressão triste e ele abaixou a cabeça, suspirando, como se lamentasse ter perguntado.

Olhando para a porta atrás de nós, o Profeta Cain se voltou para mim e disse:

— Você deve se arrepender, Lilah. Caso contrário, não posso salvá-la. Cada movimento que faço está sendo observado, todo o culto de oração que faço é julgado e estou tentando fazer essa comunidade prosperar pelo bem do nosso povo. Preciso que as pessoas acreditem em mim para que eu possa nos levar à glória. Ainda acredito na mensagem do Senhor, na mensagem do Profeta David. Ainda quero que todos sejamos salvos. E para isso precisamos da Mae, precisamos trazer todas as Amaldiçoadas de volta à Nova Sião. Profecias devem ser cumpridas!

Minhas mãos começaram a tremer quando ouvi a verdade, a afirmação em suas palavras. Eu também queria que nós, as Amaldiçoadas, fôssemos salvas, mas na minha mente veio a imagem de minha irmã sorrindo e feliz com Styx, e sabia que não podia me arrepender. Quando pensei em Maddie quieta olhando pela janela observando o mundo satisfeita, sabia que não podia me arrepender. E quando pensei em ser acariciada e adorada por Ky, enquanto ele fazia amor comigo com tanto cuidado, sabia que não podia me arrepender.

Eles tinham que ser protegidos.

O Profeta Cain se inclinou para frente e levantou meu queixo com o dedo.

— Eu nunca a machucaria. Ela seria minha única esposa. Eu a amo. E por causa disso, ela precisa ser libertada daquele demônio, Styx. Vocês todas precisam. Vocês precisam estar aqui. E porque a amo e sei que ela ama você, preciso que se arrependa. Se não o fizer, não poderei impedir a punição que você enfrentará. Vou poupá-la de um julgamento, se confessar seus pecados. Porque, Delilah, você não quer ser julgada.

Abri a boca para falar e o Profeta Cain pareceu suspirar de alívio por me ver complacente. Mas isso não durou muito quando fechei os lábios.

O Profeta Cain cerrou a mandíbula e, se endireitando, falou:

— Então eles a pegaram também? Os Hangmen corromperam a alma de outra Amaldiçoada? Você nega a salvação do seu povo para protegê-los? O quê? Você se apaixonou por um deles também? — Ele riu, incrédulo. — Claro que sim, não é? — Seus olhos, que antes eram gentis agora externavam pura amargura. — Então eles acabaram de condenar você a uma eternidade no inferno.

A porta da sala se abriu de repente e o Irmão Judah entrou, seguido pelo meu pai, Micah e o Irmão Luke.

— E então? — Judah perguntou, e pude sentir os olhos do Profeta Cain sobre mim, implorando para que eu confessasse. Fiquei em silêncio. Simplesmente não me importava com o que eles fossem fazer comigo. Julgamento ou não, eu estava cansada de tudo isso, dessa beleza que atraía homens como o Micah e os convidavam a *me estuprar*. Pois agora eu sabia que o que eles disfarçavam como a "Partilha do Senhor" era estupro. Agora eu entendia o que era aquele ato vil.

O profeta Cain suspirou derrotado. Levantando-se, olhou para o irmão.

— Você será seu inquisidor, Judah. Lavo minhas mãos e não quero participar da instrução dela. — O Profeta Cain olhou para Micah e disse com uma voz cortante: — Talvez você esteja certo, afinal, irmão. Talvez ela esteja além da salvação.

O profeta se afastou e subiu uma grande escadaria, desaparecendo de vista, mas franzi o cenho quando vi seu reflexo na janela oposta. De costas para a parede, ele inclinou a cabeça para trás, se virou e bateu com o punho fechado contra a parede branca. Sua explosão de raiva me assustou, mas não tive muito tempo para pensar sobre isso. Os Irmãos Judah, Luke, Micah e, o mais doloroso de todos, meu pai, pairavam sobre mim. No entanto, percebi que esse homem não era um pai para mim. Nenhum grama do seu ser se importava comigo.

O Irmão Judah olhou para Micah.

— Reúna as pessoas. Eles devem testemunhar como a Ordem pune uma prostituta do Diabo. Vamos levá-la para o círculo. *Vamos julgá-la pela bruxa que é.*

A multidão estava de pé enquanto eu era amarrada pelos pulsos, com os braços abertos e presos a dois postes. As pessoas estavam gritando coisas para mim, seus rostos irritados e vermelhos quando Judah e Micah me apresentaram como uma *desertora*.

— Esta mulher, esta Amaldiçoada de Eva, foi encontrada esta noite fugindo da Ordem, depois de ser salva pelo Irmão Micah. — Suspiros de choque ecoaram pela multidão. Homens e mulheres de todas as idades estavam me encarando, adultos protegendo os rostos das crianças.

— O Diabo que vive dentro dela a convenceu a fugir da salvação do Senhor. E como uma mulher fraca, ela foi impedida de alcançar a luz oferecida por Deus. Em vez disso, ela escolheu o caminho das trevas.

A atenção do povo foi desviada para Judah quando ele se ajoelhou ao meu lado, enquanto o Irmão Micah segurava meu cabelo para que meu rosto ficasse à mostra.

— Esta é uma Amaldiçoada. Observem o rosto dela, desenhado para que os homens caiam aos seus pés. — Judah passou o dedo pela minha testa. — Suas feições são perfeitas o suficiente para atrair qualquer homem. A testa é do tamanho simétrico, os olhos grandes, emoldurados por cílios pretos, grossos e longos. Suas maçãs do rosto são altas, mas não muito definidas. Seu queixo é pequeno, dando uma aparência mais suave, e seus lábios são cheios e carnudos, mas a boca não é muito grande. Os homens ficam enlouquecidos por este rosto.

Judah se levantou, puxando meu cabelo, me forçando a levantar. O Irmão Micah se moveu atrás de mim e imediatamente cortou a parte de trás do meu vestido, de maneira que tudo o que cobria meu corpo era uma camisola branca. Segurando na parte de trás, o material acabou grudando no meu corpo.

Os homens na multidão me encaravam com olhos cheios de lascívia, alguns se aproximaram mais do palco.

— Ah, meus irmãos, vejo que o canto da sereia os atraiu. Pois o corpo dela foi criado para causar luxúria no coração dos homens.

A mão de Judah tocou meus ombros, e depois desceu lentamente.

— Seus ombros são femininos e delicados. Seus seios cheios e empinados. — Lutei contra o vômito quando a mão grande segurou meu seio direito, apertando a carne, beliscando meu mamilo. Sua mão então foi para a minha cintura. — A cintura é pequena, a barriga perfeitamente plana, levando a quadris que se abrem e acolhem um homem entre suas coxas.

Judah me soltou e eu caí no chão, a corda queimando meus pulsos.

— Muitos foram tentados por esta mulher, por esta *prostituta*. — Ele olhou para trás, para o conselho dos anciões. — Dê um passo à frente se esta mulher lançou seu feitiço sobre você.

O Irmão Micah deu um passo para frente, depois o Irmão Luke e, finalmente, meu pai. A multidão ofegou ao verem os anciões admitindo sua fraqueza. Judah foi até a beira do palco.

— E irmãos que olham para esta mulher agora. Deem um passo à frente se estiverem olhando para essa Amaldiçoada, desejando poder se juntar a ela, prová-la, tocá-la.

Tremendo, levantei a cabeça apenas para testemunhar muitos homens, dezenas e dezenas de homens, dando um passo à frente. Lágrimas rolaram pelas minhas bochechas. *Amaldiçoado seja este rosto! Amaldiçoado seja este corpo!*

— Esta noite livraremos esta mulher do seu mal para sempre! — Judah disse abrindo os braços.

O Irmão Micah apareceu novamente atrás de mim e arrancou minha camisola branca, expondo meu corpo nu para a multidão. Alguns dos homens ficaram loucos de luxúria enquanto olhavam para a minha carne exposta.

— Irmão Micah! Pegue o chicote! — Judah ordenou, e ouvi o Irmão pegar algo do chão.

De repente, senti um hálito quente no meu ouvido, quando ele disse:

— Esta é a minha vingança, Delilah. Você também ficará com cicatrizes... isso se não morrer primeiro.

Não senti medo como deveria. Muito pelo contrário. Eles queriam que eu tivesse cicatrizes, que ficasse repulsiva... e não fosse mais considerada perfeita. Eles queriam que eu me arrependesse, admitisse o mal dentro de mim.

Mas eles não teriam o que queriam. Se tivesse uma escolha entre morrer e continuar nessa comuna, com certeza escolheria morrer. Eu só queria me livrar desse estigma maligno.

Um sorriso se espalhou pelo meu rosto e vi o Irmão Judah franzir a testa diante da minha reação. Seu rosto ficou vermelho quando a raiva pela minha petulância tomou conta dele. Abaixando a cabeça, fechei os olhos com força.

O primeiro estalo do chicote cortou minha carne e um raio de pura dor invadiu meu corpo. Um grito involuntário saiu dos meus lábios e levantei o olhar bem a tempo de vê-lo sorrir em triunfo.

Preparei-me para o próximo golpe do chicote, e o próximo... e os que se seguiram. O suor escorria pelo meu rosto, pingando no chão de madeira, onde minha cabeça estava baixa.

Até a brisa leve parecia navalha cortando a pele das minhas costas. Quando os cílios pararam, meu corpo cedeu de fraqueza e Judah se ajoelhou, acalmando a multidão barulhenta.

— Você se arrepende de seus pecados?

Forçando minha boca a permanecer fechada, desviei o olhar.

Balançando a cabeça, ele focou sua atenção atrás de mim.

— Desamarre-a.

Alguém cortou as cordas dos meus pulsos e meu corpo caiu no chão.

— Segure-a! — Judah ordenou, e mãos ásperas seguraram meus braços e me levantaram do chão. Alguém puxou meu cabelo e me vi olhando para os rostos da multidão. Eles pareciam borrados, sem feições, e sem roupas definidas. Mas então começaram a se separar, irritados por alguém tentando chegar até a frente.

Um flash vermelho foi a primeira coisa que vi, um gemido soou logo em seguida e, um momento depois, meus olhos se clarearam o bastante para ver Phebe me observando e cobrindo a boca com a mão.

Mantive os olhos focados na minha irmã enquanto Judah se dirigia à multidão.

— Jesus Cristo morreu na cruz para expiar os pecados da humanidade... mas alguns pecados não podem ser perdoados. Estar unida a Satanás é um pecado mortal.

Judah estendeu a mão e recebeu uma grossa haste de metal.

— Esta mulher pagã deverá se encontrar com o Senhor usando a marca de Cristo, para que Ele saiba que foi feito tudo para salvar a sua alma contaminada... mas que infelizmente foi em vão.

Eu podia ver lágrimas caindo dos olhos de Phebe enquanto ela observava os Irmãos Luke e Micah segurando meus braços, mostrando minha carne nua para o povo da Nova Sião.

Um barril colocado ao lado do palco foi aceso pelo meu pai com um fósforo, e as chamas começaram a subir; o calor era quente demais para a minha pele exposta. Pegando a haste de metal, Judah a levou ao fogo, a ponta ficando vermelha com o contato. Levantando a haste e caminhando na minha direção, ele a colocou sobre a minha barriga, pressionando o metal incandescente na minha pele.

Querendo ou não, fraca ou não, um grito desesperado subiu pela minha garganta, e os olhos de Judah brilharam de satisfação. Todos os músculos do meu corpo estavam tensos, meus pulmões estavam completamente sem ar.

— Esta prostituta levará para sempre o sinal de Cristo, o redentor, nosso salvador. A cruz manterá o Diabo que vive dentro dela à distância!

Mergulhando a haste de novo no barril, Judah a tirou das chamas e a segurou alto. Fechando os olhos, preparei-me para a próxima laceração... e ela veio, queimando minha carne, o cheiro pútrido tomando conta do ar.

Jogando a haste de metal no chão, Judah olhou nos meus olhos, minha consciência começando a oscilar, e perguntou:

— Pela última vez, Delilah, prostituta do Diabo, você se arrepende dos seus pecados?

Eu sabia que era isso, o momento em que escolhia o meu destino. Levantando o olhar para o céu noturno, olhei para a lua solitária e rezei: *Senhor, ajude-me a ser forte. Guie-me através desta provação, pois quero me livrar desse mal... quero ser salva, pela morte.*

Judah cuspiu no chão aos meus pés e proclamou:

— Pelo fogo você queimará. Ao ferver o sangue, você será purificada do seu pecado!

Um grito de dor veio da multidão e Phebe caiu de joelhos. Os olhos de Judah focaram nela com desagrado. Então, ele se dirigiu ao meu pai e ao Irmão Micah.

— Irmão Micah, Irmão Isaiah, levem Delilah à colina da perdição. Vocês sabem o que fazer.

Meu pai tomou o lugar do Irmão Luke ao meu lado e, juntamente com Micah, me arrastaram para fora do palco, meus dedos dos pés ficando em carne viva por causa da madeira áspera.

Devo ter perdido a consciência depois disso, porque a próxima coisa que lembro foi de ter sido acordada pelo Irmão Micah quando este empurrava sua masculinidade dentro do meu centro.

— Senhor, Senhor, me perdoe — ofegou quando estocou dentro de mim mais duas vezes. Nem ao menos senti.

Levantando a cabeça da curva do meu pescoço, ele se afastou e seus olhos encontraram os meus.

— Delilah, você é realmente a criatura mais bonita do mundo. Nunca desejei uma mulher como quis você... — Ele suspirou e esfregou sua bochecha contra a minha. — Este rosto... este lindo rosto me leva à loucura.

— Irmão Micah! Temos que continuar! — Procurei a fonte da voz e vi meu pai juntando tábuas de madeira.

— Sentirei falta deste rosto, Delilah — Micah disse, baixinho, e se retirou de mim, apenas para agarrar minhas pernas e prendê-las, amarrando meus tornozelos. Instintivamente, tentei mover os braços, mas eles estavam levantados para cima da minha cabeça, amarrados a um longo pedaço de madeira.

Eu estava em uma estaca... Eu estava presa a uma estaca!

Imediatamente comecei a lutar quando meu pai empilhou a madeira aos meus pés.

Pelo fogo você queimará. Ao ferver sangue, você será purificada do seu pecado! De repente as palavras do Irmão Judah fizeram sentido. Eles iriam me queimar como uma bruxa!

O Irmão Micah segurou minhas pernas e depois foi ajudar meu pai.

O pânico pela minha situação me atingiu e gritei de frustração, incapaz de me libertar das amarras.

— Por favor! — implorei.

A dor nas minhas costas me deixou delirante, envolta em uma nuvem de angústia. Eu estava com sede, minha boca seca pela falta de líquido. Procurei na área ao redor, mas não havia nada à vista, apenas campo após campo, um vasto cobertor verde e um pequeno caminhão estacionado no pé da colina que deve ter sido usado para nos trazer até este local isolado.

Pegando um fósforo de uma pequena bolsinha de linho, meu pai acendeu o fogo na base da estaca e vi as toras de madeira serem engolfadas lentamente pelas chamas.

— Não, por favor! — gritei quando comecei a sentir o calor nos meus pés.

Os dois homens ficaram de joelhos, olhos fechados e ergueram as mãos para o céu, para o Senhor.

— *Apartai-vos de mim, malditos, para o fogo eterno, preparado para o Diabo e seus anjos.* [10]

— *Mas os covardes, os incrédulos, os depravados, os assassinos, os que cometem imoralidade sexual, os que praticam feitiçaria, os idólatras e todos os mentirosos... O lugar deles será no lago de fogo que arde com enxofre. Esta é a segunda morte.* [11]

— *Eles sofrerão a pena de destruição eterna, a separação permanente da presença*

---

10 Passagem: Mateus 25:41

11 Passagem: Apocalipse 21:8

do Senhor e da majestade do Seu poder. [12]

As escrituras saíam pelos seus lábios. Mateus, Apocalipse, Tessalonicenses...

Eles estavam conversando com o Senhor, perdidos demais no arrebatamento da Glossolalia para ouvir meus gritos.

As chamas aumentaram e qualquer esperança que eu tinha de ser salva desta morte horrível, se foi.

Fechei os olhos e rezei para que fosse rápido.

---

12 Passagem: 2 Tessalonicenses 1:9

CAPÍTULO VINTE

KY

— Pronto?

Smiler se virou para AK e começou a desparafusar a caixa de fusíveis para cortar a corrente elétrica que atravessava a cerca.

O resto de nós: eu, Styx, Flame, Cowboy e Hush, estávamos esperando afastados, mas eu estava desesperado para entrar.

AK e Smiler não estavam mentindo... Este lugar era uma maldita fortaleza militar. Paredes, cercas e vigias espalhados por toda parte. Até agora, dois guardas tinham sido neutralizados, um por Styx e um por mim. Os filhos da puta nem nos ouviram chegar, tornando a situação perfeita para serem surpreendidos com uma bala no meio da testa; os silenciadores das nossas Uzis não fizeram um único som.

— Pronto! — Smiler sussurrou, jogando a porta da caixa de fusíveis no chão. Pegando a sua Uzi, ele atirou naquela merda.

Empunhando a coronha da arma, AK testou a cerca... Nada.

Hush se aproximou com os alicates, abrindo a rede metálica da enorme cerca o suficiente para nos permitir passar.

Um por um, passamos por ela e entramos em uma grande área verde. Indo para a sombra das árvores, AK nos guiou para a floresta.

— E agora? — Cowboy perguntou.

— Vamos para o norte — Smiler respondeu. — As plantas mostravam que a maioria dos edifícios ficava nessa direção.

— *Você vai na frente. Nós o seguiremos* — Styx sinalizou, e então nos movemos.

Seguindo pela floresta escura, tínhamos caminhado alguns quilômetros quando o som de vozes chamou a minha atenção.

Parando, levantei a mão, os irmãos seguiram minha deixa. Ouvi com mais atenção enquanto todos me olhavam.

— Vocês estão ouvindo essa merda? — sussurrei.

AK fez uma careta.

— Não há nada aqui. Só campos e essas merdas.

As vozes ficaram mais altas e, andando para trás, seguindo a direção dos sons, vi o que pareciam ser chamas não muito longe dali.

— Parece um incêndio — eu disse, e os irmãos se viraram para olhar. — Por que infernos haveria um incêndio aqui nesses lados?

AK se virou para Smiler.

— Precisamos verificar essa merda. As plantas podem estar erradas.

Mas então um grito alto se sobrepôs aos estranhos murmúrios baixos, um grito que gelou meu sangue. Meu peito ficou apertado, e quando o ouvi novamente, saí correndo, ignorando meus irmãos atrás de mim. Aquela voz... a porra daquela voz...

Quando o grito soou novamente, eu não tinha dúvida de a quem ele pertencia.

LILAH!

Obrigando as minhas pernas a correrem o mais rápido que podiam, fui na direção das chamas, aquele murmúrio, profundo e assustador, se tornando cada vez mais claro. Não demorou muito tempo para perceber que era aquela merda de idioma bíblico que a Lilah costumava falar.

Ouvindo passos atrás de mim, olhei por sobre o ombro e vi Styx e Flame me seguindo. O rosto do Flame estava expressando toda a sua animação, enquanto que o do meu amigo, a sua preocupação.

Levantando minha Uzi com os gritos de Lilah, eu finalmente saí para uma clareira e congelei.

Dois homens estavam no chão, rolando e balbuciando um idioma que nenhum filho da puta podia entender... bem na frente das chamas... vindas de uma estaca... uma estaca com uma Lilah nua... *gritando... de dor.*

— Lilah! — gritei, correndo para ela, ouvindo o rugido furioso de Flame e os xingamentos saindo da boca dos meus irmãos.

Eu nem sequer me importei com os homens no chão. Lilah, tudo o que eu conseguia ver era ela, as chamas engolfando uma pilha de madeira, quase aos seus pés.

Olhando em volta, vi Cowboy e Hush empalidecendo com a visão.

— Cowboy, Hush! Vocês vêm comigo!

Os dois irmãos me seguiram em direção à pira. Os olhos dela estavam fechados, um maldito crucifixo marcado a fogo em seu torso nu. Ela estava machucada, ensanguentada. Examinei seu corpo enquanto Hush e Cowboy corriam para trás da estaca e, um de cada lado, começaram a cortar a corda ao redor dos seus pulsos e tornozelos.

Sabendo que meus irmãos cuidariam das cordas, comecei a chutar a madeira ao redor de seus pés. AK e Smiler se juntaram a mim até que um caminho estivesse aberto o suficiente para eu chegar até a minha mulher.

— Lilah! — chamei quando me aproximei, mas a cabeça dela estava balançando de um lado para o outro. Porra, ela não estava bem.

— Ky, irmão — Hush chamou. — As costas dela foram chicoteadas pra caralho, daquele tipo de merda religiosa.

Eu estava visivelmente tremendo de raiva, e quando Hush e Cowboy sinalizaram que as cordas estavam livres, afastei o corpo mole de Lilah daquela estaca, seus olhos azuis se abrindo levemente.

— Ky? Meu Ky... você está aqui... mas você não me ama de verdade. Era tudo uma mentira... eu sinto muito... sint ...

De repente seus olhos reviraram e ela perdeu a consciência.

— Lilah! Lilah! — gritei, confuso pra caralho, mas ela não acordou.

Correndo para nos afastar das chamas, eu me abaixei, estudando seu corpo. Havia sangue por toda parte. Queimaduras, cicatrizes, hematomas, cortes e...

Não... *PORRA!* NÃO!

Sangue manchava a sua boceta... esperma escorrendo da sua entrada.

Eles a estupraram... Esses filhos da puta a tinham estuprado!

Com os punhos cerrados, deitei-a na grama, enquanto uma nuvem vermelha nublou meus olhos. Tirando meu *cut*, cobri seu corpo e me virei para encarar os malditos que estavam vomitando aquela merda psicótica religiosa.

Styx segurava um filho da puta mais velho em seus braços, o cara estava quase se cagando enquanto olhava para nós. Mas Flame... Flame estava segurando sua lâmina na garganta de um homem, seus olhos castanhos enormes me observando com a minha cadela... A minha cadela que ele tinha tentado queimar viva.

Flame sussurrava algo em seu ouvido, algo que eu não conseguia ouvir. Mas o otário em seus braços, sim, e pude vê-lo empalidecer, tendo todo o sangue drenado do rosto por conta das palavras que nosso psicopata Hangmen lhe dizia.

Decidindo começar com ele, parei à sua frente e, com toda a minha força, dei um soco no seu rosto. Flame jogou a cabeça para trás e riu quando o sangue jorrou da boca do aspirante a Jesus.

Mas o filho da puta voltou a se firmar.

— *A alma que pecar, essa morrerá; o filho não levará a iniquidade do pai, nem o pai levará a iniquidade do filho. A justiça do justo ficará sobre ele, e a impiedade do ímpio cairá sobre ele.*

Seus olhos brilharam quando ele recitou a Bíblia.

Agarrando suas bochechas, meu rosto quase encostou ao dele.

— Não, a alma que pecar vai acabar com você e mandar a sua carcaça direto para o Hades, filho da puta.

— *Então a Morte e o Hades foram lançados no lago de fogo. O lago de fogo é a segunda morte.*[13]

— Porra, mate ele logo, Ky. Mate-o ou eu farei isso — Flame sibilou, sua lâmina pressionada com tanta força que a pele começou a sangrar.

— Ela é uma sedutora, uma prostituta! Ela deve queimar. Ela deve se arrepender!

Voltando minha atenção para o velho que estava sendo contido por Styx, fui até ele, sua cabeça levantada, todo poderoso e orgulhoso.

— Você tem algo a dizer, vovô?

O rosto enrugado ficou vermelho e ele disse:

— Ela nasceu do Diabo! Ela tenta qualquer um que cruze o seu caminho. Ela deve morrer! É a única maneira de salvar sua alma maldita!

— Talvez *você* precise morrer — respondi e voltei minha atenção para o outro. Tinha sido ele quem machucou a minha cadela, e seria ele quem morreria primeiro.

— Ela já foi minha filha! E ela tentou até a mim!

Parando, lentamente me virei para o homem. Uma raiva como nunca senti antes, tomou conta do meu corpo. Tocando a minha bota, puxei minha faca, caminhei até onde Styx o segurava e cortei sua garganta. Styx deixou cair seu corpo quase morto no chão, fiquei de joelhos e disse:

— Seu pedófilo de merda. Você tocou sua própria filha e depois a culpou. Diga ao Hades que eu mandei um *oi*, porque esse é o único lugar para onde você vai.

Enquanto ele sufocava em seu sangue, eu me levantei, mas não antes de esmagar suas bolas e seu pau com minha bota, sorrindo enquanto ele gritava, o movimento acentuando mais ainda o corte em sua garganta.

O choque se espalhou em suas feições quando o sangue escorria pelo seu peito. Eu deixei o filho da puta molestador sufocar. Ele merecia morrer... *lentamente.*

— Ky! — Flame gritou. Olhei para o meu irmão, e vi sua mão tremendo. — Eu quero matar esse filho da puta. Eu quero derramar sangue dele... *lentamente.* Quero me banhar nessa merda. — Os loucos olhos negros

---

[13] Passagem: Apocalipse 20:14

estavam fixos no homem sob seu agarre.

Virando na direção do discípulo, olhei nos olhos dele e perguntei:

— Você fodeu a minha cadela? Você a açoitou, a queimou e a amarrou nessa porra de estaca como se você fosse algum cardeal na Inquisição Espanhola?

Ele tentou não revelar nada, mas seus olhos e narinas se abriram um pouco. Essa foi toda a confirmação de que eu precisava.

— Flame — eu disse —, tire o vestido branco que ele está usando.

Flame franziu a testa, mas empurrando o imbecil para frente, arrancou aquela túnica horrível e a levantou. Olhando para trás, vi Cowboy e Hush com Lilah.

— Cowboy?

— Sim?

— Coloque isso na Lilah. Cubra o corpo dela para que nenhum de vocês olhem para a sua boceta.

Meu irmão pegou a túnica e eu me virei para o discípulo barbudo.

— Então você estuprou a minha mulher? — repeti, me sentindo doente com a imagem. Senti como se o meu sangue estivesse fervendo, borbulhando por baixo da minha pele.

— Ela é uma sedutora e sou o ancião abençoado encarregado de cuidar dela... eu estava salvando sua alma maligna!

Apontando a minha Uzi para a perna dele, atirei e mandei uma bala diretamente na sua coxa. Ele gritou, mas Flame colocou a mão enluvada sobre a sua boca para calá-lo.

Em seguida, apontei para o ombro direito e coloquei outra bala em sua carne.

Prendendo a minha Uzi na parte de trás da minha calça, peguei minha faca serrilhada.

— Flame, ele é todo seu.

O estuprador no chão começou a se debater, tanto que eu quase senti o cheiro do seu medo. *Cagão*. Isso foi até que Flame pegou a arma e lhe deu uma coronhada na nuca. O *psycho* cortou a calça do barbudo e as rasgou, deixando as jóias da família do discípulo à mostra.

— Ky! — Smiler gritou, e quando me virei, ele estava pairando sobre Lilah. — Ela está em choque, sangrando muito. Precisamos ir para casa antes que infeccione. Mate o filho da puta e vamos logo.

Meus olhos encontraram os de Flame.

— Corte o pau dele devagar e faça com que ele sufoque. E não pare até que esteja morto. Ele não vai sobreviver depois de ter machucado a minha cadela.

Os olhos de Flame se iluminaram como se fosse Natal, e me inclinei para o discípulo para dizer:

— Já que você ama tanto o seu Deus, vá encontrá-lo!

Levantei e fui para onde estava a minha cadela. Ouvir os gritos de dor do discípulo, enquanto Flame lhe cortava o pau, se regozijando nisso, fez com que todos nós estremecêssemos.

— Porra, Ky! — ralhou Cowboy. — Você tinha que ser tão gráfico?

Os gritos logo cessaram, e Flame se certificou de que o filho da puta engasgasse com o pau. Os sons de engasgos duraram um bom tempo até que nosso psicopata de repente rugiu como se tivesse acabado de entrar em uma boceta, e todos nós soubemos que o discípulo estava morto.

Balançando sua lâmina alemã, Styx caminhou até o discípulo, pairou sobre o peito dele e começou a esculpir um enorme H; sua marca registrada no Hangmen. Ele então fez o mesmo com o pai de Lilah.

O maldito Profeta Cain daria uma olhada e saberia quem matou seus pedófilos. Mas acho que, de qualquer maneira, ele saberia quem tinha dado cabo nos homens. Ele devia saber que, se ele nos atacasse, despejaríamos todo o ódio maligno que ele tanto profetizava, sobre os seus malditos ombros.

A guerra estava chegando. Não neste momento... mas chegaria em breve, e eu estaria pronto.

— *Vamos* — Styx sinalizou. Limpando o sangue da lâmina na grama seca, ele a guardou de volta na bota. Peguei Lilah em meus braços, o sangue de seus ferimentos escorrendo pela túnica. Mesmo neste estado, ela era tão linda que meu peito literalmente doía com o quanto senti sua falta.

Mas, porra, o que aqueles maditos fizeram com ela... o seu belo corpo todo machucado.

A mão de Styx tocou meu ombro.

— *Vamos nos vingar mais tarde. Foque a sua mente na sua cadela e deixe que eu me preocupo com o resto.*

Flame se juntou a nós, limpando o sangue das mãos na calça de couro, o irmão parecendo mais calmo, e então fomos para a cerca.

Um suspiro nos parou no meio do caminho. Quando nos viramos, uma cadela ruiva estava olhando para nós, puro medo gravado em seu rosto. Ela correu na colina em direção à clareira.

AK deu um passo para frente e ela tropeçou com medo, choramingando quando viu os dois corpos no chão.

— Não! — falou baixinho, seu choro silenciando sua voz. — Vocês... Vocês são os demônios sobre os quais o Profeta Cain nos alertou. Um exército vivo de Hades que usa couro preto e mata nosso povo sem remorso. Vocês roubam nossas almas puras e as enviam diretamente para o inferno.

— Porra! Olhe só para isso. Somos famosos até no maldito Jardim do Éden! — Hush disse secamente, sem um pingo de humor na voz.

— Merda! — AK xingou e encontrou o olhar de Styx. — Eu não gosto de matar mulheres, mas não podemos deixá-la voltar correndo para a aberração de Jesus que eles têm como profeta.

Styx passou a mão pelo rosto.

A cadela desviou o olhar dos dois cadáveres no chão e depois olhou para Lilah.

— Ela está viva? — sussurrou, e seu rosto parecia transtornado pelo medo. Mas não por medo de nós, e sim por Lilah.

Franzindo a testa, segurei minha cadela com mais força e estudei a ruiva.

— Por que diabos você se importa?

Levantando a cabeça, seus enormes olhos verdes pairaram sobre os meus irmãos e então disse:

— Ela... ela é minha irmã.

— Ela não tem irmãs neste buraco de merda. As irmãs dela estão lá fora, longe desse inferno repleto de pedófilos e sob a proteção do Hades.

Seus olhos se arregalaram com a menção de Hades, mas ela rapidamente se recompôs e começou a balançar a cabeça.

— Não... Eu sou do sangue dela. Sou a irmã dela, Phebe. — Ela levantou a mão trêmula e apontou para o velho no chão, se afogando em seu próprio sangue. — Aquele... *ele era* o nosso pai... Você matou o nosso pai.

AK se aproximou e a agarrou pelo braço, colocando o cano da arma na cabeça dela.

— Ele era um maldito pedófilo e merecia conhecer o barqueiro. E agora você também. Você não deveria ter vindo aqui, garota bonita. Agora você tem que morrer.

— Não, por favor! — ela chorou. — Eu estava vindo para ajudar a minha irmã. As coisas que eles fizeram com ela hoje à noite... meu povo... *Senhor!* Eu não posso aguentar... Seus gritos estão gravados na minha mente. O sangue dela pingando do chicote é tudo o que consigo ver...

Meu estômago revirou com o que ela disse e com a devastação em sua voz. Agarrei minha mulher ainda mais forte em meus braços e observei a ruiva. Ela não se parecia com Lilah em sua beleza exuberante, mas até que era bonita, e claramente se importava com a minha mulher.

— Você precisa levá-la — ela disse, ignorando AK. — Você precisa levá-la embora e nunca mais deixar que eles a peguem. Proteja-a...

AK encontrou meus olhos sobre sua cabeça e eu assenti, dizendo para ele não a matar. Porra! Eu estava me tornando um molenga ultimamente.

Ele soltou a trava de segurança da 9mm e colocou a boca no ouvido de Phebe.

— Escute, cadela, nós vamos amarrá-la para que você não possa voltar correndo para o Profeta Cuzão e dizer a ele que estivemos aqui. Esse seu pequeno cérebro conseguiu entender?

Os olhos dela se fecharam e pude ver suas mãos tremendo, mas ela assentiu.

— Só... só, por favor, leve-a para longe e em segurança. Da próxima vez, os anciões não a deixarão sair viva.

AK, dando um olhar confuso para mim, levou a cadela em direção a uma árvore ao lado da pira, parando quando a cadela cravou os calcanhares no chão e perguntou educadamente:

— Posso me despedir dela?

Acenei com a cabeça para o irmão. Ele puxou a ruiva na minha direção e vi as lágrimas caindo pelas suas bochechas pálidas. Estendendo a mão lentamente, ela tocou suavemente o rosto de Lilah e disse:

— A vida dela não foi fácil. Eu costumava rezar para que tivesse sido levada para um lugar melhor, mas sempre nos contavam histórias sobre as Amaldiçoadas e os ensinamentos que recebiam. E quando a vi novamente, sabia que sua vida tinha sido de miséria e dor. — Os olhos da cadela se encheram de lágrimas e ela sussurrou: — Fique em paz, minha Rebekah. Seja feliz. Nos encontraremos novamente algum dia, seja nesta vida ou na próxima.

— Como você a chamou? — perguntei quando ela abaixou a mão.

Phebe olhou para mim e disse nervosamente:

— R-Rebekah. Seu nome de batismo era Rebekah. Mas eles a tiraram de mim, da nossa casa, quando criança, e lhes deram o nome de Delilah, o nome de uma sedutora, um nome adequado para uma Mulher Amaldiçoada de Eva. — Os olhos da cadela focaram em Li quando ela murmurou: — Eles disseram que ela era má. Eles mataram sua mãe pelo fogo por se unir ao Diabo e gerar uma criança do pecado com o próprio Hades. Eles a deram ao profeta para ser educada e salva... mas mesmo assim, ela sempre foi minha pequena Rebekah.

Ela continuou:

— Eu nunca mais a vi depois daquele dia até que foi trazida de volta para cá. E nunca poderia odiá-la como todos o fazem. Embora ela tenha sido deserdada e renunciada por minhas mães e pai, orei para que ela voltasse. — Os olhos cautelosos de Phebe encontraram os meus. — Mesmo que você seja um demônio em vida, parece que se importa com ela, e talvez seja lá que ela pertença, com o povo das trevas... pois ela também é pecadora. Peço que você lhe dê o amor verdadeiro. Minha Rebekah merece ser amada.

Meu olhar foi para a minha mulher, lindamente quebrada.

— *Rebekah...* — sussurei. Seus olhos se agitaram ao som desse nome e um gemido escapou pelos seus lábios. O nome combinava com ela: Rebekah, de cabelos loiros e olhos azuis.

— Temos que ir — Smiler disse atrás de mim. — Para ontem. A próxima patrulha será em trinta minutos, e não sei vocês, mas não quero enfrentar um exército de mil guardas da seita *jihadista* quando estamos em apenas seis Hangmen!

Enquanto corríamos, o olhar da ruiva nunca deixou a irmã, firmemente segura entre meus braços, ao mesmo tempo que AK a arrastava para longe e a amarrava a uma árvore. Eu tinha uma necessidade urgente de levar minha mulher de volta ao complexo. Vi AK olhando para a cadela ruiva e sabia que ele não queria deixá-la.

Mas não havia tempo para simpatia e consciência nessa vida, sendo ela irmã ou não. Pelo que sabíamos, ela poderia estar mentindo, tentando nos fazer pensar que se importava... também enganando Lilah.

Lilah era minha mulher e todo mundo podia ir se foder. Como uma unidade, uma porra de *irmandade*, seguimos em direção à cerca e nunca mais olhamos para trás.

Setenta minutos depois, entramos pelos portões do complexo e, segurando o corpo desfalecido contra o meu peito, corri direto para o meu quarto. Smiler foi buscar imediatamente a maleta médica, assim como a Mae, segurando Maddie, Beauty e Letti que vieram correndo pelo corredor. Minha mente estava lúcida o bastante para perceber que a garota mais nova tinha realmente saído do seu quarto.

Olhando para a minha *old lady*, as duas irmãs de cabelos escuros caíram de joelhos enquanto gritos de puro sofrimento saíam de suas bocas.

Deitando Lilah sobre o colchão, senti alívio pela minha cadela estar de volta aos meus braços, à minha cama, mas eu sabia que quando ela acordasse, as coisas não seriam boas... Nada sobre toda essa merda de tortura era boa.

Essa coisa toda era fodida. Errada...

Errada pra caralho...

CAPÍTULO VINTE E UM

LILAH

— *Smiler disse que ela vai ficar bem. Só vai levar tempo. Os cortes foram fechados, a febre foi embora.*

— *E os homens que fizeram isso com ela? O que aconteceu com eles?*

— *Mandamos dois deles para o Hades. O pai dela era um deles, Mae.*

— *E... e o profeta?*

— *Não o vimos. Ela estava em uma estaca, daquelas usadas em julgamento de bruxas, em uma colina no meio do nada.*

— *Eu não consigo acreditar que ele permitiria que isso fosse feito com ela... os cílios de Cristo, a queimadura em crucifixo...*

— *E ser estuprada, porra! Múltiplos estupros!*

— *Por favor... não diga isso... não posso suportar...*

— *Sim, bem, esse filho da puta não é a pessoa que você conheceu. Ele é um imbecil iludido com complexo de Deus e que vai morrer... muito em breve.*

Minha garganta estava apertada e seca, e eu sentia dor por todo meu corpo. A conversa fluía ao meu redor enquanto a minha consciência flutuava, mas eu não conseguia entender o que estava sendo dito.

Onde estou?

Minhas costas pareciam estar pegando fogo, meu estômago estava muito apertado para eu meu mover. O pânico começou a tomar conta de mim, meu coração acelerando e a minha respiração se tornando ofegante.

Nova Sião... Eu estava na Nova Sião... Fogo, havia fogo. Minha carne quente demais enquanto chamas lambiam minhas pernas.

Eu tentei mover as pernas, mas elas estavam amarradas, minhas mãos presas sobre a cabeça. Meu pai e o Irmão Micah recitavam as escrituras aos meus pés, suas vozes ficando mais altas à medida que a linguagem mudava para a sagrada de nosso Senhor.

Eu estava amaldiçoada, queimando no fogo do inferno, minha alma sendo purificada na temperatura ardente do meu sangue.

Um grito se formou na minha garganta e, incapaz de suportar o calor do fogo, eu o soltei.

— Lilah! — uma voz feminina chamou.

Mãos pesadas me prenderam quando a dor no meu corpo se tornou muito mais intensa.

— Não, por favor! — eu implorei. — Não me mate assim... Não pelo fogo! De qualquer outra maneira, menos pelo fogo!

— Lilah, doçura, se acalme.

Aquela voz... Aquela voz... me focando, me trazendo de volta à consciência.

Meu corpo congelou e algo áspero e ao mesmo tempo gentil tocou a minha testa e a minha bochecha.

— Lilah, acorde. Abra seus olhos, doçura.

Fazendo o que me fora ordenado, minhas pálpebras, ainda pesadas, se abriram e pisquei diversas vezes, tentando clarear a visão. Sombras escuras dançaram diante dos meus olhos até que revelaram um rosto... Era um rosto familiar... Eu *conhecia* aquele lindo rosto.

— Lilah? Você está aí, amor? — ele perguntou com a sua voz grave e rouca, e um acentuado sotaque sulista.

Olhei para o quarto, paredes escuras, piso de madeira... Era familiar, eu conhecia este quarto. Minhas mãos deslizaram pelo lençol. Este lençol era familiar, eu *conhecia* este lençol.

— Doçura? — Meus olhos focaram em um par de olhos azuis. Eles eram familiares, eu conhecia aqueles lindos olhos. Eu não estava no fogo... *não estou no fogo!*

— Ky? — murmurei, minha voz soando como lâminas de barbear.

Minhas mãos cobriram a pele do meu pescoço como se pudessem acalmar a carne por dentro.

— Aqui — uma suave voz feminina disse ao meu lado, e de repente um copo de água apareceu diante da minha boca.

Um comprido cabelo escuro e olhos azuis de uma cor estranha apareceram na minha frente.

— Mae — eu disse, e ela sorriu para mim, embora a ação parecesse dolorosa.

— Irmã, eu sinto muito... Eu sinto muito... — Ela chorou.

Eu não conseguia falar, entorpecida demais para mover meus lábios.

— Eles me queriam — exclamou Mae. — Eles foram enviados a *me* levar... Rider... Profeta Cain...

— Quer todas nós de volta — disse uma voz baixa à minha esquerda, e senti pequenos dedos envolverem os meus. — Isso é verdade, não é, irmã? Eles querem que nós três voltemos para o nosso povo.

Maddie. Minha Maddie estava comigo neste quarto. Eu queria sentir alegria, mas faltava emoção. Algo aconteceu comigo. Algo me deixou desapegada. Maddie tomou meu silêncio como uma resposta positiva para a sua pergunta. E ela deveria. Era verdade.

Ky se sentou na cama e afastou uma mecha de cabelo da minha testa.

— Li... — ele falou, e vi uma onda de dor nublar seu rosto. — Esses pervertidos... O que eles fizeram com você...

Levantando minha mão para tocar a dele, eu a levei aos seus lábios. Ky olhou para mim por um longo tempo. Então suas mãos se fecharam em punhos e se afastaram das minhas quando ele se levantou.

— PORRA! Eu não consigo lidar com isso!

Maddie pulou da cadeira ao meu lado. Tremendo, ela fugiu para a porta. Eu o observei andar de um lado para o outro com o rosto contorcido pela raiva e tentei me sentar. Minhas costas arderam com uma dor aguda e eu cerrei os dentes.

— Eles te bateram, te açoitaram... ELES ESTUPRARAM A PORRA DA MINHA CADELA! Minha cadela, e eu não estava lá para impedir!

Soltando um gemido, estremeci com a demonstração de sua raiva. Ouvindo minha consternação, ele parou no meio do caminho e seu rosto nublou ainda mais.

— Li, isso está me arruinando! Olhe para você, seu belo corpo... Eles marcaram a sua pele perfeita!

Ele deu três passos rápidos para o meu lado da cama, e eu vi sua devastação, mas não consegui me livrar de suas palavras. *Olhe para você, seu belo corpo... Eles marcaram a sua pele perfeita...*

— Eu amo você — consegui sussurrar, precisando dizer essas palavras em voz alta.

Ky deu um beijo firme nos meus lábios e disse:

— Porra, Li. Eu também amo você.

Observei seu rosto em busca de algum sinal de mentira.

— Eu amo, Li. Merda, você está em todo o meu ser; na minha mente, no meu coração. — Inclinando para a frente, ele fez uma trilha de beijos pelo meu rosto.

Senti um frio gostoso na barriga, mas tudo se transformou em gelo quando ele disse:

— Esse rosto lindo... Porra, Lilah, esse rosto lindo. Eu não aguentei quando você foi levada. Tudo o que eu pensava era nesses malditos olhos azuis, o gosto ao beijar esses lábios, esse cabelo loiro maravilhoso, a sensação de sua boceta sufocando meu pau. Eu estava ficando louco por não ter você por perto, por não estar comigo... *a minha mulher.*

Meu lábio inferior tremia e Ky passou o polegar por ele.

— Não chore, doçura. Eu não posso suportar isso.

— Eu... eu estou cansada — sussurrei, minha voz rouca e seca pelo calor do fogo. Baixei os olhos por medo de ele ver a minha decepção.

— Okay, amor — ele respondeu e se levantou. — De qualquer maneira, eu tenho que ir falar com o Styx. Voltarei para ver você mais tarde. Apenas durma.

Eu me permiti observar sua costas grandes e musculosas ondularem sob seu colete, o longo cabelo loiro bagunçado e amarrado que caía pelas costas e suas pernas grossas sob a calça jeans. Ele era verdadeiramente perfeito, mas eu não era para ele.

Eu nunca deveria ter me apaixonado por ele.

Quando a porta se fechou, enfiei a cabeça no travesseiro e deixei as lágrimas caírem. Era tudo um ardil. Ele sentia falta dos meus olhos, dos meus lábios... *Senhor*, eu odiava este rosto! Um homem tão forte e bonito como o Ky nunca poderia gostar de mim apenas por mim mesma.

Neste momento, eu desejava ter morrido naquela pira, pois este sentimento agora era pior do que qualquer queimadura na minha pele... do que qualquer cicatriz nas minhas costas.

A devastação tomou conta de mim e o último resquício de esperança que eu tinha, se apagou como uma vela. Tudo em mim se resumia àquilo: ser uma sedutora.

Faça o que eu digo, minha pequena Rapunzel. Levante a cabeça para que eu possa olhar seu lindo rosto e esses olhos reluzentes.

Não! Não, não, não, pensei enquanto as lágrimas vinham grossas e rápidas.

Você viu as fotos no meu livro de colorir. O Profeta David quer que estejamos mais próximos uns dos outros. E você é tão bonita... tão tentadora. Quero tocar em você como o garoto do livro toca naquela garota.

E meu pai, meu próprio pai...

Ela me tentou. Eu... pequei com ela, Irmão Luke... Eu fiz coisas... em momentos de fraqueza.

E Ky, meu Ky...

Desde o momento em que você saiu daquela cela, semanas atrás, eu fiquei perdido. Perdido pelo seu lindo rosto, pelo seu corpo de matar, esses olhos, esses lábios... Merda, eu lembro de ver você ao lado de Mae toda assustada e aterrorizada, e foi como ser atingido por um maldito raio.

Era falso... O nosso amor... Tudo falso...
Porra, Li, o que diabos você está fazendo comigo?
O que diabos você está fazendo comigo?

Mantive os olhos focados no teto, respirando... apenas respirando. Mas isso não foi bom. *Eu preciso me limpar.* Minha pele estava arrepiada pela impureza e pelo pecado. *Eu preciso me limpar... EU PRECISO ME LIMPAR...*

Levantando o lençol que me cobria, coloquei os pés no chão de madeira, cerrando a mandíbula enquanto me inclinava. Usando a mesa de cabeceira para me equilibrar, caminhei lentamente para o banheiro, acendendo a luz fraca quando entrei.

Estremecendo enquanto caminhava para o chuveiro, entrei no boxe e abri o registro da água, certificando-me de que a temperatura estivesse escaldante... Eu estava com tanto frio...

Indo para debaixo do chuveiro, abracei a sensação da água picando os cortes às costas, a cruz vermelha e em carne viva marcada a ferro na minha barriga. A dor era o único sentimento que me restava.

Quinze minutos depois, saí debaixo do chuveiro, ainda me sentindo contaminada e suja enquanto o ar beijava minha pele. O vapor crescente enevoava o banheiro. Ainda molhada, sem me importar em cobrir o meu corpo nu, cambaleei para a penteadeira e congelei, olhando sem ver o espelho embaçado.

Uma dormência me envolveu, paralisando todos os meus movimentos.

Tudo o que aconteceu nos últimos meses me destruiu completamente. Isso me assombrou, me fez questionar a minha fé inabalável e me revelou o que eu era; uma meretriz, uma sedutora, uma mulher incapaz de estar sempre em harmonia com Deus. Uma mulher que, desde o nascimento, era um produto do demônio, uma criação, uma obra-prima esculpida com perfeição pelas garras malignas do Diabo.

Levantando uma mão trêmula, limpei freneticamente o espelho úmido até o meu reflexo pecaminoso aparecer. Olhei para a garota ali refletida, meu lábio franzido de nojo. Ela era linda: pele dourada impecável, longo cabelo loiro, olhos azuis... um disfarce impressionante. Uma criação maligna.

Cada mecha de cabelo platinado estava atada ao pecado, cada nuance dos seus olhos brilhava com imoralidade, e cada rubor em seu rosto florescia com impiedade.

Homens se aglomeravam a seu lado sempre que ela estava perto, atraídos pela armadilha ilusiva de Satanás. Eles queriam tomá-la, se juntar a ela da maneira mais carnal, enlouquecidos pela sedução do seu corpo curvilíneo, seus seios cheios e da sua boca rosada e farta.

Todos os pensamentos racionais evaporavam de suas mentes com apenas um olhar. Apenas um pensamento permanecia e levava sua luxúria a agir:

o desejo insaciável de estar com ela. Como mariposas atraídas pela luz, eles se deliciavam com a sua beleza, e o tempo todo o Diabo se alegrava dentro dela, coletando mais uma alma para queimar no inferno por toda a eternidade.

As palavras profetizadas do Profeta David ecoaram pela minha mente, me atormentando e esmagando a minha alma:

— *Cuidado com as Amaldiçoadas. Um olhar em seus olhos sem alma e você ficará preso na luxúria. Um toque de suas bocas em sua carne e você terá sede de seus corpos com uma necessidade carnal insaciável e pecaminosa. A sedução delas vai enfeitiçar você, obrigá-lo a fazer suas ordens condenáveis e depois arrastá-lo para o enxofre, onde você queimará eternamente.*

— *Nenhum homem pode amar verdadeiramente uma mulher Amaldiçoada de Eva. E nenhuma mulher de Eva jamais terá o amor de uma alma pura.*

Pisquei para afastar as lágrimas e desviei o olhar daquela garota, aquela mulher Amaldiçoada de Eva, de quem o Profeta David falou, e finalmente a verdade me atingiu. *Sempre seria assim.* Eu não seria salva pelo Senhor, por mais que tentasse. Eu nunca alcançaria meu objetivo de salvação. Talvez a única maneira de ser salva fosse encarar o Diabo de frente? Eu não seria, eu não poderia ser salva até que os homens nunca mais se sentissem tentados e não tivessem mais vontade de me tomar...

Só me restava uma coisa: pegar essa beleza venenosa dada pelo Diabo e torná-la feia, repugnante, horrenda, repulsiva... feia o bastante para me libertar dessa minha maldição.

Com passos determinados e tendo uma visão quase transcendente de mim mesma, abri a porta do banheiro e fui para o quarto frio. A cama estava amassada de onde eu estivera deitada, sangue fresco manchava o lençol onde as minhas costas tocaram.

Indo para o sofá, peguei a túnica branca suja que estava ali jogada e a deslizei sobre a cabeça, nem sentindo o material arranhando e esfregando minhas feridas em carne viva.

Cambaleando, e sentindo meu longo cabelo respingando, consegui fazer meus pés se moverem e fui em direção à porta. Quando passei pelo gaveteiro, a arma de Ky estava em cima. Atordoada e sem pensar, peguei-a e a coloquei no bolso da roupa. Quando girei a maçaneta que abria a porta para o corredor, uma música alta veio da direção do bar, me chamando como um farol.

Eu não sabia para onde estava indo, qual seria o meu destino, então olhei para a porta de aço trancada no corredor.

Seguindo a pesada batida de uma bateria, caminhei como em transe, minha visão perdendo o foco com o cansaço, com a gravidade da minha situação. A cada passo, meu coração trovejava, me provocando, chamando pelo meu nome pecador...

Tentadora... Batida... Meretriz... Batida... Delilah... Batida... Delilah... Batida... Delilah, Delilah, Delilah...

Meus pés descalços me levaram até a alta porta de aço que levava à sala de estar do bar; girei a maçaneta e uma onda de fumaça de cigarro e música me envolveu.

Corpos estavam por toda parte. Homens com coletes de couro estavam bebendo e fazendo barulho. Mulheres estavam penduradas nos pescoços deles, corpos à mostra, mãos praticando atos pecaminosos na carne dos homens. E todos estavam rindo.

Mas o que haveria de se alegrar?

Andando pelo mar de corpos, passei por Flame. Suas costas largas e tatuadas me encaravam, mas eu vi uma faca em sua mão, a lâmina afiada cortando sua pele, estragando sua pele, arruinando sua pele, tornando-a feia...

Feia...

Feia...

Feia...

Vendo as facas alinhadas na mesa à sua esquerda, meus dedos flutuaram sobre os metais frios, pegando o último e mais afiado.

Continuei andando com a faca abaixada, ninguém notando a minha presença. Eu gostei de ser ignorada. Pois os feios eram ignorados... Eu não queria mais ser sedutora.

Ao ver uma lareira crepitando, fui atraída pelas chamas. Fogo... Limpa pelo fogo... *Ao ferver o sangue, a alma será purificada.*

Meus pés me levaram até a lareira e notei meu reflexo no espelho da parede. Olhei para aquele rosto pela última vez, aquele rosto, aquele rosto perfeito... aquele rosto pecaminoso.

Feia...

Feia...

Feia...

Destrua a criação de Satanás.

Inspirando profundamente e segurando firmemente a faca em punho, levantei uma mão lentamente, juntando longas mechas do meu cabelo loiro na outra. Segurando a faca afiada, tão calma quanto a brisa de verão, sorri para o meu reflexo e...

— LILAH! NÃO!

CAPÍTULO VINTE E DOIS

KY

Vinte minutos antes...

Entrei no bar e vi todos os meus irmãos comemorando. Mulheres estavam por todos os lados, putas de clube fazendo suas magias sobre os irmãos, alguns já caindo como patinhos.

Pegando um cigarro do bolso do meu cut, coloquei na boca, acendi e dei uma longa tragada.

Tirando os irmãos do meu caminho, fui até o bar. Avistei Vike prendendo uma puta gorda e de cabelo crespo sobre uma mesa, fodendo sua bunda.

Ignorando a cena horrível, cheguei na bancada do bar e o recruta já estava pegando um copo. Balancei a cabeça, e ele franziu o cenho.

— Só me passa a porra da garrafa! — falei, me sentindo completamente fora do meu corpo.

Tudo o que eu continuava vendo era minha cadela naquela fogueira em chamas. Vendo Smiler limpando aquelas malditas marcas de chicote que tomavam todas as suas costas... e essa porra de crucifixo marcado para sempre em sua pele.

Mas o que me incomodava mais do que tudo isso, era a dormência em que Lilah se encontrava, a sua maldita indiferença a tudo. Seus olhos azuis opacos olhando para o nada, sua pele pálida e o silêncio. Isso estava me matando.

Ela foi estuprada. Minha mulher tinha sido estuprada. Eu não conseguia tirar essa imagem da minha cabeça. Eu queria pegar a porra de uma faca e arrancá-la do meu cérebro.

Um assobio soou por cima da música "N.I.B." do Black Sabbath e vi Styx, Cowboy, Hush, Smiler e AK sentados em um sofá. Mae estava no colo de Styx, o rosto enfiado no seu pescoço, enquanto ele tragava um cigarro e segurava uma garrafa cheia de uísque na mão.

Meu *prez* e melhor amigo, estava olhando para mim. Ele e meus irmãos ao seu redor passavam uma imagem miserável, refletindo como eu me sentia. Fui até eles, bebendo meu uísque e tragando meu cigarro.

Tank e Bull estavam do outro lado da sala com Beauty e Letti, todos olhando para mim enquanto eu passava.

Nenhum deles sabia como era isso... Nem mesmo Styx teve sua mulher estuprada e torturada. Nenhum deles sabia como era esse maldito inferno.

Vendo um vagabunda feia sentada na cadeira ao lado do sofá, levei minha mão para a cabeça dela, agarrei seu cabelo e a joguei no chão.

Virando-me para um projeto de motociclista, que provavelmente tinha uma moto esportiva vermelha, eu me inclinei e disse:

— Você tem dois segundos para sair do meu lugar antes de eu cortar a sua garganta.

O cara não perdeu tempo e, ignorando a puta no chão, saiu praticamente correndo do clube.

Jogando-me na cadeira, olhei para as chamas crepitando na lareira do outro lado da sala. Eu podia sentir os olhares dos meus irmãos, mas continuei bebendo meu uísque, o álcool tirando um pouco da dor no meu peito.

— Como está a Lilah, irmão?

Afastando a atenção do fogo, olhei para o sofá e vi que a pergunta tinha vindo do Cowboy. Pegando outro cigarro, acendi e enchi meus pulmões.

Mae levantou a cabeça do ombro de Styx, os olhos vermelhos de tanto chorar. Seus malditos olhos de lobo encontraram os meus, mas me virei e olhei novamente para o fogo.

Não importava o que eu dissesse para a Li, ela não respondia. A única cadela que amei na vida e ela não respondia. Que porra eu fiz? Ela me culpava? Ela me culpava por ter sido levada?

A raiva me encheu de novo quando pensei em como ela quase morreu. Aqueles filhos da puta quase a tiraram de mim. Eu não conseguia suportar nem mesmo esse pensamento.

Um assobio soou novamente e virei minha cabeça para encarar Styx. Suas feições sombrias estavam tensas e, colocando a garrafa de bebida na mesa à sua frente, ele sinalizou:

— *Ela vai superar isso. Nós vamos ajudá-la a superar.*

Tomar ciência daquelas palavras fez meu estômago afundar. Colocando o cigarro entre os lábios, equilibrei a garrafa de uísque entre as pernas e sinalizei de volta:

— *Ela mudou, não é a mesma Lilah. Algo nela parece que foi desligado.*

— Ky — alguém chamou meu nome, mas eu estava muito ocupado olhando para o Styx.

— *Ky...* — alguém tentou novamente, mas minhas mãos estavam correndo pelo meu rosto. Eu estava perdendo a cabeça.

— KY! — alguém gritou, a voz fazendo com que alguém desligasse a música.

— O QUÊ? — gritei de volta, jogando a garrafa no chão, o líquido se espalhando pelo chão de madeira.

Cowboy, Hush e AK estavam de pé, Smiler foi quem gritou.

Lilah?

Saltando da cadeira, Styx e Mae se juntaram a mim enquanto víamos Lilah, vestida com a túnica branca ensanguentada daquele discípulo, perto da lareira, olhando para o espelho, segurando o cabelo em uma mão e uma faca afiada na outra.

Sua mão direita estava levantada no ar, preparada para atacar.

— LILAH! NÃO! — gritei enquanto ela descia a mão e a lâmina da faca cortava uma mecha do seu cabelo molhado.

Ela se virou para nos encarar, os olhos azuis enormes, lágrimas escorrendo pelas suas bochechas.

Ela não parou; em vez disso, continuou cortando o cabelo. Tentei me apressar na sua direção, mas ela estendeu a faca e apontou direto para a porra do meu peito.

— Não me impeça! Pois isso deve ser feito! — sussurrou, e eu recuei com as mãos no ar.

Com o lábio inferior tremendo, Lilah continuou cortando mecha por mecha até que apenas alguns centímetros de cabelo loiro permanecessem em sua cabeça.

— Li — sussurrei, ouvindo o pranto de Mae nos braços de Styx ao meu lado, como se estivesse com dor.

Seu olhar azul encontrou o meu.

— Isso deve ser feito, Ky. Para libertá-lo, isso deve ser feito. Sem mais feitiços... sem mais feitiços.

Lilah se aproximou do fogo, a mão com a faca voltando a subir. Com a mão livre, ela levantou as mangas da túnica, seus olhos estavam vidrados.

— *E certas mulheres que haviam sido curadas de espíritos malignos e de enfermidades: Maria, chamada Madalena, da qual tinham saído sete demônios.*[14]

Lilah começou a murmurar algumas merdas bíblicas quando colocou a lâmina no braço e começou a cortar sua carne.

14 Passagem: Lucas 8:2

— *Eis que expulso demônios e faço curas hoje e amanhã...*[15]
— Lilah!

A cabeça dela virou na direção do corredor, e Maddie veio correndo.

— Lilah! — gritou novamente, lágrimas caindo de seus olhos. — Você não estava no seu quarto!

Mantendo a cabeça abaixada, Maddie passou pela multidão silenciosa. Em seguida, um rugido profundo soou atrás dela, e Flame apareceu às suas costas, empurrando as pessoas para longe da irmã mais nova de Mae.

Maddie parou ao lado de Mae, seus olhos verdes, arregalados de medo.

— Por favor, Lilah... pare — implorou; Flame atrás dela, braços abertos, protegendo-a.

Lilah balançou a cabeça, seu cabelo curto e molhado grudado na testa.

— Não posso... não posso viver com esse pecado. Eu preciso ser salva... Todos nós devemos ser salvos...

Abaixando a faca, Lilah cortou a túnica, revelando seu peito nu. Encostando a ponta da lâmina na pele, ela cerrou os dentes enquanto se cortava. Um grito de dor saiu da sua boca e o sangue escorreu sobre os seus seios.

Mae caiu no chão, as mãos apoiadas no piso de madeira. Ela começou a fazer algumas orações, seu corpo balançando para frente e para trás. Styx olhou para ela, horrorizado, e depois para Lilah levantando a faca, encarando o sangue pingando da lâmina.

— *Se você confessar com a sua boca que Jesus é Senhor e crer em seu coração que Deus o ressuscitou dentre os mortos, será salvo. Pois com o coração se crê para justiça, e com a boca se confessa para salvação.*[16]

Aproveitando que a sua atenção estava em outro lugar, fui na sua direção, me comunicando com os meus irmãos que eu iria derrubá-la. Mas quando uma tábua do assoalho rangeu sob o meu pé, Lilah focou os olhos enlouquecidos em mim, colocou a mão livre no bolso e tirou de lá a minha arma.

— Merda! — ouvi Hush dizer quando Lilah levantou a arma, tirando a trava de segurança.

— Não me impeça, pois isso deve ser feito para alcançar a salvação!

— Lilah! Largue a porra da arma! — pedi, mas em vez disso, ela apontou a arma para mim, sua mão tremendo como uma folha.

Erguendo a faca novamente, Lilah levou-a ao rosto e gelei.

— Amor, o que você está fazendo?

A arma tremia enquanto as lágrimas caíam pelas suas bochechas, pingando nas mechas de seu cabelo cortado no chão.

— Eu amo você. Nunca pensei que fosse possível sentir essa emoção...

---

15 Passagem: Lucas 13:32
16 Passagem: Romanos 10:9-10

mas amo você... com todo o meu coração.

Sufocando com o nó na garganta, minha respiração estava ofegante pelo desespero de ver a minha mulher assim, tossi e disse:

— Eu também amo você, Li... Por favor, não faça isso! Eu também amo você!

Tremores sacudiram o peito de Lilah e, através dos soluços, ela disse:

— Eu tenho que... libertá-lo. Eu o amo demais para ser a sua prisão... para ser seu caminho para o inferno!

Olhei para Mae e Maddie, mas tudo o que podia ver era a confusão delas. Então, cambaleando e apontando para frente, Maddie gritou, atraindo a minha atenção de volta para a minha mulher, apenas para vê-la colocar a faca na têmpora e forçar a ponta da lâmina na sua carne. Tudo aconteceu tão rápido que mal tive tempo de registrar.

Maddie, ao ver Lilah com a faca, correu para frente. Lilah, assustada com a irmã, gritou e apontou a arma para ela. Seu dedo escorregou no gatilho, mas, se jogando na frente, Flame empurrou a cadela mais nova para o lado e foi atingido pelo tiro no pescoço.

— FLAME! — Maddie gritou, vendo o irmão cair no chão.

AK e Vike correram para ajudá-lo, Mae engatinhou até irmã, em desespero, e eu me virei bem a tempo de ouvir Lilah gritar:

— *Arrependei-vos e cada um de vocês seja batizado em nome de Jesus Cristo para perdão dos vossos pecados; e recebereis o dom do Espírito Santo.*[17] — Ela arrastou a lâmina pela bochecha até a linha da mandíbula, a faca escorregando de suas mãos e caindo no chão. Minha mulher começou a convulsionar, o vômito derramando pelo lado de sua boca quando caiu no chão, seu corpo em choque.

— LILAH! — gritei, e o clube virou um pandemônio. Irmãos se reuniram em torno de Flame. Styx, Tank e Bull mandaram todos embora.

Segurando minha cadela nos braços, meu estômago revirou ao ver a sua bochecha aberta e seus olhos revirando. Ela estava uma completa bagunça, com sangue escorrendo de seu corpo marcado com incontáveis cortes.

— Li... O que diabos você fez? — sussurrei enquanto embalava seu corpo mole contra o meu peito.

Dedos correram pela minha bochecha, me fazendo recuar. Os olhos atordoados de Lilah encontraram os meus e ela tentou sorrir.

— Não há mais tentação. Você está livre da tentação... *e agora a minha alma está salva.*

Os olhos de Lilah reviraram e ela desmaiou. Cowboy e Hush se ajoelharam ao meu lado e, como um maldito cachorro raivoso, minhas garras se ergueram em proteção.

---

17 Passagem: Atos 2:38

— Irmão, se afaste. Precisamos levá-la para o hospital. O Smiler não vai ser capaz de resolver essa merda, porra! — Hush disse, não aceitando as minhas merdas.

— Flame já foi. AK e Vike o levaram na caminhonete. Ela o acertou no pescoço. O maluco idiota levou uma bala pela pequena de olhos verdes pela qual é obcecado.

Tirando meu *cut*, mas nunca soltando minha mulher, o enrolei em torno de Lilah e cambaleei.

Styx se aproximou.

— *Leve ela para o hospital, AGORA!* — ele sinalizou, olhando para Maddie tremendo, pálida como um fantasma e se balançando nos braços de Mae.

— Eu dirijo. Vamos! — Cowboy disse, e nós três corremos para a saída, Tank e Bull enxotando as últimas pessoas pela porta.

Pulando na caminhonete, Cowboy ligou o motor enquanto eu segurava Lilah em meus braços, tirando seu cabelo curto e irregular da ferida em sua bochecha. Abaixando minha cabeça, dei um beijo na testa da minha mulher, seu rosto ainda deslumbrante, mesmo todo machucado.

E pela primeira vez em muito tempo, comecei a chorar.

O relógio passava devagar no longo corredor estéril. Os Hangmen estavam todos ali, contrastando suas roupas de couro com as paredes brancas, todas as outras pessoas se mantendo fora do nosso caminho.

Lilah e Flame estavam em cirurgia. Flame estava tão louco por ter sido trazido para cá e, pior ainda, por ser tocado, que teve que ser sedado na chegada, tudo para que pudessem avaliar o dano do tiro e levar o maluco psicopata para o pronto-socorro.

Lilah foi imediatamente retirada dos meus braços; os médicos e enfermeiras me lançando olhares condenatórios. Os filhos da puta deram uma olhada em nossos rostos e *cuts*, e instantaneamente chegaram à conclusão de que eu tinha retalhado a minha cadela. Tive que reunir toda a minha força de vontade para não tirar aquelas expressões de suas caras à base da porrada, mas a minha mulher precisava deles mais do que minha raiva naquele momento.

Durante todo o caminho ela esteve inconsciente, e os médicos a levaram para a cirurgia para costurá-la sem perder tempo. Styx e Mae, Bull,

Tank e Tanner chegaram logo depois. Beauty e Letti ficaram para trás para lidar com uma Maddie em estado de choque.

O que me trouxe para o presente momento, esperando e enlouquecendo, repetindo as palavras finais de Li na minha cabeça. *Você está livre da tentação... e agora a minha alma está salva.* Seu rosto cortado estava sorrindo. Porra, ela tinha perdido completamente a cabeça.

Passos pesados de botas de couro ecoaram vindo na minha direção, e um segundo depois, Styx se sentou ao meu lado, sua bunda batendo no chão com um baque. Com as mãos encostadas nas pernas, ele sinalizou:

— *O xerife apareceu. A segurança avisou que tinha um ferido a tiro e que os Hangmen estavam trazendo cadelas ensanguentadas.*

— Que ótimo — suspirei e passei as mãos pelo rosto.

— *Tank e Bull o pagaram e me certifiquei de que ele recebesse um bônus para ficar de boca fechada.*

— Obrigado, irmão — eu disse. — A última coisa que precisamos é de policiais farejando nos nossos negócios.

A mão de Styx pousou no meu ombro e ele a deixou lá. Aquele gesto do meu melhor amigo quase me quebrou. Desde que nossos pais foram conhecer o barqueiro, tudo o que tínhamos era um ao outro. E então Mae apareceu na sua vida. Essa cadela era ferrada em vários níveis... Mas nada comparado ao nível da minha mulher, deitada na mesa de operação, tendo o rosto costurado.

— *Nós vamos ajudá-la a passar por isso* — Styx sinalizou.

— Ah, é? Pelo quê? O que estava passando pela cabeça dela ao se mutilar, ou pior ainda, por que diabos eu não vi isso?

— Nenhum de nós viu — disse uma voz baixa. Levantando a cabeça, vi Mae em pé à nossa frente, com os braços cruzados sobre o peito. Styx estendeu a mão e, pegando-a, Mae permitiu que ele a puxasse para seu colo. Com a bochecha em seu peito, os olhos dela nunca deixaram os meus. — Lilah sempre foi a que aguentou melhor... os *ensinamentos* dos anciões. Ela era a perfeita mulher obediente, e detestava nosso título, o fato de nós ficarmos segregadas, odiava ser Amaldiçoada... Eu acho... Eu acho que ela não queria mais ser bonita... não queria mais ser uma sedutora.

— Porra, Mae. Será que essas merdas da seita realmente têm tanto poder sobre vocês? — perguntei, tentando encontrar alguma explicação nessa bagunça de merda. Antes de Mae aparecer no nosso pátio, sangrando, eu não sabia que ainda existiam seitas, e nem que eles pudessem ferrar tanto com a cabeça das pessoas.

— Sim — ela respondeu, lutando contra as lágrimas. — Era tudo o que conhecíamos. É difícil para nós nos afastarmos dos ensinamentos que considerávamos tão sagrados.

Styx envolveu a mão no cabelo preto de Mae e beijou o topo da cabeça dela. Inclinando minha cabeça para trás, vi brevemente os irmãos olhando para nós, ouvindo nossa conversa, antes de fechar os olhos e apenas tentar respirar.

Minutos depois, uma tosse soou e abri os olhos. Um médico de meia-idade estava sem jeito, parado no final do corredor.

— Vocês trouxeram uma mulher e um homem?

Imediatamente todos nós ficamos de pé. Eu dei um passo à frente.

— A cadela, ela está bem?

— Se você está se referindo à jovem que foi trazida cortada e sangrando, então sim, ela já saiu da cirurgia e está na recuperação — disse o médico me olhando de cima a baixo.

— Me leve até ela — pedi, e o médico deixou cair a prancheta.

— A mulher tem um nome? — ele perguntou, e juro que usei toda a minha força de vontade para não enfiar aquela prancheta em seu rabo.

— Lilah — Mae falou atrás de mim. — O nome dela é Lilah.

O médico começou a rabiscar um pouco naquela merda de prancheta e perguntou:

— Sobrenome?

— Ela não tem — Mae respondeu fazendo uma careta.

Os olhos do médico se estreitaram.

— Ela não tem? — Ele riu sem humor e balançou a cabeça. — Uma jovem mulher, sangrando, com cortes de faca nos braços e no rosto, com machucados com aparência de cílios nas costas, e um crucifixo queimado no torso, é trazida com urgência por... um... um clube de motociclistas notoriamente perigoso, e agora você está me dizendo que ela não tem nome completo. Sem nome legal, sem registros médicos, sem histórico no nosso sistema. E, pouco antes, um dos seus homens é admitido com uma bala no pescoço, um homem tão perturbado que teve que ser sedado, e esse homem se chama *Flame*. Nenhum nome completo foi fornecido para ele também.

Quando me inclinei para frente, o rosto do médico empalideceu. Puxei a prancheta da mão dele e a joguei contra a parede. O médico ficou tenso.

— Escute aqui, *doutor*. Vamos esquecer tudo o que você acabou de dizer. — Arranquei o crachá do seu jaleco e o joguei para Vike.

— Ei! — o médico reclamou, e colei meu rosto no seu, sentindo o seu corpo congelar.

— Cale a boca, e escute. — O médico engoliu em seco e eu disse: — Agora você vai cuidar do meu irmão e da minha mulher com um maldito sorriso nesse seu rosto feio, ou vou deixar que o meu irmão, Vike, dê uma olhada nas informações da sua família, e depois apareça no meio da noite para apunhalá-los em seus malditos corações. Você entendeu, imbecil?

— S-sim — ele gaguejou, e coloquei a boca perto do seu ouvido:

— Os Hangmen mandam nesta cidade, não os policiais ou federais ou qualquer outra autoridade que você possa pensar em chamar. É bom você se lembrar disso se tentar ficar no meu caminho e da minha mulher. Porque nada menos do que o maldito apocalipse vai me impedir de entrar naquele quarto para ficar com minha cadela.

Vike veio ao meu lado, girando o crachá em suas mãos.

— E aí, doutor? — Ele fez uma pausa. Então um sorriso enorme se espalhou por seus lábios. — Estava morrendo de vontade de dizer isso.

Virei a cabeça na sua direção e cerrei os dentes. Vike rapidamente perdeu o sorriso e disse:

— Você vai fazer o que foi dito, ou vou ter a chance de brincar com os peitos da sua esposa?

O médico recuou.

— Não, eu vou fazer. Só não machuque minha esposa.

— Boa escolha — eu disse firmemente, e depois perguntei: — Onde estão Lilah e Flame?

— Lilah está no quarto oito. Flame está na sala de recuperação B. Ele será transferido para um quarto particular em breve. — O médico deu meia-volta e quase saiu correndo.

Mae tentou passar por mim e Vike para chegar ao quarto de Li, mas Styx segurou seu braço, só liberando para sinalizar:

— *Amor, deixe o Ky vê-la primeiro. Deixe que ele fique com a sua mulher. Nós iremos depois.*

— Não! — Mae retrucou. — Ela é minha irmã. Ela vai me querer... Ela vai precisar de mim.

Abaixando a cabeça, olhei para Mae e disse:

— Mae, por favor. Só me deixe ficar sozinho com ela por um tempo. Eu preciso disso. *Eu preciso dela.*

Lágrimas encheram os olhos de Mae, a exaustão se fazendo visível pelas olheiras.

— Okay — ela sussurrou. — Apenas avise-a que estou aqui, se ela precisar de mim.

Assenti rapidamente e caminhei pelo corredor em direção ao quarto oito. Eu podia sentir os olhos me observando enquanto eu caminhava; da equipe, dos visitantes, dos pacientes. Eu os ignorei completamente e me encontrei do lado de fora de um quarto particular.

Girando a maçaneta, empurrei a porta e imediatamente vi Lilah dormindo na cama. Meu peito apertou como se uma força invisível estivesse me sufocando. Seu cabelo curto estava penteado para trás e tiras de gaze branca cobriam seu corpo, a maior estava na sua bochecha.

Um movimento à esquerda chamou a minha atenção, e um enfermeiro vestindo jaleco encontrou meu olhar, parando o que estava fazendo.

— Você já terminou? — perguntei brevemente.

Ele assentiu e ia dizer algo, mas eu o interrompi:

— Então saia daqui e não volte até eu chamar.

— Mas...

— Vá logo, caralho! — eu rugi. O enfermeiro chocou as costas contra o carrinho de medicamentos, e saiu correndo do quarto.

Assim que a porta se fechou, tranquei a fechadura e caminhei lentamente até Lilah. De pé ao lado da pequena cama, notei uma intravenosa na mão delicada, o cheiro de antisséptico na sua pele.

Passei o dedo pelas costas de sua mão, ouvindo sua respiração suave. Seu rosto parecia tão calmo, tão sereno. Ela era tão linda. Linda pra caralho.

Sentado na beirada da cama, me inclinei e dei um beijo em seus lábios macios, então coloquei meus braços sob suas costas e a deslizei para o lado, tendo cuidado com o acesso intravenoso.

Tirando as botas, deitei-me ao seu lado, respirando seu doce aroma de baunilha. Entrelaçando sua mão à minha, repousei a cabeça no travesseiro ao lado dela e acariciei seu cabelo curto.

— Eu amo você, Li. Nós vamos superar isso, porque, porra, você merece mais do que a vida lhe deu. Você merece ser feliz comigo.

CAPÍTULO VINTE E TRÊS

LILAH

Ouvindo o gotejamento constante e rítmico de água, abri lentamente os olhos e a primeira coisa que vi foi um teto de azulejos brancos. Desorientada, respirei fundo e enchi os pulmões de ar. Meu corpo inteiro estava rígido, minhas costas coçavam e estavam sensíveis, então me virei com cuidado para o lado direito e parei.

Ali, na minha frente, havia um espelho na parede, um espelho refletindo uma mulher na cama. Uma mulher em uma cama, coberta de ataduras, cabelo loiro, curto e desarrumado, e com uma grande atadura branca na bochecha.

Olhos azuis arregalados e chocados me encararam e, por um momento, esqueci como respirar.

Essa era eu?

Essa sou eu...

Flashbacks tomaram conta da minha mente; a faca, o torpor, os cortes, o fim da maldição do Diabo... me livrando da minha beleza.

Inspirando com cuidado, fiz uma careta. Meu estômago não revirou quando percebi o que eu tinha feito. Não havia nenhum demônio na minha mente, me atormentando, dizendo que eu era uma pecadora, que estava condenada ao inferno. Tudo o que senti foi uma calma, uma paz divina que nunca havia experimentado antes.

Eu não era mais bonita. Essa garota olhando para mim era... menos.

Menos que atraente, menos que pecaminosa. Essa garota seria ignorada pelos olhares masculinos. Para mim, essa garota era o meu tipo de perfeição.

Enquanto olhava para a imagem refletida, percebi que havia uma verdadeira beleza na feiura.

Tentei sorrir, aliviada, mas o lado ferido do meu rosto não se levantou, o corte tinha sido muito profundo, afetando os músculos, a sensação do movimento estranha e desconexa.

Levantando a mão para sentir o lado do meu novo rosto, vi um tubo saindo da minha pele e mais lembranças vieram à minha mente. A arma que eu peguei, puxando o gatilho, Maddie correndo para frente, Flame empurrando-a para fora de perigo... E Ky, Senhor, Ky me segurando em seus braços, seus olhos torturados e com medo.

— *Li... O que diabos você fez?*

Lembro de ter levantado meus dedos para tocar o rosto impecável dele. Sua cabeça se afastou e sua beleza deslumbrante quase me deixou sem ar. Ele era um homem bom, merecedor de um amor verdadeiro. Eu sorri pela liberdade que ele teria agora.

— *Não há mais tentação...Você está livre da tentação... e agora a minha alma está salva.*

A faca, minha bochecha, a atração maligna pela minha aparência...

E então a dor veio, pois eu sabia que o havia perdido. O feitiço sob o qual Ky estivera já não existia mais; sua atração por mim seria quebrada. Eu tinha perdido meu amor, mas, embora doesse, eu sabia que era a coisa certa a se fazer. Senti a pele do meu rosto repuxar, a dor aguda dos cortes pelo meu corpo, mas também senti o peso do mundo sendo tirado dos meus ombros.

Eu não era mais bonita. Eu tinha lutado contra o Diabo dentro de mim e vencido. Eu não tentaria mais os homens. Eu poderia finalmente alcançar a salvação.

De repente, um suspiro baixo soou ao meu lado, e eu congelei. Imersa em pensamentos, não vi mais ninguém no quarto, mas quando outro ruído baixo cortou o silêncio, sabia que não estava sozinha.

Virando meu corpo pesado e a cabeça para a esquerda, o cheiro de tabaco e óleo de motor imediatamente encheu os meus sentidos, e meu coração começou a bater forte. Um cabelo loiro preso em um rabo de cavalo bagunçado estava no travesseiro ao meu lado.

Ky.

Meu Ky, dormindo profundamente ao meu lado.

O que ele estava fazendo aqui comigo? Agora ele estava livre, sua atração por mim tinha sido desfeita...

Olhando ao redor do quarto desconhecido, entrei em pânico quando notei máquinas estranhas reunidas ao meu redor. Eu não sabia onde estava. Minha mente estava grogue, porém, começava a clarear. Minhas mãos começaram a tremer e quando fui mover minha mão esquerda, algo estava em volta dela.

Olhando para baixo, descobri que os dedos de Ky estavam entrelaçados aos meus. E seu aperto era tão firme, como se não quisesse soltá-la, mesmo no sono. Então, por um momento, esqueci que estava em um lugar desconhecido, e apenas me concentrei no fato de ele estar aqui.

Eu não era mais bonita, mas ainda assim ele estava *aqui*.

Minha pele estava arruinada, meu cabelo já não era mais comprido e minha bochecha estava marcada... mas ainda assim, aqui estava ele me protegendo, deitado ao meu lado.

Por quê?

Meu polegar passou por cima da pele áspera nas costas da sua mão e, ouvindo um movimento, levantei os olhos para encontrar os dele. Prendi a respiração enquanto seus olhos azuis recém-abertos pairavam sobre mim, olhando para o meu rosto.

Era isso. Este era o momento em que eu o perderia. Meus pulmões se fecharam enquanto eu esperava o que ele diria, mas então quase chorei.

— *Li* — Ky deu um suspiro amoroso e aliviado, e lentamente se inclinou para frente, soltando a sua mão da minha para acariciar meu cabelo com cuidado. Fechei os olhos, saboreando seu toque, mas minha mente não conseguia parar de fazer a mesma pergunta:

Por que ele ainda não foi embora? Ele está livre agora.

A mão carinhosa desceu pelo meu pescoço e pelo meu braço e, relutantemente, abri os olhos, tentando lutar contra as lágrimas.

Ky estava olhando para mim com a expressão mais amorosa que eu já tinha visto, mais do que quando eu era perfeita, mais do que já tinha visto em seu rosto incrivelmente bonito em algum momento antes. Então, esperando pela minha reação, ele abaixou a cabeça e roçou os lábios suavemente nos meus.

Eu fiquei atordoada.

Não sabia o que pensar. Eu tinha sacrificado minha beleza para libertar o meu amor, mas ele ainda estava aqui.

Eu não conseguia entender por que ele ainda estava aqui!

Os lábios suaves continuaram acariciando os meus e, a princípio, minha boca permaneceu imóvel, chocada demais por este homem lindo estar beijando meu... meu... rosto *horrendo*. Mas Ky continuou persistindo, sua língua lentamente lambendo meus lábios até que eles se separaram em um suspiro e sua língua mergulhou dentro da minha boca.

Sentindo seu gosto viciante, eu me perdi na sensação. E então ele estava em toda parte: na minha boca, suas mãos cautelosas no meu cabelo curto... sua alma no meu coração.

Os olhos azuis estavam cintilantes quando ele se afastou; no começo pensei que era com luxúria, mas quando o brilho de uma lágrima deslizou do canto do olho cansado e escorreu pela bochecha, meu coração se partiu.

— Ky — eu chorei. Inclinando para a frente e estremecendo de dor, beijei a gota quente e salgada. — Por favor, não chore...

— Não faça essa merda de novo, Li — ele me cortou com uma voz rouca e magoada. Em seu tom não havia raiva, apenas um desespero desolador e esmagador. — Porque não quero ficar sem você, entendeu? Você é minha mulher. Andamos juntos por essa estrada, não importa o que venha no nosso caminho.

Piscando rapidamente, tentei dar uma resposta, mas só pude piscar um pouco mais.

As pontas dos dedos dele correram pela borda do curativo na minha bochecha retalhada, e com os olhos doloridos ele disse:

— Vou perguntar novamente, Li. Você entendeu?

Seu olhar amoroso me implorava para dizer algo.

— Eu... Eu não entendo o que está acontecendo — sussurrei, vendo sua cabeça inclinar para o lado enquanto me observava. Ele limpou as bochechas com as costas da mão e se recompôs.

— O quê, doçura? O que você não está entendendo? O que diabos está acontecendo nessa sua cabeça? — ele perguntou, sua voz ainda repleta de emoção.

Acariciando sua barba curta, perguntei:

— Por que... por que você ainda está aqui? Não entendo por que você está *aqui*, ao meu lado.

O rosto dele ficou pálido e então todos os seus músculos se contraíram, pequenas rugas surgindo ao redor dos olhos.

— Onde mais eu estaria se não com a minha mulher? Minha mulher quebrada. Você se mutilou na frente do meu clube, doçura, atirou em um irmão enquanto parecia estar em algum tipo de transe religioso maluco e teve que vir para o hospital. Eu não estaria em lugar algum, a não ser bem aqui, nesta cama com você, certificando-me de que está bem.

— Sua mulher? — perguntei em choque, e desta vez meu coração trovejou com... *esperança?*

Será que ele...?

Será que o Ky...?

Não... Era impossível!

— Lilah, amor, você tem que começar a dizer coisa com coisa, porque estou meio perdido aqui. — Ele se inclinou para perto, sua língua lambendo aqueles lábios perfeitos. — Você é minha mulher. Você foi minha desde que a vi pela primeira vez. Você ainda não entendeu isso?

Lágrimas embaçaram a minha visão e um soluço incrédulo escapou dos meus lábios. As mãos dele seguravam os lados da minha cabeça e seu rosto se suavizou com a minha reação.

— Eu amo você, Li. Você é minha. Minha mulher. Minha propriedade. Minha *old lady... Você é a porra do meu 'para sempre'.*

— Mas... mas eu não sou mais perfeita. Eu o libertei do mal que havia dentro de mim. Não posso tentar você novamente para um falso amor.

A confusão nublou suas feições, e então se transformou em raiva frustrada.

— Foi por isso que você fez toda essa merda? Você pensou que eu estava sob algum maldito feitiço? Você pensa tão pouco sobre si, Li?

Com os lábios tremendo, eu disse:

— Não foi só por sua causa. O meu rosto... O meu corpo... Os homens sempre me queriam por causa disso. Fui tomada contra a minha vontade desde criança. Cada toque que recebi vinha acompanhado da certeza de que estava recebendo aquilo por ter o rosto tão pecaminosamente belo. Era o que sempre me diziam. Fui tomada e tocada porque os homens não resistiram. Fui ensinada e tomada quando criança pelo Irmão Noah, porque era assim que eu seria salva.

Pude ver a raiva fervendo no rosto de Ky, então, respirando profundamente, acrescentei:

— Mas, ao contrário daqueles homens, homens que eu podia ignorar, eu amei você. E porque o amo muito, quero que seja feliz. Eu não poderia mantê-lo comigo sob falsas pretensões. Eu não poderia viver assim nem por mais um dia. Toda a dor que os anciões infligiram em mim nos últimos dias, o julgamento com fogo, a união involuntária que fui forçada a suportar com o Irmão Micah ... Eu só queria me livrar da causa de tudo isso. Minha beleza, aos olhos dos homens, sempre foi a causa da minha dor e conflito. Fui isolada por causa do meu cabelo loiro e meus olhos azuis que os discípulos pareciam não conseguir resistir. Deserdada pela minha família por tentar homens mais velhos em pensamentos obscenos. — Lágrimas escorreram pelo meu rosto quando adicionei: — Eu quero passar despercebida. Eu quero não existir aos olhos dos homens. Certifiquei-me de que isso acontecesse. Eu quero ser inexistente.

Ky se sentou na cama, jogou as pernas para o lado e abaixou a cabeça, de costas para mim. Eu vi seus músculos tensionarem e seus ombros tremerem. Usando a pouca força que eu tinha, levantei e coloquei minha mão nas costas dele.

O lindo e torturado rosto se virou para mim, seu perfil magnífico e forte.

— Mas é aí que você se engana, Li. Porque com cicatrizes ou não, cabelo curto ou não, marcas de cílios nas costas, uma porra de queimadura em forma de cruz no estômago ou não, você é perfeita *para mim*. Você sempre existirá *para mim*. E tudo o que você fez para si, para estragar a sua beleza, não funcionou, porque você sempre será a cadela mais bonita que já vi na vida. *Você sempre será a única cadela para quem terei olhos, ponto-final.*

— Ky, eu...

Virando-se, ele me prendeu entre seus braços enormes, seu corpo largo pairando acima do meu.

— Não, Li, você precisa me ouvir. Você foi arrastada para uma vida que não fez nada de bom para você. Porra, eles abusaram de você sem parar, estupraram e te fizeram pensar que todo o bem que tinha por dentro ou por fora era maldito. Eram aqueles filhos da puta doentes que pensavam que eram discípulos de Deus, que tinham que fazer você se sentir uma merda para satisfazer seus desejos pedófilos! Eu não tenho fé. Não pense que algum dia chegarei aos portões do paraíso, mas sei que se houver um Deus, nada do que aqueles malucos estão fazendo é o que Ele quer. *Ele amaria você por você mesma, não pela sua beleza, porque mulher, quem não amaria?*

Ky acariciou meu cabelo e deu um beijo na minha bochecha machucada.

— Eu vou amar você com todas essas cicatrizes, com esse cabelo curto, sexy pra caralho. Porra, você pode usar um maldito saco de lixo, se quiser. Estarei do seu lado até o fim.

Enlaçando meus braços em volta do seu pescoço, uma onda de amor... de *amor incondicional* tomou conta de mim, e eu disse:

— Eu não me arrependo.

— Do quê?

Observando o seu rosto perfeito, fiquei impressionada com a felicidade que estava sentindo.

— Não me arrependo do que fiz comigo mesma. Sinto que fui libertada.

Ky suspirou como se estivesse exausto e descansou a testa na minha. Fechei os olhos, apreciando esse milagre. Esse milagre estava bem ao meu lado.

— Eu não posso acreditar que você me ama... assim — sussurrei. — Você é o meu sonho se tornando realidade.

Ky se ajeitou ao meu lado e, tomando cuidado para não tocar nos meus ferimentos, me puxou para si até que eu estivesse praticamente deitada sobre o seu peito; com os seus braços quentes e protetores me envolvendo. Eu podia ouvir que ele estava tentando falar, mas parecia não encontrar as palavras.

Fechei os olhos, minutos se passaram e inalei seu cheiro reconfortante. Eventualmente, ele deu um beijo na minha cabeça e disse:

— Eu vou fazer você se sentir bonita, doçura. E você nunca se sentirá menos do que ninguém, nunca mais.

Uma onda de paz encheu a minha alma quando Ky, preguiçosamente, passou os dedos pelo meu cabelo agora curto.

— É assim com todo mundo? — murmurei, perdida na sensação de seu toque.

— Assim como, Li?

— Como é isso entre nós dois. Como nos sentimos um pelo outro. Isso é *normal*?

Ky respirou fundo e a sua mão em volta do meu ombro me segurou um pouco mais firme.

— Não, Li — ele respondeu baixinho, sua voz rouca transmitia toda a sua adoração. — Não é assim para todos.

Suspirei de satisfação quando um pensamento surgiu na minha mente.

— Então tudo valeu a pena — admiti e realmente quis dizer isso.

— O que foi, Li? O que valeu a pena?

— Tudo... — sussurrei, minha vida cheia de dor passando pela minha mente: as torturas, as perdas, a segregação, os abusos... os estupros. Eu me aconcheguei no seu peito e continuei: — Cada segundo da minha vida... porque isso me trouxe até você. Tudo isso que me levou a me apaixonar profundamente por *você*, Ky... o homem que recuperou esse coração quebrado.

CAPÍTULO VINTE E QUATRO

LILAH

— Ky? Para onde estamos indo? O complexo fica para o outro lado.

Fazia exatamente duas semanas desde que Lilah se machucara. Hoje, ela estava voltando para casa. E ainda bem, porra, porque eu não conseguiria lidar com mais uma noite dormindo naquela cama estreita no hospital.

Minha mulher estava melhorando. Sua bochecha estava se curando. A cicatriz ainda estava vermelha, mas minha mulher estava indo bem. Muito bem. Ela estava mudada. A liberação de sua beleza agora maculada, de alguma forma, a libertou, e eu adorava a cadela como era *agora*.

Lilah olhou para mim confusa quando entrei em uma estrada que dava para as terras que o pai do Styx e o meu possuíam atrás do complexo. Seus olhos azuis se estreitaram, seus lábios cheios se contraíram. Seu cabelo loiro cortado estilo pixie – cortesia de Beauty –, era tão fofo, e eu nunca poderia dizer a ela, mas o corte a deixava ainda mais bonita do que era antes.

— Indo a um lugar novo, doçura — eu disse. Lilah virou-se para olhar pela janela. — Não dá mais pra ficar no complexo. Você merece estar em outro lugar.

Os olhos de Lilah se fixaram em mim enquanto ela franzia as sobrancelhas. Não pude deixar de sorrir abertamente. Dirigi por mais três quilômetros, virei a caminhonete para a esquerda e entrei em uma pequena clareira, que ostentava uma cabana de madeira recém-construída no meio.

Lilah ofegou. Quando parei, ela saiu rápido do veículo e correu para ficar na frente da cabana. Saí e caminhei atrás dela, passando os braços em volta da sua cintura, e apoiando o queixo no topo da sua cabeça.

— É como a do rancho! — Lilah exclamou, impressionada.

— Era do meu pai. Styx mandou arrumar as duas no início deste ano.

— Duas? — Lilah perguntou.

Liberando minhas mãos da cintura dela, segurei sua mão e a virei para mim. Apontando para uma estrada que levava para cima de uma colina, e disse:

— Styx e Mae vão morar a alguns quilômetros daqui, ali naquela colina.

— Styx e Mae vão se mudar do clube? — ela disse com um sorriso largo.

Eu assenti.

— Sim, já estava na hora de pararmos de farrear, e usar as cabanas para o que elas foram construídas; para o *Prez* e o *VP*.

— Mais alguém mora perto do clube?

— AK, Vike e Flame vivem a uns oito quilômetros ao sul daqui, perto do rio. Cabanas separadas, mas perto o suficiente para serem vizinhas. — Segurando as bochechas de Lilah com as minhas mãos, eu disse: — Mas Styx, Mae e Flame, AK, Vike, eles não moram apenas perto de *mim*.

— Eu... eu não entendo.

— Eles moram perto de *nós* — eu disse, olhando nos seus olhos.

Os olhos dela se arregalaram em choque.

— Você quer que eu more com você?

— Lilah, não há outra escolha. Você não vai mais ficar no clube. Não é um lugar para a minha mulher. Você merece um lar de verdade. *Nosso lar*. Você amou o rancho da Sia, isso aqui é parecido.

Lágrimas encheram os olhos lindos, e eu colei meus lábios nos dela. Ela gemeu na minha boca, e em segundos, o beijo se transformou em algo mais. Meu pau ficou duro como aço, e Lilah colocou as mãos na bainha do meu *cut*, pressionando aqueles peitos cheios contra mim.

Eu me perdi naquela sensação. Eu não a tive mais desde a noite em que ela foi levada, e eu tinha essa necessidade avassaladora de tomá-la, transar com ela, gozar dentro dela e fazê-la minha, de uma vez por todas.

Deslizando minhas mãos pelo vestido, segurei a parte de trás de suas coxas, e a levantei fazendo com que envolvesse minha cintura com as pernas. Corri para a cabana, sentindo os lábios deliciosos me deixando ainda mais louco.

Agarrando a maçaneta da porta da frente, a abri com um chute, e ela nem se incomodou em olhar para a sala de TV ou cozinha, sem levantar a cabeça enquanto subíamos as escadas; nem mesmo se afastando da minha boca quando entramos no quarto.

Nos coloquei na cama e afastei a minha boca para olhar seu rosto corado. Seus olhos estavam enevoados e pude ver que ela me queria tanto quanto eu a queria.

— Ky, *por favor...* — ela implorou.

Ajoelhado na cama, arranquei a camisa e abri o zíper da minha calça jeans. Os olhos azuis de Lilah brilhavam enquanto ela observava avidamente o meu jeans meio aberto.

Inclinando-me, levantei a barra do vestido longo, não o cinza, graças a Deus, mas um branco sem mangas que Mae tinha levado para ela. Suas pernas bronzeadas sem pelos surgiram desnudas e o cheiro de baunilha daquele óleo que ela passava na pele atingiu meu nariz. Eu juro que rosnei baixo na minha garganta, meu pau agora tão duro que estava quase pulando para fora do jeans.

Lilah se contorceu no colchão enquanto eu deslizava o dedo indicador até a sua boceta, passando a ponta pela fenda e ao redor do clitóris. Eu adorava ver seus olhos se arregalarem, seus lábios vermelhos se separarem e suas costas arquearem da cama.

— Porra, Li, eu vou gozar só olhando para você.

Deixando sua boceta, empurrei o vestido para cima de sua barriga, controlando minha fome enquanto eu contornava sua queimadura em forma de crucifixo, que aqueles filhos da puta doentes marcaram na minha cadela.

Sentindo a mão de Lilah tocar a lateral do meu rosto, levantei o olhar e a vi me observando.

— Eu amo você — ela sussurrou, e então eu estava sobre ela, tirando o vestido pela sua cabeça, seus peitos fartos empinando na direção da minha boca.

Descendo meu corpo sobre o dela, minha boca chupou um mamilo rosado. Porra, ela tinha gosto de framboesa ou morango... ou algo assim. Tanto faz! Era perfeito pra caralho.

As mãos de Lilah foram para o meu cabelo e se entrelaçaram nos fios, puxando com força, me deixando louco. Ela estava adorando... amando a sensação da minha boca pelo seu corpo.

Minha mulher estava livre, e em seus olhos, nada além de luxúria. Sem se segurar, sem nenhum maldito profeta em sua cabeça dizendo que estava me tentando a pecar. Só eu e ela na nossa cama.

Descendo a mão pelo seu estômago, toquei a boceta molhada, meu dedo pressionando seu clitóris; um gemido alto fugindo pela sua boca. Deslizando meus dedos até a sua entrada, introduzi e senti o aperto em meu dedo – faminta pelo meu pau –, enquanto eu chupava o mamilo com mais força.

Trabalhando no seu clitóris, esfreguei os dedos em seu ponto G; a respiração de Lilah me mostrando que ela estava perto.

Sua boceta começou a apertar meus dedos. Um rubor subiu por sua pele, sua respiração parou, sua boca abriu e seu corpo ficou imóvel.

— Ahhhhhhhh! — Lilah gritou, o gemido soando como o paraíso quando ela gozou, suas mãos quase arrancando meu cabelo quando o primeiro dos muitos orgasmos de hoje percorreu seu corpo.

Diminuindo a velocidade das estocadas, eu a trouxe de volta, seu peito agora arfando. Sem fôlego, seus olhos lentamente se abriram, um sorriso envergonhado apareceu em sua boca perfeita.

— Você está bem, doçura? — perguntei e Lilah assentiu.

Tirei os dedos lentamente de dentro dela e, me certificando de que ainda tinha sua atenção, coloquei-os na boca, lambendo sua umidade.

As coxas brancas se apertaram enquanto ela me observava. Então, de repente, ela ficou de joelhos, afastando minha mão da minha boca, pressionando seus lábios contra os meus, sua língua empurrando para dentro para duelar contra a minha.

Estendendo as mãos, as entrelacei em seu cabelo curto, enquanto a dela, trêmula, cobria o meu pau coberto pela calça jeans. Lilah engoliu um gemido da minha boca quando seus dedos suaves tocaram o zíper, meu pau batendo contra o meu abdômen.

Afastando-me dela, levantei da cama e, num piscar de olhos, minha calça jeans foi arrancada e jogada no chão. Lilah estava ajoelhada, me observando e lambendo aqueles malditos lábios. Sua pele macia estava coberta de cicatrizes, queimaduras e aquela maldita cicatriz da mordida que levara do filho da puta. Apesar de toda essa merda, a minha mulher continuava linda.

Fui até a beirada da cama, com o cabelo caindo por cima do ombro, e apertei meu pau. Lilah se arrastou para frente, parecendo nervosa, e eu passei a mão pelo cabelo dela.

— Posso... Posso tocar em você? — Lilah pediu, sua voz ofegante enquanto ela me abraçava e me puxava para si.

Soltando meu pau, abaixei a mão quando Lilah timidamente estendeu a dela, envolvendo os dedos em torno do meu eixo, incapaz de me mexer. A mão dela apertou suavemente e começou a se mover. Jogando a cabeça para trás, tive que cerrar os dentes para não rugir o nome dela.

A sensação era muito boa, maravilhosa. Então a mão abaixou e senti a boca quente deslizar suavemente sobre a minha ponta. E juro que quase gozei ali, naquele momento.

Abrindo os olhos, vi que os dela estavam fixos nos meus enquanto ela abaixava a boca, a língua circulando a cabeça do meu pau.

— Porra, Li, isso é tão bom — murmurei.

Cuidadosa e timidamente, Lilah começou a mover sua língua cada vez mais rápido e mais rápido, até que não aguentei mais.

Agarrando seu queixo, afastei-a do meu pau, sua boca inchada e vermelha da chupada.

— Deite de costas, doçura — eu pedi, e sorrindo, ela o fez, suas curvas maravilhosas eram um show completo, aquela boceta nua... Era muito difícil de resistir.

Engatinhando na cama, pairei sobre ela até meus lábios roçarem nos seus e meu pau subiu e desceu pela boceta encharcada.

— Eu quero tomar você sem nada, Li — eu disse. — Fiz meus exames esta semana e estou limpo. Os seus exames também voltaram do hospital totalmente limpos e eles deram uma injeção em você de anticoncepcional. Eu quero sentir essa sua boceta estrangulando meu pau. Okay?

Lilah colocou a mão na minha nuca e me puxou para os seus lábios. Seu quadril começou a se mover. Eu me afastei bem quando estava a ponto de meter meu pau na boceta quente e molhada.

— Sim, Ky, por favor me tome. Tome tudo de mim... sem tentação.

Essa foi toda a permissão que eu precisava, e agarrando seu cabelo curto, coloquei a cabeça do meu pau na sua entrada e o empurrei em sua boceta, enchendo-a até o punho.

Um gemido estrangulado escapou daquela boca gostosa. Suas mãos agarraram minhas costas e as unhas afundaram na minha pele. Porra, era maravilhoso, quente, molhado e perfeito pra caralho.

Meu quadril começou a se mover, a sensação dela apertando meu pau me deixando louco. Inclinando a cabeça, pressionei meus lábios nos dela e estoquei ainda mais forte em sua boceta. Minha língua mergulhou na sua boca, e engoli cada um de seus gemidos. Eu queria penetrar o mais fundo possível, queria marcá-la, tê-la como minha, para substituir qualquer vestígio daquele maldito Micah.

— Ky... — Lilah gemeu enquanto seu quadril rebolava em sincronia com o meu. Mas eu queria mais, eu precisava vê-la gozar, tinha que ver o seu lindo rosto enquanto surfava na onda do prazer.

Rolando sobre as minhas costas, ela ofegou quando a coloquei montada sobre o meu quadril, comigo ainda enterrado fundo nela. Sua mão espalmou no meu peito e seus olhos azuis olharam para mim em choque.

— Me cavalgue, doçura — rosnei meu comando enquanto levantava as mãos para agarrar seu quadril com força.

Lilah inclinou a cabeça para trás quando a penetrei. Seus mamilos estavam duros, seus seios fartos balançando no ritmo das estocadas.

— Ky, isso é... — ela murmurou, deixando escapar um longo gemido, a língua lambendo seus lábios, as unhas arranhando meu peito.

O quadril de Lilah começou a rebolar com mais força, o instinto tomando conta, e observei o seu rosto corado. Seus olhos se fecharam e gemi quando minha mulher me cavalgou ainda mais rápido e com força, ganhando velocidade a cada segundo.

Descendo uma mão do seu quadril, agarrei sua boceta, circulando seu clitóris com o polegar. Os olhos azuis se arregalaram. Ela começou a tremer. Seu quadril estremeceu e do jeito que a sua boceta estava apertando o meu pau, eu sabia que ela estava prestes a gozar.

Meu polegar circulou seu clitóris mais rápido. Um rubor fez sua pele brilhar, e bombeei meu pau com mais força ainda. Ela inclinou a cabeça e gritou meu nome, sua boceta apertando como um punho, trancando meu pau até que a minha visão nublou. E eu gozei com força.

Lilah ofegou enquanto nós dois parávamos e nossos olhares travaram um no outro. Eu não via nenhuma cicatriz no rosto dela. Tudo o que via era a minha mulher, a minha *old lady*... a porra da minha *vida*.

Agarrando seu pulso, eu a puxei para frente até que seus seios tocassem meu peito. Meu polegar acariciou a cicatriz que ia da sua têmpora até a mandíbula. A expressão de Lilah ficou séria.

— Eu amo você pra caralho — eu disse, e lágrimas encheram os olhos lindos.

— E eu amo você, Kyler.

Estudei atentamente seu rosto e sussurrei:

— Rebekah...

Lilah parou e seus lábios começaram a tremer.

— Como... Como você soube desse nome?

— Conheci a sua irmã quando fomos buscar você. Ela me disse o seu nome verdadeiro.

— Phebe? — Lilah sussurrou, lágrimas agora escorrendo livremente.

— Sim, ela queria que eu a salvasse.

Lilah desviou o olhar. Ela não tocou mais no assunto sobre a irmã. Quando me encarou novamente, ela disse:

— Por favor, não me chame por esse nome, Ky.

— Por quê?

A cabeça dela baixou no meu peito e ela deu um beijo na minha pele suada.

— Porque não conheço a garota com esse nome. Embora eu tenha vivido no corpo de Delilah, a Amaldiçoada, toda a minha vida, você só me conheceu como Lilah. Eu sou Lilah agora. O nome Rebekah morreu quando ela foi levada quando criança.

Meu coração pesou como uma pedra com a dor em sua voz. Mas eu a puxei para a minha boca e murmurei:

— Lilah. Minha *old lady*.

Ela se afastou e piscou.

Sorrindo, passei a mão pelas suas costas e depois pela bunda empinada, apertando a carne.

— Vamos, se vista — eu pedi.

CORAÇÃO SOMBRIO

Lilah fez uma careta.

— Por quê? — Abaixou a cabeça, passando o dedo no laço tatuado no meu peito e disse: — Estou perfeitamente bem aqui, com você. Não me importo de ficar nesta cama contigo por mais um tempo.

— Eu sou muito bom de foda, não sou? — brinquei.

— Você sabe que é bonito. Incrivelmente... e tem boas habilidades... nisso... — Lilah disse enquanto corava.

Rindo e dando uma piscadinha para Li, agarrei sua bunda, levantei-a da cama e disse:

— Vista-se. E coloque uma calça.

Lilah balançou a cabeça.

— Eu não posso... *A mulher não usará roupas de homem, e o homem não usará roupas de mulher, pois o Senhor, o seu Deus, tem aversão por todo aquele que assim procede.* Deuteronômio 22:5.

Soltando um suspiro exasperado pela boca, eu disse:

— Li, não vamos fazer isso de novo.

— Ky, embora não esteja na Ordem, não posso negar quem sou. Não posso negar a minha fé.

Caminhando até a minha mulher e ficando realmente excitado ao ver os resquícios do meu orgasmo escorrendo pelas suas coxas, segurei seu rosto e disse:

— Então vista um vestido, mas você precisa usar uma calça de couro por baixo. A Beauty arrumou o seu guarda-roupa. Tem algumas lá.

A boca dela se abriu em choque.

— Eu tenho um guarda-roupa, *aqui*?

— Sim, doçura, você tem. Eu também. E só para você saber, não quero que você se vista como um homem. Eu gosto que a minha mulher se pareça como a porra de uma mulher, não um irmão. Pau não é a minha praia.

Lilah lutou contra um sorriso e assentiu.

— Vou vestir uma calça sob o vestido.

— Ótimo — eu disse com firmeza e fui me vestir. — Porque finalmente vou colocar você na garupa da minha moto. Desta vez, vai acontecer.

Eu ouvi o suspiro nervoso de Lilah.

Mas ignorei.

— Pronta? — perguntei enquanto os braços dela apertavam em volta da minha cintura.

Ela assentiu às minhas costas e aumentou o aperto no meu *cut*.

— Sim.

Subi o estribo, o motor da minha Harley rugiu e nós fomos pela estrada de terra, saindo pela estrada que passava pelo complexo. As mãos de Lilah eram como ferro ao redor da minha cintura, mas eu não conseguia tirar o sorriso do rosto. Eu estava com minha old lady na garupa, com o vento batendo no meu rosto, a liberdade da estrada, e as duas rodas queimando asfalto.

Essa era a vida que eu queria agora, e nunca tinha sido tão feliz.

O som de uma risada soou no meu ouvido. Olhando para Lilah através do espelho retrovisor, vi seu lindo rosto sorridente. Cabeça jogada para trás, ela estava rindo alto.

Ela estava adorando.

Ela também estava experimentando a liberdade.

Dirigimos por horas, até que chegamos no McKinney Falls State Park.

Os Hangmen vinham aqui o tempo todo. Lilah se apaixonou pelo lugar imediatamente.

Parando ao lado do rio, virei-me no banco e Lilah colocou as pernas sobre as minhas coxas. Agarrando sua bunda, eu a puxei para mais perto. Ela deu um sorriso largo enquanto passava os braços em volta do meu pescoço.

— Você gostou de andar de moto, doçura? — perguntei.

— Sim, adorei! — respondeu, encostando a testa à minha. — A melhor parte foi ficar agarrada em você, compartilhando algo que você ama.

— Coloque esses lábios nos meus, doçura — exigi, e Lilah se inclinou, fazendo exatamente o que pedi.

Afastei-me dos seus lábios e fiz uma trilha de beijos na delicada linha da mandíbula, depois desci até seu pescoço esguio. Baunilha. Ela era toda baunilha.

— Ky — sussurrou, e eu me afastei antes de acabar transando com ela em cima da moto. A cabeça de Lilah encostou no meu peito e ela olhou para a água, suspirando.

Senti o humor dela mudar, e a abraçando com mais força, perguntei:

— Você está bem?

Ela permaneceu em silêncio por alguns minutos antes de perguntar:

— Você acredita em Deus?

Essa pergunta me deixou sem ação. Fiz uma careta, me perguntando de onde ela tinha tirado isso.

— Não sei, Li — respondi honestamente. — Mas acho que tem algo de errado com a religião. Pessoas matando por um Deus que poderia ser tão real quanto o maldito Papai Noel. Pessoas julgando os outros porque não acreditam na mesma coisa, e filhos da puta como o Profeta David e Cain, usando-a para obter poder e controle sobre as pessoas. — Suspirei, tentando não perder a cabeça. — Mas Deus, eu não faço ideia.

— Eu acredito — ela sussurrou. — Apesar de tudo, ainda acredito que existe um Deus que ama o seu povo.

Não sabia o que dizer, mas senti uma enorme onda de medo percorrer o meu corpo. Eu tinha acabado de recuperar a minha mulher, que quase havia sido destruída por essa seita de pedófilos. Pensei que estávamos seguindo em frente, começando a viver a nossa vida, mas ela ainda acreditava nisso? Isso me fez sentir um medo real, me deixando tremendo. *Nenhuma mulher iria querer essa vida quando ela é tão temente a Deus*, pensei.

— Mae e eu conversamos quando eu estava no hospital. Ela me contou como o Profeta David mudou a Bíblia para nos fazer crer nas palavras dele. Ela me contou como ele mentiu. Disse-me como ele usou seu poder para fazer coisas horríveis com crianças... comigo — declarou calmamente.

Eu me peguei a abraçando com mais força, como se pudesse protegê-la do passado. Lilah acariciou meu peito e suspirou feliz.

— Mas ela também me deu uma Bíblia, uma Bíblia real, e suas revelações me surpreenderam. É cheia de perdão, boas intenções e parábolas pregando paz e amor à humanidade. Eu me apaixonei por essas palavras... Eu me apaixonei pela sua mensagem. Isso me renovou, me encheu de esperança e graça.

Um nó se formou na minha garganta enquanto eu a ouvia. O que ela estava dizendo não se encaixava no Hangmen, não se encaixava comigo e com ela.

Sentindo uma umidade no meu peito, cutuquei-a com meu ombro e vi seu rosto cheio de lágrimas.

— Li... — sussurrei, limpando suas bochechas. Ela balançou a cabeça e, segurando minhas mãos, beijou meus pulsos.

— Não quero que você pense que não sou feliz ou que não amo você. Porque eu amo, mais do que posso explicar. Salmos são poemas; você é o meu. Você é a personificação de toda palavra divina que poderia sair dos meus lábios. Eu adoro você, Ky. Não consigo mais imaginar minha vida sem você. Você é a minha pomba branca. Você me enche de paz, amor e devoção.

Meu peito doeu e acariciei a cicatriz na sua bochecha com o meu polegar.

— Li...

Lilah levantou o vestido, a calça de couro moldando perfeitamente suas pernas, e ela me mostrou sua barriga lisa, traçando uma das suas cicatrizes permanentes de tortura, cortesia daquela maldita seita.

— Esta cruz foi marcada na minha barriga por homens vis e vingativos, mas também tenho esse símbolo no coração, metaforicamente, é claro, que me foi marcado quando eu era criança, pelo Senhor, a quem mais prezo, por Cristo, a quem amo e amei incondicionalmente.

Fechando os olhos, respirei fundo e me senti doente. Quanto mais ela falava, mais eu podia senti-la se afastando. Eu sabia que estarmos juntos seria difícil... Eu não pensava que seria impossível.

Eu era um assassino.

Um fora da lei.

Não há tempo para religião quando você segue o Hades.

Lilah soltou o vestido e seu rosto se contorceu como se sentisse dor.

— A minha vida inteira estive ao serviço do Senhor. — Seus brilhantes olhos azuis encontraram os meus e ela disse: — Ky... Eu não sei quem sou sem minha fé.

Ela parecia tão desesperada, como se eu tivesse uma resposta para lhe dar, mas não tinha.

Lilah chorou no meu peito. Em pouco tempo, ela se cansou, ainda se recuperando de seus ferimentos. Sem dizer uma palavra, voltamos para casa, onde a carreguei para a cama. Nós fodemos lentamente. E então ela adormeceu no meu peito.

Eu não dormi nada. Minha cabeça estava cheia demais com o que ela tinha dito.

Você é a minha pomba branca. Você me enche de paz, amor e devoção.

Mas ela não sabia quem era sem a sua fé...

Engraçado, porque eu não sabia quem diabos eu era sem ela. A cadela tinha me mudado. Fui de não dar a mínima para as mulheres, sem nem pensar duas vezes nelas, para adorar a porra do chão por onde ela andava.

Enquanto puxava Lilah para mais perto do meu peito, respirei seu perfume de baunilha e a abracei firme, porque tive a certeza de que o que eu ia fazer não a manteria comigo para sempre.

Na verdade, eu tinha certeza de que isso a levaria para longe de mim.

Mas pela minha mulher, a cadela que eu amava como louco, tinha que ser feito. Ela finalmente merecia um pouco de felicidade, mesmo que isso significasse sacrificar a minha.

CAPÍTULO VINTE E CINCO

KY

— V-você tem c-c-certeza que isso v-vai dar certo?

Inclinando contra a caminhonete do Styx, encolhi os ombros, e nós dois demos longas tragadas em nossos cigarros.

— Eu não tenho certeza. Tudo o que sei é que nos últimos dias desde que trouxe minha mulher para casa, ela ficou quieta e pensativa o tempo todo. *Ela quer isso. Ela precisa disso.* — Olhei para Styx. — Ela também precisa das irmãs. Elas são as únicas que entendem. Porra, pelo que sabemos, elas se sentem da mesma maneira.

Ele jogou e pisou na bituca do cigarro no chão, suas botas fazendo barulho no cascalho. Ele parou na minha frente, seu rosto tenso e preocupado.

— Eu... Eu não vou perder M-Mae por causa d-disso.

Olhei para a minha cabana e suspirei.

— Mae escolheu esta vida. Ela te escolheu. Você não corre esse perigo.

Styx colocou a mão no meu ombro e a levantou para tocar duas vezes na minha bochecha. Ele não precisou falar. Eu conhecia meu irmão bem o bastante para ter certeza de que ele sabia que era provavelmente eu quem teria que abrir mão de alguém.

— N-nunca vi v-você a-assim, i-irmão — ele disse, me entregando outro cigarro.

— Antes eu não tinha nada a perder, Styx. Nunca tive nada que pudesse me destruir, como perder a Li.

O celular dele começou a tocar, sinalizando que Mae estava com Maddie. Ela não tinha saído do apartamento há meses, a não ser para ir ver Lilah depois do sequestro. Foi isso o que fez Maddie ver que Lilah tinha sumido do quarto e estava se cortando no bar. Depois disso, ela não ousou mais sair. Mas agora, ela morava com Styx e Mae, em sua cabana, e a *old lady* do meu irmão obviamente a tinha convencido a vir conosco hoje.

Styx abriu a porta da caminhonete e disse:

— E-encontro v-você lá.

Afastei-me da lateral do veículo e entrei na cabana. Lilah estava limpando, cantarolando para si mesma, usando um vestido branco de mangas compridas. Era mais ajustado do que ela normalmente usava e se moldava ao seu corpo deslumbrante. E calçava uma bota de motociclista que ia até os tornozelos. Seu cabelo loiro curto estava bagunçado, mas ainda assim incrível, e ela estava limpando as bancadas. Mas o melhor de tudo era o meu *patch* nas costas dela, seu colete de couro orgulhosamente afirmando que ela era "Propriedade do Ky".

Meu coração apertou enquanto eu a observava. Eu me perguntei se essa seria a última vez que ela estaria comigo, assim. Respirando fundo e ouvindo a caminhonete do Styx passar pela nossa estrada de terra, eu sabia que era hora de descobrir.

Caminhando até ela, passei meus braços em volta da sua cintura, e Lilah deu um pulo, largando suas luvas de limpeza.

— Ky! — Ela riu, virando e passando os braços em volta do meu pescoço. Colou os lábios nos meus e depois se aninhou no meu pescoço. — Mmm... você tem um cheiro bom. Como óleo e fumaça.

— E isso é bom? — perguntei rispidamente.

— Muito bom — ela sussurrou. — Isso me faz sentir segura.

Meu estômago apertou e eu a abracei mais forte.

Lilah prendeu a respiração, depois recuou, olhou nos meus olhos e perguntou:

— Você está bem, Ky?

Segurando seu rosto entre as mãos, eu a empurrei de volta contra a bancada. Meus lábios tomaram os dela, e em segundos, tirei o vestido que ela usava, rasguei a calcinha e empurrei meu pau livre dentro dela.

— Ky... — Lilah gemeu, agarrando meu cabelo, sua bunda nua na bancada de granito. Eu não dei a ela a chance de dizer muito mais enquanto estocava nela, sua boceta encharcada e começando a apertar o meu pau.

— Porra, eu amo você, Li — eu murmurei enquanto meus impulsos ficavam mais rápidos e eu podia me sentir prestes a explodir.

— Eu também amo você — ela disse pouco antes de sua boceta começar a convulsionar, me cobrindo com sua umidade e drenando meu pau de tudo que eu tinha.

— Porra! — gritei quando gozei, minha cabeça descansando contra o seu ombro enquanto recuperávamos o fôlego.

O quadril dela rebolou lentamente, extraindo os últimos resquícios dos nossos orgasmos. E então ela levantou a minha cabeça, seus olhos preocupados.

— O que foi?

Rapidamente pressionei meus lábios sobre os dela e me afastei, meu pau deslizando para fora de sua boceta pingando, e fechei o zíper da calça.

— Vá se limpar e vista a sua calça de couro. Vamos dar uma volta.

— Nós vamos? — perguntou.

— Sim, doçura. Tem um lugar onde precisamos ir.

Lilah me olhou com desconfiança, mas fez o que pedi.

Cinco minutos depois estávamos dirigindo pela estrada, indo para o centro da cidade. Lilah me segurou com força, e fiz tudo que pude para não perder a cabeça.

Parei atrás da caminhonete do Styx e senti os braços de Lilah se apertarem ao meu redor com surpresa.

— Ky? — ela questionou.

Desligando o motor, fiquei parado por um minuto.

— É tão linda — eu a ouvi murmurar atrás de mim. Eu me forcei a olhar para a igreja. Aquela igreja branca com a qual ela esteve tão envolvida tantos meses atrás.

— Desça, doçura — pedi, e Lilah passou a perna sobre o banco da moto e pisou no asfalto. Também desci e vi sua cabeça se inclinar para trás enquanto ela observava a igreja.

— Tão, tão linda — ela sussurrou novamente.

— Exatamente o que estava pensando — eu disse baixinho, mas não estava olhando para nenhuma pedra branca ou vitral. Estava olhando para minha mulher, vendo seus olhos brilharem de animação.

Virando-se para mim, Lilah perguntou:

— Ky, o que estamos fazendo aqui?

Olhei para a caminhonete, vendo que estava vazia, e passei a mão debaixo do nariz.

— Você disse que não sabia quem você era sem a sua fé.

Os olhos dela se arregalaram e ela respirou fundo.

— E... você me trouxe aqui?

— Isso aí, amor. Eu trouxe. Organizei para que o pastor mostrasse tudo pra você, mostrar como é ter uma religião que não vai abusar de você ou te obrigar a fazer coisas contra a sua vontade.

Os olhos azuis se encheram de lágrimas e ela balançou a cabeça.

— Eu não... eu não entendo...

— Lilah, amor, eu amo você, pra caralho...

— Eu também amo você — ela me interrompeu, mas levantei a mão para silenciá-la. Uma lágrima caiu em sua bochecha e eu a enxuguei.

— Eu amo você, mas sei que sem tudo isso — apontei para a igreja atrás de mim —, você não se sente inteira. Não tem um propósito. Mas acima de tudo, você acredita em Deus, Li, e é nisso que tudo se resume.

A mão de Lilah correu ao longo da barra do meu *cut*, e não consegui encarar seus olhos. Como um maldito covarde, eu não conseguia encarar os olhos dela.

— Ky — Lilah sussurrou enquanto passava as costas da mão pela minha bochecha. Eu levantei o olhar para ver uma expressão triste em seu rosto. — O que há de errado? Por que você está fazendo isso?

— Porque é o certo que você tenha isso. A sua vida toda falaram o que você deveria fazer. Você nunca teve algo que amou, que possuísse... Nada. — Apontei para a igreja atrás de mim e disse: — Você precisa deste lugar, doçura.

— Mas por que você está triste? — ela perguntou novamente.

Dei um passo à frente e encostei minha testa à dela.

— As suas crenças e como eu vivo são duas coisas completamente diferentes, Li. Os Hangmen não vivem uma vida moral. Vivemos afastados das pessoas, fazemos nossas próprias regras, nenhuma que seja parecida com a sua fé. E eu entendo. — Suspirei e disse: — Eu só quero que você seja feliz. Eu...

O som de uma porta se abrindo atrás de mim chamou minha atenção e, ignorando a expressão desesperada de Lilah, me virei para ver uma pastora parada na porta, junto com Mae e Maddie. Ambas estavam sorrindo abertamente para a minha mulher. Mae pediu que Lilah se juntasse a elas com um aceno de mão. Maddie parecia calma, até feliz.

Lilah hesitou e seus olhos azuis encontraram os meus.

— Ky... — sussurrou tristemente, mas eu podia ver em seus olhos que ela queria ir.

— Vá, Li. Vá descobrir quem você é.

Lilah se inclinou para frente e pressionou os lábios na minha boca.

— Obrigada — ela sussurrou, e eu quase perdi o controle.

Lilah subiu calmamente as escadas, apertando timidamente a mão da pastora. Observei enquanto ela as conduzia para dentro. Lilah seguiu sem olhar para trás.

Eu olhei para as portas fechadas de madeira pelo que parecia uma vida e pensei que meu coração tivesse sido arrancado do peito. Eu sabia que a tinha perdido. Como diabos eu poderia competir com Deus? Eu era um filho da mãe bonito, com um corpo quase perfeito, mas mesmo assim, eu não era divino.

Um assobio soou à minha direita e Styx se aproximou com dois copos de café. Recostei-me contra a sua caminhonete, de cabeça baixa, enquanto ele me entregava um dos copos, com ele ao meu lado.

Ele não disse nada e, depois de beber metade do meu café, eu falei:

— Tenho certeza de que a perdi, cara.

Styx suspirou e colocou a mão no meu ombro.

— Porra! — xinguei e joguei o copo de café no chão, ignorando as pessoas ao redor, que passavam longe de nós.

Passei as mãos pelo cabelo e respirei fundo. Styx apenas observou. Mas sua mandíbula estava cerrada e seus olhos se estreitaram. Eu poderia dizer que ele estava chateado por mim, mas eu não conseguia aguentar isso, não conseguia lidar com o seu olhar de pena.

— Eu tenho que ir — resmunguei e caminhei em direção à minha moto. Parando ao lado de Styx, eu disse: — Certifique-se de que ela volte a salvo, okay?

Ele assentiu. Peguei as chaves ao mesmo tempo que o som das portas da igreja se abrindo soou atrás de mim. Passos ecoaram nos degraus de mármore.

— Ky! Ky!

Virando-me, segurando o capacete e os óculos escuros na mão, vi Lilah descendo os degraus da igreja, acenando para eu parar.

Preocupado que algo estivesse errado, larguei tudo em cima do banco da moto e corri para ela.

— O que aconteceu? — perguntei, observando o seu rosto, me preparando para quebrar a cara de qualquer pessoa. — Alguém lá dentro machucou você?

Mas Lilah não parou de correr na minha direção. Ela se jogou em mim, passando os braços em volta do meu pescoço, me agarrando firme, colocando a cabeça no meu pescoço.

— Doçura? O que há de errado? — insisti novamente, tocando o cabelo curto.

Lilah se afastou, com os olhos cheios de lágrimas.

— Ky... — sussurrou, e senti meu corpo retesar.

— Qual deles machucou você? Eu vou matá-los!

Lilah tocou na minha bochecha.

— Não, Ky. Você não entende...

Fiquei paralisado. Mas o enorme sorriso quase me cegou.

— É tão maravilhoso, Ky. As coisas que ensinam, como adoram... a vida pura que levam...

A decepção pareceu pesar no meu estômago como uma pedra e afastei uma mecha de cabelo de seu rosto.

— Isso é bom, não é, Li?

Ela assentiu, uma risada feliz saindo pelos lábios.

— Sim... sim, eu adorei. Todas nós adoramos. Tenho a sensação de que *pertenço* a algo.

— Que bom, doçura. Isso é muito bom — murmurei, confuso pra cacete, me perguntando por que ela voltou. Para me torturar? Para tornar isso ainda mais difícil do que já era?

— Ky? — Lilah chamou, me forçando a olhar para ela. Foquei meu olhar no dela e respirei bem devagar. — Você me salvou. *Você me salvou* — chorou, seu lábio inferior tremendo.

Meu coração trovejou no peito.

— Eu... Porra, Li — foi tudo o que consegui falar.

— Você me devolveu a minha fé, *uma fé pura*, sem condições. E eu tenho você...

— Eu sou um pecador, doçura. Por que diabos quer ficar comigo quando você tem uma fé tão forte como essa? — Apontei para a igreja atrás de mim.

Lilah inclinou a cabeça para o lado.

— Até a salvação pode ser alcançada através do amor dos condenados.

E ali mesmo eu me perdi. Ela não estava indo embora. Ela estava na minha cama, na minha moto e para sempre ao meu lado.

A mão de Lilah acariciou minha bochecha.

— O amor é vida, e você é o meu amor. Você é a minha vida inteira.

Enquanto eu olhava para a minha mulher, brilhando à minha frente, dizendo que eu era a vida dela, eu sabia que havia apenas uma maneira de fazer isso direito, de uma maneira que ela nunca mais fosse embora.

Colocando as mãos na parte de trás da cabeça de Lilah, soltei:

— Então case comigo, Li.

Ela congelou nos meus braços e arquejou.

— O quê? — sussurrou, chocada.

— Case comigo. Você quer fazer toda essa merda da maneira certa, então *case comigo*.

— Sob a santa lei de Deus? — perguntou.

Dei de ombros.

— Sob a lei da merda de um unicórnio cor-de-rosa, tanto faz, eu não dou a mínima.

— Você faria isso por mim?

— Doçura, estou completamente perdido por você. Então posso muito bem me prender a você por toda a vida.

Lilah riu, jogando a cabeça para trás.

— Então *sim*, Ky! Minha resposta é sim!

Colei meus lábios aos dela e pensei que meu coração explodiria. Meu pai estava totalmente errado e eu me inclinei para a mulher em meus braços.

Um tapa nas minhas costas me fez virar. Styx estava sorrindo abertamente, sinalizando:

— *Hades deve ter congelado já que você vai se amarrar! Bem-vindo à irmandade da chave de boceta, Ky.*

— *Meu pai estava errado. Bocetas são boas para lamber e foder forte, e sempre serem adoradas* — sinalizei de volta.

Styx riu.

— Amém para essa verdade, irmão.

— *Arriado, Styx. Completamente arriado por esta loirinha.*

CAPÍTULO VINTE E SEIS

LILAH

Casei-me com Ky ao nascer do sol, quatro dias depois, desfrutando da beleza da criação do Senhor, com pombas voando alto no céu. Eu usava um vestido branco, simples, com uma guirlanda de flores no cabelo e Ky usava sua calça de couro e seu colete dos Hangmen.

Mae e Maddie ficaram comigo enquanto eu me vestia, e Mae não parava de chorar, enquanto Maddie observava tudo com um sorriso feliz...

— Você está tão linda, Lilah — Mae disse enquanto colocava a guirlanda na minha cabeça. Seus brilhantes olhos azuis encontraram os meus e ela apertou minha mão. — Você merece esse amor, Lilah. Você merece ser feliz.

— Obrigada, irmã — retruquei com a garganta apertada enquanto tocava a sua testa com a minha. Eu ainda achava difícil acreditar que isso estava acontecendo.

Estava me casando com Ky, declarando meu amor por ele aos olhos de Deus.

— Vamos fazer uma oração? — Maddie perguntou atrás de mim, e eu me virei para vê-la oferecendo suas mãos para nós duas. Assentindo, eu apertei a sua mão, assim como Mae, e Maddie nos conduziu na Oração do Senhor.

Quando ela terminou, olhamos umas para as outras, e nenhuma palavra precisou ser dita. Nós três havíamos sobrevivido. Nós estávamos juntas, unidas. E tínhamos uma nova fé e a esperança de uma nova vida, livre de sofrimento.

Nós estávamos gradualmente nos libertando da nossa maldição...

A pastora Elsie James realizou a cerimônia na frente dos irmãos de

Ky, suas *old ladies* e minhas irmãs, que foram as minhas damas de honra, no belo jardim da nossa cabana. Até Elysia, a irmã secreta de Ky, compareceu, para grande choque do clube. Ela disse que correria o risco de ficar exposta só para ver o irmão "mulherengo reformado" se casar. Mas eu sabia que ela queria estar aqui, apoiar a sua única família neste dia especial, e eu podia ver o quão feliz ele ficou quando Sia apareceu, com lágrimas de orgulho nos olhos.

Ky e eu trocamos alianças. Ele me deu um anel de ouro simples, deslizando-o no meu dedo quando a mais perfeita cerimônia chegou ao fim. Dissemos 'aceito' e, quando o sol atingiu seu pico, eu me tornei oficialmente *"Propriedade do Ky"*.

A pastora James nos declarou marido e mulher e Ky se virou para seus irmãos, consolidando nossa união ao gritar: *"Viva livre. Corra livre. Morra livre!"*

Enquanto caminhávamos pela família MC, eles ecoavam o lema com felicidade.

E nos receberam como marido e mulher.

Mais tarde naquele dia, estávamos sentados em nossa varanda, eu no colo de Ky, girando o anel de ouro em seu dedo e incapaz de parar de sentir uma incrível sensação de satisfação.

Ele levou minha mão à sua boca e perguntou:

— Você está bem, doçura?

Colocando a mão no peito do meu marido e vendo minha nova família beber e rir no meu jardim, falei as palavras mais verdadeiras que já havia proferido:

— Meu coração está contente. Sem a minha beleza, mas abençoada com o seu amor incondicional. Pela primeira vez na minha vida, estou contente.

Ky suspirou, e reconheci que isso significava que ele concordava.

Styx e Mae chegaram na moto, voltando depois de escoltar Maddie de volta para a igreja. Minha irmã encontrou seu lugar dentro das quatro paredes brancas da Igreja de Nosso Salvador. Ela encontrou a paz em um lugar sem julgamento e sofrimento. Ela ficava sentada por horas aos pés de um Cristo de mármore branco, protegida sob o olhar atento da pastora James. Eu sabia que ela não ficaria na minha cerimônia por muito tempo. Ela ainda se sentia desconfortável em volta de pessoas.

Mae se aproximou de nós, sorrindo, e se inclinou para dar um beijo na minha cabeça antes de se sentar no colo de Styx na cadeira de balanço ao nosso lado. Cowboy e Hush estavam do nosso outro lado, conversando com Elysia. Ela e Cowboy falavam sobre cavalos e rodeios, Hush incapaz de tirar os olhos dela também, os três pareciam ter instantaneamente se afeiçoado. Não pude deixar de rir da carranca superprotetora de Ky, mas adorava ver Sia tão feliz e relaxada.

Meu coração palpitou de felicidade. Eu tinha outra irmã para amar.

— Acho que os dois gostam dela — sussurrei para Ky. — E acho que ela também parece gostar deles. — O olhar que ele me deu revelava que não estava muito contente com esse fato.

Rindo da carranca de Ky enquanto observava os três conversarem, eu me virei para Mae.

— Como está Maddie? Ela pareceu gostar da cerimônia.

— Ela gostou — Mae disse. — E ela está melhorando. Embora eu não tenha certeza do que pode ser feito para que ela realmente se sinta feliz e segura.

Enviei uma oração silenciosa ao Senhor para ajudar a pequena a encontrar seu caminho.

— *E eis que o psicopata retorna!*

Olhei para uma comoção na entrada de nossa propriedade. AK e Viking tinham acabado de estacionar a caminhonete. Flame saltou pela porta de trás, seus irmãos caminhando para dar boas-vindas. Flame esteve no hospital se recuperando do ferimento no pescoço por todo aquele tempo. Seus irmãos mais chegados foram enviados para buscá-lo, para que quando o efeito dos tranquilizantes passasse, ele não estivesse no hospital e não machucasse ninguém que cruzasse o seu caminho.

Hush e Cowboy se levantaram e deram um tapa nas costas dele, cumprimentando-o, e isso me fez sorrir. Eles estavam oficialmente hospedados aqui conosco e tinham sido aceitos no clube de Austin, como Ky havia explicado. Enquanto olhava para Sia os observando com um rubor no rosto, me perguntei se também a veríamos mais vezes por aqui.

Tanner, amigo de Tank, também havia se mudado para o complexo. Ele era geralmente quieto e fechado. Eu sempre tive a sensação de que ele carregava uma enorme tristeza em seu coração. Ky me disse que no começo não tinha gostado do homem, mas depois que Tanner arriscou sua vida para ajudar no meu resgate, agora ele tinha seu respeito.

A cabeça de Flame ia de um lado para o outro e seus olhos negros percorriam o quintal como um animal em busca de um presa. Viking colocou uma garrafa de cerveja em sua mão, mas ele a jogou no chão e continuou a sua busca.

Vendo-nos sentados na varanda, Flame veio em nossa direção, seus braços e músculos do peitoral tensos sob todas as suas tatuagens. Ele usava um colete, mas sem camisa, com calça de couro e botas pretas. O lado de seu pescoço ostentava a marca de pontos, vermelho e marcado onde o tiro que lhe dei raspara seu pescoço. Ver aquela ferida me encheu de culpa.

— Onde ela está? — Flame perguntou para Styx antes que eu tivesse a chance de me desculpar pelo que tinha feito com ele.

Styx cerrou os olhos, mas ele ficou em silêncio.

Em seguida, Flame olhou para Ky. Desta vez, sua voz era como vidro quebrado.

— Onde. Ela. Está?

Ky se mexeu sob mim, ajustando minha posição em seu colo e disse:

— Se acalme, irmão. Você acabou de voltar e é o dia do meu casamento, caso você não tenha notado!

Flame irradiava raiva e, com o rosto ficando vermelho, ele gritou:

— ONDE ELA ESTÁ, PORRA?!

— Nosso Salvador — eu disse rapidamente. Os olhos atormentados de Flame pareceram perfurar os meus. Inclinando-me para frente, eu disse: — Em primeiro lugar, Flame, quero me desculpar por tê-lo ferido. Nunca foi a minha intenção. Eu estava... Minha cabeça não estava em um bom lugar.

Ele ficou tenso com o meu pedido de desculpas, mas assentiu com a cabeça bruscamente, e eu sabia que aquele era o máximo de conversa que eu teria.

— Maddie? — ele perguntou, seus intensos olhos negros me deixando nervosa.

— Maddie está na Igreja de Nosso Salvador — revelei. — Ela está indo lá há algum tempo já. Todas nós estamos.

Flame cambaleou para trás como se tivesse levado um soco no estômago e seu rosto se contorceu de dor.

— *Não...* — sussurrou, olhando de Styx para Ky, buscando confirmação. Ambos assentiram, suas expressões tensas.

Flame fechou as mãos em punho e seu corpo tremia de raiva.

— *NÃO!* — ele rugiu, fazendo com que eu pulasse e agarrasse Ky.

Flame começou a pegar cadeiras espalhadas pelo quintal e a jogá-las no chão.

— Ela não pode estar *lá!* Por que diabos você a levou para lá? — gritou. Todos os irmãos lhe deram espaço, observando-o com olhos confusos e preocupados.

Tirando a faca do colete, Flame começou a cortar a pele do braço, o sangue escorrendo dos cortes. Ele estava balançando a cabeça de um lado para o outro e murmurando para si mesmo:

— Eles não podem. Ela não pode estar lá. Machucar. Ela vai se machucar. Eles vão machucá-la. Ela vai gritar. Não consigo ouvi-la gritar. Maddie. Minha Maddie. Maddie. PORRA. MINHA MADDIE!

Jogando a cabeça para trás, Flame soltou um grito ensurdecedor e de gelar o sangue, enterrando a lâmina em uma árvore próxima, virou e correu colina abaixo.

— Porra! — Ky xingou. AK e Viking olharam para ele e Styx. Ky me manteve em seus braços e ordenou: — Vão atrás dele e não deixem que o cara mate ninguém naquela igreja!

AK e Viking correram atrás dele, o *"psycho trio"* mais uma vez indo para a estrada como Ky havia ordenado.

Ky olhou para Styx e disse:

— Mais drama do caralho, prez. E o que diabos Flame tem contra uma porra de igreja?

Ele sinalizou alguma resposta e os dois soltaram uma risada desanimada.

— Maddie vai ficar bem? — Mae perguntou.

— Vike e AK vão alcançar ele primeiro e acalmá-lo — Ky disse e Mae, com cautela, assentiu.

Estranhamente, eu não estava preocupada com Maddie. Por mais doente que Flame parecesse, ele estava completamente apaixonado pela minha irmã, e se eu estivesse certa, Maddie via Flame de maneira diferente para o resto da população masculina de quem ela estava tão intensamente aterrorizada.

Aprendi com o tempo que alguém que parece perverso por fora pode realmente possuir a alma mais bondosa de todas. Flame exalava violência e ódio, mas quando ele olhava para Maddie, você não via nada além de adoração em seu olhar.

Só o tempo dirá, pensei comigo mesma.

Comemos, os homens beberam e, ao cair da noite, estávamos prontos para dormir. Quando todos foram embora, Ky me pegou nos braços e me levou para a nossa cama, o tempo todo me olhando com aqueles lindos olhos azuis, repletos de adoração.

Quando ele me perguntou se eu estava feliz com minha nova vida, só pude responder com a verdade.

— *Ky, meu coração... bate por você. Meus pulmões, eles respiram por você. Minha alma...*

Os olhos de Ky se encheram de emoção enquanto eu falava.

— *O quê, doçura? Me diga...* — ele perguntou, com um toque de desespero em sua voz.

— *Minha alma... pertence a você. Você me salvou, Ky. Você me queria por mim mesma. Mesmo pelo meu exterior, você me faz acreditar que sou o suficiente.*

— *Porra, Li* — Ky sussurrou e, agarrando minha nuca, colou seus lábios nos meus.

Depois de termos mergulhado em uma espiral de desejo, explorado o corpo um do outro, desta vez sob a sagrada bênção do Senhor, percebi que o Profeta David estava errado o tempo todo.

Pois ele pregou que *nenhum homem poderia amar verdadeiramente uma mulher de Eva. E nenhuma mulher de Eva jamais teria o amor de uma alma pura.*

Mas eu, Delilah, uma mulher Amaldiçoada de Eva, tinha o puro amor de Kyler "Ky" Willis, uma alma pura e protetora, inabalável em sua devoção, que realmente me amava, sem nenhuma condição.

E eu, Delilah, uma mulher Amaldiçoada de Eva, encontrei o que sempre sonhei.

Eu finalmente tinha sido salva.

Não era para eu ter me apaixonado por ele, mas o amor proibido que encontrei com o *VP* do Hades Hangmen acabou sendo a chave da minha *salvação*.

EPÍLOGO

KY

 Estendi a mão para o lado da minha esposa na cama, querendo o meu amor por perto. Tudo o que encontrei foram lençóis frios sob a palma da mão, não os peitos quentes que eu estava procurando, meu pau duro se juntando a mim na decepção pela minha *old lady* ter saído da cama sem me dizer nada. Abrindo os olhos, o sol nascente inundava a cabana com sua luz ofuscante, me fazendo estremecer.
 Eu odiava as manhãs.
 Mas meu amor adorava.
 Mas que horas eram aquelas mesmo, porra? Pensei enquanto virava na cama e olhava o relógio na parede marcando cinco da manhã... O nascer do sol.
 Sentado na cama, peguei um cigarro de cima do criado-mudo e joguei as pernas para fora, meus pés batendo no chão de madeira enquanto eu alongava as costas.
 Vestindo a calça jeans, saí do quarto e fui para a cozinha, parando na porta dos fundos, sabendo exatamente o que veria pela janela.
 E lá estava ela, Lilah, sentada no jardim, observando o nascer do sol subir pela colina ao longe. Ela estava vestida, como sempre, com uma camisola branca e comprida, mas esta era sem mangas, de gola baixa e alças finas, uma ótima melhora comparando ao que ela costumava usar. Na verdade, queimei aquelas merdas, pois elas não me davam acesso suficiente.
 Desde que se tornou minha esposa, há algumas semanas, ela gradual-

mente se abriu mais para mim, sobre seu passado, seus medos. E ela finalmente ficou feliz consigo mesma. As cicatrizes em seu rosto a libertaram de seus demônios.

Ela se considerava feia.

Eu achava que ela era a coisa mais linda que já vi na vida.

Abrindo a porta e saindo para a varanda, fui até ela, a cabeça inclinada para trás enquanto saboreava o sol, a sombra de um sorriso pairando em seus lábios.

Dando uma última tragada no meu cigarro, joguei a bituca no chão e silenciosamente me ajoelhei, pressionando meus lábios na boca franzida de Lilah.

Pegando-a de surpresa, ela ofegou, suas mãos pousando nas minhas bochechas em choque. Aproveitando sua boca agora aberta, escorreguei a língua para dentro e Lilah imediatamente gemeu quando se encontrou à dela.

Afastando-me um pouco, deixei uma trilha de beijos sobre a longa cicatriz de seu rosto e, finalmente, inclinei a cabeça para olhar em seus grandes olhos azuis, seus cílios pretos parecendo enormes enquanto flutuavam contra a sua bochecha. O rosto de Lilah estava vermelho e ela estava sem fôlego, mas um sorriso enorme se espalhou por aqueles belos lábios cheios.

— Bom dia, doçura — cumprimentei, dando um sorriso e uma piscadinha. Sentei-me na grama úmida ao lado de minha *old lady*, me deitando de costas, apoiando a cabeça em seu colo.

A mão delicada levantou e penteou meu cabelo com os dedos enquanto ela sorria para mim.

— Bom dia, amor — disse baixinho, depois desviou o olhar, inclinou a cabeça e pressionou os dedos sobre os lábios, alertando-me para ficar quieto.

Eu levantei as sobrancelhas quando tudo ficou em silêncio, então os pássaros começaram a cantar de repente e Lilah fechou os olhos, apenas ouvindo o som. Uma expressão serena iluminou seu rosto, e seus olhos se abriram para encontrar os meus.

— Rouxinóis — ela sussurrou, como se o som de sua voz perturbasse a música deles.

Todos devem acordar pela manhã e ouvir os pássaros... A lembrança de algumas de suas primeiras palavras para mim surgiram na minha cabeça.

Eu não podia acreditar que estávamos aqui agora, assim... *Casados... Felizes.*

Meu peito começou a doer com o quanto eu amava essa mulher, e estendi a mão, puxando-a para cima de mim. Ela deu uma risada quando caiu sobre o meu peito, suas mãos segurando meu bíceps.

— Ky! — gritou, rindo; entrelacei as mãos em seu cabelo curto, puxando-a até meus lábios; desta vez querendo mais do que apenas um maldito beijo.

Passando a mão livre pela camisola longa, levantei a parte de baixo e a arrastei até a cintura, expondo sua bunda nua, antes de deslizar meus dedos pela fenda de sua bunda, percorrendo pela sua boceta, encontrando seu clitóris.

Lilah interrompeu o beijo com um gemido e olhou nos meus olhos; os dela encobertos pelo prazer enquanto seu quadril começou a rebolar contra os meus dedos, ao mesmo tempo que acariciava meu pau.

— Não gostei de acordar agora de manhã e não ver você na cama, doçura. Não gostei de acordar sozinho — falei enquanto puxava as alças da camisola, deixando seus peitos perfeitos agora expostos. Inclinando para a frente, peguei um mamilo na boca e chupei a carne sensível.

Sentindo que a sua boceta estava encharcada, soltei seu seio da minha boca e nos rolei até que eu estava deitado em cima dela. Abrindo rapidamente a calça jeans, tirei meu pau para fora e coloquei a perna da Lilah por cima do meu ombro, afundando rapidamente no seu buraco molhado.

— Porra! — grunhi com os dentes cerrados enquanto enchia minha mulher até o punho; imediatamente comecei a investir com o quadril, a sensação da sua boceta apertada era maravilhosa.

Passando os braços em volta do meu pescoço, os olhos dela se fecharam quando abaixei a mão e circulei seu clitóris com o polegar. Observei minha mulher enquanto ela lambia os lábios, seus longos gemidos ficando cada vez mais altos conforme eu aumentava a velocidade dos meus movimentos.

Sentindo as bolas apertarem, cerrei a mandíbula e respirei pelo nariz, tentando manter o controle.

— Porra, Li — eu gemi. — Você é tão apertada... tão linda...

— Ky! — Lilah gritou e arqueou as costas enquanto sua boceta começava a apertar o meu pau. Suas unhas cravaram no meu pescoço e os dedos puxaram meu cabelo, me fazendo gemer. — Estou perto... Estou... *ah!* — A cabeça dela inclinou para trás e suas costas arquearam quando gozou. Dei mais três estocadas dentro dela, mantendo firme a sua perna sobre o meu ombro, e berrei quando gozei tão forte que minhas pernas realmente tremeram.

Sem fôlego, abaixei sua perna para envolver frouxamente a minha cintura e deixei meu peito cair no dela, aninhado em seus seios macios.

— Mmm... — murmurei, lambendo sua pele úmida — agora, essa sim é uma ótima maneira de acordar.

— Sim — Lilah disse, sem fôlego. — As manhãs são *certamente* a minha hora favorita do dia.

Rindo de sua tentativa de fazer piada, levantei a cabeça e colei meus lábios nos dela, me afastando apenas para dizer:

— Amo você, linda.

Lilah corou, mesmo depois de todo esse tempo, e segurou o meu rosto entre as mãos.

— Eu amo você. E você também é lindo — ela disse timidamente.

Sacudi as sobrancelhas para cima e para baixo.

— Ah, eu sei disso, doçura. Este rosto não poderia ser mais perfeito. Meu corpo é como o de um deus grego, e meu pau é tão grande...

Lilah colocou a mão na minha boca e riu, um lado da boca não tão alto quanto o outro devido à sua cicatriz. Mas isso só fez o sorriso dela ser ainda mais fofo para mim.

Os olhos azuis se suavizaram e ela soltou um suspiro.

— O quê, doçura? — perguntei, acariciando seu corpo suave com o dedo.

— Eu sou tão incrivelmente feliz. Antes de você, eu estava vazia de amor. Agora estou cheia. Antes de você, eu vivia sem esperança. Agora estou inspirada. Antes de você, eu estava quebrada. Agora estou inteira.

— Lilah — murmurei, lutando contra um nó na garganta com as palavras dela. Bati no meu coração com o punho e disse: — Você está aqui, Li. Você está sempre aqui dentro.

Ela se inclinou para me beijar, e depois de uma eternidade, finalmente me afastei. Sorrindo para a minha mulher, saí de dentro dela, levantei e estendi a mão.

— Vamos comer.

Lilah pegou a minha mão, a puxei para ficar em pé, e passando o braço em volta dos ombros, fomos para a cabana.

Assim que entramos na cozinha, ela foi até os armários e começou a fazer comida. Ela ainda adorava cozinhar, na verdade, fazia isso em qualquer chance que tinha, não que eu estivesse reclamando.

Sentei-me à mesa e a observei andando pela cozinha, cantarolando canções da igreja para si mesma e me perguntando como antes eu vivia sem ela.

Em quinze minutos, as panquecas, bacon e café estavam feitos para nós dois; o de sempre.

Minha *old lady* trouxe tudo para a mesa, se sentou ao meu lado, segurou minha mão e começou a comer sua comida...

E nunca me pediu permissão para isso.

PROFETA CAIN

Nova Sião, Texas

Andei de um lado para o outro na sala de reuniões onde Judah, Irmão Luke e eu nos reuniríamos com a Klan. E não apenas uma Klan qualquer. Johnny Landry e o Governador Ayers, o Grande Mestre da famosa Klu Klux Klan do Texas.

Já estava na hora. O meu conselho enfraquecido estava enlouquecendo com o último ataque.

— Queremos que aqueles adoradores de Satanás sejam exterminados. Queremos que sejam mortos e seus corpos empalados em lanças para alertar qualquer outro homem que ameace esta comuna, para não ferrar com o povo escolhido do Senhor! — Judah sibilou e levantei minha mão para falar.

Semanas se passaram desde que os Hangmen pegaram Delilah e mataram dois dos membros do meu conselho no processo. Inferno, mortos não, *mutilados* e marcados com enormes *H's!* E eu estava cansado disso. Aqueles idiotas estavam ferrando com tudo para mim aqui na comuna. Meu povo começou a duvidar da minha liderança e eu ainda tinha que receber uma revelação do Senhor. Nada estava saindo como planejado. Nada que estava destinado a mim estava se tornando realidade.

E agora meu povo queria sangue.

Eu precisava recuperar a fé deles. Precisava ser o profeta que sempre fora destinado a ser. Eu não tinha mais para onde ir. Nada mais para fazer. Isso era tudo que tinha na minha vida!

Enfrentando os líderes da Klan, eu disse:

— Quero as Amaldiçoadas de volta, e dessa vez elas nunca mais escaparão para o mundo exterior. Então me casarei com a profetizada Amaldiçoada de Eva e cumprirei a profecia do Profeta David. Eu *devo* me casar com Salome, e juntar-me a ela na Partilha do Senhor. Preciso que ela retorne, custe o que custar. É essencial para o futuro do meu povo.

Batendo as mãos na mesa, olhei nos olhos de Landry e Ayers.

— Os *seus* homens estragaram tudo. Alguém vazou a localização da Nova Sião. Este lugar deveria estar fora do radar, fora de todos os registros, deveria ser impenetrável, pelo amor de Deus! Somente uma pessoa de dentro poderia ter revelado essa informação aos Hangmen.

Landry olhou para Ayers, e este se inclinou para frente, apoiando o queixo levemente nas mãos ossudas, parecendo exatamente como o político que havia sido treinado para ser.

— Você está certo, Cain...

— *Profeta Cain!* — Judah e o Irmão Luke corrigiram ao mesmo tempo, interrompendo o governador, chamando a atenção para a sua falta de respeito pelo mensageiro do Senhor. Micah, filho do Irmão Luke, tinha sido morto da maneira mais abominável possível, de uma maneira que tinha Flame escrito em todos os lugares. E ele estava muito mais do que apenas irritado.

Ayers levantou as mãos e sorriu.

— *Profeta Cain*. Peço desculpas.

Landry sorriu para Ayers e cruzou os braços, mas o bom humor deles logo desapareceu.

— Temos um suspeito, um desertor dos nossos altos oficiais que acreditamos ter roubado informações vitais do escritório de Landry. E temos motivos para acreditar que ele se esconde entre os Hangmen. Ele não é visto desde o dia do ataque, então isso nos leva a concluir que se juntou a eles.

Meus punhos cerraram até doer.

— Então ele deve ser capturado e sofrer as consequências!

Ayers levantou as mãos novamente.

— Profeta Cain, conheço os Hangmen há muitos anos, no decorrer de alguns presidentes, devo ressaltar. E vou lhe dizer, esses homens são poderosos. Você viveu com eles por cinco anos, então sabe disso. Eles têm um alcance internacional. Têm mais conexões do que eu e toda a Klan. Caramba, mais do que o maldito presidente dos Estados Unidos e acho que mais do que qualquer um de vocês. Portanto, temos que ter cuidado com nossos planos, temos que ser meticulosos com os detalhes. Não podemos deixar nenhuma página virada.

Ayers continuou:

— Vai levar tempo. Mas continuo acreditando firmemente que, no final, prevaleceremos. Com o fornecimento do seu negócio de armas à minha Klan para a guerra racial que, sem dúvida, está chegando aos Estados Unidos, nosso relacionamento será forte. O sonho cristão ariano do Senhor será realizado.

Olhei para Judah e ele deu de ombros. Era nítido que ele concordava com eles. Ayers obviamente entendeu isso e disse:

— Isso é uma maratona, Profeta Cain, não uma corrida. Vamos garantir que todos os nossos ativos estarão no lugar antes de atacarmos... E nós *vamos* atacar. E será *destrutivo* para o MC.

Fui até a janela do escritório, olhando para a minha comuna e respirei fundo. Poderia não ser agora, poderia não ser amanhã, mas em pouco tempo, teria as Amaldiçoadas de volta, no lugar onde pertenciam, e Mae na *minha* cama. E os Hangmen?

Queimariam na porra do inferno.

FIM

TILLIE COLE

PLAYLIST CORAÇÃO SOMBRIO

Emeli Sande — Clown
The White Buffalo — Devil Is a Woman
Blue Oyster Cult — (Don't Fear) The Reaper
Ron Pope — A Drop In the Ocean
Ella Henderson — Ghost
Biffy Clyro — God & Satan
Lifehouse — Hanging By a Moment
Creed — Higher
Regina Spektor — Laughing With
Janis Joplin & Big Brother & The Holding Company — Piece of My Heart
Gene Loves Jezebel — The Prairie Song
Lana Del Ray — Ride
Gabrielle Aplin — Salvation
The Rolling Stones — Sympathy For the Devil
Hozier — Take Me to Church
Evanescence — Tourniquet
Amos Lee — Violin
Ella Henderson — Yours
Jonny Fears — The Squeeze
Hozier — In The Woods Somewhere

AGRADECIMENTOS

Esta série significa para mim mais do que posso expressar. Ser capaz de usar temas e assuntos reais aos quais dediquei minha vida a aprender e entender é realmente um sonho realizado. E ser capaz de incorporar esse conhecimento à paixão da minha vida, escrever, só o torna para mim, muito mais especial, muito mais sagrado. E tenho muitas pessoas a agradecer por fazer a série Hades Hangmen ganhar vida.

Em primeiro lugar, minha mãe e meu pai. Mamãe por estar comigo desde o início, me apoiando e lendo todas as palavras que escrevi, boas ou ruins! E pai, por toda a revisão e correção de sintaxe! Mesmo doente, você ainda conseguiu me ajudar com mais este livro. Amo vocês dois!

Para meu marido, por suportar meus momentos de desespero; *"eu sou a pior escritora do mundo"*, e meu modo de vida noturno e insociável. Amo você.

Aos meus fabulosos leitores beta: Thessa, Kelly, Rebecca, Kia, Rachel e Lynn. Seus comentários e conselhos foram inestimáveis. Vocês não têm medo de me dizer quando algo está uma porcaria no meu manuscrito, mas, ao mesmo tempo, me fazem acreditar nas minhas palavras e na história que desejo contar. Eu adoro vocês por isso.

Thessa, minha querida, obrigada por administrar minha página no Facebook e me manter sob controle. Sou uma bagunça e esquecida, mas você me mantém na linha. Amo você!

Kelly, do blog *Have Book, Will Read*, por ser a anfitriã do meu blog tour e ser uma amiga fabulosa. Eu aprecio tudo o que você faz por mim. Você não tem preço.

CORAÇÃO SOMBRIO

Cassie, minha editora fantástica. Tivemos muitos obstáculos nesse caminho, mas superamos todos! Muito obrigada!

Lysa, minha maravilhosa web designer, você sabe que eu amo esse seu estilo Boston!

Liz, minha fabulosa agente. Obrigada por todo o seu apoio. Estou muito empolgada com os projetos que planejamos para 2015! Tanta coisa vindo por aí!

Damon e Alisha, pelas fabulosas capas, e Jason e Marina, pela maravilhosa formatação.

Gitte e Jenny, do blog *TotallyBooked*. Vocês ajudaram a contar para o mundo sobre *Prelúdio Sombrio*, e eu já disse isso repetidamente: vocês, fabulosas senhoras, ajudaram a mudar a minha vida. Amo vocês duas!!

Neda, do *Sub Club Books*. Você tem sido um apoio incrível e minha maior torcida. Amo você, garota!

E um enorme obrigada a todos os maravilhosos blogs de livros que me apoiam e promovem meus livros. Eu adoro todos vocês.

Tracey-Lee e Kerri, um grande obrigada por segurar as escolhas do meu *street team*, o *Tillie's Hot Cole's*, e Tracey-Lee e Thessa por encabeçarem o *The Hades Hangmen Harlots*. Vocês são demais!

E, finalmente, e mais importante, meus leitores. Vocês me apoiaram desde o início e, a cada livro que escrevo, o suporte de vocês aumenta. Eu amo todos vocês, e nas palavras de Ky: *"Você é o meu sonho se tornando realidade".*

Próxima parada: *Alma Sombria*.

Sim, sim, vocês terão o homem que todas querem para si... Flame, nosso badboy problemático, mas adorável, está chegando em breve!!!

315

The GiftBox
EDITORA

A The Gift Box é uma editora brasileira, com publicações de autores nacionais e estrangeiros, que surgiu no mercado em janeiro de 2018. Nossos livros estão sempre entre os mais vendidos da Amazon e já receberam diversos destaques em blogs literários e na própria Amazon.
Somos uma empresa jovem, cheia de energia e paixão pela literatura de romance e queremos incentivar cada vez mais a leitura e o crescimento de nossos autores e parceiros.

Acompanhe a The Gift Box nas redes sociais para ficar por dentro de todas as novidades.

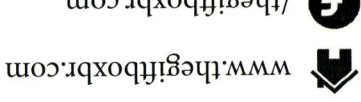

www.thegiftboxbr.com
/thegiftboxbr.com
@thegiftboxbr
@thegiftboxbr

Impressão e acabamento

Spsi7 | book7
psi7.com.br
book7.com.br